立原道造

立原道造

故郷を建てる詩人

岡村民夫

水声社

目次

【凡例】

一、立原道造の文章の引用、並びに文学作品、手記、建築図面、絵画等の題名表記は、原則として、『立原道造全集』全五巻（筑摩書房、二〇〇六―二〇一〇年）を典拠とした。原文に題名のないものは、書き出しの語句を仮題として「［　］」で示し、同題の作品がある場合、題名に続けて書き出しの語句を［　］で表示した。
一、典拠が示されていない伝記的事項は、原則として同全集第五巻「年譜」に基づく。
一、引用文中において、疑問の残る表記や極めて特異な表記には、「ママ」のルビを振った。
一、引用文中の筆者（岡村）補記は〔　〕で示した。それ以外の形式的補記は（　）で示し、（　）内におけるさらなる形式的補記は［　］で示した。
一、引用文中の〔……〕は、筆者による省略を表す。
一、筆者によるキーワードは、本文中の引用文と同じく「　」で示した。
一、漢字は原則として新字体を用い、難読と思われる漢字には適宜ルビを振った（原文のルビとの差異化は図っていない）。
一、特に出典を示していない図版は全集に拠る。

序

手と足

立原道造が詩人であり、かつ建築家であったことは、本当に驚くべきことだと思う。近代の「言葉と物」のあいだで稀有なイロニーを生きた、といっても過言ではあるまい。

一九三六（昭和一一）年春、東京帝国大学工学部建築学科の最終学年に進級した立原は、詩友への手紙に書いた――「これ〔建築家〕は僕の半身です。僕の分身は、かうして日夜、ひとりの僕が文学の道に生きてゐるとき、同じ熱情で、建築の道に生きてゐます」（一九三六年四月二二日、田中一三《かずみ》〔雅号・香積〕宛）。そして彼は、この年の暮れ、建築と文学との関係を根源的に省察した卒業論文を大学に提出し、卒業後、建築事務所に入った。はたして彼以外にこんな人物がかつていただろうか。

ポール・ヴァレリーは『エウパリノスあるいは建築家』（一九二一年）を書いたとはいえ、建築設計には手を伸ばしていない。マルティン・ハイデガーは講演「詩人のように人間は住まう」（一九五一年）において、ヘルダーリンの一篇の詩を注釈するかたちで、詩と「住むこと」の根源的関係を論じた。

しかし、彼も建築設計には無縁だった。立原における建築と文学の共存は、おそらく世界的水準で意義をもつはずだろう。少なくとも、いまなお、建築、文学、および生の常識的理解に対してクリティカルなポテンシャルを蔵している。

ところが、この稀有な共存はまた立原道造研究の非常な難しさを含意する。夭折のせいで実現した建築が極めて少なく、建築家としての実態が把握しがたいというばかりではない。建築サイドの研究と文学サイドの研究のあいだに、残念ながらこれまで積極的な交流が欠けてきた。立原を論じる建築家は、彼の詩や、文学・哲学の参照に満ちた『方法論』を敬遠しがちであり、そもそも数が少ない。立原を研究する者は主に文学の専門家で、概して建築を敬遠してきた。稀に彼の建築論を論じたとしても、それを性急に文学の隠喩として解釈しがちだった。

多くの先行研究が詩の特徴から建築の特徴を類推することによって、詩人や立原道造にまつわる執拗な先入観に身を屈してきたように見える。異なった二領域で同一人物がなした制作のあいだになんらかの類似が見られるのはごく自然な現象だが、立原の場合、そこに自覚的な仕方で相互的分岐が導入されている。それこそが、いままでしかるべく認知されてこなかった彼のユニークネスであり、研究上の躓きの石だったのではないのか。

文学者と建築家の一身における共存について立原自身がおりに触れ述べた言葉に、私たちは謙虚に耳を傾けたい。石本建築事務所の同僚・武基雄《たけもとお》は、じつに貴重な証言を残している。

「何故詩と建築が同じにあり得るのか」。私が嘗て彼に恁《こ》う問ふた時に、彼は「別々の作用を持ちながら手と足とが一つの身体にあるのと同じだ」と答へたやうに、彼にとつてこの二つの異質の作用は少しも矛盾なく極めて高い一体に融合した能力として持ち合はされてゐた。この稀有なる脈絡の秘密が先づ私達を彼の内側へと誘ふのである。

（武基雄「建築家の戦ひと傷き（1）――立原道造論の試み」、『新建築』一九四〇年四月号）

手と足について、同じ血液が流れているとか、指が一〇本あるといった共通性をいうことは正しい。けれども、その種の正しい指摘は、手が足でなく、足が手でないことを捉えられない。幼児の四つんばいの状態から、手足の機能分岐が生じ、足のみが全体重を支えて歩行を担い、足の機能から解放された手は、把握機能や表現機能に特化した。立原が詩と建築の共存を「別々の作用を持ちながら手と足とが一つの身体にある」ことに喩えたのは、彼にとって詩と建築が、相互的な分化・分岐を通して連動しあう活動的分肢となっていったからだろう。おそらく立原は、ジェスチャーの主要器官でペンを操る器官でもある「手」を「詩」の比喩とし、大地に接して立つことを可能にする「足」を「建築」の比喩としたのだろう。

そもそも早くから、少なくとも一高時代の半ばから、立原は、言葉による文学と狭義の現実や身体との関係に関して先鋭な問題意識を抱いていた。

　僕は風景に向ふと
　どれだけ形容詞でこの景色に肉迫出来るか考へた　しかし　その考へは何度も大勢の人が今までに苦しみつくし而も次の誰にも同じやうに苦しまれねばならないことのやうな気がして　実にせつなかつた――→新感覚派が日本に於て。Morand の芸樹はこの練習

景色を一つの形容詞に移して見る　するとその景色こそは僕が見たのだが　それを表はしてゐる
筈の言葉は　既に他人の使つた言葉なのだ　　（「一九三三年ノート」）

語られているのは、言語中心主義や言語一元論ではまったくない。不自由で不完全な言語と多様な事物とに世界が分裂し、両者の慣習的・便宜的な関係づけが失調するという体験、自明な日常が崩壊するという危機的体験である。しかし、危機は立原にとって大きなチャンスでもあった。以降、立原の創作は、言葉と物象の両面に沿って「生活」を組成しなおす探究となった。

第一高等学校三年のとき、立原は母に美術学校受験を反対され、志望を天文学に変えた。ところが、兄事していた口語自由律短歌の歌人で東大理学部院生の近藤武夫が、彼の健康を心配して「君は建築へ進んだらいいよ。何しろ総合芸術でもあるし、第一創造のやれる学科だからね。それに君は絵心もあるし……」と助言した結果、建築学科へ進んだといわれる(1)。受動的な進路選択に見えるが、その根本には、言語と事物の本性的な差異に対する強い意識があったに違いない。

建築学科に進学して一年後、彼は非常に興味深い自画像を二人の友人に対して呈示していた。まずは、詩誌『未成年』での活動と建築学科で「小住宅」の課題設計が高評価を得たことと、『四季』に詩が掲載されたことを一高の先輩に報告する手紙のなかで綴った、ポジティヴな将来像――

かうして　僕は　二つの面に成長して行くだらう　その面の交線にすなほにすべてのものにほほ
笑みながら　僕は細いしなやかながやきとなるやうにつとめるだらう　僕から　あたらしい日本

がうまれるやうに　そのしをり・さびの底に　深く深く頑健な逞しさを沈めよう。
（一九三五年六月一〇日、伊達嶺雄宛）

そして、その翌日、詩誌『未成年』同人への手紙で、詩作のスランプに触れて綴った「すこしへんな屁理屈」の自己批評――

すこしへんな屁理屈だが、二つの表現様式を持つ不幸を感じることがたびたびあります。といふのは、造型の表現と文学の表現が互に殺しあふことでした。僕の眼はどう動くかといふこと。こんな日々、面と面の関係に心ひかれ、而もその関係は純粋な立体感に支へられず、意味ありげな文学のにほひのするものとなり、また一方僕の歌は自分の嘆きに忠実に従はず、それら幾何学に縛られてしまひ、徒らな形象ないものとなるのでした。また、歌は音楽には行きませんでした。
（一九三五年六月一一日、国友則房宛）

これらは、日常世界の分裂が「文学」と「建築」の分肢へ練りなおされ、両者のあいだにクリティカルな思考の回路が開かれたことを証す、もっとも早い資料といえる。前者は、詩作と建築設計を別方向に差異化していく「二つの面」と見なしたうえで、自身を、その狭間を縫うように成長しながら、「あたらしい日本」を創造する生として、理想的に語っている。対照的に後者では、建築設計において立体表現に徹しきれず「面」における文学的雰囲気の表現に流れてしまい、詩においては真情に徹しきれず幾何学的形式の実現に流れてしまうと、自身を厳しく批評している。しかし、このネガティヴな自己批評の大前提となっているのは、やはり「建築」と「文学」の分肢化の認識なのだ。

建築史家の鈴木博之が編集委員に加わった第五次『立原道造全集』(筑摩書房)が二〇一〇年に完結し、建築関係の多数の資料が増補された結果、私たちが立原における「建築」へアプローチする門は以前より格段に広く開かれている。いまや立原道造研究は、新たなステップに踏み出すべき好機にある。

本論では立原の建築と文学を、同じ比重で、ただし類推による安易な同一視を警戒しながら、内在的な仕方で再検討することを通し、両立困難に見える二つのジャンルが、彼のうちでどのような仕方で積極的に共存していたのか、また場所と言語との緊張関係をとおして、彼がどのような生のスタイルを創造したのかを浮き彫りにしたい。私は建築の専門家ではないが、そのためには、文体やイメージの綾の研究にとどまらず、プランニングや採光、ロケーションなどにまで踏み込む必要がある。

第一章で彼が残した建築論を検討し、それを踏まえて、第二章で彼の文学を「建築文学」として捉えなおし、第三章では彼の建築設計を省みる。建築に関する分析が文学に関する分析に従属してしまう事態や、その逆を避けるため、第一章と第三章では、彼の建築関係の友人、建築家、建築研究者の発言や先行研究を優先し、第二章では、文学関係の友人、文学者、文学研究者の発言や先行研究を優先する。私自身の出自が文学研究なので、特に建築ついて先行研究に注意を払い、多くの頁を割く。また第三章では、建築に関する言説を検討する以上に、立原建築の建築学的特質の解明に努める。

そして最後の第四章で、文学史、建築史、および立原の人生という地平において、立原の建築と文学の総合的位置づけを試みる。こらえ性なく予告してしまえば、建築と文学という二つの道を生きることは、彼にとって「故郷喪失」の時代のなかで新たな人工の故郷——「あたらしい日本」とはこれを気負って拙くいったものではないか――を探求し、構築する企てだったと考えられる。しかも、その企ては、回顧される時代風景にはおとなしく収まらない。そこにはいまなお種のように、未来へ開かれた要素がいくつも埋もれているのだ。

第一章　建築論

1938年春，「ニユー・トーキヨウ」にて

立原道造が残した建築論は、「建築衛生学と建築装飾意匠に就ての小さい感想」と「住宅・エッセイ」というエッセイ、そして『方法論』である。三篇とも、一九三六（昭和一一）年、東京帝国大学工学部建築学科三年（最終学年）時に執筆された。「建築衛生学と建築装飾意匠に就ての小さい感想」は、一九九八年に、建築学科同級生だった小場晴夫の書斎資料整理中に発見された自筆原稿だ。同人誌『文芸汎論』特製原稿用紙が使用されているが、建築史家の佐々木宏は、同建築学科の同窓会機関誌『建築』再刊第一号（塚原昇・丹下健三編集、一九三六年七月）のためにいったん執筆され、建築構造学系教授への配慮から発表を控えた草稿と推量している。[1]「住宅・エッセイ」は、その『建築』再刊第一号に発表された小文。『方法論』は、一九三六年一二月一八日に建築学科に提出された卒業論文だ。

短いエッセイか重厚な論文かという違いを越えてこれらの建築論に共通しているのは、特定の建築や建築家を論じるのでも技術を論じるのでもなく、目指すべき建築の方向性を模索しながら建築について原理的・哲学的に考察していること、そして評価基準を「住」ないし「生活」に置き、建築の本質を「住居」としていることである。この事実はそれだけで、感傷的・空想的・唯美主義的で思想を欠いた抒情詩人という根強い立原道造像を揺るがすにたるものではないだろうか。

また、「住宅・エッセイ」と『方法論』は、建築論として極めて異例なことに、文学からの引用が多く、建築と文学との比較考察を伴っている。詩人の道と建築の道をほぼ同時に歩みはじめた青年が、建築家として社会に出るに先立って自分の立ち位置を定めようとしていたこと、文字通り方法論的な考察を行っていたことは想像にかたくない。

「建築衛生学と建築装飾意匠に就ての小さい感想」——今日以後の新古典派建築

「建築衛生学と建築装飾意匠に就ての小さい感想」は、いきなり「住」を重視した主張をもってはじまる。

すべての建築学の根本に横はるものは、建築学が人間生活の重大な要素・住の問題を取扱ふ限りに於て、決して徒らな算式の羅列である建築構造学であつてはならないと思ひます。建築構造学よりも、建築計画学にこそ、一層多くの意義・一層深い意義を見出します。機能と快適の最も合理的な追究である所の建築計画学、それが建築学の根本であります。

「建築構造学」とは、力学に基づいて建築構造の強度を計算する学知であり、「建築計画学」とは、「機能と快適」を基準に建物の規模や間取りを計画する学知である。関東大震災以降、東大建築学科では前者を専門とする教授らが優勢となっていたが、立原は、「住」の観点からすれば後者の方が重要であると主張しているのだ。

つづけて彼は、「建築計画学」の一分野である「建築衛生学」（給排水、換気、採光、室温などの調整に関する分野）、すなわち現在では「建築環境工学」と呼ばれている分野を、「建築計画学」内の最重要分野にして「建築学の根本」であると位置づける。そして、新たな「建築装飾意匠」＝建築デザインは、「建築計画学」ないし「建築衛生学」の要請と「古典美学」の要請との「根元的な相剋」を真摯に受け止めながら、双方の止揚を目指す困難な道を歩むべきであると結論する――「装飾の復興を考へない所謂新しい建築意匠に於てなら、その解決は簡単であるかも知れませんが、古典美学の主張する美の必然性をその条件にいれた、今日以後の新古典派建築に於ては、建築衛生学との融合こそ実に興味ある実践問題だと信じます」。

「装飾の復興を考へない所謂新しい建築意匠」とは、建築から装飾を排除した狭義のモダニズム建築、インターナショナル・スタイルの機能主義建築、具体的にいえば、ル・コルビュジエ（一九二〇年代から三〇年代前半のル・コルビュジエ）やグロピウスが主導した路線を指していよう。立原はそうした路線に疑問を抱いており、建築学科同級生にこう書き送っていた――「いい　デパアトを作りたまへよ。僕は　邪道を行くことにした。小島君に　ヒントを与へられ、階段式デパアトメント・ストアといふやつなんだ。おそらく君はヒンシユクするやうなもの！　美しい建築物ではなくなる。アアチも何もつかなくなる。新建築風な様式になつてしまふ。悪い趣味かも知れない」（一九三六年二月一八日、小場晴夫宛）。第一高等学校同級生で帝大建築学科では一級下にいた親友・生田勉も、後年つぎのように証言している——

立原は三年生の「倉庫」設計製図で（一九三六・九）、彼のいちばん嫌いな形の窓、室内に一様に明るい光をもたらす「水平連続窓」を、真白な豆腐状の直方体に面白おかしくもない風情でつけ、「国際建築風にやっつければいいんだョ」となげやりに語ったのを思い出す。

当時建築学科のクラスのほとんどが——ことにデザインのうまい連中が——機能主義者だったのに、立原は理論的に孤立しており、「機能主義」はもちろん嫌いであった。

（「道造回想——建築と散文のまわりで」、『日月』一九七九年一二月、生田『栗の木のある家』〔風信社、一九八二年〕所収）

彼は建築に於て、そこに造型の代りにリリシズムを、物理的なものに代へるに心理的なものを以てしようとした。〔……〕彼は合理主義と機能主義を、その清冽と巧緻の故に敬意を払つたであらうと同時に、彼はそれに少からぬあきたらなさを感じてゐた。又ル・コルビユジエに対しては、その造型性の強調による、各自が住むといふユマニテの喪失の故に、彼はその平面に深い愛情を持ち乍《なが》らも、ある反撥を感じた。そして又古代からの深い伝統をもつ、比例と均衡と素晴しい美しさを持つ、現代伊太利建築についてもその粗暴の故に面を背け、ただアクロポリスの廃墟にのみ惹かれた。結局彼がよつて新しく生かさうとした建築家は、それは已《すで》に半世紀を経た人、ラスキンであり、セゼツシヨン《ママ》の人々、オルブルツヒでありホフマンでありオツトー・ワグナーであつた。(2) 彼の練達し滲透する、アプリオリは、恐らくは明快な合理主義のそれも、巧緻なる機能主義のそれも、乃至は一つのモダニテしか示さぬファサード建築をも、設計しようと欲したならばなし得たであらう。ただ彼は詩に於てと同様に、最も新らしいものは何であるかといふことを見透す聡明さを持つてゐたのである。このことをわれわれはいつか理解するであらう。

（「立原道造の建築」、『新建築』一九四〇年四月号、生田前掲書所収）

立原はモダニズムに単純に背を向けたのではなく、その機能的快適さや時代のニーズを認めながら、機械的な単純さや均質性を嫌っていたのだろう。装飾的な様式建築から機能主義的モダニズムへの過渡期と見なされていた一九世紀末のセセッション／ゼツェッション（ウィーン分離派）を再評価していたという生田の証言も興味深い。実際、立原は小場晴夫宛書簡でこう述べている。

物質や物体が　何かしら　美しく果敢ない。その比例や構図や量が何かしら僕らをうちつづける、たとへば　一九〇六年ごろのセゼ《ママ》ツシヨンの形を見よ！　そこへかへりゆくものがある。むしろ廃墟よりも果敢ない、尖らされた美しさである。何か別離や決意を宣言してゐる。しかし　ただ　そこにのこつてゐるのは　形であらはされた　伝統に別離した以后のさびしさと悲哀の、勝利的な嘆きである。ここに、僕ら　時間と空間を統一する形態としての、セセツシヨン初期の想念をとらへねばならない。僕らにとつて以前であつたものが、かかる想念ゆゑにふたたびあたらしく出発となる。

（一九三七年一二月一六日／強調は立原による）

装飾的様式から別離した当初における、失った装飾のアウラに、新たな創造のポテンシャルが潜んでいると見た認識である。「建築衛生学と建築装飾意匠に就ての小さい感想」において、立原は「古典美学」や「新古典派」を「装飾の復興を考へない所謂新しい建築意匠」と対比させて肯定的に語っているが、同時に単純な「装飾の復興」を斥けてもいるという点に、私たちは注意しなければならない――「当今、装飾の復興の声を聞くときに、忘れてならないのは、それが「美学の必然性」と同時に「計画学の必然性」を持たなくてはならないことであります。ここに思ひ浮かべるのは、過去数年にわたる「美学の必然性」の敗北であり、そして惧れるのはその反動として、装飾意匠が復興するのではないかといふことです」。

立原が危惧している近年の「装飾の復興の声」とは、いわゆる「帝冠様式」が跋扈しつつあった時流を示唆しているのだろう。一九三〇年、名古屋市庁舎のコンペにおいて、洋式の鉄筋コンクリート建築の軀体に和風屋根を載せた案が当選した。一九三一年の東京帝室博物館本館コンペでは、募集規定に「日本趣味ヲ基調トスル東洋式トスルコト」という文言が入り、日本インターナショナル建築が応募拒否を声明した。ル・コルビュジエ派の前川国男は敢えてモダニズム様式で応募し、岸田日出刀がこれを支持したが落選。一九三四年には九段に軍人会館（現・九段会館）が竣工した。

機能主義的モダニズム建築は、「建築計画学」ないし「建築衛生学」に基づいた合理性をみずからの根拠としている。結局、立原はこうした合理性に基づかない復古的な建築装飾に反対しながら、古典的建築に感ずる美を現代にふさわしいかたちで弁証法的に取り込んだ「今日以降の新古典主義」を模索していたと見られる。

建築史における「新古典派」（新古典主義）とは、古代ギリシア・ローマ建築のモチーフを再利用した一八世紀末から一九世紀にかけてのアカデミックな建築から、一九三〇年代のナチス・ドイツやイタリア・ファシズムの建築まで広くカヴァーする用語である。佐々木宏はこの小論文を論じた別論文[3]のなかで、立原のいう「新古典派」をナチス建築と受け止め、「古典美学の主張する美の必然性をその条件にいれた、今日以後の新古典派建築」以下の文章を、ナチス・ドイツの復古主義に対するシニカルな批判と見なす解釈を示している。しかし、問題の最後の一文が「新古典派」を批判していると読むのは少々強引に思われる。立原にナチスやファシスト党のお抱え建築家への言及がないことや、彼の趣味が概してゴシック的・東欧的・北欧的であるという事実ともそぐわない。石本建築事務所時代の手紙から――「僕は　いま　コペンハーゲン製のブランデイや　スウエーデン製のネクタイや　チエコスロバキヤ製のガラスの器や　何かを欲しがつてゐる　それからノオルウエイ製のネクタイや……つまりスカンヂナギヤとボヘミアの風土の一片を――　そして　そのために　デンマークとスウエーデンから　今年一年　建築の雑誌が　郵便で送られて来ることになつた――」（一九三八年一月一九日、中村整宛）。

一九三六年四月二二日（推定）の田中一三宛書簡のなかで、立原は「近代の意匠だけで、何の表現もない」「今日、目に触れる建築」を批判したうえで、「銀行などの、ギリシヤの列柱を並べた、復興式建築以外に、新しくヘラス・ゴチック　の　いのちを現代に　表現する新古典派の道こそ今日以後の建築家に課せられた問題ではないか　と　考へてゐます」と表明していた[4]。ドーリア式やイオニア式の列柱を直接取り入れた「復興式建築」は、「新しくヘラス・ゴチック　の　いのちを現代に　表現する新古典派の道」とは見なされていない。「新古典派」に「ゴチック」の再生が含まれていることからも、立原の説く「新古典派」が通常の建築史用語から少々逸脱していることがわかる。この発言を考慮したのだろうか、第五次の筑摩書房版『立原道造全集』（以後『全集』と略記）第四巻解題で、建築史家・鈴木博之は「新古典派建築」を「立原が理想とする合理主義的近代建築」「完全な機能主義的建築ではなく北欧の建築に見られるような穏やかな合理主義的建築」と解釈している。

私は書簡と小論の双方で繰り返されている「今日以後の」という形容を重視したい。立原の「新古典派建築」は、まだはっきり登場しておらず、兆《きざ》しとして予感されるにとどまる建築、今日の問題を超克する第三の道の建築的曙光を意味するのではないか。

この解釈は、立原が前年に建築学科後輩の生田勉への長い手紙（一九三五年七月二六日）のなかで示した歴史のアレゴリーとも整合する。かつて「神とは詩にほかなら」ず、「表現せられたもののなかに、神はおのづから　やどつた」。詩人は自然とともにあり、「自然は彼らをなぐさめ、彼は自然に抱かれるより、他にいかなることも夢みなかつた」。しかし、しだいにこの営みが形骸化し、詩人は「殻」にすぎないものを尊ぶ堕落に陥った。詩人は、「表現されるべきものが詩に欠けてゐる」ことに気づいたが、「すでに神はとほかつた」。するとある日、「機械の神」が現れ、詩人の肉体に迫ってきた、と立原はいう。

「愛の神」と「機械の神」のあいだで板ばさみになった詩人は、「詩とは何であつたか、もしかしたら無用ではなかつたか、鉄や鋼やコンクリートはそれ自体表現であり神ではなからうか、と疑つた」。しかし、鋼の裂目から「清澄なる愛の神の手」を求めた詩人は、「求めようとする意志こそ詩であらうか」と考えた。ただし、立原は、もはや人間は機械のなかにいるのだから、「機械のなかにゐる神を呼ばなくてはならない。而も　惨虐な機械それ自身の神でなく、愛する神を求め」るべきであって、「嘗《かつ》てのやう《ママ》花鳥風月の清澄な世界への逃避でなく、機械とのあらがひのなかにはいつて、苦悩を多く」神を求める意志が、現代の「詩のモメント」であるとしている。

これは文学論であるとともに建築論でもある。「機械」は、機能主義的モダニズム建築を正当化する主要なメタファーでもあった。やはり立原のいう「今日以後の新古典派建築」の本旨は、装飾論や様式論の次元にあるのではなく、鋼とコンクリートという条件を受け容れながら、機械の美学に賛同することなく、機械のなかにいる「愛する神を求める」意志にあったと考えられる。

「住宅・エッセイ」――中空のボール

「住宅・エッセイ」という「このちひさいエッセイ」では、まず建築が「住宅建築と、公共建築、或は記念建築と、産業建築」の三種類に大別され、「全く機械それ自身」にとどまる産業建築が話題からはずされる。そして立原は、「全く快適を旨とする人生的である」住宅建築に対し、公共建築・記念建築を、人生から乖離しているがゆゑにもっとも「美学的」と認めながらも、「僕はより多く『人生《ダス・レエベン》』と触れる立場にゐて建築を考へたい。それゆえ残された住宅建築に就て、主に考えてみやう」と主題設定をする。さらに「一切の平面計画する機能主義風の考へ方を一先づ除こう」と述べ、「住宅の形態の、外に見える形態でなしに、内にひそんでゐる精神、それもおそらく限定された、ただ人間の家常茶飯の生活にばかり触れる面、つまり理想とか憧憬などといふ側の一切の精神をそれてしまつた精神の面」に焦点を絞り込む。立原は建築論の核心に「美」ではなく、「住＝人生」を見据えているのだ。

そして立原は、「人生」から飛躍した芸術としての「音楽・詩・絵画・彫刻・舞踊」に対比させ、「随筆或はエッセイ」を「家常茶飯の人生に触れ、その特殊をきはめて生かして行くことを本領とする芸術」、「人生から離れることの出来ない芸術」と定義すると、「中空のボール」というトポロジカルな比喩を導入する。

いま、『人生《ダス・レエベン》』をひとつの中空のボールと考へよう。そのボールに就て、エッセイと住宅は次のやうに触れあつてゐると考へられはしないか。住宅する精神は、ボールの表面を包み、エッセイする精神は、中空のボールの内部の凹状空間を包まうとする、と。これはもちろん比喩にすぎない。その比喩のイメージも僕自身納得してゐる程、はつきり人の眼には写らぬかも知れない。だが、その中空のボールのイメージを出来るだけはつきりと思ひ浮べるやうに努力されよ、そのとき僕の言はうとして言へないことみな、あなたただちにわかつてもらへるのである。

中空のボールの内部に人生が営まれるというのではなく、人生自体が中空のボールに見立てられている。それを外側からカヴァーするのが、住宅を設計する志向であり、日常茶飯を語る文学＝エッセイは、そのような住宅に住む経験の内側から分泌されるというわけだ。

立原はこの持論の証明として、「建築家にしてエッセイイストとして名のある人を考へれば、つねにすぐれた住宅のデザイナアである」ことと、「文学者のうちですぐれたエッセイイストである人たちは、すぐれた住宅のデザイナア」であることを挙げる。前者は歌人でもあった建築家・堀口捨己《ほりぐちすてみ》に代表され、後者は、美術評論家・板垣鷹穂《わしほ》、詩人・小説家・室生犀星と、『徒然草』の吉田兼好に代表される。こうした引例の背後には、立原の人脈や経験が潜んでいるだろう。

堀口捨己は、石本喜久治《きくじ》、山田守らと、一九二〇（大正九）年に分離派建築会（一九二八年まで活動）を結成し、日本初の芸術的モダニズム建築運動の担い手となるとともに、茶室の歴史を研究し、茶室的なものとモダニズムとの融合を図った新たな数寄屋造り住宅を数々設計した建築家である。彼の短歌とモダンな数奇屋造りを立原が高く評価していたことがわかる。立原は、堀口が二〇歳のときに文芸誌『ＡＲＳ』創刊号（一九一五［大正四］(5)年）へ投稿した以下の短歌三首、

鳥口の穂尖に思ひひそめては磨《と》ぐ日静かに雪は降りけり
教室の窓近く見ゆる松の葉の細かき松葉の光れば嘆かゆ
かげろひの外面《とのも》の反射の忍び来る小暗き部屋に数学するも

を引用する。いずれも、東京帝国大学建築学科で学んでいた堀口自身の姿を題材としながら、室内の様子とその外の自然との関係を繊細に表現している。立原はこれらを「この日の繊細な美しいエッセイの感覚は、今日のすぐれた住宅の作品に見るそれにほかならぬ」と評する。学科生時代の短歌に認められる感覚が、熟年となった彼の住宅建築にも再認できるというのである。小出邸（一九二五年／江戸東京たてもの園に移築保存されている）や岡田邸（一九三三年）等の、庭に開かれた木造モダン住宅が念頭にあるのだろう。

立原は堀口のように歌人として歌を詠みつづけたわけではないが、府立第三中学校二年のとき、国語教師で北原白秋主宰『多磨』に属していた歌人・橘宗利《むねとし》の指導によって短歌をはじめ、白秋に面会し、第一高等学校二年夏まで熱心に研鑽していた。立原は一九一五年頃の短歌界に対して、「大正の初期、短歌がそのリリツクの本質を忘れて生活派といひエッセイを三十一字に書いた頃があつた、その日には芸術派短歌と考へてゐた人までが茶飯事短歌に走らされてゐた。短歌がエッセイに近かつた日である」と、ネガティヴな解説を加えている。しかし、立原自身の短歌も宇佐美斉《ひとし》が「日常的な生のスナッ

プショット」と評しているように「生活詠」であった[6]。エッセイ的短歌から建築へというシェーマは、自分自身の短歌経験も踏まえてのものに違いあるまい。

室生犀星のケースは、つぎのように板垣鷹穂のケースを枕に語り出される。

文学者はいつも彼の住宅を彼の作品としてデザインしないかも知れない。そのためこの方面の人の住宅の作品をエッセイとくらべることは難しいかも知れない。しかしその少ないなかで、いつかの『国際建築』だつたかに、板垣鷹穂氏が書いてをられた氏の軽井沢の山荘に就ての文章[7]とその山荘など、或はそのとき文の中にも見えた、『氏の随筆そのままの味の室生犀星氏の別荘』（この文章は手もとになかつたのでうろおぼえに思ひ出すまま書いてゐるので、意味をとりちがへて書いてゐたら、其非礼を板垣氏にお詫びする）など、文筆家の作品として取り上げられてよいものかも知れない。

板垣の別荘があったのは、犀星の別荘と同じく旧軽井沢だった。立原が「住宅・エッセイ」を発表する二年前の一九三四年、西村伊作の息子・久二設計による本棟が建ち、翌年、市浦健（当時、新進建築家の市浦は東京帝国大学建築学科で岸田日出刀の助手をしており、立原は指導を受けていた）の設計により、離れの書斎棟が増築された[8]。板垣は建築評論家としても盛んに活躍し、一九三二年に堀口捨己との共著『建築様式論叢』を刊行していたので、立原は板垣自身が別荘設計に深く関与したと見なしていたのだろう。また板垣は軽井沢文化人として室生犀星だけでなく、堀辰雄や川端康成などとも交際があった。立原は室生とみ子（犀星夫人）宛の一九三六年一二月一一日の書簡で、軽井沢から岩村田へのドライヴについての板垣のエッセイ中に犀星の俳句の引用を見つけたことを報告している。

　立原にとって堀辰雄の師の室生犀星は、堀に準ずる師だった。その犀星は一九三一年に旧軽井沢に別荘を、翌三二年に馬込に自宅を、みずから基本設計して建てている。どちらも数寄屋造りで、どちらの庭も自作だ。立原は、犀星がそのことを語った『犀星随筆』（一九三五年）のなかの随筆「家」が、「住宅・エッセイ」を執筆するヒントになったと明かす。

　室生犀星氏は、この国の伝統する随筆の息吹のなかに逞しく座つてゐる人である。其の随筆のなかに、ときをり建築・庭などのことを書かれてあつて、愛読しながら、建築学生の僕らには非常にほほゑましいものを感じることがある。『犀星随筆』のなかに、奥馬込に家を建てるときのことなど書かれてあるが、そのうちに、『人間も生れながらに自分の巣になる家くらゐ作る技と術は持つてゐなければならない筈である』と言ひ、また『刻苦された小さい家を建てて住んでゐる人を見ると、生活のいみじさ懐しさを僕は感じるのだ』と言ふ。こんな行が、僕の『住宅・エッセイ』といふ考へにはヒントになつてゐた。

　一九三四年七月、立原は東京帝国大学建築学科の最初の夏休みを利用して、『偽画』同人の沢西健とともに、彼にとっての第二の故郷となる軽井沢・追分を初訪した。軽井沢にあてにしていた堀辰雄は不在だったが、堀の親友で英米文学翻訳家の豊田泉太郎（筆名・阿比留信《あびるしん》）の案内で軽井沢を歩いた。犀星の別荘を訪ね、面識を得た感激を、親友・杉浦明平にこう書き送った――「小諸では藤村庵とて、藤村のもとゐた家を見ましたが、軽井沢なる犀星先生の仮の宿りのよろしさには残念乍ら及ばず候。犀星先生とは、すこしはなしを致し候。羨しく思へ!!」(一九三四年七月二八日、杉浦明平宛)。「[一九三四年ノート]」中には、「軽井沢・室生犀星・氏・室・／昭和9年7月23日・見学・」と題し、立原が犀星と対座した離れの平面図が描かれており、しかもその隅に「庭の大きさ／庭のやうす／一切不明／待再調」と記されている(『全集』第三巻、五二七頁、第四巻、一二八頁)[9]。つまり、立原は「住宅・エッセイ」を執筆したとき、犀星の住宅設計を実見済みだったわけだ。すでに馬込の家の方も訪問していた可能性がある[10]。また、「住宅・エッセイ」執筆後のことになるが、立原は一九三六年九月一三日から数日、軽井沢の別荘に宿泊した。そして一九三七年七月下旬と翌年七月下旬から八月上旬、室生一家が軽井沢避暑をしているあいだ、留守番として馬込の家に起居した。世代も境遇も性格もはなはだ相違する犀星との不思議な子弟関係は、きっと詩業に対する敬慕だけでなく、彼がアマチュア住居建築家・アマチュア庭師だったことに対する共感にも支えられていたのだろう[11]。

『犀星随筆』から「ライトといふ人」も引例される。日本ではもっぱら石塀・石垣・土台下などに利用されてきたローカルな石材の大谷石を、アメリカ人フランク・ロイド・ライトが帝国ホテルの本体に「実に能く活かして縦横に嵌め込んでゐる」ことや、その「棟や勾配にも弛やかな東洋趣味の優しみ」があることを犀星は褒め、「殊に省線の窓から見過ぎる演芸場の本棟は、小ぢんまりと悲しい位に美しい」とユニークな所感を述べている。

吉田兼行をめぐる例示は非常に短い——「この国の歴史を見ても　つれぐ草の随筆とその頃以後の住宅建築は切り離せない。『星月夜海すこしある木立かな』と云ふ随筆めいた俳句はこの国の住宅庭園の美の原則のやうなものだといふ。この国固有のもの、数奇屋建築のエスプリはまたこのあたりから思ひ浮かべられはしないか」。「つれぐ草」という語に付された註で、立原は「兼行法師の建築観に就ては、岸田教授のエッセイを見られよ」と記している。「岸田教授」とはもちろん岸田日出刀であり、その「エッセイ」とは「兼行の建築観」（初出一九三三年五月、岸田『甍』［相模書房、一九三七年］所収）のことだ。「家の造りやうは夏をむねとすべし」、「造作は用なき所をつくりたる、見るも面白く、万の用にもたちてよし」、「家居のつきづきしくあらまほしきこそ、かりのやどりとは思へど、興あるものなれ」等の兼行の言葉に、岸田は達識を認めていた。

なお『全集』第四巻解題は、「星月夜海すこしある木立かな」を、小堀遠州が『茶話指月集』（一七〇〇年）のなかで露地（茶庭）の心得を示すものとして引いたとされる古田織部の句「夕月夜海すこしある木の間かな」の誤引用かもしれないという。そうとすれば、いかにも立原らしいロマンチックな記憶違いだ。

立原は以上のような例示を終えると、改めて「中空のボール」の喩え話をする。

ふたゝび、中空のボールの内と外を考へられよ。住宅はボールの表面をやさしく包むことをおもひ、生活はそのなかに静かにつつましく懐かしく営まれ、そのボールに包まれた暗い内奥に添ふてふたゝび湧き出るやうに美への郷愁が言葉となれば先づ随筆となつて来る、と。更に、この美への郷愁と憧憬が醇化されては、音楽・詩・絵画・彫刻・舞踊などの列に純粋造型芸術の一形式・建築を要求する。ここに高次の建築美が発生する。

立原文学にもしばしば登場する「郷愁」「憧憬」という言葉に注目すべきだろう。日常生活が慎ましく営まれる、住居のうちに形成される懐かしさとしての「郷愁」。この「郷愁」は、過去ないし記憶に結びついたノスタルジーという色調を帯びながら、「美への郷愁と憧憬」という表現に明らかなように、特定の過去へは還元できない超越性・理念性をはらんだ存在論的情感といえ、美的創造力の萌芽として語られている。第二章で詳しくみるが、「郷愁」と「憧憬」は立原文学の主旋律でもあり、表裏一体の情動と思われる。

立原が「住宅する精神」と「エッセイする精神」を対照しながら、美的建築への志向の発生を「エッセイする精神」の延長上に位置づけてもいるという、論理のねじれも注目にあたいする。建築科の学生である立原が目指すべき芸術的建築が、既存の慎ましい建築内に営まれる生活を介して、「詩」と兄弟関係に置かれているわけだ。外側からボール＝生へはたらきかけるとされた「建築」が、クラインの壺よろしく、すぐにボール＝生の内側から構想されるものへと反転されるということ。これは論理矛盾だろうか。いや、極めて現実的・実践的な建築論というべきである。建築家による芸術的建築をヴァナキュラーでアノニマスな建築から引き離しながらも、後者を切り捨ててしまうのではなく、そこにおける平凡な生活経験の積み重ねのうちに前者の由来する母胎を見ているのだ。実際、どのような建築家も、建築家になる以前に「住」という仄暗い建築体験を抱えている。そこで立原は、日常生活の過去が潜在する新たな建築の設計を通し、日常生活を再組織しようと欲している。

生家の記憶

では一九一四（大正三）年生まれの立原自身にとって、「美への郷愁」が育まれた仄暗い場所はどこか。生まれ育った日本橋区橘町（現・中央区東日本橋）の木造二階建屋根裏付の町屋にほかなるまい。

家業は、荷造りに用いる木箱の製造。道造は幼い頃から一階の作業場からの工作の音を聴き、木の匂いを嗅ぎ、従業員たちが木材を切ったり組み立てたりするさまを見て成長したはずだ。(12)「建築」が一種の箱であるということを思えば、将来の建築家にふさわしい生育環境だったというべきだろう。

ところで彼の住居経験を考える際絶対に看過できないのは、関東大震災という歴史的災禍である。一九二三(大正一二)年九月一日、九歳のとき、関東大震災で生家は焼失し、彼は千葉県東葛飾郡新川村(現・流山市)の親戚・豊島家に疎開したのち、同年一二月、橘町の仮建築へ戻った。本建築が完成したのは一九二九(昭和四)年一〇月である(一九四五年、東京大空襲で焼失)。

図1-1　「荒廃」

下町の江戸以来の蔵造りや出桁造りの商家は、震災直後の復興バラックをへて、土地区画整理が完了し、敷地が確定した一九二八年以降、急速に鉄筋コンクリート建築や看板建築に建て替わっていった。「看板建築」とは、銅板・モルタル・タイルなどで葺かれた平坦な立て板状の疑似洋式ファサード(デザインは大工や施主や画家などによる)を木造本体に取り付けた建築であり、神田・人形町・築地界隈など下町の周辺商店街に、中流商家の本建築として出現したとされる。(13)

少年立原道造は、日本橋・両国界隈の急激な変貌を注意深く見つめていたに違いない。府立第三中学校時代のパステル画には、バラック群を描いたもの(「荒廃」[一九二九年七月二日])**【図1-1】**、看板建築を描いたもの(「街上比興」[一九二九年六月二〇日」【図1-2】、「町の風景［1］」「同年六月二七日」、「町の風景［2］」「同年七月一五日」、「町の風景3―10」「一九二八―一九三一頃」[14]、「町の風景［11］」「一九三〇年二月四日」）、道路工事を描いたもの（「道路工事［1］」「一九二七―一九三一年頃」、「道路工事2―4、6」「一九二七―一九三一年頃」、「道路工事5」「一九三〇年一月三一日」）が見つかる。「道路工事［1］」では、道路拡張によって解体寸前のバラックが、出桁造り、看板建築とともに表現されている【図1-3】。「交番［1］」（一九二九年四月七日）の背景には、二階建ての看板建築と三階のある鉄筋コンクリート建築が並び建っている。建物の構造的特徴をしっかり描きわけているところに、建築家の資質を感じる。

私は再建された「立原道造商店」の外観写真をいまだ見出していないが、府立三中からの友人・伊達嶺雄が、つぎのように貴重な記述を残している。

立原の家は日本橋の橘町三丁目一。木箱、荷造り材料店だった。間口は一階が二間半、二階が三間、おもては銅板張りで、立原道造商店と浮き出し文字がとりつけてあった。入った左手は木箱を組立てる作業場、右側は幅一間の畳敷で奥へ続いていた。店は弟の達夫が中心で、母親と番頭できりまわしていた。母はいつも良い身なりをととのえて店番にすわっていた。母のすわったすぐうしろにはしご段があった。天井が高かったのではしご段も長かった。日常生活は全部二階ですませていた。座敷は六貼、八貼、四貼の三間。書斎は二貼の洋間で、台所や風呂場まで二階にあるのがめずらしかった。三階は屋根裏部屋で、納屋、材料倉庫、女中部屋があった。後に立原は二階の書斎を三階にうつした。三階の物干台へあがることができた。

（伊達「立原道造さん」、角川書店版第三次『立原道造全集』第六巻月報、一九七三年）

一九一九（大正八）年、父貞次郎が亡くなり、彼はわずか五歳で家督を継いで名目上三代目店主となり、店名も「立原貞次郎商店」から「立原道造商店」に変わった。実際に経営を切り盛りしたのは母トメ（通称光子《みつこ》）だった。一九二七（昭和二）年、府立三中に上がると、絵画部に所属して絵画に励む一方、伊達の影響で天文学に熱中し、物干台で天体観測に耽った。一九二九年、三年生になった立原は母に大学進学の意志を告げ、弟達夫が家業を継ぐことに決まった。第一高等学校理科に進学し、文芸部に所属、一九三一年秋に堀辰雄の面識を得てからは、文学的関心は短歌から近代詩や西洋文学へ移行した。

図１－２　「街上比興」

図１－３　「道路工事［１］」

そして一九三四（昭和九）年春、立原は兄事していた歌人・植物学者の近藤武夫の勧めにしたがい東京帝国大学建築学科へ進学すると、自室を生家の二階の一室から一二畳の屋根裏部屋へ移し、以後もっぱらここで起居したのだ。

伊達は立原家の住所を「橘町三丁目一」と記しているが、一九三四年の区画変更以降、橘町五丁目一となっていた（一九三五年六月三〇日［推定］生田勉宛書簡参照）。ところで伊達が「おもては銅板張りで」と述べている点に注目したい。「立原道造商店」も、一九二九年の本建築への建て替えの際、バラックから看板建築となり、敷地も少々変化したと推定できるのだ。当時の建築基準法では木造三階が禁止されていたが、しばしば看板建築には、マンサード屋根（一七世紀のフランスの建築家マンサールが広めた屋根裏部屋向きの中折れ屋根）を冠した屋根裏部屋というグレーゾーンが設けられた[15]。多くの人が立原の屋根裏部屋を、下町の現実から遊離した疑似西洋的空間として語ってきたが、実はそうした夢想の空間自体のうちに下町の近代史が刻印されていたと見なくてはなるまい。

実家の屋根裏部屋に関しては、ごく一部分や、隣接する物干台を撮った写真**【図1-4】**、その窓辺を表したと思われる立原自身の素描**【図1-5】**が残されている。また、多くの知人が感慨を込めて回顧している。なかでも詳しい描写をしているのは、彼の同年輩の友人で「この屋根裏の部屋を度々訪れた」高橋幸一だ。

> 屋根裏といつても床に古びたテエブルや椅子を置き、針金を渡して黒いきれを下げた仕切りの向うに本箱や寝台の置いてある本格的な屋根裏部屋で、表に面した窓の擦り硝子に堀さんの「硝子の破《わ》れてゐる窓　僕の触歯よ・・・」の詩が楽書きのやうに鉛筆で斜めに書いてあつたり、梁に古風な吊

りランプが下つてゐたり、屋根の裏側の真ん中から両方へゆるやかに傾斜してゐる垂木に、面の単調を破るためであらうか、外国雑誌のゴチック活字のペエジが二個所ほど斜めに貼つけてあるといふ風に、部屋の隅々まで立原君の屋根裏の美学によつて設計されてあつた。

（高橋「屋根裏の立原君」、『四季』一九三九年七月号、立原道造追悼号／強調は高橋による）

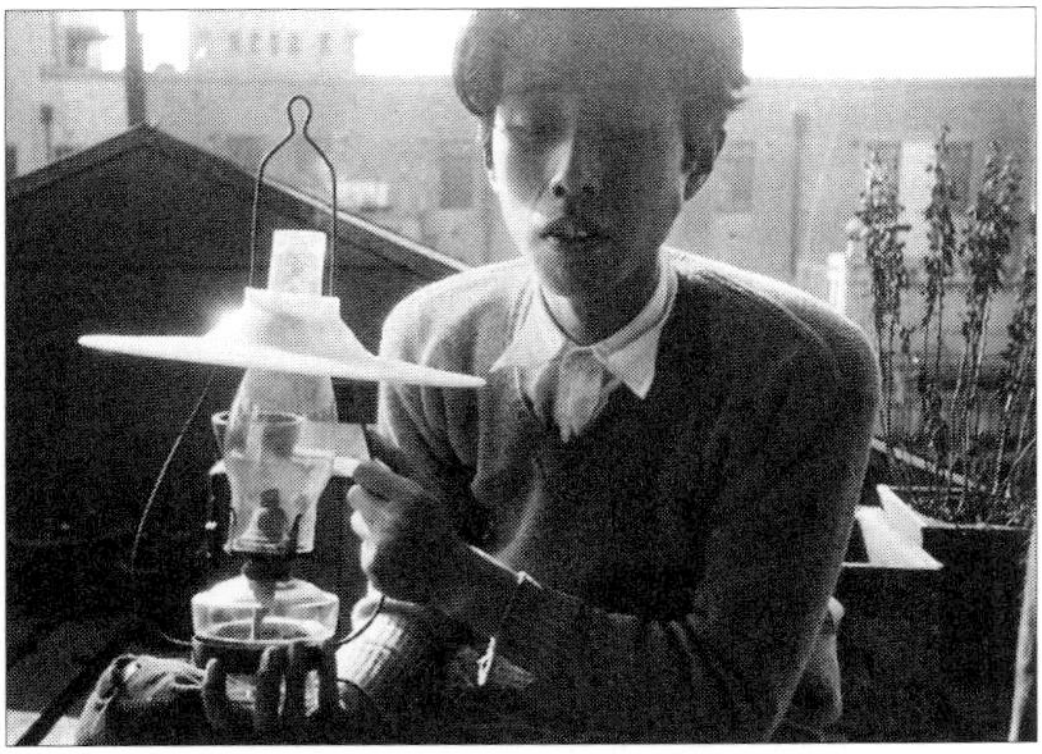

図1－4　立原道造。1937年春，日本橋橘町の自宅物干台にて伊達嶺雄撮影（背後の三角形は看板建築ファサードの頂部か）

図1－5　1936年3月23日生田勉宛書簡

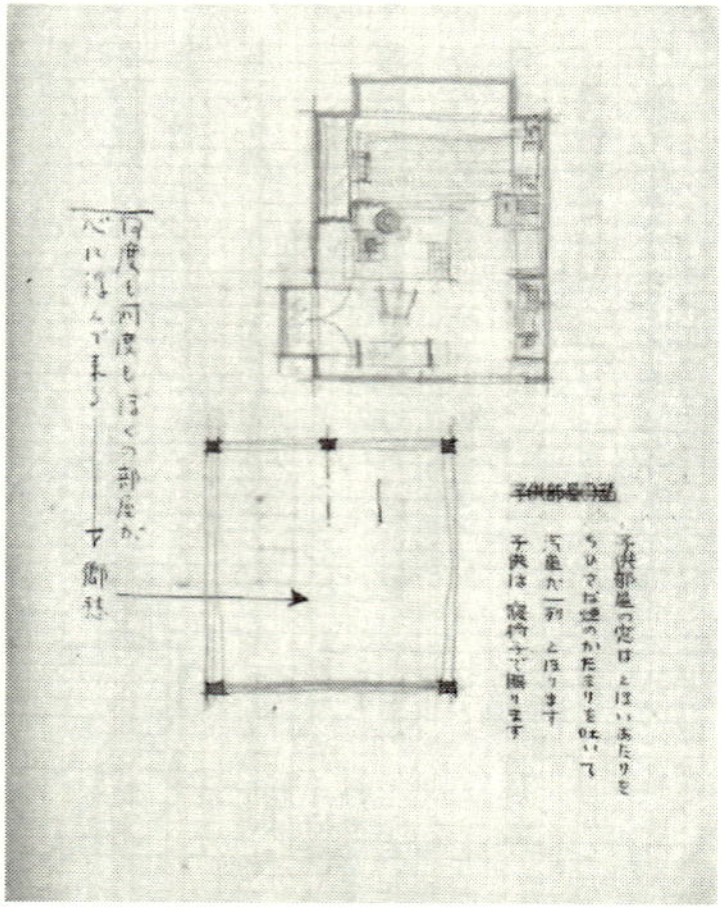

図1－6　「［一九三四年ノート］」より，ワンルームの図面

切妻屋根の構造材が剝き出しになったワンルームの屋根裏部屋。立原はその梁に山小屋風の洋灯を掛け、愛用していた。仕切りは黒い布だけで、窓は西南、すなわち橘町の表通りに望み、一ヶ所だった。[16] その擦りガラスには、窓をうたった師・堀辰雄の初期の二節からなる無題詩（「僕は歩いてゐた」）、『驢馬』第一〇号、一九二七年三月）の第二節が書かれていた。[17] それは自室を文学と建築の揺籃たらしめる呪詞のようなものだったのだろう。また、遅くとも一九三八年三月頃、立原はこの屋根裏部屋を「バア・コペン・ハーゲン」とコペンハーゲン産のアルコールのボトルを棚に飾り、自称していた（一九三八年三月下旬［推定］、高尾亮一宛）。

生田勉が、立原の没後、「彼にあっては彼が三階の、屋根裏に住むことが、それがとりも直さず彼の建築であった」（「立原道造の建築」）と語ったのは、明察に違いない。建築学学徒によるアレンジがほどこされていた屋根裏部屋は、詩や建築の夢が育まれた既成のヴァナキュラーな民家でありつつ、すでに建築芸術の水準へ向けて上昇しかけた空間でもある。「［一九三四年ノート］」を見ると、軽井沢・追分旅行の道程で宿泊した神津牧場牧舎と岩村田の旅館の部屋の平面図が描かれた頁の右頁に、机や本棚やベッドを備えたワンルームと、ほぼ空白の正方形に近い部屋の平面設計が描かれており、その左余白に、「何度も何度もぼくの部屋が心に浮んで来る――→郷愁――→」と記されている（二番目の矢印は正方形に近い部屋を指している）。その右余白には「子供部屋の窓は　とほいあたりを／ちひさな煙のかたまりを吐いて／汽車が一列　とほります／子供は　寝椅子で眠ります」と四行詩が記されている【図1-6】。ベッドがあるワンルームの形状は、神津牧場牧舎の形状とほぼ等しい。おそらく立原は神津牧場牧舎の部屋に触発され、理想の自室を想像したのだろう。そのとき、脳裏に日本橋の屋根裏部屋が回帰し、強く「郷愁」を感じ、詩が浮かんだのだろう。「住宅・エッセイ」に述べられているとおり、暮らしてきた住居への郷愁が、詩と建築の共通の母胎となっている。いや、まさにこうした自分自身の経験があったからこそ彼は「住宅・エッセイ」を書いたというべきである。

ちなみに、興味深いことにバシュラールは「屋根裏部屋」を、建築することの夢想へと誘う空間と位置づけていた。

屋根はただちに自分の存在理由をかたる。それは雨や太陽をこわがる人間をまもるのだ。どんな国でも屋根の勾配が風土の一番確かなしるしの一つだということを、地理学者たちはたえずわれわれにおもいださせる。われわれは屋根の傾斜を「理解する」。夢想家でさえも理性的に夢みる。かれにとっては、尖った屋根は厚い雲を切断する。屋根のあたりでは、思想はみな明快だ。屋根裏部屋では、むきだしの力強い骨組をみてたのしむ。われわれは大工の幾何学にあずかるのだ。〔……〕居住することを建築することの想像上の写しとして把握すれば、この家の鉛直の両極性を感じとることができよう。夢想家は、上の階と屋根裏部屋を「建築し」、一度しあげたものをまた建築しなおすのである。

（ガストン・バシュラール〔岩村行雄訳〕『空間の詩学』第一章、ちくま学芸文庫、二〇〇二年）(18)

屋根裏部屋は、太陽光線や風雨から私たちを守る屋根の合理的な力を想像させ、その内側の可視的な骨組みは、私たちを建築設計や建設過程の追体験に誘うというわけである。

立原が追分滞在の定宿とした油屋旅館もまた、構造材が露わな内観の木造民家だった。旧中仙道追分宿脇本陣として江戸初期に建てられたこの旅館の建物を、建築として高く評価していた――「この建物は古いものらしく、かはつた家だよ。帳場のところの天井が吹き抜けで、小屋組がみえるがスバらしい。そこに 幅、一間半位の階段があるが そこをのぼつて行くのは、ちよつとよい。部材はみんな大きい。それが黒く煤けてゐる。とにかくすばらしい」（一九三五年八月九日、小場晴夫宛）。晩年の評論「風立ちぬ」のⅥ章でも、「僕らの部屋は黒い柱を持つてゐた。そして家具は、傷のために美しくされてゐた」と回想している。生田は油屋が立原の建築設計に影響を及ぼしたと述べている。

彼の第二のふるさとは、建築的にも、信濃追分の油屋旅館であった。〔……〕浅間山や中仙道が彼の詩を培ったように、この昔からの脇本陣のがっしりした民家風の構えの建築は、彼の建築の想念を養った。それには格式のある殿様の部屋やお小姓の部屋などがあって、面白いデザインやディテールがたくさん見られたものである。

（「立原道造の建築」、『ユリイカ』一九七一年六月号／『新建築』初出の「立原道造の建築」とは別文）

さて、生家と油屋の紹介が長くなってしまったが、「住宅・エッセイ」に戻る。立原はこのエッセイを締めくくるために、最後に一行空けて、非常に示唆的な「言ひのがれ」を記している。

これだけを書きをへて、出発点を顧みると、どうにかしたらもつとうまく書けさうなものだとおもつた。しかし、ここに言ひのがれがのこされてゐる、もう時間が足りない、思ひめぐらすひまはなくなつた、と。次の機会を待つて、この文章は書きなほされるであらう。建築物への郷愁を分類することで、或は建築精神に於けるこの国とあの国の血の交流、中庸をおもふことで、またそのほかのいろいろな今は思ひもつかないが、そのときは正しく説きあかす方法で。

住宅・エッセイといふ、このちひさいエッセイはここでをはりである。読者諸氏よ、この夢の上に、あなただちの夢を架け、その夢の上にふたゝびこのエッセイを組み立てなほされよ。其の時あなたゞちが建築に対して浪漫派風な思ひの必要を共感せられたならば、このひとつの試みにすぎなかつたエッセイは満足するであらう。

当初、立原にはこのエッセイのなかで、日本の建築精神と西洋の建築精神の「血の交流、中庸」を語ろうという意図があったということがわかる。「建築衛生学と建築装飾意匠に就ての小さい感想」では、西洋におけるモダンな建築精神と古典的建築精神の弁証法が語られていた。それに対し、「住宅・エッセイ」では、主題としてはっきり呈示されていないとはいえ、もっぱら民家、町屋、数寄屋造りや茶室といった日本のヴァナキュラーで小規模な住居建築（寺社建築でも寝殿造りや書院造りでもないもの）が話題となり、それに相関するかたちで、日本の伝統文芸である随筆、短歌、俳句が言及されている。

こうしたことは、私たちが「序」で引用した一九三五年六月一〇日伊達嶺雄宛書簡中の彼の宣言（「僕から　あたらしい日本がうまれるやうに　そのしをり・さびの底に　深く深く頑健な逞しさを沈めよう」）とも共鳴しあう。[19]

立原もまた、日本建築界の新潮流の影響下にあったのだろう。指導教官の岸田日出刀は、モダニズム建築の必要性を説いた啓蒙家であるとともに、日本の伝統建築を新たな角度から研究し、そのエッセンスをモダンに活かすべきと説いた先駆者でもあり、ブルーノ・タウトの日本建築論を支持した。一九三四年七月、建築学科では彼の采配によってタウトの連続講演が催され、立原はそれを丁寧に筆録した（「［タウト講義ノート］[20]」）。その冒頭「緒言——日本の伝統」は、小堀遠州および桂離宮についての論を中心とする（『全集』第四巻、一七八—一七九頁）。

立原が現代と古典、西洋と日本を有機的に統合する論を書けなかったのは、紙数や時間の制約のせいばかりでなく、理論の上の難しさがあったのかもしれない。けれども二二歳の建築学徒が、現代のモダニズム建築・西洋の古典・日本の古典を新たな住居建築というかたちで止揚せんとする野心や、「純粋造型芸術」への飛翔と「人生《ダス・レエベン》」への準拠との葛藤に対してどんな解を与えるかという問題意識を抱え、建築の未来を模索していたことは明らかである。一九三五年五月一五日に記された現代建築に関する覚書——

新しいGeneration——新しい技術。

常に、「A以後」の時代にありながら「A以前」の技術しか持たない一群がある。

だが、方向は、それであつてはならないのだ。

たとへば、僕たちはtaut、gropius、corbusierをこえなくてはならない。——「日本」の再検討だけでをはるとしたら、それは全く無意味だ。

しかし、技術はよい生活からどれだけ飛躍し得るか。ここに新しい技術の持つ意味のすべてがある。

このことを建築理論のみでなく、他のすべての芸術の分野に及ぼすこと。そのとき、よい生活といふ言葉は、一つは技術によつて作られるべき生活となり、一つは技術を生むべき生活となる。即ち、一つは moi の消滅であり、一つは moi の発展によつて技術を手にする。

（手記「［火山灰まで］」）

「A以後」とは「モダン・アーキテクチャー以後」という意味だ。モダン・アーキテクチャーは、鉄筋コンクリート工法や大型板ガラスの大量生産などのモダンな技術に基づいている。今後の建築はそうした「技術」を取り入れる方向へ歩まねばならない、そう立原も考えている。ただし、モダン・アーキテクチャーやその「技術」には還元できない「よい生活」という原理が存在する。「技術はよい生活からどれだけ飛躍し得るか」という問いには、二重の意味が込められている。旧来の「よい生活」に留まることなく、建築はモダンな「技術」を取り入れて、飛躍的に新しい生活を実現しようと努めなければならない。と同時に、この飛躍は、あくまでも「よい生活」から出発して〈新しいよい生活〉へ向かわなければならない。だから立原は、いにしえの日本的なものを再検討し導入するだけで、タウト、ル・コルビュジエ、グロピウスなどを超克したと主張するのではだめだと考えているわけである。肝心なのは、日本的であるか西洋的モダンであるかではなく、新しい技術を合理的に活用しながら現代にふさわしい「よい生活」を実現することであり、立原にとって「A以前」の「日本」はそのかぎりでの参照枠なのだ。

そうした「A以後」において、「よい生活」が「技術」によってつくられるとともに「技術」をつくり出すものともなる、という螺旋状のロジックは、「中空のボール」の比喩をめぐる「生活」と「芸術」のそれの変奏といってよい。ここで消滅したり発展したりする「moi」（自我）とは、変革への「意志」ないし「努力」というほどの意味だろう。立原が建築設計の場面で、「生活」から発して、モダンな技術を踏まえながら「生活」を変革するという課題に、具体的にどう取り組んだのか、そこで「日本」がどのように配慮されたのかは第三章で検討する。

「住宅・エッセイ」の引用文へ戻ろう。「建築物への郷愁」とは、「美への郷愁と憧憬」のいいかえと見られる。ほぼ同じことが「浪漫派風な思ひ」とも表現されており、この表現にはこんな註が付いている――「浪漫派のことに就ては、たとへば、ワルター・フォン・モーローの「独逸浪漫派主義」などを見られよ。この論文には神保光太郎氏による邦訳がある」。理念的なものへの「郷愁と憧憬」はドイツ・ロマン主義文学の最重要テーマであるとともに、立原文学の最重要テーマでもある。文学研究において立原の「郷愁」はもっぱら高原風景との関連で論じられてきた。私たちも第二章で高原風景の「郷愁と憧憬」を取り上げるが、ここでは「郷愁と憧憬」と建築との密接度に留意しておこう。

なお、言及されている先輩詩人・神保光太郎の訳は、『コギト』一九三四年一一月号「独逸浪漫派特輯」に見出される。そこでモーローは、「地理的にも文化的にも分裂紛糾して、人々の精神を高きに導く何ものも見られず、異国の文化に依りかゝることなしには身を創造活動に置くことさへ出来なかった」一八世紀末、ドイツ精神の「自己保存の本能」からドイツ・ロマン主義は生まれたと説明し、ドイツ・ロマン主義を「ドイツを郷土的に解釈するところに由来する最も純粋な人間憧憬である」と定義している。

『方法論』1――凝固せる音楽

立原は『方法論』を、その「緒言」冒頭で「現象学の建築芸術の領域への応用」と称する。かくして建築の外的・歴史的・個別的な側面は括弧にくくられ、人間にとっての建築の意義が内省的な仕方で論述されることになる。哲学関係の引用や特殊な用語が散りばめられ、複雑な論理構成をもった全五章の大論文全体を検討しようとすれば、それだけでまたも大論文となりかねない。ここでは焦点を、芸術諸ジャンルおける「建築」の一般的位置づけがなされる「第二章　建築に於ける美の性格」前半、「住」の主題が導入される「第三章　建築体験の構造」、および「第四章　人間と結びつけられたる建築の性格」に絞ることにしたい。

第二章前半を占めるのは、ドイツ観念論哲学者フリードリヒ・シェリングの『芸術哲学』の祖述である。シェリングはゲーテやヘルダーリンやシュレーゲル兄弟と親交し、ドイツ・ロマン主義に大きな理論的影響を与えたドイツ観念論哲学者である（『方法論』第四章で立原はゲーテの『親和力』を引用している）。『芸術哲学』は、シェリングが一八〇二年から一八〇三年にかけてイェーナ大学で講じ、一八〇四年から一八〇五年にかけてヴュルツブルク大学で繰り返した「芸術哲学」講義の筆記録が、死後『全集』の一部として出版されたものである。原理を説く「一般部門」と芸術ジャンルの体系を説く「特殊部門」からなるが、立原が依拠したのは松下武雄による「特殊部門」の翻訳だ。松下訳は文芸誌『コギト』に一九三三年八月号から断続的に連載され、松下の病死により一九三七年九月号をもって中断した。建築が主題となっているのは、第二〇回・一九三六年一月号と、第二一回・同年三月号。『方法論』提出前の最後の回は第二五回（言語芸術論の導入部、および抒情詩論）であり、同年一一月号に掲載された。なお、立原は一九三五年九月号からしばしばこの雑誌で作品を発表し、一九三八年一二月の松下武雄追悼号に詩「魂を鎮める歌」を寄せている。当時の日本の思想界においてシェリングは新しい、い、い哲学者だったのであり、立原はシェリングの初期受容者といえる。

シェリングは芸術を、一なる神（絶対的同一性）の構想力（創造力）が人間的水準において反復されたもの、「絶対者の流出」の内在的証しであると位置づけ、特権的に重視する。その芸術哲学は極めて理念的かつ体系的なので、『方法論』を読むだけでは理解が難しい。また『芸術哲学』の日本語全訳や手頃な解説書が存在しなかったこともあろう、これまで『方法論』の研究者は、第二章を正面から論じることを避けたり、誤読したりしてきたといわざるをえない。私はまず『芸術哲学』の体系の概説からはじめよう。なるべく『方法論』の文面を基にして。

シェリングによれば、芸術家とは、神から発する諸「理念」（無限なもの）を被造物＝自然のうちに直観し、有限な作品として実現する者である。ただ、そのとき芸術家が選択した素材が、優れて観念的な言語であるか、実在的な質量であるかの差異により、芸術は「言語芸術」（文学）と「造型芸術」の二系統に大きく分かれる。シェリングの根本的モチーフは、観念的・普遍的なものと現実的・特殊的なものの差異を肯定するとともに、両者を絶対的同一性に由来する分肢として統一的に把握しなおすことである。したがって、シェリングにとって「言語芸術」と「造型芸術」の二分法は、経験的・便宜的区別ではなく本質的区分である。

注意を要するのは、シェリングが神の絶対的同一性と芸術の多様性を矛盾なく捉えようとして、この二方向への分裂的生成の内に、「現実的〔実在的〕統一」（現実性がドミナントな形態／「譬喩」）、「理想的〔理念的〕統一」（観念性がドミナントな形態／「図式」）、「無差別」（実在性と観念性が一体となっている形態／「象徴」）の三様態が内包されるとしていること、しかも三様態が、分裂的生成の段階ごとに入れ子状に反復されるとしていることである。神的・宇宙的創造力が段階的に三分化する存在様式は、「力能」と数学用語の「冪乗《べきじょう》」の意味を込めて「ポテンツ」（Potenz）（松下武雄訳は「展相」）と呼ばれる。

シェリングは「言語芸術」を、「抒情詩」、「叙事詩」、「演劇」に下位区分し、「造型芸術」を、「音楽」、「絵画」、「彫塑」に下位区分する。その結果、例えば「抒情詩」は「音楽」と、「演劇」は「彫塑」と対称的な距たりを前提に対応しあうということになる。そして、これら九つのジャンルの各々が、さらに三種に下位区分される。例えば「彫塑」は、「建築」、「浮彫」、狭義の「彫塑」に分類される。かくして「建築」は、彫塑内の「現実的統一」であり、「譬喩」であり、音楽的彫塑であると規定される。『方法論』において、それは、「彫塑に於ける無機的芸術形式又は音楽は建築である」という命題や、「建築は空間に於ける音楽、いはば凝固せる音楽（erstarrte Musik）である」という補足的命題のかたちで記述されている。[21] 音楽愛好者・音楽憧憬者だった立原は、この建築観に魅力を感じていたに違いない。

音楽が「現実的」であり、絵画が「観念的」であると規定されていることに対して、一般的には違和感があろう。この論理の大前提には、映像を可能にする光を、自然界における観念的存在と見なすシェリングの「自然哲学」がある。それに加えて、光を二次元平面において間接的に表象するという意味で、シェリングは絵画を「観念的」と呼んでいる。それに対し、音楽は、感情を、鼓膜を震わす空気の震えとして直接的に表出するがゆえに「現実的」なのである（歌詞を伴う「歌」は度外視されている）。他方、造形芸術の側においては、叙事詩は抒情詩よりも出来事を表象的・間接的に表現するがゆえに「観念的」＝「絵画的」であり、抒情詩は叙事詩よりも主観を非表象的・直接的に表現するがゆえに「現実的」＝「音楽的」なのである。

なお、建築と音楽を修飾する「無機的」という概念を理解するには、反対項としての「有機的」の概念を押さえておく必要がある。シェリングは、神の創造した宇宙を「有機体」（生ける自然）と見なし、そのなかでも優れて有機的なのものを生命体、生命体のなかでも優れて有機的なものを動物、動物のなかでも優れて有機的なものを、創造主の似姿を備えた「人間」と見なしている。有機体は神の潜在力の強度な顕われとして捉えられる限りで、芸術の成立根拠に等しく、有機体を離れて芸術は存立しえないことになる。建築や音楽の場合、絵画や狭義の彫刻（抽象絵画や抽象彫刻が登場する遥か以前の論である）のように有機体の形態を描くわけではないが、無機的・幾何学的形式を通して有機体を表現すべきジャンルと位置づけられる――「美的芸術としての建築は有機体を無機的なものの本質として、従って有機的諸形式を無機的なものの中で、予め形づくられたものとして描出せねばならない」。「美的芸術としての建築は無機的なるものを有機的なるものの譬喩として展開せねばならない」。

シェリングは「譬喩」（Allegorie）という語に特別な負荷をかけている。人体彫刻は人体の「譬喩」ではない。それに対して円柱は、別に人身柱でなくとも、直立する人体や上体を支える脚の「譬喩」であり、かつまた樹の幹の「譬喩」でもある。シェリングが述べている例示が『方法論』には欠けているので、さらに補っておこう。

我々は一つのゴテイク建築物を、例へば就中シユトラアスブルクに在る大伽藍の如き高楼を、一つの均合とれて狭まれる幹より小枝を空中四方に張つてゐる無限の王冠にまで拡がつてゆく一つの巨

大な樹木として考へることが出来る。（「芸術哲学（第二〇回）」、『コギト』一九三六年一月号）

最も完成されて美しい建築として考察され得る衣裳と衣服の芸術は、必ずしも彫塑的芸術の最も瑣細な部分と云ふ訳ではない。しかし衣服をそれ自体のために彫塑的に表現することは、何ら芸術の課題ではなからう。衣服は、有機的なものゝ譬喩として有機的身体の高次なる形式を暗示するものとして、芸術の最も美しい部分の一である。（同右／強調は原文による）

絵画の建築的部分に於て多かれ少なかれ必要とされてゐる均斉は、建築そのものゝ中で更に一層明確に必要とされる、しかもこの均斉は人間的身体の構造との最も完全なる一致にまで必要であつて、両つの均斉とれたる半分を分つ線は水平的ではなく垂直的に上より下へと行く。この均斉は、それがたゞ人間的形態に於て必要とされると同じ程度に、美しくあるを要するすべての建築物に於て断然必要とされる。之に反して均斉に違へるものは、歪める顔又は二つの均合はぬ半分から組立てられてゐると思はれる顔と同様に耐へられない。（同右／強調は原文による）

要するに、本質的建築において実現される「譬喩」とは、無機的・幾何学的人工物が非無機的・非幾何学的身体に対してとる抽象的照応関係の謂いであり、より具体的にいえば、有機体から抽出された力学的構造や、身体機能に対応した幾何学的形態などを意味する。シェリングにとって建築の芸術性を保証するのは、このような意味で建築が「譬喩」であることなのである。[22]

『方法論』第二章で、立原は『芸術哲学』の内容を、評価を加えずに要約したり引用したりすることに終始している。立原が設計した建築のスタイル——第三章で具体的に検討する——は、シェリングの美学からかなりずれている。けれども、彼が文学と建築の異同をめぐる問題意識から『芸術哲学』に関心を寄せたことは、「第四章　人間と結びつけられたる建築の性格」の導入部を読めば明らかである。

そこで建築を論じるみずからの言葉自体のステイタスを省みながら、立原は、時間における建築体験の真相をそれにふさわしく表現する言葉が存在するとすれば、「何物にも正当化されずまた何物にも権威づけられず、ただ裸かな、蔽ひのない、消え去るべき、しかしここに於て唯一度、(而もそれは取消すことの出来ないと同時に永久に二度とあり得ない唯一度の仕方により)まさに語られるべき、言葉としてであらう」と述べる。そして、そのような特異で決定的な言葉の性質を端的に語る言葉として、ライナー・マリア・リルケの長詩『ドゥイノの悲歌』(一九二二年)の「第一の悲歌」冒頭の一文「たとへ私が叫んだとて、天使の仲間のうちでは誰が私を聴いてくれよう?」(堀辰雄訳)のドイツ語原文を引用する。『芸術哲学』への再言及が登場するのはそのあとだ。

今、私たちはひとつの奇異な、意味ふかげな事実に出会ふであらう。それは私たちが、ここにその言葉、或は表象の背後に横たはるものを何等体験せられたるものとして持つてゐないこと、言ひ換へれば、それらが私たちに於て観念として生きてゐること、である。そして、私たちの言葉が発せられるとき、それは言葉が本来働くべき仕方とは全く異なつた仕方、それは私たちが第二章で取扱つたシエリングの「芸術哲学」の公理を機械的に適用すれば、「造形芸術」的な仕方として、発せられてゐることである。而も、更に、注意ぶかくそれを見るとき、それが、シエリングが位置づけた「建築」的な仕方としてであることを知つて、その事実は益々奇異な、意味深げなものとして、私たちに映るであらう。私たちにとつて、私たちの言葉の仕方がすでに「建築」的ですらあるとは！

論の展開が性急すぎて非常にわかりづらい文章だが、いちおうの解釈を述べておく。「造形芸術」的な仕方で発せられている「私たちの言葉」とは、文学言語を意味するとともに、詩的高揚にふるえている立原自身の言葉である。とすれば、これとの対照においていわれる、言葉の「本来働くべき仕方」とは、伝達や交流等の実用に奉仕する道具的言語を意味するだろう。他方、立原は、言語が単純に体験を表象するのではなく、一般的な「観念」を介して表象することに注目している。言語は「観念」を伴わずして言語ではなく、言語は個人の情意や行為を越えた次元につねにすでに先在する。私たちが何事かを言述するとき、言葉の「観念」を自分流に満たしているにとどまり、言葉を創造しているわけではない。ただし、普通、言語の先験性・超越論性は、私たちが注意を外的な権威や対象へ払うことによって蔽い隠されている。おそらくこうした前提に立ったうえで立原は、日常的蔽いから解放された「言語＝観念」を通して、天使的なものと過ぎ去りゆく地上的人生とのあいだに一回限りの奇跡的な切り結びをもたらそうとする「叫び」として文学を位置づけているのだろう。

「たとへ私が叫んだとて」という一文は、トリエステに近いドゥイノの古城をリルケに提供したマリー・フォン・トゥルン・ウント・タクシス公爵夫人によれば、一九一二年一月のある強風の日、この古城に逗留していたリルケが、アドリア海に面した絶壁を散策していたとき、突然、疾風怒濤のなかに声として聴き取り、手帳にメモした言葉であり、その晩のうちにリルケはこれを起句とする「第一の悲歌」を書き上げたという。『四季』一九三五年六月号初出の堀辰雄「リルケ年譜」に銘記されている逸話なので、立原はこれを意識していたはずだ。「第一の悲歌」は、以下の一節によって結ばれる――「あの言いつたえはよそごとだろうか、むかしリノス〔古代ギリシアの伝説の美青年〕の死のための慟哭が／ほとばしる最初の音楽となって、／ひからびた凝固のすみずみにまで滲みとおったということは。／ほとんど神にも近いこの若者の帰らぬ俄《にわ》かの旅立ちに空間ははじめ愕然とし、そこに生じた空無はその驚きから／あの妙なる顫動に移ったという。その顫動こそいまもわれわれの魂をうばい、なぐさめ、そして力を添えてくれるのだ」（手塚富雄訳『ドゥイノの悲歌』岩波文庫、一九五七年）。「第一の悲歌」は、詩の誕生を、相互的コミュニケーションが不可能な潜在的境域へ向けての「叫び」として示唆しているのである。

　他の場所で立原が類似したいい方で同様の文学観を語っていることが、以上の私の解釈の傍証となる。卒論の前年、立原は萩原朔太郎の『氷島』（一九三四年）を読んで受けた感銘を詩友に書き送った。そこで立原は「詩は言葉に関係するきりかもしれない。言葉と言葉の間に生れる世界に就て」と唯言論的な命題から論をはじめながら、「作品と人はどれだけのつながりがあるのだらうか」と問う。そして「作品の価値ばかりを芸術の物尺ではかる」立場と「作品の裏側ばかりを立ちまはつて当て推量する」立場のどちらをも斥け、「ほんたうといふのは、その二つを結びあはせた所にあるのではないだらうか」と述べ、『氷島』の詩語に「意志なき寂寥のなかに言葉と共にゐる彼〔朔太郎〕の姿」や、「統制された言葉のかはりに、手に触れる言語を受け取る天質」を読みとる。こうした詩人論を語りながら、語るみずからの言葉を省みて、その言葉が動揺していることにむしろ文学言語としての真性を自覚している点まで、『方法論』の叙述に似ている――「僕は　この言葉が　人に　今僕のなかになるものをすべて誤なく伝へてくれるやうにと思ふ。そして、僕は、僕自身さへ　これを書いて幾日か後で見てこれを理解し得るかどうか怪しむ。ただ、これを書いたことは一つの事実であつた。事実にして危険のないもの、そのやうなものは僕に空想出来ない。／言葉を愛し信じれば、言葉は断片となるだけであらう」（以上、一九三五年二月二八日、国友則房宛）。

また、晩年のテクストになるが、立原は『風立ちぬ』論「風立ちぬ」の別稿中に、以下のような詩論を記している。

僕らは詩人と言葉とがここではどんなに不安な意識で結びつけられたかを見るだらう。いつも見馴れた言葉でない言葉をだれが持ち得ようか。言葉はそしてひとつの道具であつた。しかし、見馴れた言葉ながら、それがひとつの危機に立つ。今を措いては立ち得られないだらうと、言葉みづからが発音する危機に。しかもそれはどこか？　詩人と存在とが出会ふその一点はどこか？　詩人は遅ければ遅いほど余計になるばかりの言葉の速さを、今その危機を告げた言葉に与へやうとつとめる。〔……〕僕らのまへに、その不安な意識で詩人が自分の文章をしるさねばならない限界がありありとひらける。時間が逆にながれ去らない、詩人もまた彼の文章をあともどりさせるわけにはゆかぬ。包むやうにして一切が運び去られる、詩人も文章も主題も形象も……かうして時間をずつと過ぎても、危機は去らない、それは加速度をもつてますますゆるやかになる。〔……〕ここからなのだ、あの「風立ちぬ」を貫く文体がやつて来るのは。〔……〕詩人は、ここでみづからが、引きのばされた、長い長い文体となるのである。最早、言葉は道具でない。詩人が言葉の道具でない、とすら、もう言ひ切れない。

（「「風立ちぬ」別稿」一九三八年一〇月頃）

『方法論』の読解に戻ろう。立原は「「造形芸術」的な仕方」という箇所に「註＊」を付し、「「建築」的な」という箇所に「註＊＊」を付している。「註＊」を見ると、こうある――「これはただ相似の関係から言はれる。造型芸術は、「無限的なもの」（理念）を有限的なものに於てあらはす。今の私たちの言葉は、言葉が観念的統一であらはすのとちがつて、それが、この二次の実在的統一として、理念が有限的な文章に於てあらはされる。＊＊も同じやうに導かれる」。『芸術哲学』の体系によれば、「観念的統一」は言語芸術一般の性質であり、「実在的統一」は造形芸術一般の性質なのだから、言語芸術が完全に「実在的統一」と化すことは原理的にありえない。「実在的統一」に冠せられた「二次の」という限定が重要だろう。文学が一次的には「観念的統一」でありつつ、二次的に造形芸術と通じる属性をもっていることを強調しているのだと解釈できる。

では、なぜ「更に、注意ぶかくそれを見る」と「「建築」的な仕方」になるのか。「建築」が「造形芸術」の上位ジャンルになっているかのようで純論理的には理解しがたい。ただし、いくつか筋道は考えられよう。立原は建築を、諸ジャンルを内包する総合的存在と見なしており、その考えを強引に『芸術哲学』のジャンル論に接合したのかもしれない。第一章で立原は、「実用的な建築が次第に芸術にまで高められ、それが後になつて他の美術工芸・彫刻・絵画を自らの保護の下に取り容れて向上させて行く養ひ親（Alma mater）に迄なつたのである」と一般的建築史を略述していた。あるいは、いつのまにか『ドゥイノの悲歌』のような「抒情詩」が脳裏を占めていたのかもしれない。「抒情詩」なら、音楽的言語芸術であるという点で、音楽的造形芸術である建築と接点はある。言語が「二次の実在的統一」を呈する理由として、「理念が有限な文章に於いてあらはされる」と立原は述べている。具体的事例による説明が欠けているものの、確かに「抒情詩」においてなら言語の叙述機能が著しく制限され、そのぶん音韻の反復や律動、少ない語の熟慮された配列、語の観念どうしの非線状的な対応や反復などが強い表現的価値を発揮する。この意味で「抒情詩」は、言語芸術のなかでもっとも造形芸術的であり、音楽的であり、建築的であるといえよう（とりわけ、立原が建築学科入学以降執心した詩型、一四行詩《ソネット》においては）。

立原は高揚した調子で文学作品の建築性を言明するや、一転して、これは「悪しき思ひつき」であり、そのせいで自分は「生ならぬもの、想像の世界へ堕落」した経験があると語って、弱腰になるのだが、「詩＝建築的文学」という図式を手放してしまうわけではない。その直後で「時間のなかに於ける「建築」」という見方を打ち出す際、「この時間・或は運命なるものは、私たちの言葉の背後に、すでに体験せられたるものとしてでなく、ただ観念として今はいつか体験せられる瞬間が来ることもあらうとして賭けられたるものとして横はつてゐるのである」と繰り返し、この章の後半を占めるプルーストやゲーテの引用へとつなげているのだ。

『芸術哲学』は、立原の建築観・文学観にどのような影響を与えたのだろうか。『方法論』だけを通してそれを知るのは難しいが、「魂を鎮める歌」の前書き――「二年まへの秋の日に僕は『芸術哲学』のなかで自分を形づくる営みを強ひられてゐた／松下武雄氏に出会つたのは　そのシエリングのなかであつた」――を疑う理由はなにもない。「二年まへの秋」といえば、『芸術哲学』の連載がはじまって三年以上が過ぎた一九三六年秋になる。ただし、これは、このときはじめて松下武雄を知ったとか『芸術哲学』を読んだという意味ではなく、卒業論文を準備する過程で『コギト』のバックナンバーを振り返り、松下訳『芸術哲学』を精読しはじめたという意味にとるべきだろう。一九三五年八月四日猪野謙二宛書簡のなかで、立原は、「ヘルデルリーン」（ヘルダーリン）の日記を読んで感銘を受けたことや、『コギト』掲載の保田與重郎の小説の感想を記しているが、彼が読んだ日記とは、『コギト』同年八月号に松下が「芸術哲学（第十九回）」とともに訳出した「ヘルデルリーンの日記抄」に違いない。

『芸術哲学』の一部を読んだだけの立原が、その極めて神学的で難解な体系をストレートに受容したとは考えがたい。不充分な理解や誤解が混じっていたことだろう。けれども、言語芸術と造形芸術の区分を根源的分裂として捉えたうえで両者の潜在的対応を論じているという点で、『芸術哲学』は、詩と建築の二つの道を歩み出していた彼に対して有意義な示唆を与え、「自分を形づくる営み」を確実に促したと考えられる。そうでなければ、卒論執筆開始一月前の一九三六年一〇月三一日に、同級の小場晴夫へ「人間の問題と生きる問題に聯関して　僕は　宇宙的なひとつの建築論の可能性を信じる」という宣言を書き送るといったことは生じえなかったはずである。

『方法論』2──「住みよい」と「住み心地よい」

シェリングは、有用性を条件とする「必要の芸術」であるという建築の特異性を配慮してはいるが、神的創造のロジックを優先しているため、「建築は欲求から独立しながら同時に欲求を満足させる」と述べるにとどまる。そこには、立原が最重視していた「生活」や「住」をめぐる議論が欠けている。

だからこそだろう、立原は『方法論』第三章でまず、主に須田豊太郎の現象学的論文「人間的生の構造」（『哲学雑誌』一九三五年七月号）に主に基づきながら、「住」の体験を、「身体」（corps）の「動物的生」、「精神」（ésprit）の「人間的生」、「慈悲」（charité）の「質的超越を経たる生」＝「生以上の『生』」という三層にわたるものと規定する。そして、心情を通して認識され、自己を越えた生が自己のうちに生きていることを実感する宗教的体験にも類似した第三層における「住」体験を説明するなかで、「住みよい」と「住み心地よい」という二分法を導入するのである。

望ましい建築のノエマには「住みよさ」と「住み心地よさ」の二種があるとされ、後者に対応する「住み心地よい」というノエシスが、建築におけるもっとも根源的な体験として価値づけられる。ここで注意すべきは、「住みよい」体験が実用面における満足を意味し、「住み心地よい」体験が建築美の享受を意味する、というふうにはなっていないという点である。「住みよい」体験をもたらすものには、住居を「つかふ」うえでの合目的機能性が勘定されているだけでなく、住居を「眺める」際に認識される美的形質までもが勘定されている。これに対して、「住み心地よい」体験は、つぎのように美的感興とは区別され、日常的に起居する建築空間のなかで「生命」が覚える根源的な充実感として位置づけられている。

「住み心地よさ」は四囲世界そのものの生命志向的対象的把捉性格にほかならないことが導かれる。これを事例に就いて見るならば、適度に温度と湿度を調節された部屋に於ける快さは、温度と湿度の快さでなく、四囲世界そのものが快いのであつて、それが快い気分情感として現実在的に規定されてゐるのである。このやうな快さは決して、美的体験に於けるやうに体験の全野から抽《ひ》き出されるものでなく、また、私たちが自由に価値づけることの出来るものでもなく、私たちに常に先づ全生命的に襲ひ根源的に情感するのである。

論の骨子は、「住み心地よい」と感ずる者が、観照的主体でも能動的主体でもなく、無意識的で非人称的な「生命」であり、「住み心地よい」という情感をもたらすものが、距離をおいて対象化することも、単純な要素へ分割することもできない漠とした全体＝環境であり、「住み心地よい」という情感が、全体的で身体的な気分であることだといえよう。

名木橋忠大は、この非常に生硬な文章が、『方法論』巻末「参考書目」に挙がっている兼崎輿之「対象の気分的性格」(『理想』一九二七年一一月号)の換骨奪胎であったことを明らかにした。また「気分情感」を主題とする兼崎論文が『存在と時間』(一九二七年)のハイデガーの影響下にあることを的確に指摘した(『立原道造新論』[新典社、二〇一三年]一九〇―一九九頁)。「美的体験に於けるやうに体験の全野から抽き出されるものでなく」という曖昧な表現は、兼崎論文の対応箇所「それの志向対象は常に知覚的背景(Wahrnehmunghintergrund)又は体験の全野(ganze Erlebnisumgebung)より抽いて把握させられたるに過ぎない」を参照すると、「住み心地よい」体験が、「全野」からもたらされる「美的体験」と異なる、ということを意味しているのではなく、美的対象を「全野」から引き離し際立たせる「美的体験」と異なり、「全野」によってもたらされる、ということを意味していることがわかる。ここでいわれている美とは、距離を介して理知的・観察的に認識される美、例えば美的輪郭や美的プロポーションなどではないだろうか。三段階図式と照合するなら、「住みよい」体験は、「身体的生」から「人間的生」の範囲に収まるが、「住み心地よい」体験はその先の第三の体験にあたると解釈できる。

立原は「緒言」で『方法論』を「現象学の建築芸術の領域への応用」と要約している。経験を組織する根源的意識を内省的に記述するというのが、現象学の基本姿勢である。立原は、そうしたところが建築体験を捉えなおすのに適していると見たのだろう。ただし、現象学の創始者エドムント・フッサールの「ノエマ／ノエシス」という対概念を使い、註でフッサールに言及しているにもかかわらず、認知論的考察はほとんどなく、『方法論』の論述はあまりフッサール的ではない。マルティン・ハイデガーの影響を強く受けたオスカー・ベッカーや三木清、兼崎輿之、ハイデガーと交流があった現象学者マックス・シェーラーやカール・ヤスパースなどが非常に重要な役回りを演じていること、純粋意識による形態や概念の知的認識よりも、安らぎと不安といった存在論的気分や、死すべき実存の様態に重きが置かれていること、アウグスティヌス、パスカル、シェリング、キルケゴール、ディルタイ、ジンメル、ベルクソンなどが参照されていることなどを思えば、立原の「現象学」は、ハイデガーへの言及がないにもかかわらずハイデガー的であり、存在論的、実存哲学的であるといえる[23]。

論文作法の観点から見ると、『方法論』は、説明不足、論理の飛躍、剽窃めいたパラフレーズなど、粗が多いが、その企図において驚くべき先駆性がある。現象学系の建築理論家クリスチャン・ノルベルグ=シュルツは、現象学的建築論の嚆矢として、マルティン・ハイデガー「建てる 住む 思考する」(一九五一年講演、一九五四年出版)とガストン・バシュラール『空間の詩学』(一九五七年)を挙げている(加藤邦男・田崎裕生訳『ゲニウス・ロキ――建築の現象学をめざして』住まいの図書館出版局、一九九四年)。つまり、本場ヨーロッパで現象学的建築論が誕生したのは第二次大戦後の一九五〇年代だったのであり、二二歳の立原道造は約二〇年先駆けていたということになるのだ。

『方法論』第三章のつづきを読もう。立原は芸術的建築を「住」の深奥からいったん引き離したうえで、あらためて以下のように基礎づける。

このやうな「住み心地よい」建築体験は最も日常的なる体験として、その根源の姿に於て、私たちの日常を常に先づ取り囲み(umhüllen)、私たちの生は、ここに世界の一つの在り方を持ち、世界が世界自らを承認し、かくして私たちと建築は合一して、私たちは私たちの作用を対象としてこれを反省するとともにかく反省するといふことが直ちに私たちの発展の作用であり、かくして、創造的に全体が己自身を発展して行くのである。〔……〕かうして、ここにもまた、統一づけられて、自らのなかに自覚的発展の活動が無限に進む方向に営まれるのである。私たちはこの意味の層、「住み心地よい」建築体験なるものが実は私たちの問題であつた建築体験の最奥に、創造的な核として横たはつてゐるのをかくして知り得たのである。

「住み心地よい」体験自体は、能動的創造行為ではないが、子宮のような発生の場なのだ。そこでの体験の「反省」こそが、建築的創造の出発点となるという。つまり「住みよい／住み心地よい」の二分法は、「建築衛生学と建築装飾意匠に就ての小さい感想」の段階では一律に「建築計画学」へ組み込まれていた「機能」と「快適」を、質的・次元的差異に則して仕分けなおした論であり、かつ、「住宅・エッセイ」で語られていた「建築する精神」と「エッセイする精神」のねじれた関係論を深化させた論なのである。

しかも、こうした「建築体験の構造」の論述は、同時代のモダニズム建築における「機能主義」ないし「国際主義」に対する根源的批判となりえている。

立原は、ル・コルビュジエの有名なテーゼ「住宅は住むための機械である」（『建築芸術へ』[24]）を、「生物的生に於ける住の体験」の快適化に関する言説と位置づけている。しかし、そのいい方には明らかに皮肉が込められている——「この段階に於ては、「住宅は住むための機械である」と発言せられた、かの有名なる瞬間以降、私たちが強ゐられつづけた建築観が、建築体験のすべてを掩《おお》ひ得るかのやうに強調せられ得るのであらう。ここにあつて私たちは次の段階への予覚すらなく自然に、充分自然に建築体験し得るのであらう」。もちろん立原は、「住むための機械」が建築体験のすべてをカヴァーできるなどとは思っていない。

狭義の使用価値のみを主張するのは俗流機能主義であって、ル・コルビュジエの機能主義ではない。そのことも立原は承知している——「これ〔人間的生における「動物的生の痕」〕と結びつけられて、考へられる建築は、ふたたびコルビュジエに語らしめれば、「機械のをはるところからはじまる」建築であらう。私たちの幾多の建築美学が近代に於て考へつづけた場所は実にここであつた」。「機械のをはるところからはじまる」という文言は『建築芸術へ』のなかに確認できないが、同趣旨の主張なら同書の「建築芸術　三、精神の純粋なる創造」という章に豊富に記されている——「人は石や木やセメントを用意しそれで家屋や宮殿を建てる。それは構造の事柄であり冷い理智が働いて居る。／併《しか》し、お前達はシツカリと私の心を捉へ、魂の深みから私を愉快にさせる。私は幸福になつて云ふ——美しい。茲《ここ》に建築芸術がある。芸術が登場したのだ」、「建築家は望みのものを明瞭に表現せんため手段として光と影とを用ひた。形の構成が初まつた。そして此の構成は如何なる圧制をも受けない。〔……〕形の完成には造形芸術家が認められる。技術家は役目を終へ彫刻家の仕事が始まる」（宮崎謙三訳『建築芸術へ』構成社書房、一九二九年）[25]。見落としてならないのは、ル・コルビュジエが説くこの種の建築美をも、立原が第二層以下に位置づけていること、要するに機械的機能性とともに「住みよさ」に組み込まれるべきものと見なしていたことである（実際、『建築芸術へ』のなかで「建築」の芸術性はもっぱら立面の比例や平面の軸線に見出されており、そうした美を知的に認識することは、「眺める」こととして語られている）。

ヴァルター・グロピウスもまた、モダニズム建築のバイブルとなった著書『国際建築』（一九二五年）の自序で、目指すべき建築を、機能に則した無装飾な合理的造形と美的プロポーションの二重体として定義していた。立原は「第五章　人間に根づけられたる建築の問題」において、グロピウスの有名な結論「建築は常に国土的であり個性的である。然《しか》し、個人・民族・人類の三つの輪の内、最後の最も大きな輪である人類が、他の二つ、即ち個人と民族を包括してしまふ。故に標題は国際建築！」を引用したうえで、つぎのようにその批評的再解釈を呈示する。

今や、私たちは、私たちの現代の建築のイデアへの出発の日にふたたびこの言葉を理解しなほさねばならない。〔……〕グロピウス自身解釈したのとさへちがつた私たちの解釈をここに加へて出発せねばならない。言ひ換へれば、人類といふ言葉で、日本・ドイツ・フランス・イギリス・オーストリイ・チエッコスロバキア・オランダ・スウエーデンその他の対立を溶解し去つた「国際」なる言葉を感得するかはり、人類といふ言葉で、「homo sapiens」或は、私たちが私たちを常に理解しつづけたやうに全体体験を持つ全体人間・普遍人間にまで溶解された「人間」なる意味を感得せねばならない。すでに私たちにまで妨害者となつた文化形成物の遺骸はあたらしくこの意味に於て反省せられねばならない。このやうな意味で、「人間に根づけられたる建築」なる問題は私たちの問題の前景に力強く生き生き激しく押し出されて来るのである。

青年的な気負った大言壮語のきらいはあるにせよ、私たちは立原のモダニズム建築批判に、深い建築史的価値を認めることができる。彼は、国際的機能主義とプロポーションの美学に、「住」という根源的建築体験の軽視を見出しており、すでにモダニズム建築さえもが生に対する障害となりだしていると感じていた。そして、装飾主義へ退行せずにこの障害を乗り越えるという高いハードルを、新進建築家として世に出ようとしている自分に課していたのである。

『方法論』３——時間のなかにおける建築

立原は「第四章　人間と結びつけられたる建築の性格」の冒頭で、「建築体験」の実相にさらに迫るためには、「建築体験」を、死や崩壊をもたらす「時間」において検討しなおさなければならないと説く——「私は今や、私たちの本質として、「死」或は「壊れ易さ」に結びつけられた場所に於て、「建築」なるものを見ようとする。言ひ換へれば、嘗て私たちの理解し得たやうな、空間のなかに於ける「建築」なるもののかはりに　時間のなかに於ける「建築」なるものを見ようとするのである」。そして、建築を時間のなかで具体的に捉えるには、外の脅威に対抗する「激しさ」に対する「不安」と、住人を包容する「優しさ」に対する「郷愁」という両価的心情に注意する必要があると説く——「「激しさ」に対する「不安」と、「優しさ」に対する「郷愁」との二つの面のあひだに無限の色あひを持つてまざり合ひ、私たちを含み、私たちに含まれる「在り方」としての「建築」が　私たちの言ふ「時間」のなかに支へもなしにあらはれるのである」。さりげなくではあるが、「郷愁」というキーワードが建築体験の時間相の一極として導入されている。

ところで、たいへん興味深いことに、立原はこうした探査の「なし得べき方法」として「言語芸術に把へられた建築」の検討を挙げるのだ。

その理由として二つの事柄が語られている。まず引用した文章の「言ひ換へれば」という箇所に付された註のなかで――「屢々《しばしば》私たちがさうであつたやうに、この場合にもシエリングが「有限なものを無限なものへ形成する」と位置づけたそれによつて、言語芸術を得てゐる。感受性は有限なものを受け取りそれを自らの働きによつて無限なものへ形成する」。これは、非言語的な体験が、その微妙さを保持したまま、言語芸術によって言語化・意識化の方向へ開かれるということだろう。

第二の理由は、絵画や写真といったジャンルと言語芸術の違いの指摘を通して呈示される――「言語芸術の場所に於て、それがいかに把へられたかを見ることによつて、私たちが「建築」なる表象とふたたび結びつけられようとするのである。それは、空間のなかにある「建築」が絵画（或は近代的な仕方に於ては写真）によつて再び私たちと結びつけられることに比べられてよい」。「写真」に付された註においては、「これは非常に粗雑な比喩である。私たちが写真に就て、ひとつの定義「写真は時間を写さない、これに反して映画は時間を写す。映画のなかに出て来る家と写真のなかの家は全くちがつた仕方で私たちにまで見られる。」（Jean Cocteau "Le Mystère laïc"）によつてだけ、この比喩が裏づけられてゐる。絵画の場合、私たちはシエリングに帰れば適当なる理由づけを見出し得るであらう」。"Le Mystère laïc"は、映画監督もした作家ジャン・コクトーによるアフォリズム形式のジョルジョ・デ・キリコ論。立原は、佐藤朔訳「世俗な神秘」（『コクトオ芸術論』厚生閣書店、一九三〇年）から引用している。(26)

指導教授・岸田日出刀は、自分で撮影した建築写真を建築論で巧みに利用することで知られていた。『方法論』にもパルテノン神殿やゴシック寺院の廃墟の写真や、ロダンによるカテドラルの素描などがあしらわれている。こうした静止画像による建築表象に対して『方法論』は自己批評的である。またこの部分は、シェリングが語っていない建築の時間的様態と、文学による建築表象を導入し、芸術諸ジャンルのなかでの文学の位置を改めて考えているという点でも注目にあたいする。

かくして立原は、マルセル・プルースト『失われた時を求めて』（堀辰雄訳と淀野隆三・佐藤正彰訳）、ヨハン・ヴォルフガング・ゲーテ『親和力』（倉田潮訳）、オーギュスト・ロダン『ロダンの言葉』（高村光太郎訳）、ロダン秘書をしていたライナー・マリア・リルケが書いた一九〇六年一月二五日および二六日の手紙（堀辰雄訳）を引用する。それにしても、なぜこれらを選んだのかという問いは避けがたい。

これに対して私たちは、手あたりばつたりに選ぶことのみが出来るのである。言ひ換へれば、出会ひといふことに無限の信頼をおき、私たちが彼を選ぶごとく、彼もまた私たちを選ぶ摂理に於て私たちはそれを方法とし得るのである。或は人は私たち、就中《なかんずく》この仕事をなす私ひとりの内面形式の構造によつてその方法があまりにも多く歪められることを非難しよう。だが、私ひとり自らが選ばれて、すでにこの仕事と「出会つ」てゐることが、その非難を私たちの間で無気力なものとするであらう。（強調は立原による）

「私」がテクストを選択するというよりも、すでにテクストが「私」を選択していた。それが「出会ひ」というものであり、こうした特異で一回的な「出会ひ」に備わる真性に比べれば、一般的論理による正当化など意味がない、そう立原は思っているのだ。おそらく論文審査にあたった教授たちは彼の理屈を不可解な逃げ口上と見ただろうが、ここには彼の文学に対する倫理が露呈している。

教授たちにとっていっそう不可解だったのは、立原が文学テクストをながながと引用しながら、各引用に数行の注釈をほどこすにとどまり、結論を述べないまま第四章を閉じてしまったことに違いない。

立原は最終章の「第五章　人間に根づけられたる建築の問題」にいたって、「廃墟のまさに崩れかける瞬間が美である」というゲオルク・ジンメルの廃墟論に触れ、ようやく建築体験の時間性についての論議を再開する。すでに第二章で、自然に溶け入るような廃墟の美しさへの短い言及があるが、ここで強調されるのは、廃墟として顕在化する時間が、本質的には狭義の廃墟のうちに限定されず、建築家が自分の理念を設計図に表現した瞬間から絶え間なく漸次的に建築に作用しているばかりか、建築の利用者自体にも作用しているということである。

勿論、私たちはそのやうな、壊れ易さを一般に言ふ物質の頽廃性とは同一には見なかつた。建築が壊れ易いと言ふとき、私たちは、建築の理念が、果敢なさと虚無性の全範囲で把握されたこと、またその理念が芸術家の悟性を通じて個別性に移り行くとすれば、それが現実となり、同時に理念自体は無となること、そして無となるかかる瞬間に芸術の住居があること、言ひ換へれば、「同一の」主観の「同一の建築」に対しての「同一の」体験は確実に繰りかへし得ず、従つて建築体験なるものは極端に傷つき易い「瞬間的な」体験のうちにあることを、従つてそれらのことが「建築の壊れ易さ」を制約することを考へつづけたのである。建築が建築家の理念から製図に移された瞬間から、(或はこれを私たちが緩やかな表現で言はうとするなら、建築がすべての過程のあと出来上つたものとなつた瞬間から) それはただたえまなくくづれ行くために作られたものとして、崩壊の第一歩を踏むことのあらはな事実を思ひ及んだのである。

たとえ建築が老朽化していなくても、人はそこで同一の建築体験をしえないがゆえに、一切の建物はつねにすでに崩壊しつつある。そのなかで建築体験の反復性は、かえって反復しえない差異を表出する。このニヒルで先鋭な建築観は、これまで文学研究者によって、オスカー・ベッカー（湯浅誠之助訳）『美の果無さと芸術家の冒険性――美的現象領域に於ける存在論的研究』（理想社出版部、一九三二年）の受容として論じられたり、立原文学に顕著に見られる別離、喪失、忘却、死などの主題系と関連づけられ論じられてきた[27]。そのこと自体に私も異議はないのだが、つぎのような問いを抱かざるをえない――建築の持続的な「壊れ易さ」と「激しさ」や「住み心地よさ」とは、どういう関係にあるのか。

まず私の結論をいってしまおう。立原は『方法論』において、時間のなかの建築体験をめぐり、建物を崩壊させる時間と「激しさ」・「優しさ」・「住み心地よさ」などとの関係づけを明示的に語っていないが、文学テクストの引用を通して豊かに暗示しているのだ。建築体験の持続的崩壊は、「住み心地よさ」と特定の条件下で両立する。

時間における「激しさ」は、立原が愛していたゴシック建築をめぐって表現されている――「（ボオヴエの本寺で）……どこにここで跪くべき群衆が、美の巡礼がゐるか、一人もゐない！　この大建築は独りである。讃嘆もなしに孤立してゐる。何といふ時代を彼は過ごしてゐることか。彼は語る、誰に？……風は彼を離れなかつた。風こそ、この年月の間」（『ロダンの言葉』）。そして、リルケがロダンとシャルトル大聖堂を訪問した直後に書いた二通の手紙――

> シヤルトルの本寺はノオトル・ダアムよりもずつと傷んでゐるやうに、私〔リルケ〕には思へる。ずつと絶望しきつてゐて、もつともつと破壊の手に身を打ち任せてゐるやうだ。それが大きなマン

トを被つて起き上つたかと見えたのは、ほんの第一印象にすぎなかつた。それからやがて、その主要な細部である、風化して細つそりした天使が、一日の時刻を知らせる日時計を自分の前に差し出しながら浮き出てくる。そしてその上には、すつかり磨滅した中にもなほ限りなく美しくその天使の歓ばしげな、敬虔な顔に漂つてゐる深い微笑が認められてくる、まるで空がそこに映りでもしてゐるやうに……

（一九〇六年一月二五日の手紙）

寒かつた。が、ずつと風はなかつた。けれど、私たちが本寺の前に到着するや、思ひがけもなく一陣の風が、並はづれた巨人のやうに、天使の一角を曲つて来乍ら、私たちの間を無慈悲に、鋭く身を切るやうに、吹き過ぎて行つた。「おお」と私は言つた、「これは嵐になりさうですね。」「君は知らないのだね」と先生〔ロダン〕はそのとき仰有つた、「大きな本寺のまはりには、いつも風が、さうこんな風があるんだ。それはいつも自分の偉大さに悩まされてゐる、騒しい、悪い風に取り巻かれてゐるのだ。空気は支柱を滑り落ちてくるのだ、あの高みから落ちて来ながら教会のまはりをうろついてゐるのだ……」

（同年一月二六日の手紙）

なおこの大聖堂をめぐっては、「シャルトルの本寺は神々しい響きのあらゆる所から来るこのモッアルトの弥撒《ミサ》のやうに今私の心の中にある」（『ロダンの言葉』）といった、建築の音楽性の表現も読まれる。

時間における「優しさ」・「住み心地よさ」は、主に『失われた時を求めて』の引用において表現される。立原は「マルセル・プルウスト」という作者名の「註」で、『失われた時を求めて』をこう紹介する――「マルセル・プルウストは“La psychologie dans le Temps”〔時間のなかにおける心理学〕といふ言葉で自分の小説を言つてゐる。「時間の見えざる実在、それを孤立させようと試みる、そのためには経験が持続してゐることが必要だ」と言つてゐる。「美しい透明な建築」と言はれるベルグソンの哲学に影響されてゐることは明らかだが、現実が繊細な精密な方法で把へられてゐる。ここに引用する室内の描写にも勿論、時間を描いてゐることが見逃されない(28)」。問題となっているのは、まさに時間のなかにおける建築体験にほかならない。

立原は第一章「スワン家の方へ」から三つの場面を引用している。第一は、老いた語り手の「私」が、少年の頃、早春ごとにコンブレーに長期逗留した際、午前中にしばしば訪ねたレオニ叔母のアパルトマンの回想（堀辰雄訳）、第二は、コンブレーの家からゲルマントの方への田舎道を散歩中に、突然とある屋根や周囲の風景に謎めいた魅力を感じた経験の回想（堀辰雄訳）、第三は、眠る前にパリの自宅のベッドのなかで「これまで住んだことのある部屋をもう一度ひとつびとつ思ひ起」こすくだり（淀野隆三・佐藤正彰訳『スワン家の方1』武蔵野書院、一九三一年）である。これらのうちで「室内の描写」は、第一と第三の場面であり、第二の場面は建物を風景とともに外側から見つめる描写になっている。

第一の場面で、老いた語り手は、レオニ叔母のアパルトマンを、匂いや暖かさや日射しが入念に混ぜ合わされた、おいしい食べ物のようなものとして追憶する。

　その部屋の空気は、大へん滋養分のある、味のよい、沈黙の精のやうなもので飽和されてゐたものだから、私はそこへ一種の強烈な食欲をもつて近づいて行つた。ことに復活祭の休みのはじめのまだ寒い朝々は、私がコンブレエに着いたばかりと言ふせいもあつて、私はそれを一層よく味つたのである。私は私の伯母さんにお早うを言ひにその部屋に這入る前に私はちよつと次の部屋で待たされるのであつたが、そこにはすでに二個の煉瓦の間に火が熾《おこ》されてゐ、その火の前にはまだ冬らしい日射しが温まりに這ひよつてゐた。

これは建築の「優しさ」による「住み心地のよさ」と「郷愁」の形成の物語といえる。

第三の場面で語り手は、かつて避暑地で「小さくて天井がひどく高く、二階に出来るほどの高さでピラミイド形に刳《く》られ、所どころ、マホガニイを張つた部屋」に住んだことを回想する。そこでは「ヴエチヴエの嗅いだこともない匂いで精神的に中毒してしまひ、紫色の窓掛の敵意と、そしてまるで私がそこにゐないかのやうに声高にしやべり立てる掛時計の傲慢な無関心とにすつかりまゐつてしま」い、「幾夜も幾夜も苦しんだ」。けれども、結局は奇異な匂いを感じなくなり、天井まで低くなったように感じるにいたった。そうしたことを思い出した「私」は、「習慣を身につけることは大へん幸福である。なぜなら習慣なしにただ自分の手段によるだけになつたなら、私たちの家を住めるやうにするのは不可能であるから」と考える。寝室の建築空間の激変が、「住み心地の悪さ」を主人公にもたらした。しかし、時間における反復的建築体験を通して、それが「住み心地よさ」へ緩やかに変化していったのである。

ところで、立原は「住み心地よい」という気分をもたらすノエマの複雑かつ不可分な全体性を示すために、室内空間の空気の質を例に取っていた。プルーストが二つの場面で精妙に描写しているのは、まさに身体を包む空気の微妙な質である。(29) 第三の引用場面には「そこでは、凍えるやうな時候に味はふ楽しみは、自らが外界から隔てられてゐることを感じることなのだ。そしてそこでは、夜通しストーヴの火をおこさないで、ときどき燃え立つ煥火の光の通り過ぎる、暖い煙る空気の大きい外套に包まれて眠るのだ」という文章も見出される。室内の心地よい（あるいは心地わるい）空気が、室内の構造、そこに住まう存在、季節や時刻などが複雑に相まって醸し出される性格として描き出されている。レオニ叔母のアパルトマンの一室の空気の匂いは、彼女が固有の生活スタイルをもって長年生活してきたことを抜きにしてはありえない。寝心地悪い寝室の記述においても、匂いや天井までの高さというように空気の質と、起居の繰り返しによるその質の変化が語られている。

要するに、これら二つの室内描写は、その「住み心地よさ」が、住居と、住む者の持続と、時の巡りとの反復的共同作業によって、漸次的に形成されるノエマであることと、当の場所が失われた遥かのちでさえ、「郷愁」をかきたてる追憶として体験者の心中に甦りうることを、雄弁に呈示しているのである。万物を絶えまなく侵蝕し、「同一物」の繰り返しを許さない時間が住居の内部にも容赦なく流れていることは真理であるが、住まうとは、この繰り返しえない建築体験を日々自然に繰り返す営みである。時間の解体作用は、この営みが「過ぎ去る時間」を住まいのうちに上手に折りたたみ、住まいをより住み心地よい空間となす余地を、必ずしも排除するわけではないということがわかる。

私の解釈は、『方法論』「第一章　建築の構造」でなされている「建築」という言葉の語源学的考察とも整合しよう。立原は「建築」を「建つ」と「築く」に分ける。そして「建つ」を「立つ」の一様態と見なし、「立つ」の根源的意味を、「風が立つ」「埃が立つ」「目に立つ」等の用法があることを理由に、「今まで顕在しなかつた無形なるものがそこに顕はとなり、存在を始め、形をそなへ　成り定まること」（二重傍線は立原による）と捉える。(30) さらに、そのような「立つ」が「建つ」のうちにも潜んでいるとしたうえで、「有形なるものになることは直ちに可視的になることを意味すると考へられてはならない」、「物的ならざる、従つて可視的とは異なる場所に於て考へられた「無形なるものから有形なるものへの転化」」もあると補足を加える。「住む」とは、まさに、時が「たつ」こと、生きてきた時間という無形のものを、空気・煙・温かさ・匂い・温かさ・埃・シミ・退色・摩滅等を構成要素とする半可視的形態として建てることである。私たちは、『失われた時を求めて』から次のような室内描写を書き写す立原の悦びを想ってみるべきだ――「その間、火はあの食慾をそそるやうな香り（それでもつて部屋の空気はすつかり凝固してゐたが、やうやく朝のしつとりした、活気ある新鮮さが、それを揺り動かし、「立ち昇らせ」てゐた）をパイのやうに焼きながら、それらの香りを薄く剝ぎ、金色にし、皺をよらせ、ふくらませてゐた。目に見えないが手で触れられなくもない田舎菓子、あの饅頭のやうなものにそれを仕上げながら」。まさに時間の「凝固せる音楽」としての家が、一日の生活のはじまりとともに揺り動かされ、濃厚な空気として立ち上がる。家は建ったあとも、住まうものによって建てられつづけるということがよくわかる。

　ちなみに立原は「築く」を、「城《き》」＋「築《つ》く」と解し、「着く」や「つくる」と関連づけ、「築く」の核に「人為的な形態化された添加」を見ている。もしかすると「立原道造」という自分の姓名を運命的な徴《しるし》のように甘受していたのかもしれない。

　建築家と発注者ないし利用者が取り結ぶ時間形式を表現している『親和力』からの引用については、次章で検討することにしよう。『方法論』は論文というより引用の織物である。第四章後半を占める文学テクストの引用の仕方は、論文の書き方という観点から評すれば破格どころか失格といわざるをえないが、建築論のなかで文学テクストを、建築の本質に新たな照明を当てる資料として扱ったことは、大胆な先駆的ふるまいとして評価されねばならない。しかもその選択と配列がすばらしい。注意深く全体を読むとき、論述部との豊かな「対話」が生じるべく、しかるべき文学テクストがしかるべき順序で配置されていた事実が浮かび上がる。あたかも論述部が、文学テクストを歓待するために存在しているかのように。

第二章　建築文学

「[赤い屋根の家]」(1929 年頃)

立原道造は『方法論』で、「時間のなかに於ける「建築」なるもの」の解明に文学を援用する理由として、絵画や写真といった静止画像よりも言語芸術や映画の方が時間的現象の表現に適するといった旨を述べていた。また『失われた時を求めて』を引用したあと、こう注意を促していた――「私たちは、マルセル・プルウストの語るところに多くを聞いた。しかし、これをただ感覚によつて語られた、心理の事実としてだけ、聞きすごすのであつたら、全くむだであらう。私はここに聞いたすべてが、私たちのさまざまな分析と論理によつて知り得た建築並びに建築体験の構造を、十全に具体的に、人間と無限の色合ひをもつてまざりあつて行く相としてのみ理解しなくてはならないのであらう」。同じ注意は、立原文学にもまったく妥当する。また立原が『失われた時を求めて』からの引用に対する註に記した明察、「この他、建築に就ての彼の文章は、非常に多く、そして豊かに彼の全集中に溶けこんでゐる」も、同様である。

「建築」という語の登場は非常に少ないにせよ、彼の数多くの作品、詩や小説は、時間のなかにおける建築ないし建築体験と深く結びついているのだ。ただ、表象されるのは、たいてい、建築家が手がけるような公共建築やモニュメンタルな建築やモダン建築ではなく、慎ましいアノニマスな住宅建築であり、しかもそのわずかな要素だ。そのせいか、こうした作品群は「建築文学」と呼ぶにあたいする質をそなえているにもかかわらず、これまでもっぱら立原の「心理の事実」として読まれ、「建築並びに建築体験の構造を、十全に具体的に、人間と無限の色合ひをもつてまざりあつて行く相」としては読まれてこなかった。一九八二年に前田愛が、一篇の立原詩に潜む建築的思考を、見事に『方法論』の現象学的論述と関連づけながら浮かび上がらせたが(「空間のテクスト　テクストの空間」、『都市空間のなかの文学』筑摩書房)、この大きな第一歩が引き継がれた気配は残念ながらない。

本章で私は、立原文学(詩、物語、エッセイなどだけでなく、文学的な書簡や手記も含む)のなかで、建築がどのように表現されているかを概観してみたい。そこで、彼の建築論の論点や彼の経験との関連性に配慮しながら、典型例と思われるものを扱う。論の流れとしては、建築に関する描写や言及の検討からはじめ、次第に文学作品と建築との構造的・抽象的な関係に移ることにする。

なお、立原文学が芸術的創造の名にあたいする以上、また文学が個別的な出来事や人物に密接に関わる表現である以上、彼の建築文学の検討結果が彼自身の建築論の図式的具象化に収まらず、それ以下になったりそれ以上になったりするのは、理の当然に属するとあらかじめ断っておこう。

屋根裏部屋の明暗

東京の彼の屋根裏部屋を題材とした作品となれば、未刊行詩篇とはいえ、四連の一四行詩《ソネット》「［私のかへつて来るのは］」（一九三八年八月頃）をまず挙げなくてはならない。前田愛が「空間のテクスト　テクストの空間」で扱ったテクストでもある。「私のかへつて来る」部屋が屋根裏だということを明示する指標はないが、「ベッド」「椅子」「ランプ」といった家具調度は、立原が実際に屋根裏部屋で愛用し、友人への手紙のなかでしばしば言及している家具調度品と一致する。

私のかへつて来るのは　いつもここだ
古ぼけた鉄製のベッドが隅にある
固い木の椅子が三つほど散らばつてゐる
天井の低い　狭くるしい　ここだ

ランプよ　おまへのために
私の夜は　明るい夜になる　そして
湯沸しをうたはせてゐる　ちひさい炭火よ
おまへのために　私の部屋は　すべてが休息する

――私は　けふも　見知らない友を呼びながら
歩き疲れて　かへつて来た　街のなかを　私は　けふも　疑つてゐた　そして激しく
渇いてゐた……

窓のない　壁ばかりの部屋だが　優しいが
すつかり容子をかへてくれた……私が歩くと
ここでは　私の歩みのままに　光と影とすら　揺れてまざりあふのだ

第一、二連で、帰宅した「私」のまなざしを通じて、夜の室内の様子が描かれ、転じて第三連で、昼間の都市空間における焦燥や徒労感に満ちた歩みが想起され、第四連で、この歩みと対比するかたちで室内における安らかな歩みが呈示される。この展開を前田愛は「自宅の室内／外の都市空間」という二項対立を通して精緻に分析した。「私」が帰ってくる「ここ」は「「私」の存在が根ざしている場所」であり、「天井の低さ、狭くるしさ、窓の欠如、といったこの部屋の属性は、「私」の生をあたたかく包み込んでくれるかけがえのない場所＝「ここ」が閉ざされていることのしるしである」（以下、傍点は前田による）。また、詩人がランプや炭火に対して「おまへ」と呼びかけていることに着目し、「ここ」では「「私」からものへの呼びかけが、ものから「私」への呼びかけとして木魂《こだま》するといった対話の関係」が築かれていると考察している。つまり、まさに日常を取り囲む「四囲世界」において生命が感じる根源的情感が主題化されているといえるのであり、その点をもって、前田はこの詩を『方法論』の

「住み心地よさ」の概念と関連づけている。
前田が「[私のかへつて来るのは]」における室内の「住み心地よさ」のうちに、「過去」の伏在を見ていることは、私たちにとって特に興味深い。

「疑つてゐた」「渇いてゐた」という言葉は、住いから「街のなか」に出現した人間がひきうけなければならない不確定な〈未来〉のかたちを、その裏側から照らしだしていることになる。一日の仕事を終えて家路につくサラリーマンを待っているのは、使いのこされたその日の〈未来〉であるが、それは彼の気分のなかではすでに知られている〈過去〉に顛倒される。オフィスという「かしこ」から住いという「ここ」への帰還は、休息を約束してくれる〈過去〉への回帰なのである(1)。〈内部空間〉としての住いが〈過去〉の断《き》り口をのぞかせているとするならば、この詩をしめくくる最後の一行、「ここでは　私の歩みのままに　光と影とすら　揺れてまざりあふのだ」の意味するものもまぎれがない。「私」が歩きまわった昼間の街は、光と影がはっきり分けられている。あるいは影を失った光だけの世界である。ところが、「私」が帰ってきた「ここ」、住いの世界では光と影がひとつにまざりあう。いうまでもなく光と影は意識と無意識の暗喩であって、住いのなかに落ちついた「私」は、やがて眠りというまさに無意識そのものの世界へ入りこんで行く。住いとしての「ここ」は、「私」の意識が棲みついている場所であり、「私」は住いのなかの無意識に身をひたすことで、真の休息を手に入れる。

前田の論旨に接ぎ木するような仕方で考えていきたい。前田は、安らぎを与える住居空間の一般的性質という角度から、「私」の部屋が「過去」の陰影を宿していることを説くが、反復的な営みを通して積もった過去の層は、「いつも」と「けふも」という副詞や、ベッドを修飾する「古ぼけた」という形容詞によって、テクスト内でも充分示唆されている。

「光と影」に関しては、前田が指摘する「暗喩」を認めたうえで、私は即物的側面にも着目したい。この「光」が日光でないのはもとより、電光でさえなく、「ランプ」の光であることには、相当な意味があろう。そのアナクロニズムは、詩人の住まいに漂う「過去」の匂いを強めることに与《あずか》っている。また、光度が低く、炎が揺らめくからこそ、光と影がひとつに混ざりあうといえる。身体が室内に投ずる影＝分身は、物語「[組曲風な三つのコント]」(一九三四年三、四月頃)、物語「間奏曲」(『偽画』第一輯、一九三四年七月号)、ソネット「[影よ!私の不思議な分身]」(一九三六年一一月頃)、ソネット「真冬のかたみに……」(『都新聞』一九三七年九月一二日付)など、物語にも現れる立原的イメージでもある。「[組曲風な三つのコント]」では、単純に壁面や床に投ぜられた一人の身体の影が描かれているのではなく、青年が独居していた部屋に女性が加わることによって生じる華やいだ空気の変質や揺らぎがこのうえなく繊細に描かれている。

ところで部屋ぢゆうは、ふだんの午後とはすこしも変らない筈なのに、よく見たら、たしかでない線がもののまはりに漂つてゐる。そのために、気のつく人には、不思議めいたものがしのびこんだのだと思はれる。が説きあかしをすれば、ひとり分だけの身体が狭いこの部屋をくらくしてゐるのである。或る部分ではその身体の反射がちがつた色を与へてゐるのである。

[……]

ごちやくした線が部屋のなかで、晴れやかにもつれ合ふ。椅子の下にかげのかたまりがすこしづゝずれる。日なたの草がにほひ出す。明るい時間である。〔……〕

天井に映つて溶け合つてゐた二つの着物の色合ひが水脈《みお》のやうに分れる。

立原はこうした建築家的（かつ映画的）空間認識力を、すでに建築学科入学時にそなえていたのだ。ところで、立原が暮らした屋根裏部屋の壁には実際には一ヶ所だけ窓が開いていたのだから、「『私のかへつてくるのは』」の「窓のない　壁ばかりの部屋」というのは表現上のフィクションである。未刊行随想「鉛筆・ネクタイ・窓」（一九三八年一一月、一二月頃）では、このフィクションが現実として前提化され、湖に開かれた一つ窓への憧憬が表現される。

僕は、窓がひとつ欲しい。

あまり大きくてはいけない。そして外に鎧戸、内にレースのカーテンを持つてゐなくてはいけない、ガラスは美しい磨きで外の景色がすこしでも歪んではいけない。窓台は大きい方がいいだらう。窓台の上には花などを飾る、花は何でもいい、リンダウやナデシコやアザミなど紫の花ならばなほいい。

そしてその窓は大きな湖水に向いてひらいてゐる。湖水のほとりにはポプラがある。お腹の赤い白いボオトには少年少女がのつてゐる。湖の水の色は、頭の上の空の色よりすこし青の強い色だ、そして雲は白いやはらかな鞠のやうな雲がながれてゐる、その雲にはくつきりした輪廓がいくらか空の青に溶けこんでゐる。

〔……〕

……僕が「窓のないモナド」といふことをかんがへてゐたとき、心の裂目に浮んだ夢のやうなねがひだ。

一つ窓は実家の屋根裏部屋を踏まえているが、その外の光景は長野県の高原を想わせる。「窓のないモナド」という語句は、ライプニッツの『モナドロジー』（一七二〇年）に由来する――「単子〔モナド、単一実体、魂〕には物が出たり入ったりすることのできるやうな窓は無い」（河野与一『ライプニッツ単子論』岩波書店、一九三六年）。立原は詩友への書簡でも、「Seele」（精神、魂）の部屋についての物語構想を語る際、「モナド」を持ち出している――「僕は、いつか君にSeeleの美しい物語を書いておくらう。それは、君のSeeleの花の上を行くやうに、僕がさまよふ、人工の世界の物語なのだ。幾つもの部屋、モナドのやうな部屋、空や壁や椅子や机といつしよに考へられたSeeleのはなしなんだ。そして、花が神に祈るのとおなじやうに、祈つてゐる燭台、それにともされたやはらかい火のことや何かを。――机の上におかれたペン軸にしづかに神の宿るはなしや何かを」（一九三七年一月七日、田中一三宛）。部屋のしつらへはやはり日本橋の屋根裏を想わせる。

屋根裏の一つ窓は手紙や手記で繰り返し言及されているほか、いろいろな作品における形象化が認められる。たとえば、詩「ある人」（一九三四年一一、一二月頃）では、椅子に凭れて美しい風景を眺めることができる窓と異なって「僕の窓には黒ずんだ埃ばかり」であることが慨嘆され、「いつそ潮風でも吹いて来て／海がひろがつてくれればいい／この窓から　ヨットに乗るんだ」と、夢想が記される。詩「初夏」（『四季』一九三八年八月号）では、高所の部屋から「私」が「白い壁のまへで　身もだえしてゐる」ポプラの木や、「屋根ばつかりの　街の／地平線」を眺めているうち、「私を生んだ　私の母のちひさい顔」をふと思い出す。

立原文学において詩人は、アンデルセンの『絵のない絵本』（一八三九―一八五五年）の詩人がそうであるように、[2]屋根裏部屋に貧しく孤独に住む。その窓は閉鎖性や暗さを斥けるにはいたらない。物語「かろやかな翼ある風の歌」（『コギト』一九三六年九月号、一一月号）では、風になった青年が、ある夕暮れ、詩人の住む「街中でいちばん天に近い屋根裏部屋」の「ひとつの窓」に足を止める――「乱雑ななかに浄《きよ》げな秩序が保たれ、貧しいなかに不思議な豊かさがこめてゐた。そのランプにてらされても、何ひとつ光りかがやくものとてはなかつたが、年月に傷められた家具の古びは全く光の眠りであるかのやうにおもはれた。そしてそのひとつの、彫刻と虫食ひの微妙にいりまざつた褐色の木の椅子に、この部屋の主人は汚点《しみ》のついたテーブルに頬杖をついたまま考へに耽つてゐた」。

「間奏曲」では、詩人は「煤けた壁と、丸太のまゝむき出しのさう高くない天井」の部屋に住む。彼の部屋は「その家でいちばん空に近いところにあるくせに、小さい窓は空を十分にいれてはくれなかつた」。港町に移り住むと、新たな部屋が「彼の考へに戻つて来る昔の部屋」と似ていないと感じた詩人は、「夜を自分のものにする為に」古道具屋でランプを買い、それをテーブルの上に置き、火をともす。すると「ランプの芯には明るいすずがまたたくので部屋には見知らないものがやつて来る。佝僂《せむし》のやうに天井の方へ壁をつたつてのぼつてゐる自分」だ。この窓を通し、ときおり屋根裏部屋に「風のにほひ」や「海のにほひ」が入り込むが、貯めてあった薪が尽きると、詩人は「窓を閉ざしに立つて行く」。港町に別れをいうために。

高所にある狭く暗い部屋が、しばしば負の側面、危険な側面を伴っていることも押さえておくべきだろう。ソネット「朝やけ」(『暁と夕の詩』最終歌、『四季』一九三六年春季号)で「牢屋《ひとや》めいた部屋」で朝めざめた詩人は、夢見た豪奢な部屋との落差に、「あんなに　御堂のやうに　きらめかせ　はためかせ／あの音楽はどこへ行つたか／あの形象《かたち》はどこへ過ぎたか」と自問する。物語「Dictation」(『未成年』一九三六年七月号)の三文詩人の「僕」は、「大都会の雑沓の屋根裏にはしばしば不思議な運命が住む。これは数世紀前の他の星から現代に追放せられた、清潔な魂が最も乱雑に生活するに相応しい領域である。或る者はそこから更に放浪の途にのぼり、或る者はそこを立ち去ることなく自身精神と肉体に腐敗を呼んだ」という文章を、「エルザ・フオン・クラウスベルクといふ貴族のやうな名前を持つた青年の手記」、「リルケの「マルテの手記」を思はせるやうな、小説、といふより長篇散文詩に近い、面白いもの」のなかで読んだことを思い出す。(3)

立原は手紙で自分の屋根裏部屋を語る場合、謙遜や道化からでもあろうが、しばしばその狭苦しさや暗さ、トタン屋根を打つ雨音、鼠の跳梁、寒さ、暑さを嘆いた。実際、特に夏は住みがたい環境になったようだ。手記「火山灰」には、一九三八年八月九日頃に記されたと推定される「僕はかへつて来た、暑い部屋、ちひさい窓、アルヂエリアよりもつと暑い」という一行があり、(4)つづく断章には、古手紙を読み返しながら、信濃追分で過ごした別の年の夏を思い出したことが記されている。

窓、照明、明暗、音響、家具、床、壁、天井、屋根、高低……。立原の文学テクストで重要な意義をもっているこうした建築的諸要素は、前章で検討したエッセイや論文では論じられず、ただ他者の文学テクストの引用を通して暗示されるにとどまっていた。この意味で、文学の方が建築論より建築論的であるというイロニーが存在するのだ。

立原は、一九三四年の夏から、亡くなる前年の一九三八年夏まで、毎年、油屋旅館を定宿として追分や旧軽井沢に逗留した。(5) 一九三七年一一月、油屋は隣家の失火により全焼し、結核の静養中だった立原は九死に一生を得るが、翌年、油屋が旧油屋の向かいに再建されると、ふたたび油屋で静養した。追分ないし浅間高原での建築体験は、東京での建築体験に伍するか、それ以上に重要である。

油屋旅館で立原は若い友人たちと一緒にすごすことが多く、そうした交歓の経験を詩「〔夜ぶん、くらいあかりが〕」（一九三四年九月頃）で、「夜ぶん、くらいあかりがともると、僕は、ひとのところばかり行つた。それは古びた宿の、昔は殿様の部屋だつた。その部屋にもくらいあかりがともり、やたらに虫が障子にぶつかつた」と表現した。けれども、油屋自体を扱った作品の文学的テンションは相対的に高くない。立原の文学作品に描かれた建築において、より価値をもっているのは、浅間山の裾野に散在していた別荘である。

追分初滞在中、立原は、本陣・永楽屋の孫娘で千葉市から来ていた関鮎子と出会って恋に落ちる。黄色い帯をしめていた鮎子は、立原の脳裏で、周囲の野に夕に開く一夜花（ユウスゲ、キスゲ、わすれ草、萱草【図2-1・2】）と重なった——「あの人は日がくれると黄いろな帯をしめ／村はずれの追分け道で　村は落葉松の林に消え／あの人はそのまゝ黄いろなゆふすげの花となり／夏は過ぎ……」（組詩「村ぐらし」第四歌、『四季』一九三四年一二月号）。彼女への片恋の経験を素材とした恋愛小説「鮎の歌」（『文芸』一九三七年七月号）のなかで、「僕」は「アンリエットとその村」という歌物語を夢想する。そのアンリエットは、「白い壁にかこまれた明るい部屋でやはらかな椅子に凭れてその窓から無限に高い青空を深い夜の星空を眺めながら語りあつたりうたつたりするのがすき」で、しばしば「私」(「アンリエットとその村」のなかの一人称)は彼女と高原を散策する。同種の夢想は「[草に蔽はれた道]」にも見られる。メルヘンチックな物語「オメガぶみ」(『コギト』一九三八年二月号)の青年ラムダは、「よいをとめ」を求めて船出し、オメガ島の浜辺で少女ぴイと出会う。彼らは林のなかの「ひゆつて」で幾月か幸福に愛しあう。その窓には「白いれーすのまどかけがひらひらして」「しよくぶつの黒いかげがさわさわとゆれ」、「へやはまるでびやうゐんみたいに爽やかに白」い(傍点は立原による)。「私」とアンリエットのように、彼らもしばしば周囲の林のなかを散策する。

詩における別荘表象の代表格は、一〇篇の四連ソネットからなる第一詩集『萱草《わすれぐさ》に寄す』(一九三七

図２－１　追分のワスレグサ（筆者撮影）

図２－２　「[追分風景]」1

年五月）【図２－３】のはじめを飾った「はじめてのものに」（『四季』一九三五年一一月号）である。浅間山の噴火に初めて遭遇した一九三五年八月、立原は友人の柴岡亥佐雄《いさお》と火山灰の降る道を歩いていたところ、偶然、柴岡の遠縁の姉妹に出会い、彼女たちの別荘に招待され、横山ケイ子という少女に恋心を抱いた。この経験を題材にしたと推定される「はじめてのものに」には、室内と外との微妙な関係が見事に表現されている。(6)

ささやかな地異は　そのかたみに
灰を降らした　この村に　ひとしきり
灰はかなしい追憶のやうに　音立てて
樹木の梢に　家々の屋根に　降りしきつた

図２－３　第一詩集『萱草に寄す』

というように、第一連で野外＝火山の山麓が俯瞰され、噴火の形見として降る火山灰を通し、集落の建物が外側から触覚的・聴覚的に捉えられる。立原が『方法論』第三章・第四章で、建築に関し、外部からの脅威に立ち向かって内部を守る「激しさ」と、みずからの内部に他の存在を受け入れて慈しむ「優しさ」という二つのモメントを見ていたことを踏まえていえば、第一連は、屋根の「激しさ」を表現している。

そして第二連で、視点が一軒の「優しさ」の溢れた室内へ侵入し、窓越しに火山が見返される。

その夜　月は明かつたが　私はひとと
窓に凭れて語りあつた（その窓からは山の姿が見えた）
部屋の隅々に　峡谷のやうに　光と
よくひびく笑ひ声が溢れてゐた

詩人は、第三連で、室内に濫入した蛾を追い払おうとする「そのひと」――非常に曖昧な表現であるが女性だろう――の仕草に感じた、いいがたい心の乱れを、シンタックス自体の乱れをもって記す。

――人の心を知ることは……人の心とは……
私は　そのひとが蛾を追ふ手つきを　あれは蛾を
把へようとするのだらうか　何かいぶかしかつた

蛾は灯りに寄せられてやってきただけでなく、降りしきる火山灰を逃れてやってきたのでもあろう。建物が外の脅威から「私」を保護し、夜の「優しい」「住み心地よい」室内空間を保証しているというかぎりでは、「はじめてのものに」は「『私のかへつて来るのは』」に酷似している。しかし、室内で複数の人物が談笑しており、それが大きな窓を通して自然へ開かれている点は、非常に対蹠的である。「私」の身体は、心地よく室内と室外の中間領域に位置しており、そこでは室内照明と月明かりとの交わりが生じている。蛾の侵入や、「部屋の隅々に　峡谷のやうに　光と／よくひびく笑ひ声が溢れてゐた」という比喩的描写からすると、外の自然は部屋全体に浸透しているといえる。

室内における声の心地よい響きは、『萱草に寄す』と同じく四連ソネット一〇篇からなる第二詩集『暁と夕の詩』（一九三七年一二月）のなかの「小譚詩」（『四季』一九三六年五月号）にも収録されている。また詩「夏の弔ひ［嘗てのやうに、それは］」（『ゆめみこ』第三号、一九三六年一月）においては、夜の田園の建物での仲間たちとの語らいが、窓を通して流れ込む虫の声、霧、月明かりを伴って描かれている——「蟲が鳴いてゐた。鳴きつづけるこほろぎは逝く夏のしるべして。しばらく、一人は聞いてゐたが聞きさしてどこかに出て行つた。／／私は明日のことを思つてゐた。決して訊くことも語ることも出来ないものを。……窓ひらく。音もなくながれる霧に、月の出は明るく空にさしてゐた」。

窓に凭れたり、窓の框《かまち》に腰かけたりすることは、高原ないし田園での「住み心地よい」建築体験の形象であり、立原文学に繰り返し登場する（詩「郷愁［南国のとある百姓家の庭に］」、詩「暦［消える音楽のなかで］」、小説「あひみてのち」……）。最初の追分滞在（一九三四年八月）を題材とした組詩「八月の歌——追分村——」（一九三四年九月頃）内のつぎの四行詩は、そのもっとも早い例だろう。

二　花

窓ひらいた家に　凭れ
人が本を読んでゐる
麦藁帽子　壁の百合の花

その額に蝶が飛んでゐる

人が心地よく読書する室内に侵入した蝶は、「はじめてのものに」の蛾の前身にあたる。(7) メルヘンチックな詩「郷愁」では、「南国の百姓家の庭」で催された「祭」の思い出を担った燕《つばめ》が、林中の「僕の家」の窓辺を訪れる。この窓や「花」の窓と比べると、「はじめてのものに」の窓は、夜の帷ゆえに開放感がやや劣る。なお物語「〔緑蔭倶楽部〕」(一九三四年八月)では、高原の林中にココア色の柱を見せた白い下見壁の家があり、そのヴェランダでマラルメの詩を読んでいたヴェルレーヌ似の老人が、蜂を追い払うが、刺されてしまう。(8)

窓のない夜の部屋やモナドのような部屋から、蛾や蝶が舞い込む明るい部屋まで、立原は様々な開口度の部屋を描いた。そのなかには、詩「ある人は」(一九三四年一一月頃)や、詩「旅装」(『四季』一九三五年五月号)のように、都会の汚れた自室が、明るい高原や海原への旅立ちの欲望を喚起する場合もある。外に対して閉じる志向(都市における住)と、外へ開く志向(高原における住)とが葛藤しあいながら共存しており、この共存から、開/閉や明/暗の複雑で豊かな変奏が紡がれていったと見られる。

ノエマとしての建築

立原文学において、建築は空気的現象を建/立てる。建築は主に室内として登場し、しかもそれは、明暗の戯れ、音声の反響、匂い、風、湿り気、温度など、はかなく空間を満たす空気的現象という形状《ノエマ》において表現されている。そしてこの形状《ノエマ》は、つねに生命的情感《ノエシス》と表裏一体である。ここには、彼の「住」を中心とした建築論との対応関係、外観より室内《インテリア》を重んじていたことや、そのハードな形態よりもヴォイドを満たす空気の「住み心地」を重んじ、『方法論』でプルーストによるそうした室内空間の描写を引用していたこととの符合が、明らかに認められる。立原の建築哲学は、豊かに情感する生きた哲学なのである。

　建築は確たる物質として現れず、情感を触発する性質、情感の陰画ないし余白としてテクストに潜在する。この特徴こそ、立原文学が多くの建築詩を蔵しているにもかかわらず、これまでそうと認識されてこなかったことのいちばんの要因だろう。けれどもこれは、建築が知覚や情感といった「ノエシス」に対応した「ノエマ」、体感的空間として繊細に表現される、という積極的な事柄でもある。『方法論』が建築の現象学を一般的な仕方で論じているのに対し、立原文学は個別的・実践的な仕方で建築の現象学的還元を遂行しているのだ。両者は相補的であり、相互批評的である。建築的文学は、哲学的建築論が干からびた観念論へ陥ることを防ぎ、哲学的建築論は、建築文学が外的な委細や個人的体験に固着することを防ぐ。「住＝人生」を新生させる相互触発。二重の脱領土化……。

追憶と建築

　建築は内と外を仕切り、詩人から外を距てたり内を距てたりする。この種の空間的距離は、容易に時間的距離に転じる。仕切りは空気的ノエマに時間の深さをもたらす。例えば、夏から秋にかけての追分での避暑の経験を題材とした組詩「夏の旅」（『四季』一九三五年一二月号）の「Ⅵ　夏の死」。「Ⅰ」から「V」まで、初夏から盛夏にかけての田園情景が順にうたわれるが、「VI」において、夏が去ったことが、親しい人たちが「私」を残して宿（油屋が念頭にあったに違いない）を去ったことと重ねて描かれる。

夏は慌しく遠く立ち去つた
また新しい旅に
私らはのこりすくない日数をかぞへ
火の山にかかる雲・霧を眺め
うすら寒い宿の部屋にゐた　それも多くは
何気ない草花の物語や町の人たちの噂に時をすごして
或る霧雨の日に私は停車場にその人を見送つた
村の入口では　つめたい風に細かい落葉松が落葉してゐた　しきりなしに
……部屋数のあまつた宿に　私ひとりが所在ないあかりの下に　その夜から　いつも便りを書いてゐた
「I」から「V」までは、街道の分岐点、古びた黒い家の庭の山羊、水車小屋、青空と風の囁き、林の奥の墓地というように、屋外の風景がうたわれている。それに対し、「VI」で視点が建物の内部に移り、外部は「物語」や「噂」というパロールへ、さらに夜に書いた「便り」というエクリチュールへと変換される。
視点が建物の外に置かれ、室内の人との距たりが過ぎ去る時間と折り重なる場合もある。

窓下楽

昨夜は　夜更けて
歩いて　町をさまよつたが
ひとつの窓はとぢられて
あかりは僕からとほかつた

いいや！　あかりは僕のそばにゐた
ひとつの窓はとぢられて
かすかな寝息が眠つてゐた
とほい　やさしい唄のやう！

こつそりまねてその唄を僕はうたつた
それはたいへんまづかつた
昔の　こはれた笛のやう！

僕はあはてて逃げて行つた
あれはたしかにわるかつた
あかりは消えた　どこへやら？

（『文芸汎論』一九三六年五月号）

倒錯した窓下楽《そうかがく》だ。窓が閉ざされた室内には安らかに人（おそらく乙女だろう）が眠っている。その寝息が聞こえるというのは不自然であるとはいえ、この間接的で非対称的な知覚が、詩人をうたわせる。そしてみずからの歌のまずさに詩人が遁走し、あかりが消えるというコミカルなかたちで距たりは増幅される。しかも距たりの寸劇は、「昨夜」の「夜更け」の出来事として過去化されている。「窓硝子に映つて／過ぎる　斜の人影／かさなり　かさなりもつれ　消え／消え……」という第一連からはじまるソネット「葬送歌」（『ゆめみこ』第六号、一九三六年二月）でも、窓に対する視点が街路上にある。詩人は「いつも　いつも／歪んだ字を書いて来たひと」の死を悼んでいるが、「死ぬとき　うつすら笑つたといふ――／しかし　その声を　私は／人をとほして　聞いたにすぎない」という。「窓」が亡くなった人の部屋の窓かどうかはわからないが、「窓」の介在が、立ち会えなかった死去についての伝聞と呼応しあっている。

立原文学には「喪失」の主題（失恋、幻滅、別離、旅、死、喪、頽廃、廃墟、忘却、追憶……）が遍在しており、彼はそのことに非常に自覚的であった。それをうとましく思うほどに。盛岡滞在後に書かれた晩年の書簡――「僕はいつも別離をだけ体験し、廃墟をだけ所有して来た。こんな生き方でないものを北の国できづきはじめた。そしてきづき得たと信じてゐたのです。孤独でなければそれは保ち得なかつたのか、それともそれはまた十分に出来てはゐなかつたのか……たつた一つきりでみじめに潰えてしまつた！　そしてまた別離を、廃墟を、こんなによわよわしくかんがへはじめてゐます」（一九三八年一〇月一九日、堀辰雄宛）[9]。こうした「喪失」のドラマと建築的要素はしばしば交差し、それが「うた」や「物語」の生成を促しているのだ。その場合、建築は廃墟の姿をしていなくても廃墟性を帯びる。シェリングの命題を拡大解釈するなら、建築とは、その外部や内部の愛しい人物や場所や出来事の直接的表象を否定し、思い出に変え、言語作品への変換を促す装置であり、建築は時間のなかで「追憶の文学」を建てる、ということもできる。

「はじめてのものに」第一連から第三連において、「建築」はまだ「追憶」や「物語」とはっきり結びついてはいない。「〜た」という語尾をのぞいては。ところが、この一四行四連のソネットの全体は、以下のような第四連にいたり、追憶の非常に複雑で繊細な綾と化す。

いかな日にみねに灰の煙の立ち初めたか
火の山の物語と……また幾夜さかは　果して夢に
その夜習つたエリーザベトの物語を織つた

いつ「灰の煙」が立ち初めたかという問いとして、第一連の「灰」が追想されている。「その夜」が、第二連冒頭の「その夜」と同じ夜であるとすれば、窓に凭れて「そのひと」と語りあった夜に、「私」は「そのひと」から「エリーザベトの物語」を習い、爾来、火山噴火をめぐる「物語」と「エリーザベトの物語」が絡みあって「幾夜」も夢に現れた、と解釈できる。つまり、夜の室内で物語したことが「夢」における反復的追憶として追憶＝物語されている、ということだ。「書くこと」が明示されているわけではないが、窓に凭れての語りあいに比較して、「火の山の物語」と「エリーザベトの物語」は、作品としての度合いが強まっている。詩全体を結ぶ「織つた」という隠喩的動詞は、詩「はじめてのものに」を書く行為自体に対する密かな自己言及でもあるだろう。

「いかな日にみねに灰の煙の立ち初めたか」という詩句は、恋のはじまりを追想した藤原定家の歌「いまぞ思ふいかなる月日ふじのねのみねに烟の立ち初めけむ」（『拾遺愚草』）の「本歌取り」であり、この歌は、帝がかぐや姫からの手紙を富士山の頂きで燃やしたという『竹取物語』の逸話を踏まえている。「エリーザベト」の方は、テオドール・シュトルムの恋愛小説『みずうみ』（一八四九年）のヒロインの名前と一致する。どちらの引喩も、第三連では性別がぼかされていた「そのひと」が、「私」が想いを寄せる女性であることを示唆している。しかも『みずうみ』は、老人になったラインハルトによる回想の物語であり、彼が書斎の壁のエリーザベトの肖像画に差し込んだ月光を見て、若き日の彼女との恋愛の顚末を追想するという出だしが、「はじめてのものに」の「私」の追想行為と重なる。[10]

　かくして振り返ってみれば、こうした「追憶」が、第一連でひそかに準備されていたことがわかる。「灰」を噴火の「かたみ」（形見）と喩え、降灰のさまを「かないし追憶のやうに」と喩えていたのは、終わりを先取りする周到なレトリックだったのである。

　そもそも火の山の麓の家々を廃墟めかした「灰」とは、第二連の「夜」と同じく、事物を覆い隠すことによって記憶像ないし想像として回帰させる、イローニッシュな装置である。夜、霧、雨、雪などの自然現象が、歳月の働きを可視化し、愛おしい対象、美しい対象に対する帷《とばり》となり、忘却／想起ないし憧憬を促すという例は、立原文学においていとまがないほど多く見られる。「はじめてのものに」の「灰」は、この種の自然の帷の変種であり、同じく『四季』一九三五年一一月号初出の『萱草に寄す』第二歌「またある夜に」の灰、月の面をかすめて「私らをつつむ」「灰の帷」（霧）に連なる。

故郷のイロニー

私たちは本書第一章で、立原が「住」の暗い内奥で「美への郷愁」が養われると考えていたことや、時間のなかにおける建築体験の二極として「不安」と「郷愁」があると考えていたこと、「郷愁」を特定の過去の住居に対する固執としてではなく、新たな住居の創造に転じうる超越的情感として位置づけていたことなどを確認している。ここで、立原文学においてどのように「郷愁」や「故郷」が表現されているかを、その空間的側面に注意しながら概観しておきたい。

すでに、都市の日常的住居としての屋根裏部屋、ないし暗く閉鎖的で狭い部屋が、帰るべき安息地、みずからの生活の時間が沈澱した優しく懐かしい場所としてうたわれていたことを見たが、つぎのように高原もまた帰るべき懐かしい場所、母性を帯びた郷愁の場所としてうたわれる。

こゝは雨の降る日のお母さんの部屋
ふるさとの港の午后のランプです
林のなかのひつそりとした所に家があり
誰かの来るのを待つてゐる

（「「緑蔭倶楽部」」の作中人物の詩）

夢はいつもかへつて行つた　山の麓のさびしい村に

水引草に風が立ち
草ひばりのうたひやまない
しづまりかへつた林道を

（「のちのおもひに」、『四季』一九三六年一一月号、『萱草に寄す』最終歌）

生地でもなければ幼い頃住んだ場所でもない高原に対する郷愁とは、理念化された郷愁、脱領土化された郷愁である。そして都市の暗い自室への郷愁も、明るい高原への郷愁も、執拗であるとはいえ、定まった自明のものではない。都市の自室の魅力は、朝になると消えてしまったり、夏の暑さに圧倒されてしまったりするし、高原の魅力は、秋になり避暑客がいなくなればとたんに色褪せてしまう。だから詩人は、郷愁にかられて都市と高原のあいだを渡り鳥のように行き来する。この往還には、失恋の思い出が固着した浅間高原を忌避して、紀伊半島・近畿旅行をし、「涙のしみの目立つ小さい紙のきれはし」を白波に投げ捨てるという挿話（「夏の弔い［逝いた私の時たちが」］）も差し挟まれるが、その場合ですら高原への郷愁が記されている。

いずれにせよ、「ふるさと」はここから憧憬・追憶されるかしこであり、一種の理念へ昇華されている。ただし、理念といっても、決して抽象概念ではなく、友情や、少女への恋情、母への思慕といったエロスと渾然一体となった、生きた理念である。この「故郷＝理念」は、過去の一つの場所から脱領土化されているからこそ、かえって時空の微妙な質と分子的レベルで結びつき、いろいろなところに発現すると考えられる。

物語「鮎の歌」で、アンリエットは語り手と山の頂に立つと、「低いひろい地方を眼のおよぶ限りとほく見わたして、そしてそのかすんでゐる地平のあたりに私たちのふるさとはあるのだと指さ」す。この場面が旧碓氷峠からの関東平野の展望をモデルとしているとしても、「ふるさと」がある場所は極度にぼかされている。組詩「夏の旅」の「Ⅰ　村はずれの歌」のなかの「故里の町」の場合、ひとつに限定しがたい。

Ⅰ　村はずれの歌

咲いてゐるのは　みやこぐさ　と
指に摘んで　光にすかして教へてくれた――
右は越後へ行く北の道
左は木曾へ行く中仙道
私たちはきれいな雨あがりの夕方に　ぼんやり空を眺めて佇んでゐた
さうして　夕やけを背にしてまつすぐと行けば　私のみすぼらいしい故里の町
馬頭観世音の叢に　私たちは生まれてはじめて言葉をなくして立つてゐた

立原詩には珍しく、実在の土地に関する固有名詞が記されている。「村はずれ」とは、追分の宿の西のはずれ、北国街道と中仙道の分岐点、「追分の分去れ《わかさ》」である。そこにある草に覆われた塚に立つ馬頭観音像を背に、「私たち」は追分宿に面して佇んでいる。だからまっすぐ行けばある「私のみすぼらしい故里」とは、これから帰る追分宿を指すとも、その遥か先にあり、避暑が終われば帰る東京を指す

とも解釈できる。私は立原がダブルミーニングをねらって、あえて曖昧に書いたと読んでおく。(11)
『萱草に寄す』第三歌のソネット「わかれる昼に」（『四季』一九三六年一一月号）第一連では、「故里」は高原を示唆しつつも、もはや特定の場所を越えた捉えがたい憧憬対象として表象される。(12)

ゆさぶれ　青い梢を
もぎとれ　青い木の実を
ひとよ　昼はとほく澄みわたるので
私のかへつて行く故里が　どこかとほくにあるやうだ

こうした「故郷《ハイマート》」のイローニッシュな転移の背景にあるのは、立原にとって生地・東京下町がもはや自明な故郷とは感じられなくなっていたこと、すでに喪失されたものとして願望されていたことである。彼は組詩「古調」（一九三四年一一、一二月頃）のなかで「ふるさとはなくしつれどふと見出でたるこの心かなし」と記している。府立三中の恩師・金田正吉宛書簡（一九三七年一月一六日）では、彼の姪・金田久子への初恋を懐かしんだあと、「ふるさとといふものが僕に普通の言葉では失はれてゐるのですが、あのまなざしはきつと、どんなさすらいの日にも、僕の心をやさしく慰めずにはゐないでせう」と綴っている。一九三七年（油屋旅館焼失の年）の一二月頃から、立原は浦和の別所沼のほとりに「ヒアシンスハウス」という名の別荘を建てようと設計作業をはじめ、この別荘のための旗章のデザインを女性画家・深沢紅子《こうこ》に告げた書簡（一九三八年二月中旬［推定］）のなかでは、彼は狭義の故郷の不在と「故郷」の探求・創造との相関関係をつぎのように率直に告白した。

僕にはほんたうのふるさとはどこにもないのです。ふるさとをさがしてゐるのです。ゆふすげの村〔追分〕は美しいふるさとのやうに見えました。そして事実さうだつたのです。秋の午後、すべてが恐怖のために結晶してしまふやうな瞬間に、孤独な火が不吉な祭典をしたあと、僕はもうあの村をふるさとだつたとはいへないのです。それがにせのふるさとを持つたものの悲しみです。もしあれがほんたうの僕のふるさとであつたなら、僕はあの村に、あたらしくまた一切を築く努力をするでせう。しかし、けふの僕は、ただなくなつたふるさとを呼びかへすむだな呼びかけをする。そして、ただ、なくなつた！　とばかり嘆いてゐる。それきりなのです。浦和が僕にあたらしいふるさとを与へてくれればいいとねがひます。

ヒアシンスハウスの建設を断念ないし中断した立原は、一九三八年九月、深沢紅子の故郷・盛岡を初めて訪れ、その郊外にあった彼女の実父の別荘で幸せな一ヶ月を過ごした。この北の町にも彼は「故郷」をかいま見た。中津川の川辺を初めて見た日の記述――「いろいろなものが　幼年の日に見た風物のやうに　とほくに行つてしまつて　しかもそれが　はつきりと見える　僕の身体がちひさくなつたやうな気もする　それから　いろいろな知り合ひになつた人たちがみな　とほくに小さくなつて行つて橙々色の夕やけのなかで　古風な町を描いた絵のなかへ　消えてしまつた　その絵は　中州の　あの美しい町　を　描いてゐるのだらうか　そして　あれは　とうに　どこかへ消えてしまつた　僕のふるさとではないだらうか」（手記「［盛岡紀行[13]］」）。

こうした故郷像には、大きな先例が存在していた。堀辰雄の小説「麦藁帽子」（一九三二年）の主人公の少年は、一五歳の夏休み、寄宿舎の仲間がつぎつぎと「田舎」へ帰省するのを見て、「しかし、私はどうしよう！　私には私の田舎がない。私の生まれた家は都会の真ん中にあつたから」と嘆く。その三年後の夏休み、「すこし前から知り合いになつた、一人の有名な詩人」から、「外国人か、上流階級の人たちばかり避暑している「ある高原」に誘われ、そこで自分も「有名な詩人」となって立派な男女と交際したいと思う。

この詩人のモデルである室生犀星は、第二詩集『抒情小曲集』（一九一八年）の「一部（故郷にて）」の冒頭歌「小景異情」のなかで、「ふるさとは遠きにありて思ふもの／そして悲しくうたふもの／よしや／うちぶれて異土の乞食《かたい》となるとても／帰るところにあるまじや／ひとり都のゆふぐれに／ふるさとおもひ涙ぐむ／そのこころもて／遠きみやこにかへらばや」とうたった。金沢に帰っている段階で、故郷金沢を東京から思慕する心持ちを携えて東京へ帰ろうと述懐している逆説的な抒情である。その第四詩集『寂しき都会』（一九二〇年）には、初めて上京した頃、東京のどこを歩いていても「旅にゐるやうな気がして仕方がなかつた」が、東京の「家庭」（一九二八年から一九三二年にかけて住んだ馬込町谷中［現・大田区山王］の借家）の庭の手入れを通じて「故郷の土のしたしみ味はいが／いつのまにかのり移つて来た」とある。犀星が旧軽井沢に山荘を建てたのは、一九三一年夏。その翌年、彼は金沢の借地に造ってあった草庵と庭を壊し、馬込町久保（現・大田区南馬込）に新居を建てると、金沢へ帰郷することはほとんどなくなり、一九四一年（五二歳）以降は死ぬまで帰郷しなかった。三つの庭は苔を主としており、たがいに似通っていたという。

戦後のエッセイではあるが、犀星は「気候、食物、人情、風俗にも慣れてゐて、何処か郷里の金沢の天候にも似てゐるので、故郷には十五年も還らないのに、信州に毎年来てゐるのも第二の故郷のやうな気持なのである」（「かるゐざわ」一九五八年）と書いた。犀星にとって馬込の家も、旧軽井沢の家も、自分で丹精込めて造った故郷だったのだ。なお、中仙道の宿場町だった旧軽井沢や追分は、興味深いことに、江戸への途上、かつ金沢への途上に位置する。犀星は、追分初訪問の際、油屋主人から見せてもらった宿所録に先祖の小畠弥五郎の名を見出している（「信濃追分の記」一九三三年）。

　立原は、犀星山荘初訪問を杉浦明平に報告した手紙（一九三四年七月二八日）の末尾に、「ふるさとは、とほきにありておもふもの、霧のなかの散歩の片手に、愛する本なきをいかんせん」と記していた。「住宅・エッセイ」では、ヒントとなった文章として『犀星随筆』から「刻苦された小さい家を建てて住んでゐる人を見ると、生活のいみじさ懐かしさを僕は感じるのだ」という文章を引用していた。故郷の情景でないどころか、他人の行為なのに、家を建てて住むという行為そのものに「懐かしさ」を感じるということ。[14]「住宅・エッセイ」に記されていた「美への郷愁と憧憬」や「建築物への郷愁」、『方法論』に記されていた「「優しさ」に対する「郷愁」」の背後には、故郷喪失《ハイマートロス》を大前提に「故郷」を求め、さらには贋物であることを承知のうえで「故郷」を創ってしまうというロジックと実践が存在していたのである。そしてこのイローニッシュなロジックと実践は、文学上の二人の師の生きざまの自覚的な継承・展開でもあった。

　なお、立原が、旅心を間歇的にかきたてる逃げ水のような「故郷」を追分に見出したことには、そこが普通の農村ではなく「廃駅」だったことも与っていたと見てよいだろう。碓氷三宿中もっとも栄えた追分が軽井沢や沓掛（中軽井沢）よりずっと寂れ、緑が多く、江戸時代に遡る町家が並んでいたことも、案外、立原の詩心に適《かな》っていたのかもしれない。[15]

留守宅で夢見る家具

立原文学には、建築設計の作業を表象したり暗示したりした作品が数篇ある。建築学科入学後ほどなく書かれたと推定される「空つぽな時刻——ぼくの部屋[16]」では、住宅製図が主題となっている。ちなみに一年一学期に学生に課せられていたのは、オリジナルな設計ではなく既存の建築図面の模写だった。

空つぽな時刻
——ぼくの部屋

机が眺めてゐる　青い窓よ
ランプが煙草に火をともす

けれど　その頃
ぼくはまだ学校で
汗を拭きながら図に画いてゐるでせう
だれも住まない大きな家を
風も椅子も
おまへもゐないつまらない部屋を

けれど　そのまゝ此処は夜になる
獅子たちは塒《ねぐら》に帰ります
ぼくの帰りを待たないで

不思議なのは、留守中の「ぼくの部屋」が「此処」と呼ばれ、「机」や「ランプ」自身の活動の場として表現され、対照的に大学の製図室での「ぼく」の建築図面製図作業の方がその不確かな遠景のように表象されていることや、留守中の「ぼくの部屋」の充実した「空つぽの時間」と、紙上の空虚な図面上の家とが対比されていることだろう。製図対象の部屋に対する、「風も椅子も／おまへもゐないつまらない」というネガティヴな形容に注意しておきたい。

同じ頃の物語「［組曲風な三つのコント］」(17)にも、すでに設計と不在の戯れが描かれている。「その人」と呼ばれる青年の家に、「ベアトリチエ」と名乗る女性が不意に訪ねてくる。「具合のわるい椅子」一脚しか椅子がないので、その椅子を彼女に提供し、青年は「本を十五、六冊分積みあげると、その上に卓子布をかけて、自分の腰掛に」するが、にわかごしらえの本の椅子はすぐに崩れてしまい、「ダンテの横顔が挨拶する」。彼女が帰ってしばらくあと、未知の女性に見えた彼女が、友だちの姉に似ていたことに気づき、青年は友だちの家を訪ね、彼女との幸せな交際がはじまる（初恋の少女・金田久子が府立第三中学校同期生・金田敬の妹だったことを想わせる）。しかし、ある日、公園のベンチで、ベアトリチエは別の男性と結婚することを青年に告げる。青年は交際が終わった実感のないまま、なじみの喫茶店に行き、彼女と一緒に幾度か座ったコーナーに独り座ると、こんな他の客の話を耳にする――

「椅子なんて誰だつて出来るさ。木を切るだらう。かうやつて、かうやつて。ほら、すばらしいぢやないか。僕なんて机も作るんだぜ。やさしくて、それによいもんが出来る。ふん」。翌朝、「ふん、誰だつて出来るさ」と青年は考え、木材を鋸で切りはじる。いろいろ苦労したすえ、夕方、背凭れが「きれいな銀杢《もく》」の「やさしくつて、よい」椅子が完成する。

その人はその上に楽に腰かけた。この分ぢや机も出来るな。もつとえらくなると家も出来るな。ふん。そしたらぼくのベアトリチエといつしよに。おやおや、あのひとのいつたことも、これがほんとなのとおんなしにほんとなのかな。さうだと、あのひとはよその家の台所にゐる。ほんとつてそんなもんかな。どつちかな。ちえつ、椅子なんて出来なくてもよかつたんだ。

その人は腰かけながら、ずつととほい方を見る眼差しで窓を見てゐる。〔……〕

その人は、まだ考へつゞけた。

〔……〕あゝあゝ。この椅子は。ぼくがベアトリチエにさよならした日に出来ました。この椅子はいつまでもあの人のかなしいほんとの話の記念なのか。いやになつちまふ。ふん。

その人は、まだ考へつゞけた。もう日が暮れて、夜になつたのである。

この椅子をめぐって、國中治はたいへん優れた指摘をしている――「〈椅子を作る〉行為が、空間的にも時間的にもこの人物の生の基準になっている。と同時に、〈仕事〉の提喩あるいは〈発展〉の象徴であることがわかる。「緑蔭倶楽部」にも〔……〕同趣旨の言葉がある。〈いつかおはなししましたね。かなしみのあまり椅子が出来てゐたことを、もうおはなしした筈です。その後で家が出来ました。人が住みました。それで壁や塀には色を塗りました。……〉。椅子が家発祥の源であり、椅子が生活の中心にあるというのである。この論理に従えば、感情の濃厚かつ人工的な表出として、〈椅子を作る〉行為と詩作とをパラレルに捉えることもできる」(「立原道造・萩原朔太郎の椅子」、國中治『三好達治と立原道造――感受性の森』[至文堂、二〇〇五年]二九九―三〇〇頁)。なお、「椅子なんて誰だつて出来るさ」というフレーズは、立原が「住宅・エッセイ」(一九三六年)で引用している『犀星随筆』(一九三二年)の文章、「人間も生れながらに自分の巣になる家くらゐ作る技と術は持つてゐなければならない筈である」を想わせる。「住宅・エッセイ」では、住む経験から新たな住居の構想への転回は、「美への郷愁と憧憬が醇化され」ることとして抽象的に語られているが、ここでは、女性とすごした幸せな時間のなかで既存の建築の不充分さを自覚したことや、他人の言葉による促し、女性を失ったことに対する不可能な補充の試みなどの複合として経験的に語られている。立原が建築の道を選んだ根底には、「故郷」に関してと同じように、喪失した愛しい存在を追憶するエロスが潜在していたと考えられる。

それにしても、椅子、机、ランプ、ベッド等の家具調度品が、立原文学のそこかしこに印象的に出てくるのはなぜか。まずは、「住」を重んじる彼の価値観によるといえる。『四季』同人の丸山薫は、立原を追悼する『四季』一九四〇年七月号で、立原について「日頃の手紙や談話や坐臥行動ですらがその詩と見紛ふものであつたのは、恰も良い建物の好みが外見から漸次に内部の調度、飾付のことごとくにまで及ぶのに彷彿としてゐる」(「詩の中に」)と述べていたが、その譬喩＝「詩」と、譬喩されるもの＝「内部の調度」との関係は可逆的である。

しかし、こうしたいい方では、椅子やランプの不思議な存在感を説明することはできない。私たちは「坐臥行動」の質にさらに迫るために、立原的家具調度品が、読書や建築設計や詩想、追想や睡眠や夢を支える装置でもあるという側面に目を凝らしてみよう。室生犀星は天性の人間観察力をもって、立原における椅子の重要性を見抜いていたようだ。『四季』の同じ号に掲載した追悼文「立原道造を哭す」(『四季』一九三九年七月号、立原道造追悼号)で、「軽井沢に出てくると庭の椅子に腰かけると何時も目をとぢて睡つてゐた」立原の姿を記している。また詩集『旅人』(一九四八年)中の「木の椅子」では、「君は何時も/庭の木の椅子にねむつた。/子供だと思つて人は君を対手にしない。/対手にしないから君はねむつた/その君の姿はわが庭にある/誰もそれを妨げはしない/立原よ/今夜も泊つてくれ。」とうたった。さらに『我が愛する詩人の伝記』(一九五八年)中の「立原道造」では、旧軽井沢の椅子の眠る肖像に、馬込の家における椅子の逸話を追加した。立原に避暑中の留守番をしてもらっていたとき、急用ができて犀星が予告なしに帰宅すると、立原と彼の二人の友人が、座敷の真ん中に林檎箱を椅子とテーブルがわりに並べ、電燈を引き下ろして歓談していたという。


「や、お帰んなさい、ちっとも知らなかった。」

「納屋に籐椅子の一つくらいは、なかったかな。」

「椅子というものは此の家には、一脚もありませんよ。」

「見たか。」

「見た。」


「いつも椅子に坐っている彼はこんなふうに、座敷の拵《こしら》えを更《あらた》めて住んでいた」と犀星は評している。まるで現実があとから「[組曲風の三つのコント]」を模倣したかのようではないか。なお、次章で詳しく論じるが、立原は椅子を実際にデザインしてもいた。

では、こうした家具調度品がもつ意義を文学の側から考察しておきたい。立原的な家具調度品は、しばしば年季が入っており、習慣的で身近な使用や、突然の出来事を通し、記憶を喚起する記念《かたみ》となっている。そのことに関連して、私たちは、立原が『方法論』で『失われた時を求めて』からベッドやその他の家具調度が特に問題となる場面を引用したことや、一九三六年八、九月頃、『マルテと時計』（一八四七年）――『みずうみ』に劣らず「建築文学」と呼ぶにあたいするシュトルムの短編小説――を翻訳したことを想うべきだろう。

マルテは両親が死んでから身近かにはあまり人も見ず、とりわけ永い冬の夕暮は大概いつもひとりでくらしたから、それがかの女の独得の天性であつたが、溌溂とした、はつきりした形を造る空想が、かの女の身のまはりのものに一種の生命や意識のやうなものを与へた。かの女は自分の心の一部を部屋の古道具に貸し、かうして古道具はかの女と言葉を交す力を得るやうになつたのである。勿論、この会話は大抵は黙つたまま行はれたが、その代りにそれだけ余計に心の親しさは増し、誤解などは決してありはしなかつた。

（立原道造訳『マルテと時計』）

独身の老女マルテの家に下宿した学生（語り手の「私」）が、クリスマスなのになぜどこへも出かけないのかを彼女に訊ねると、彼女は答える――「私の母が十年前の昨日このベッドでなくなつてから、私はクリスマスイイヴ《ママ》に家を出たことがありません。私の妹も昨日は使ひをよこしてくれましたし、それから暗くなつてから私も一遍出かけようかしらと思ひましたが。しかし――この古時計はまた大へんおかしいのですよ、きつときまつてこんな風に言つてゐるやうなのですよ。『行つちや、だめ、行つちやだめ！　何をしに、おまへは行くの？　おまへのクリスマスのお祭は、あそこにはありはしないよ』つて」。長く生活をともにしてきた家具調度品は、生家に独り残されたマルテにとって、両親の思い出を担い、彼女を慰めたり、彼女の行動を制約したりする話し相手と化している。『マルテと時計』を熟読したことは、「［私のかへつて来るのは］」の執筆に影響したに違いない。

　ところで、立原が文学において建築をもっぱら「追憶／夢想」の器として描き出していたことは、モダニズム建築に対する彼の批判的スタンスを『方法論』以上に雄弁に教えてくれよう。ル・コルビュジエは「住む為の機械」における家具を、旧来のブルジョワ的家具と対比させ、こんなふうに語っていた。

> (a) 椅子は腰掛ける為のものである。〔……〕貴家にあるオービユッソン Aubusson や秋のサロン **Salon** に出品されたルイ十四世式の肘掛椅子や二人用椅子は果して腰を掛ける為のものであらうか。吾々の考へでは貴方は、倶楽部や銀行や事務所に於ては、もつと居心地がよいものと思はれる。
>
> (b) 電燈は照明の為のものである。光源を隠蔽した脚光燈、分散燈、直射燈杯がある。それ等によつて昼間の光線と変りなく見られる。決して目に不健康なことはない。
>
> 百燭光の電燈は約五十瓩《キログラム》の重さがある。然《しか》るに貴家に於ては、青銅や木製の装飾を持つた百瓩もある、シヤンデリヤがブラ下つて居る。それには蝿の糞痕を印してゐる。これは見苦しくなからうか。而《しか》も夜は、其《その》光は眼の為によくない。[18]
>
> （宮崎謙三訳『建築芸術へ』、「見ざる眼　二、航空機」の章／傍点は原文による）

ル・コルビュジエの結論はこうなる。

今も尚建築家諸君の中で尊敬されてゐる習慣を変形し、過去と総《すべ》る追憶とを篩《ふるい》にかけ理性の網目を通して濾《こ》し、恰《あたか》も航空の技術家技が問題を提示した如く、問題をえらばねばならぬ。

そして住機〔住むための機械〕を連続生産的に建てねばならぬ。

（同書同章）

立原もまたブルジョワ趣味を嫌い簡素を好むが、こうしたモダンなものへの手放しの礼賛や記憶の切り捨てに対し、強い違和感を覚えたに違いない。ル・コルビュジエの椅子は立原の椅子ではない。立原もまた室内の諸要素を、住む者にもたらす効果を尺度に評価するが、「家は追憶するための機械である」とか「家は夢想するための機械である」ということはできない。少なくともル・コルビュジエが「機械」に込めた意味では。効率・経済性・明証性を第一とするル・コルビュジエの評価基準の底には、一種の行動主義があり、経年変化、暗い閉じた一角、木材、小さな火などにまつわるなつかしさ、無為な時間の豊かさ、窓の外から垣間見られた他者の生活への共感、過去や他処《よそ》への想像力の拡がりを受け容れる余地がないからである。これに対し、立原は「僕の内部は、まだ眠りにもつと近い、つまり休息に、疲労に、病に、死に。行ひの界にふるさとをもたぬこと」（エッセイ「遥かな問ひ」、『四季』一九三八年五月号）と述べていた。「追憶／夢想」は、ル・コルビュジエ的な「機械」の「機能」とは次元を異にした生の潜在的営みであり、「機能」から脱落する無為である。ちょうど「寝る」という行動が反行動であるように。ちなみにベルクソンは、行動することから脱落した「過去」に存在論的深さを見出しており、(19)プルーストは、「無意志的記憶」だけがそうした「過去」を真に想起できると考えていた。(20)

ただし、建築家・立原道造にとっては、機能性からの脱落が機能性と共存しうるという側面もたいへん重要だったに違いない。この点で、椅子、机、ランプ、ベッドなどの使用様態が意義深く思われる。室内に配備されるこれらの物品は、果たすべき機能をもった有用な道具ではあるが、ドアノブやスイッチやハンマーなどと違い、身体および空間に間断なく持続的に作用する道具であり、靴や自転車やヘッドライトなどと違い、身体がくつろいで特定の空間へ留まることを促す道具である。これらが機能する際、しだいに身体は「つかう」主体でなくなり、これらに身をまかせ、その作用を受けつつ「いる」存在、読書し、詩作し、追憶し、夢想し、眠る存在となる。他方、これらの道具は、建築との関係においては、空間の質（住み心地）を形成する建築的因子となって、時間のなかで持続する。主体―対象、能動―受動といった構図が失効する場面。つまり、これらの道具は、対象としての顕在的半面と、環境ないし存在としての潜在的半面を兼ね備えた結晶か回路のようなものなのであり、だからこそ、主体と二人称的関係に入り込むその一方で、主体を、「追憶／夢想」する脱主体へ、能動でも受動でも、人でもモノでもない、中動的で中性的な生へと引き込むのだ。「誰が、高い世界に辿れるだらうか。高い世界といふのは、ゆふすげの花が咲いてそこにかがやいてゐる青い空、さうして人は遂に白雲になるといふこと、或はまた椅子となり、机に凭れ、机となること」（「詩人の原理」一九三四年九、一〇月頃）。

立原の手記や手紙には、これまでほとんど注目されてこなかったことだが、家具調度品と脱自的に交流する実存的体験を記した驚くべき文章が複数見つかる。手記「［火山灰まで］」の以下の一節（『全集』第三巻、二八頁）は、「日附のない日」と標記されているが、直前に「7・14」と日付が記されているので、一九三五年七月一四日頃の手記だろう。

日附のない日

僕は本棚の前にぼんやりたたずんでゐた。それは全く不意だつた。僕にまでこのしづかな無生物の夢みてゐる時間が感じられだしたのだ。この本たちは全く動かうといふ意志さへ禁じられてゐる。而も、これたちのそばを流れてゐるのは時間だ。その時間のなかでこれたちはいかにかなしく夢みさまよつてゐるか。僕にはそれがはげしい共感を強ひたのだ。僕はぼんやり立つたままだつた。すると、この壁は茫々とした草原のなかにとりのこされてゐた。そのなかでいかに切なげに僕らは手をとりあつたか。さうして、いかに僕らの心は凍りつき、畏れでお互に見つめあつたか。僕と本の群と。

〔……〕

ものは空間のなかを歩かうといふ意志さへ禁じられてゐる。それだけますます彼らは時間のなかに氾濫しさまよふ。殆どせつない情欲によつて。机も椅子もランプもさうだ。彼らが知つてゐるのは茫漠とした風景のなかでつららのやうな自分の坐標ばかりだ、いかにそれが見すぼらしくいやしげに見えようと、彼らはそれにどうする意志もない。

立原にとり、本棚および本は、椅子やベッドなどに劣らず本質的な建築要素であって、インテリアの質の形成に与りながら「住＝人生」の時間を吸収し、随伴者か付喪神のように息づき、主人を見つめ返すのだ。以下は手記「火山灰」の一九三八年夏の記述――

いちばん大きな質問

おまへの身体

このちひさい部屋が別の光でかがやかされた
ひとつの悔恨が希望といりまじる
ながいこと　僕の孤独をみつめてゐた
僕の壁が　椅子が　窓が　テーブルが
僕たちの　一ときを　好ましいほほゑみで
みまもつてゐてくれた！　しかし　感謝！

水戸部アサイを日本橋の屋根裏部屋に迎え入れた際の、ほとんど詩といっていい手記である。彼女の身体が加わったことで「このちひさい部屋が別の光でかがやかされた」というのは、一九三四年の「「組曲風な三つのコント」」の一場面を想わせる。現実が文学を、青年の住居の文学表象を、模倣したといえようか。

しかし、生活が沈澱したインテリアが、鬱陶しい分身のように主人の自由を抑え、過去のうとましい模倣を強いていると感じられる日もある。つぎの文章は、立原が盛岡からの帰京直後、日本橋の屋根裏部屋で書いた手紙の一節である。

古ぼけたいくつかの家具や、乱雑に積みあげられたり、たてかけられた本の群やくらい壁や光を呼ぶ窓や入口の扉が、僕を見まもつてゐます。それは僕が僕自身を見知つてゐるよりもずつとよく、僕を見知つてゐる僕の過去です。僕の無い空間にさへ僕をつくり出すことの出来る、手のつけられない僕の過去です。僕はそれを憎んだ。それからとほく行くことをねがつた。しかし過去はまた僕をとらへたのです。僕はおなじやうな夢想をおなじやうな動作をくりかへすやうに強ゐられます。

（一九三八年一〇月二二日、加藤健宛）

別の書簡では、興味深いことに、こうした建築的要素が主の不在を介して不思議な生気を帯び、「故郷」の感覚を喚起している。立原的故郷は犀星の故郷以上に仮設化されており、ある契機に偶然のように「訪れる」出来事であるといっても過言ではない。

労働が義務へのよろこびであるときに、而も同じ瞬間に　僕は　怠惰な国土の光にみちた倦怠に誘はれる。　僕には　汚れた壁と　乱雑な書物や椅子で散らされた　自分の部屋に　僕の不在中にそのやうな故郷が訪れてはゐないかと　不意に感じる、テーブルの上におき忘れられたもののあたりに　怠惰な無限が憩んでゐる景色を　仕事場にゐて　ありありと眼のまへに　描き出す――　この間の病気のあひだに、　僕の部屋のする表情を　どんなに僕は気にして生きてゐたことだらう！　その追憶が　甘く僕を慰さめる。　しかし　その部屋は　すでに現実のそれではなく　もつと不確かに　もつと美しく　時間のなかに　住んでゐる。

（一九三八年一月一九日、中村整宛）

私が部屋に住むのではなく、部屋が「時間のなかに　住んでゐる」。この簡潔で見事な表現は、建築と時間の結びつきの深さを示すばかりでなく、時間の流れのなかで人より建築の方が主導的になることも示している。「空っぽな時刻――ぼくの部屋」で「ぼく」の留守中に机が青い窓を眺め、ランプが煙草に火をともすのは、モダニズム詩の奇想などではなく、自室をめぐる非人称的な生の詩的表現だったのだ。

家の「優しさ」と不気味なもの《ウンハイムリッヒ》

立原のいう「人生《ダス・レエベン》」や「生活」や「住」は、平凡で慎ましい日常の積み重ねからなるが、その底には、こうした非人称的で無為で中性的な生、病いや死に近い危うい生が潜んでいる。

そのことを純粋に表現した詩がいくつかある。たとえば、第五次全集に初収録された未発表組詩「「果物を盛る鉢のやうに」」（一九三六年一月頃）。その「果物を盛る鉢のやうに／美しくあれ／壊れた心よスレート屋根のやうに／月の光に　濡れてあれ」という第一節（四行詩）は、建築が器（ボールの内側）であり、かつ防護膜（ボールの外側）であることを暗示する。第二節では、ある建物に長年住んだ果ての経験が、三人称の物語的散文詩の形式で語られる。第三節では、語り手が「沼のほとりの小家」を建てる夢をあきらめた理由が、恋人の「おまへ」に送る手紙という形式で語られる。ここで注視しておきたいのは第二節だ。喘息を患う老人は、その住居にすでに一〇年以上独居している。

それは夏のころだつた。老人には　いつまでも暗くならない　そのやうな夏の季節の晩は怖しいものにおもはれた。それが、彼をいつまでも庭にたたずませた。そして、彼はくらがりが次第にかくして行く自分のゐないからつぽの自分の住居を　悪意にみちた好奇心で　眺めつづけるのだつた。あのなかに、うろついてゐるのは　まるで　おれとは別な人間だ、と。事実　彼が　その家に住み出してからはもう十年をこえた　そして　そのなかをうろつきながら、彼はいろいろなものを失つて行つたのだ、ちようど彼の塗らせた腰のペンキが今ではすつかり剝げてしまつたやうに。その憤りが、彼を自分を抱いてゐるこの荒れた家の魂のことが……　安らかな母の胸のやうに　固い床がおもはれた　そして老人は疲れきつた幼児が母の膝についうたたねをしてしまふやうに　火の気もない冷い部屋の床にうつぶせになつたまま　短いやさしい眠りにはいつて行つた……

家に宿った過去を「無意識」と呼べるとしても、それは無意識一般と同じではなく、建物に固着し、自縛された幽霊のごときものとして受け止めなければならない。ドッペルゲンガーが老朽化した家のなかを「うろついてゐる」のは、老人が長年「そのなかをうろつきながら」「いろいろなものを失つていつた」からだ。こぼれ落ちるように徐々に沈澱し凝った思いが老朽した家のなかを勝手に徘徊するさまを、老人は荒れた庭から一種の憎しみをもって見つめている。この家はもちろん「住み心地よい」家ではないが、「住みわるい」家というよりも「住み心地わるい」家といえる。それが今度は急に母の胸や膝のように感じられ、老人は家のなかへ戻り、家に抱かれるように床にうつぶせになって「やさしい眠り」に就く。親しんできた家が不気味なもの《ウンハイムリッヒ》へ反転する理由も、それが安らかなものへ再反転する理由もまったく説明されていない。だが、かえってそれだけに、「住み心地よさ」と「住み心地わるさ」、

「優しさ」（郷愁）と不気味なものが、季節や時刻、年齢、体調、心持ちなど、微妙な条件しだいでたやすく反転しうる相関関係にあること、同じ事柄の表裏にほかならないことが、投げ出されたように示されている。(21) 記憶の器としての建築に対して人が抱く両価的感情を、これほど生々しく表現した詩は滅多にないだろう。(22)

石柱の独白という形式をとった四連詩「石柱の歌」（『四季』一九三七年七月号）は、住み心地どころか、もはや住みえなくなってしまった建築のぎりぎりの価値を証しているという意味で、立原の建築文学の極北に佇立している。長くなるが全文を引用する。

石柱の歌

私は石の柱……崩れた家の　台座を踏んで
自らの重みを　ささへるきりの
私は一本の石の柱だ――乾いた……
風とも　鳥とも　花とも　かかはりなく
私は　立つてゐる
自らのかげが地に
投げる時間に見入りながら

歴史もなく　悔いも　愛もなく

灰色のくらい景色のなかにひとりぼつちに
また青い日に　キラキラとひかつて
立つてゐるとき　おもひはもう言葉にならない

花模様のついた会話と　幼い傷みと
よく笑つた歌ひ手と……それを　ときどき　おもひ出す
風のやうに　過ぎ行つた　あれは
私の記憶だらうか　また日々だらうか

私は　おきわすられた　ただ一本の柱だ
さうして　何《なに》の　廃墟に　名前なく
かうして　立つてゐる　私は　柱なのか
答へもなしに　あらはに　外の光に？
嘗ての日よりも　踏みしめて
強く立たうとする私には　ささへやうとするなにがあるのか！
知らない……甘い夢の誘ひと潤沢な眠りに縁取られた薄明のほか――

露天に一本だけ取り残された石柱を、孤独な立原道造自身の隠喩であると性急に解釈しないようにしよう。屋根を支えるという機能を久しく失っているばかりか、壁に庇護されず、太陽光線や外気に晒された単独の石柱の「激しさ」ないし「不安」（『方法論』）。そこには建築の基本条件である内部と外部の区別自体がもはやない。石柱は、「歴史」、「悔い」、「愛」、「名前」といった人間的秩序から脱落している。けれども、まだ「風」、「鳥」、「花」のように自然的秩序に同化してはいない。間歇的で断片的で言葉にならないとはいえ、石柱には人間を守っていた頃の記憶が甦ることがある。石柱がかつて以上に感じているみずからの重みとは、単なる物理的重みではなく、「甘い夢の誘ひと潤沢な眠りに縁取られた薄明」の「優しさ」ないし「郷愁」（『方法論』）の重みでもある。「おもひ出す」と記されたあとの、「風のやうに　過ぎ行つた　あれは／私の記憶だらうか　また日々だらうか」という自問は、意味がとりにくいが、日々の出来事が過ぎていったのか、その思い出の方が過ぎていったのか、もはや識別しがたいということだろうか。

「石柱の歌」は、ポール・ヴァレリーの詩「群柱頌」（『魅惑』一九二六年）や、ゲオルク・ジンメルの廃墟論の影響を受けている可能性がある。しかし、比較すると浮き上がるのは、類似よりもむしろ差異である。

ヴァレリーが「並び立つ美しき円柱群」（鈴木信太郎訳、以下同様）を力強く讃えているのに対し、立原は一本残った石柱をうたっている。立原の石柱は、柱というよりもむしろ塔である。「群柱頌」でも「高々と何を支ふるや」という問いが発せられているが、[23]その答えは「九天を支ふ」である。「幾十の世紀を数へ、／民は去り、民は滅びて」と述べられているにもかかわらず、古代ギリシアの神殿の廃墟らしき列柱の経年変化は、数学的・音楽的・宇宙的秩序の頌歌（「数の理法に生まれ出づる」、「金数の耀かしき娘たち、／天の法則に精通する円柱群よ」、「おお　紡錘《つむ》の管弦楽よ」）のなかで軽く言及されるのみだ。ヴァレリーは、ソクラテスの対話に倣った対話劇『エウパリノスあるいは建築家』（一九二一年）でも同様の古代建築観を示している。[24] 機能主義的観点からすれば、廃墟とは機能しなくなった建築にほかならないが、そのぶん機能を越えた形式美を純粋に示す範例ともなりえる。実際、ル・コルビュジエ――『エウパリノスあるいは建築家』の愛読者だった――は、二年後に刊行した『建築芸術へ』において、まさにパルテノン神殿をそうした最高の範例として讃美していた。[25]

ジンメルは『廃墟』（一九一一年）で、ヴァレリーやル・コルビュジエと異なり、経年によって建物が徐々に崩壊し自然に還ってゆく過程を主題とし、「まだ生きている芸術と、すでに生きている自然とから、新しい全体、独自な統一が生まれる」[26] ところに廃墟固有の魅力を見出しており、より立原に近い。また『方法論』第四章の引用のなかでロダンが語るボーヴェ大聖堂の「孤立」や、リルケが語るシャルトル大聖堂外壁装飾柱の柱頭に立つ「天使の日時計」（第一章の「『方法論』3――時間のなかにおける建築」参照）も、「石柱の歌」をインスパイアしたテクストかもしれない。だが、ジンメルも、ロダンも、リルケも、廃墟における人の営みの痕跡に着目してはいない。「石柱の歌」は、やはり『方法論』で「建築の壊れ易さ」を「〈同一の建築〉」に対して「同一の」体験は繰り返し得」ないという次元で論じた建築家ならではの詩なのだ。この廃墟が神殿や宮殿や記念柱ではなく、「崩れた家」とされていることには相応の意義がある。石柱がときどき思い出す「花模様のついた会話と　幼い傷みと／よく笑つた歌ひ手」は、かつての住人のものだろう。

「自らのかげが地に／投げる時間に見入りながら」というフレーズの「時間」は、前節で引用した「〈火山灰まで〉」や中村整宛書簡に読まれる「時間」や、立原が『方法論』で「〈激しさ〉」に対する「不安」と、「優しさ」に対する「郷愁」との二つの面のあひだに無限の色あひを持つてまざり合ひ、私たちを含み、私たちに含まれる「在り方」としての「建築」が、私たちの言ふ「時間」のなかへ支へもなしにあらはれる」というときの「時間」と相通じる。これらの「時間」は、意志や原因が展開する時計的時間、顕在的時間とは質的に異なった持続である。そのなかで、建物は巨大な自然の持続に開かれ、崩壊へ向かいながら、なおも自身を観照するような仕方でけなげに過去を保持せんとする。こうした建物の生は、間断なく営まれているにもかかわらず、人間に対して秘密の営みとなっており、体験的には一瞬ないし無時間として認識されるほかない。だから「日附のない日」だったのだろう。

建築家／詩人の時制——『方法論』再説

ところで、「時間のなかに於ける「建築」」を設計する人とは、どのような人なのか。この人はどのように詩に現れているのか。

建築学科一年生当初の「［空つぽな時刻——ぼくの部屋］」では、すでに紹介したように、「ぼく」が教室で模写している建物が「風も椅子も／おまへもゐないつまらない部屋」といわれていた。これは、立原が実際の環境や具体的な使用者を想定して建築設計する志向を出発点から抱いていたということを、逆説的に示していよう。一九三四年九月頃、すなわち設計課題に取り組みはじめる時期に執筆されたと思われる組詩「［昨夜は　おそく］」になると、「僕」は毎夜、建物の様子を観察しながら町を歩き、閉ざされた窓の前であえてまずい歌をうたったり、別の家を見て、「あの家では／子供が七歳と四歳だつたから／ブランコとスベリ台もいるだらう／それから親たちには快いあかりと窓と／僕はすばらしい食堂を作つて上げよう」と思ったりする。東京の町を遊歩して建築を構想していた立原の姿を髣髴させる。

建築学科一年次冬から二年次進級の頃（一九三四年一二月から翌年四月頃）に書かれた散文詩「暦〔消える音楽のなかで〕」では、冬、春、夏、年末といううつろいのなかで「春の日は、窓に身体をおいて」「あたらしい家には白い大理石のギリシアの柱を、僕は過ぎた日々の寺の拱廊《きょうろう》を、美しい線で描いてゐた」というように建築設計が主題となる。石柱といっても「家」が話題となっている点は、「石柱の歌」と同じだ。また、「過ぎた日々の寺の拱廊」がヨーロッパ中世の教会建築を意味するとすれば、「新しくヘラス・ゴチック　の　いのちを現代に　表現する新古典派の道こそ今日以後の建築家に課せられた問題ではないか」（一九三六年四月二二日〔推定〕、田中一三宛）という三年次の述懐に延びる線分があることになる。

これまで人は、詩人による設計だから、立原の建築は独善的な夢や趣味を造形した建築なのだろうと、漠然と思ってきたのではなかっただろうか。けれども、建築家が登場する詩から窺われるのは、むしろ逆に環境や使用者を重んじて建築を構想する姿勢である。そして、この姿勢をもっとも深く直接的に表現しているのは、直接的に建築家が登場しない詩なのである。

『暁と夕の詩』に収められたソネット「眠りの誘ひ」（『むらさき』一九三七年二月号）を見てみよう。粉雪が降りしきる夜、「私」は、ある家の寝室の窓の外にたたずみ、枕元にある燭台が「胡桃色」の光を放ち、「そのまはりには／快活な何かが宿つてゐる」ことを確認し、「やさしい顔をした娘たち」のために子守唄をうたう。

私はいつまでもうたつてゐてあげよう
私はくらい窓の外に　さうして窓のうちに

それから　眠りのうちに　おまへらの夢のおくに
それから　くりかへしくりかへして　うたつてゐてあげよう

（「眠りの誘ひ」第二連）

「私」はうたう人であるという点で詩人だが、寝室にいる少女たちを心地よい眠りへ誘おうと欲し、窓の外から内へ、さらに眠る者の内にまで、人間離れした自在さで移動するという点では、むしろ建築家であるといえる。遠／近、内／外、高／低のあいだを自在に移動する視点は、『萱草に寄す』の「はじめてのものに」、『暁と夕の詩』で「眠りの誘ひ」のひとつ前に配された「小譚詩」などにも見られる。建築家は建築を観察したり構想したりするとき、宙の高みから建築のロケーションを把握し、外と内の両サイドから建築を見、住人がそこでどのような感覚や感情を覚え、どのようにふるまうのかを想う。設計においては、未来の住人のふるまいを、遍在する視点に立って予想しながら、効果的に演出しなければならない。とりわけ、来るべき住人の「時間」のなかにおける建築体験を重んじ、その「夢」や「分身」まで配慮する建築家は、まず彼自身が天使的・守護霊的な分身とならなくてはならない。

こうしたまなざしは、早くも、モダニズムの影響が露わな習作を書いていた一高三年次の彼のうちに芽生えていたようだ。「何度目かの日曜日。僕はとう〲発見する。遠眼鏡のなかの白い坂道、歩いてゐる人。こんな景色はつまらない。僕は、いつもするくせに、びく〲と自分の家の方を眺める。その後でそれをずらすと彼女の家なのだ。僕の部屋には僕はゐなかつたが、彼女の部屋に彼女がゐた。その姿は活動写真に撮られた人のやうに優しく静かに室内を動いてゐる。誰にも見られてゐない自信から、彼女は秘密と遊んでゐる。そして、その秘密のなかに、たしかに僕がまざつてゐた！」（物語「［生徒の話　平野］」一九三三年八月頃）。「窓といふものは　あかりをつけるためにあるものだつた／人はめいめいの影絵を映したり／或るときは外に立つて自分のゐない自分の部屋を眺める」（「夜の歌［私は薔薇や月光を］」一九三四年一二月から一九三五年四月頃）。
『方法論』で、立原が文学とともに映画を、時間における建築の表現に適したジャンルと価値づけていたことを思い起こすべきだろう。映画では、窓越しに室内の人物を撮ったショットと室内で撮ったショットが編集されたり、キャメラが窓から室内に侵入したりすることが稀ではない。一高の頃から晩年まで立原が映画を積極的に観ていたことは、書簡や手記からわかる。「［火山灰まで］」には、こんな記述まである――「僕の夢は映画の技法を持つてゐる。眠りのなかで、フラッシユバックやオウヴアラップなどが、きはめて上手に使はれる。溶暗や溶明は意識の或る状態の模倣だから勿論、これによつて、二つの異つた場面はきはめて上手に連絡される」。

ともかく、立原は建築を学びながら、時空遍在的な眼差しを建築家的なものとして受け止め、認識と創作の方法として駆使したと思われる。『方法論』がその傍証である。「美的芸術としての建築は有機体を無機的なものの本質として従つて　有機的諸形式を無機的なものの中で、予《あらかじ》め形づくられたものとして描出せねばならない」という『芸術哲学』の命題一一〇が、『方法論』に銘記されていたことを、私たちは第一章で確認した。この「予め」という副詞に注意しよう。シェリングは建築以外の諸ジャンルを定義する際には、このような「予め」という副詞を使用していない。では建築の場合、何に対して「予め」なのか。シェリングによる説明はないが、有機体としての人間が建築物を使用することに対して、建築家は「予め」無機的な形式で有機的諸形式のアレゴリーを設計するというように解釈できる。つまり「予め」は、目の前の対象として鑑賞される作品であるにとどまらず、人間がその内部に入り込んで諸活動を営む空間でもあるという建築芸術の特異性を示唆していることになる。この諸活動を通して、「凝固せる音楽」は解凍され、時間のなかで音楽的に展開されるにいたる。少なくとも立原はそう解釈していたに違いない。『方法論』第四章で文学における建築表象の例示に移る際、彼は言語の先験的観念性を、建築における「時間・或は運命なるもの」と重ねていた――「この時間・或は運命なるものは、私たちの言葉の背後に、すでに体験せられたるものとしてではなく、ただ観念として今はいつか体験せられる瞬間が来ることもあらうとして賭けられたものとして横たはつてゐるのである」。すなわち「言語＝観念」の先験性と、建築空間がそこで実現される行為や出来事をある程度先取って設計されていることとのあいだに対応関係を見出していたということだ。建築家は、建築において生起するだろう行為や出来事を間接的に準備する透明な演出家であり、舞台としての建築空間は、そうした未来を個別的に指示するのではなくカテゴリー化して条件づけるという点で、語の「観念」に類似しているのである。

卒論に数ヶ月先立つソネット「小譚詩」が淡々と語る諸行為は、空間的「観念」として設計された建築における運命的・反復的な行為ではないだろうか。

小譚詩

一人はあかりをつけることが出来た
そのそばで　本をよむのは別の人だつた
しづかな部屋だから　低い声が
それが隅の方にまで　よく聞えた（みんなはきいてゐた）

一人はあかりを消すことが出来た
そのそばで　眠るのは別の人だつた
糸紡ぎの女が子守の唄をうたつてきかせた
それが窓の外にまで　よく聞えた（みんなはきいてゐた）

幾夜も幾夜もおんなじやうに過ぎて行つた……
風が叫んで　塔の上で　雄鶏が知らせた
――兵士《ジアツク》は旗を持て　驢馬は鈴を掻き鳴らせ！

それから　朝が来た　ほんとうの朝が来た
また夜が来た　また　あたらしい夜が来た
その部屋は　からつぽに　のこされたままだつた

この詩の儀式めいた非現実感は、ひとつの部屋でなされる別々の単純で日常的なふるまいが、住人各人に分業のように割り当てられていること、それら各人が極めて非人称的で希薄で幽霊めいていること、長期にわたる反復の全体が、人間離れした澄んだ眼差しによって淡々とニュートラルに語られていることなどによろう。朗読を室内で聴いていた「みんな」が、子守唄を聴くときは不思議なことに窓の外にいる。部屋の即物的描写がないにもかかわらず、静かな部屋だったこと、低い声でも部屋の「隅の方に

まで　よく聞えた」こと（「はじめてのものに」を想起させる）、「あかり」の「そば」に寝床が位置したこと、子守唄が「窓の外にまで　よく聞えた」こと、雄鶏のいる塔をそなえていたことがわかる。童話やトランプめいた表情を呈して「転」となっている第三連は、もしかすると戦争の勃発を暗示しているのかも知れない。そして第四連の「その部屋は　からつぽに　残されたままだつた」という最終行が、諸行為の反復を支えてきた部屋自体の静謐な持続を不気味なほど浮上させる。「ほんとうの朝」と「あたらしい夜」とは、人間的尺度から解放された宇宙的時間の謂いだろうか。

いずれにせよ、この空《から》になった部屋が、書簡や詩に表象された「留守宅」と隣接する空間であることは明らかだ。(27)「一人」も、「別の人」も、「みんな」も、生身の個人ではなく、部屋の「観念」に促されたふるまいを習慣的に反復した者の記憶像、部屋のそれぞれの場に潜在する人の痕跡、すなわち同時期の「［果物を盛る鉢のやうに］」で部屋をうろついている分身に類したものと考えられる。(28)だから、私たちは彼らの人数を定めることができない。

おそらく、杉本春生の「立原道造試論」（『近代文学』一九五六年四月号）あたりからだろう、立原詩には「過去」ばかりで「現在」がないという批判がたびたびなされてきた。これに対し、「過去」に劣らず「未来」ないし「未来推量」が頻出することを指摘し、そのあり方の再評価をしておきたい。

立原的未来形の典型例を二つ挙げてみよう――「私たちは二たび逢はぬであらう　昔おもふ／月の鏡はあのよるをうつしてゐると／私らはただそれをくりかへすであらう」（「またある夜に」第四連）、「夢は真冬の追憶のうちに凍るであらう／そして　それは戸をあけて　寂寥のなかに／星くづにてらされた道を過ぎ去るであらう」（「のちのおもひに」第四連）。こうした時制はじつに建築的ではないだろうか。なぜなら、この「未来」は、意志の表明や意外な事件の予言というより、平凡な運命の予想といえる。

しかも、しばしば回想を伴っていたり、想定される未来における回想（いわば「前未来」）であったりするのだ。たとえば、第一の引用の場合、未来の行為は反復的なものであり、未来の月は過去の「あの夜」を映し出している。第二の引用でも、未来の真冬に生じるとされているのは、過去の夏の「追憶」である。

本人が、自分の「未来」は回想の一形式であることを友人に説いている――「過ぎた冬――そして、まためぐつて来る冬。僕には未来のことさへも、思ひ出のやうに、はつきりと感じることが出来る。つめたい固い木の椅子のことや、ざはざはと沸《たぎ》つてゐたお茶のことや、何か、だれがそれをくらしたのだらうか、ひとりぼつちではなしに！　僕は「今」といふ支へを持たない。忘却とは僕には時間の形式であつた。それ故に、このやうな思ひ出が　僕にゆるされる。思ひ出とは　僕にはつひに「ひとつのもの」であつた。悲しみと名づけないでもいい情緒の出水だ」（一九三七年四月二四日、生田勉宛）。特異なのは、「思ひ出」を個別的具体的な出来事の想起としてではなく、共通の感情に浸された「ひとつのもの」として語っている点であり、そうした「思ひ出」のように感じとられる未来の自分の孤独な生活に関して「だれがそれをくらしたのだらうか、ひとりぼつちでなしに！」と感慨している点だ。自分の未来像を、非人称的な過去の反復として語っているのだ。これは、個人の体験と言葉の先験性との関係を語る『方法論』第四章の言説と異口同音である。「「今」といふ支えなしに」が、行動する人称的主体の休止を意味するとすれば、立原はここでむしろ過去と未来が回路をなす脱自的現在について語っているといえる。[29]だから私たちはこう感嘆すべきなのだ――立原道造の追憶と予想の仕方が、すでに「建築」的ですらあるとは！

明晰な曖昧さ

立原文学の語彙は少ない。いかめしい漢語や専門用語を避け、平明で一般的な限られた口語が繰り返し用いられる[30]。これまで多くの評者が立原の口語詩の語彙の貧しさ・平凡さ・観念性・空虚さなどを指摘してきたが、私たちはこれも建築的な言語使用の一側面として再評価することができる。

立原の詩学によれば、詩人とは、使用される言葉、外的状況に巻き込まれ埋没している道具としての言葉をそこから救い出し、文学空間において言葉の「観念」と「人生」との一回的な切り結びを実現すべき存在であり、この水準ではじめて詩人の使命は建築家の使命と交わる。建築家は、未来の居住者がなしえる個別的で特殊的なふるまいを受け容れつつも一定の範囲で方向づける「空虚」を、物の構成を通して精妙に画定しなければならない。しかも、近代社会にあっては、巧みな彫刻が施された貴重な石材や木材を用いることなく、大量生産される出来合いの素っ気ないセメント・板・金属板・ガラスなどを用いることが大前提として要請される。近代的建築家は、表情に乏しい平凡な材料によって、どのような「空虚」を構成するかというところで勝負するのであり、この点ではモダニズム建築に対して批判的まなざしを投げかける立原自身も例外ではない。

『方法論』からは、文学による建築的なものの表現が、言葉によって喚起される空間的形象の次元にとどまらず、言語という媒体そのものが形成する時間性の様態の次元に及ぶということに、立原が極めて自覚的であったことがわかる。とすれば、詩作においても、「空虚」を入念に設計するということが企てられていたと見るのが自然である。「僕の頭のなかでは　幾行かの詩が／こせこせした積木細工であつた／とりどりに色がまはり　滑り／四角な旗がとほくまであるのだ」（「詩」一九三四年一一月、一二月頃）という詩行は、そうした詩作態度への自己批評だろう。

萩原朔太郎による評言――「立原の詩は、極めてリリカルな音楽性に富んで居ながら、しかしまた極めて数学的、建築的の知性によつて構成されている。／それは彼が帝大出の理学士であり、建築技師であつたことにもよると思ふ」（「立原道造全集第一巻」、『朝日新聞』一九四二年五月一八日付）。あるいは中村真一郎による評言――「彼の詩には、ほとんど「内容」らしいものはない。そして、その最小の素材を用いて彼は言語による音楽的世界を創造し、その流動する言葉のリズムと、一方で建築の形式とによって、読者の心を、メタフィジカルとも云うべき、あの精神気圏へ誘ってくれる」（『文学の創造』未来社、一九五三年）。

また中村は同書で、立原が詩集（『萱草に寄す』、『暁と夕の詩』、未実現の『優しき詩』）をテーマ的・物語的に関連しあった一〇篇のソネットとして構想したことに、与えられた敷地内で解を見出す建築家の流儀を見ている。立原自身そうした詩集観を言明していた――「一冊の本として編まれてゐるものは全体としてその構造を見たい。年代記風に見るのはどうかなあ。／二つの極を「言葉の感動で書く」と「人生の感動で書く」と見てもいい」（神保光太郎、津村信夫との座談会「『測量船』に就て　現代の詩集研究Ⅰ」、『四季』一九三七年二月号）[31]。同様の志向は、立原に特徴的な組詩や、歌物語集『鮎の歌』の出版構想（未実現）のうちにも確認できる。

立原は、製本されて手許に届いた『暁と夕の詩』をどう描写したか。

すでに物体として、机の上にあるとき、ただそれは僕にまで形ある物体として感ぜられる。嘗ての僕の情緒がその「続き」として、自ら装ひここにある。

　或る初秋の日、おそい午后、僕のなかに突然ゴットフリード・ケラーが眼ざめた、全く不思議な形で。「緑のハインリッヒ」といふ言葉が僕を刺した。そのとき緑が僕にはじめて愛せられたのである。僕はすべてを緑の無限に微妙な色あひのなかに見た、そしてそのなかからふたたび、緑のハインリッヒのかへつて来るのを。

　そのゆゑに、敬愛する少数の師友と知人にまで頒たれるこの詩集は、緑の紙で装はれる、紙自らが自らの暁と夕とを表現する緑の形式で。

　しかし、僕のなかに絶えない音楽は、嘗ての詩集《萱草に寄す》が装はれたのとおなじ音楽の雰囲気を要求する。そのゆゑに、未知の友人、僕が読者として招待する人びとにまで頒たれるこの詩集は、音楽の曲譜の姿として装はれる、橙色の紙に単純な輪廓で飾られた独逸風のフルート曲集らしく。

（「風信子［二］」、『四季』一九三八年一月号）


まさに幾何的に物質化した音楽、一種の建築、詩の村として詩集が捉えられているといえる。建築的・音楽的構成は、結晶のような詩句の構成というかたちで、個々の口語定型詩のソネットの次元でも見出すことができる（ちなみに建築を構想する散策者の組詩「［昨夜は　おそく］」の第一歌が、立原の最初のソネットである［建築学科一年次の九月頃］）。日本の詩壇ですでに口語自由詩が優勢となった時期に、立原はもっとも口語定型詩にこだわった。

　立原道造研究史において、比喩的な語り口で暗示されるにとどまってきた立原的な詩句構成術を最初に具体的に分析したのは小川和祐である。[32] 小川は『立原道造研究』（審美社、一九六九年）で、立原詩

の音楽性は伝統的な音数律の分析だけによっては解き明かせないといい、ソネット「のちのおもひに」第一連、

夢はいつもかへつて行つた　山の麓のさびしい村に
水引草に風が立ち
草ひばりのうたひやまない
しづまりかへつた午さがりの林道を

を例に、文節どうしのあいだに仕組まれた複線的な修飾・被修飾関係を指摘した。

この〈山の麓のさびしい村に〉の詩句は〈水引草に〉の語句に係絡するとともに、〈……かへって行った〉にも倒叙的にかかる詩句であり、さらに〈うたひやまない〉にも係絡している。即ち、次のようになるであろう。

山の麓のさびしい村に
水引草に風が立ち
かへって行った
草ひばりがうたひやまない

また、〈……林道を〉は〈……かへって行った〉にも倒叙になっている。

〈うたひやまない〉の否定の助動詞〈ない〉は本来終止形であるけれども、〈午さがり……〉に係絡する連体形であるということも文法的に成立する。

うたひやまない ──→ 。
──→ 午さがりの ──→ 林道を ──→ かへって行った。

そこには文節相互の巧妙な操作があり、この極めて不安定な語法が、それ故に読者に散文の文体にない詩的感動をもたらしているのである。

（同書、八四頁）

単に一つの副詞句や形容詞句が複数の箇所に係るというのではない。文節の統辞法上の機能や一文の終わりが、決定不能な複数のあり方で共存しているというのである。

宇佐美斉は『立原道造』（筑摩書房、一九八二年）で、こうした多義的分節法「詩句の跨り《アンジャンブマン》」が、立原詩によく見られる倒置構文や修飾句の後置、句読点の排除および一字あけと相関して成立していることを説き、さらにギヨーム・アポリネールの詩集『アルコール』（一九一三年）における詩的実験との類似を指摘している。

このことと関連してここでもうひとつ注意しておいていいと思われることは、道造詩に見られる独特な句読法である。かれは疑問符と感嘆符いがいの一切の句読点を廃止し、その代り句切目に一字分の空白を置く方法をとっている。そのため、ひとつひとつの詩句に流動感あるいは浮遊の感覚が生じ、視覚的にもまた意味の上からも固着のイメージから解放されている。たとえば「はじめてのものに」第一連二行目の「この村に」と「ひとしきり」がそうである。これらのことばは倒置語法として同じ行の「灰を降らした」を説明する修飾語ととることもできるし、また四行目の「降りしきつた」にかかる副詞（句）ととることも可能である。

この種の両義性ないし曖昧性は、道造の作品にはめずらしくないのであるが、この場合は明らかに句読法の改変によって半ば意識的に生み出されたものであろう。このことは、アポリネールが、一九一三年に出版した詩集『アルコール』において、一切の句読点を排除することによって、同種の効果を生み出したことを、想起させる。（同書、一七三頁）

「詩句の跨り」は、推量形や疑問形や直喩（「〜やうだ」）の多用、指示するものが不明瞭な代名詞[33]、未完結文、ダッシュやリーダーなどの効果ともあいまって、意味の明確な分節や階層や断定を宙吊りにし、言語表現をため息、寝息、エーテルの揺らぎへと変様させ、捉えがたい幻や思いを暗示することに貢献している。要するに、立原は修飾句の限定作用、言語の線状性、非連続性を倒錯させ宙吊りにすることを通し、明晰に曖昧な言語空間、かっちりと流動的な空虚を設計しているのだ[34]。周到に装置が設計された舞台のような「空虚」。

ゲーテの『親和力』（一八〇九年）第二部第三章で、地方貴族エドゥアルトは、地所の古い教会の改修を青年建築家にまかせる。建築家は貴族の館に泊まり、その妻の姪オティーリエを密かに恋慕しながら仕事をし、完成直後に立ち去る。一新された堂内を見て感動したオティーリエは、その夜、日記に「誰よりも建築家はこの点に於て最も不思議な運命を持つてゐる。いかに屡々建築家は自分の全精神、自分の愛情のすべてを役立てて部屋を作り、しかもその部屋から自分を追ひ出してしまはなければならないのだらうか」（倉田潮訳、聚英閣、一九二七年）と記す。このくだりを『方法論』に引用した人物が、自分の詩の「空虚」の性格を心得ていなかったはずはない[35]。彼は詩作において積極的に「空虚」を設計し、私たちに対して、さまざまに特殊な体験を入れることのできる律動する器、「言葉の家」を差し出す。立原的詩法とは、場所をあけわたす技術である。その詩のなかに立原道造が居座っていないからこそ、私たちはそこに自分自身の経験を抱えて住むことができる。

第三章　建築設計

「アパアトメントハウス・試案　5 止」(1935 年)

失われた建築／ふたたび見出された建築

立原道造の建築設計の件数は、基準次第で大きく増減する。ここでは「建築設計」を広義に解し、実際に建ったものだけでなく、紙上にとどまったものも勘定に入れることにしたい。これまで人は立原建築の数を少なく見積もりすぎてきたのではないかという疑念や、立原建築を体験したいという欲望が希薄だったのではないかという疑念を私は抱いている。

当時の東京帝国大学工学部建築学科では、一年一学期は既存図面の模写が課せられ、二学期以降、課題設計や即日設計（呈示された課題建築を即日で設計すること）が課せられた。三年三学期までの約三年間、立原がみずから設計した建築は一六件ほど確認されており、そのなかには「IMPERIAL AUDITORIUM」（一九三四年頃）や「温泉旅館」（一九三四年一〇月頃）、「三色旗アパート」（一九三五年六月）、「［ティーハウス］」[1]などのように、在学中に自主的に描いたと推定されるものも数件ある。「社寺建築」は、模写か否か不詳。建築学科が各学年の優秀な設計に対して与える辰野賞を、「小住宅」

(最初の課題設計、一九三四年一二月提出)、「デパアトメント・ストア」(一九三六年二月頃提出)、卒業設計「浅間山麓に位する芸術家コロニイの建築群」(一九三七年三月提出)によって連続三回受賞した事実は、学生時代の建築設計の質を証している。(2)

また、スケッチブック、ノート、書簡などには、フリーハンドで描いた小さな建築図面が散見する。課題設計の構想、受講時の模写、戯画、旅先で見かけた既存建築のスケッチなどが混ざり、いずれにあたるのか判別しがたいものも少なくない。

そして大学や建築事務所の外で、実現を見込んで描かれた様々な建築図面がある。これらは、建築家としての立原道造を考えるうえで特別な重要性をもつといえる。

立原は、一九三七(昭和一二)年四月、工学部を卒業するとそのまま、日本のモダニズム建築の先駆者の一人・石本喜久治(一八九四―一九六三年)が所長を務める石本建築事務所に入所した。しかし、結核性の肋膜炎のため同年一〇月から一ヶ月ほど一時休職。翌年七月、肺尖カタルを発症して再度休職願いを出すと、復職することなく一九三九(昭和一四)年三月二九日、二四歳で病没した。卒業直前から石本建築事務所時代(一九三七年四月―一九三八年七月)にかけて、建築事務所の仕事ではなく個人的な仕事として行った建築設計が少なくとも五件数えられ、その一件は竣工された。

第一は、「SOMMERHAUS」(一九三六年初夏)。堀辰雄は、南軽井沢に予算五〇円で収まる「仕事と睡眠だけのための場所、つまり、木のベッド一つと、木のテエブル一つとを入れるだけのコッテエヂ、――それにまあ窓が一つあればいい、そんな丸太小屋」の設計を立原に依頼したが、立原が持参した図面どおりに造ると二〇〇円もかかることがわかり、堀は山荘新築をあきらめた(堀「緑葉歎」、『セルパン』一九三六年七月号)。この山荘計画案の一枚らしい「SOMMERHAUS I」と題された一葉(別荘の平面図および外観透視図）がある。

第二は、豊田氏山荘設計。立原は卒業間際の一九三七年三月頃、豊田泉太郎（筆名・阿比留信）から旧軽井沢に建てる山荘の設計を依頼され、同年四月から六月頃まで多くのエスキースを描いた。しかし、大陸での戦争が本格化し、用地所有者である彼の父が「このような時勢に山荘でもあるまい」と意見したため、計画は実現にいたらなかった(3)。

第三は、秋元邸設計。一高文芸部の先輩で、東京帝国大学医学部で血清学を専攻していた秋元寿恵夫《すえお》から、一九三七年四月頃、結婚するので「自分たちのコテジを設計してくれないか(4)」と依頼された。一九三七年六月頃から翌年春にかけて関連図面を描き、翌年一〇月、秋元邸は横浜市日吉本町の高台に竣工した(5)。これこそ、立原が単独で設計し、かつ竣工したことが確かな唯一の物件にほかならない。一九八五年に秋元寿恵夫は日本橋公会堂で立原を偲ぶ講演を行っている。その講演録「三つの出会い」によれば、一九五七年以降、幾度か増改築をへて「もう別の家といっていい様子」に変わっていたとはいえ、まだ秋元の自宅だった(6)。しかし、鈴木博之は『全集』第四巻解題（二〇〇九年）で、「現在は残っていないという」と記している。極めて残念なことに、秋元邸は充分調査されることなく、いつのまにか解体されてしまったようだ。

第四は、信濃追分の「詩人クラブ」の設計。一九三七年八月一五日付けの生田勉宛封書に、非常に具体的な言及が読まれる――「風信子建設事務所　で　追分に建てる　詩人クラブを設計してゐる。株式組織の詩人クラブで、一口五十円の株を二口持つ人に一つの室が与へられる組織で、今会員募集のために、原案作製中だ。発起人には、神保・三好・堀・立原がなつてゐる（因《ちなみ》に風信子事務所の第三回作品だ。）」。「風信子事務所の第三回作品」というのは、要するに自分の個人的仕事として三件目という意味であり、たぶん豊田氏山荘と秋元邸を先行する二作品に数えているのだろう。第三回作品の図面は不詳だが、一九三七年八月上旬、油屋で催された「『四季』の会」の際、立原は「熱心に『四季』と『日本浪曼派』のヒユツテ設計図を作つて」おり、後者同人の若林つやがその庭園設計を担当したという（若林つや「野花を捧ぐ」、『四季』一九三九年七月号、立原道造追悼号）。このヒュッテが「詩人クラブ」と同一物だとすれば、「詩人クラブ」の図面は紛失してしまったと思われる。

そして第五は、彼自身が浦和西郊の別所沼で週末を心地よく過ごすための小住宅「ヒアシンスハウス」の設計である。書簡から推量すると、一九三七年一一月頃から少なくとも一九三八年四月頃まで構想を練り、当初、同年秋の竣工を考えていた。(7)「おそらく五十通りぐらゐの案をつくつてはすてて〔……〕やうやくひとつの案におちつい」た（一九三八年三月下旬頃、高尾亮一宛）という。にもかかわらずこれが実現しなかった理由については、結核が急速に進行したからとする説、別所沼の湿気や浦和の冬の寒さや湿気が身体に悪いと判断したからという説、水戸部アサイとの結婚を考えるようになったため「独身者の住居」（同書簡）としてのヒアシンスハウスが不用になったとする説、盛岡ないし長崎への移住を望んで放棄したとする説、長崎旅行後継続するつもりだったとする説、ヒアシンスハウスの設計が実現を度外視した空想だったとする説など、さまざまある。なお「［長崎紀行］」（一九三八年）に、「浦和に行つた日のあの時刻ぐらゐだらう。あれからまだ十日しかたつてゐないことにちよつと気がついた。おまへもあれをずつと昔のことのやうにおもつてゐるだらう」（一一月二五日正午）とか、「おまへの拒んだ別所沼のほとりや旅立ちのまへの日の神宮外苑の絵画館まへの広場」（一二月六日）という文言があるので、一九三八年一一月一五日頃、立原が水戸部アサイにヒアシンスハウスの予定地を見せたものの、水戸部がそれを気に入らなかったという出来事があったと推理できる。

鈴木博之は、『全集』第四巻解題で空想説を唱えた――「この小建築は、いずれのスケッチを見ても厨房施設を欠いた個室というべきもので、別荘的であれ定住はできないと思われる。立原には土地の目処も無く、あくまでも空想的な建築であった」。はたしてそうだろうか。「浅間山麓に位する芸術家コロニイの建築群」（以下「芸術家コロニイの建築群」と略記）においても独身者用小住宅は厨房を欠いており、これは「ロッヂにて食事が常に用意されてゐるからである」（「「芸術家コロニイの建築群」付言」）とされている。課題設計「試案・郊外アパアトメントハウス」の部分図と目される「独身者アパート」（一九三五年）も同様である。そもそもヒアシンスハウスは「週末住宅」（前掲書簡）であり、食事は弁当や近所の芸術家たちとの会食などで済ますことができる。近所（鹿島台の志木街道沿い）には先輩詩人・神保光太郎（『日本浪曼派』同人、『四季』同人）が住んでおり、沼の東岸には、神保が友人の画家や同人とよく利用していたという老舗鰻割烹・萬店《まんだな》もあった。浦和駅から一キロ少々、徒歩二〇分程度の距離なのだから、駅前の商店街に出たり、出前をとったりすることもたやすい。飲料水は、隣家の画家・須田剋太《こくた》の井戸を借りるつもりだったといわれる。入浴も銭湯で済ますことができる。水道を引かず、厨房や浴室がないのは、経費節約という理由によるとともに、「芸術家コロニイの建築群」の独身者用小住宅の場合と同じく、社交への促しという積極的理由によるのではないだろうか。

しかも立原は神保に、「地主さんにお会ひになりましたら、ちよつとお伝えおきねがひたく〔同封した図面二枚の〕どちらでもいいから見せておいてください。僕も行つて　早く土地を正式に借り受けたいと存じます」（一九三八年二月一二日）と書き、『未成年』同人・高尾亮一には、「「ヒアシンスハウス」といふ週末住宅をかんがへてゐます。これは浦和の市外に建てるつもりで土地などももう交渉してゐて、これはきつとこの秋あたりには出来るでせう」（推定一九三八年三月下旬）と書いていた。土地の目処はあったのだ。(8) 画家の深沢紅子にヒアシンスハウスのかたわらに立てる旗のデザイン(ヒアシンスの花モチーフ)を依頼したり「埼玉県浦和市外六辻村別所ヒアシンスハウス」と住所が記された名刺を知人に配っていた事実も考慮し、私は空想説を支持しない。

なお、今日、私たちは幸運にも「ヒアシンスハウス」を現実に訪問し、入室できる。別所沼に立原の夢を実現しようとする市民有志団体「ヒアシンスハウスをつくる会」の企画提案が、二〇〇三年、さいたま市政令市化を記念する「詩人の夢の継承事業」として採択され、二〇〇四年一一月、さいたま市営別所沼公園の一角に「ヒアシンスハウス」は竣工した。没後六五年目の施工とはいえ、可能なかぎり彼の設計図に忠実になされており、現存する立原建築と呼んでもさしつかえない出来栄えだ【別図6】。

石本建築事務所名義で設計されながら、立原がなんらかの度合いで設計にかかわった建築が、少なくとも四件あると私は考えている。石本喜久治の東京邸(五反田)および山荘、下関市庁舎、「某病院」だ。これらに関する諸図面は、すでに立原によって描かれたことが判明しており『全集』に収録されたが、立原研究サイドでほとんど論じられたことがない。その要因は、建築事務所に入りたての新人がいきなり重要な設計をまかされるはずがなく、石本か先輩所員による設計を製図しただけか、せいぜい重要でない細部を設計しただけだろう、といった予断なのではないだろうか。

しかし、同期で早稲田大学建築学科から石本建築事務所に入り、立原と親交した武基雄は、晩年のインタビューのなかで、つぎのように当時を回想しているのだ。

　ぼくも立原もそうだけれど、石本さんがね、もういきなり設計させてくれるんです。本当はまず階段だとか便所とかのディティールをやってから、デザインするのが普通ですよね。それが突然にデザインをさせられましてね。
確か立原君は石本さんの家を設計していました。それから、白木屋の焼けた跡をなんとかしようというので、それを立原君がやっていました。いろいろやってましたが、実現したものはわりあい少ないんですよね。
（武基雄／聞き手・藤森照信「何のためにつくるか――設計のアセスメント」、『建築雑誌』一九八六年六月号）

石本所長は新人の武や立原に建物全体の設計を担当させていた、ただし立原の場合、設計が竣工にいたった例は少なかった、というのである。同じインタビューのなかで武基雄は、自分が設計したある百貨店を「立原君が九州へ行ったとき見て褒めてくれましてね」とも語っている。実際、立原は休職後に敢行した長崎旅行の際、北九州市若松の丸柏《まるかし》百貨店（石本建築事務所設計、一九三七年竣工、一九三八年開業）の喫茶室から彼に手紙を書き、「九州で先づ第一に僕を迎へたのは君のデザインのこの建築であつた、君の苦労した電灯があつたり、アイランドのシヨウヰンドウが僕をやうやくほつとさせる」（一九三八年一二月二日）と述べていた。武の証言は非常に信憑性が高く、石本建築事務所名義の設計のなかに立原が主に設計したものが含まれていることは間違いあるまい。

武がいう「石本さんの家」とは、石本所長の東京邸や山荘だろう。東京邸は準備に二年費やしたというから、[9]設計は立原の入所前からはじまっていたはずだが、住宅や別荘を得意とする立原が途中で深く介入したとしてもおかしくない。焼けた「白木屋」というのは、石本の代表作「白木屋《しろきや》百貨店日本橋本店」であるはずだ。ただし、この本店は、多数の来客が亡くなったことで記憶されている一九三二年一二月の大火後、早くも一九三三年六月にリニューアル・オープンしており、[10] 立原がこの大改修にかかわるのは不可能である。けれども、さらにのちの追加的・部分的な設計を担った可能性ならあろう。なぜなら、神保光太郎が第二次『立原道造全集』(角川書店版第一次全集)第三巻(一九五一年)の「年譜」において、一九四六年三月二九日の立原の十三回忌法要の席で「建築上の作品が話題にのぼり、石本建築事務所に勤めてゐた時代の装飾設計作品が白木屋の地下鉄入口の片隅に見られる」と聞いた、と付記しているからだ。

建築学科の親友の言も傾聴にあたいする。『新建築』一九四〇年四月号には、建築学科同級だった小場晴夫、二級下だった生田勉、そして武基雄の編集により追悼特集「若くして逝つた立原道造君を偲ぶ」が組まれた。そのなかの「略歴」に、こう記されている。

昭和一二年大学を卒業すると同時に銀座数寄屋橋石本建築事務所に入所、翌年胸を病んで休職するまで約一年半近く、勤務生活を送つた。その間、某病院、石本邸及び同氏の山荘、下関市庁舎を始め、ホテル、事務所建築、住宅建築の設計に関係してゐる。

自分の担当した仕事を愛したことは一通りでなく、設計が終つて、仕事が他の手に移されることをひどく悲しんだりした。勤務ぶりは病弱のため休み日も多かつたが仕事の完成のためには憑かれたやうに夜業なども続けた。石本喜久治氏のよく口にせられる「ハウスを作るのは易しいが、ホームを作るのは難しい」といふ言葉を大変に愛し、つとめて石本氏から師として学ぶことも忘れなかつた。

身近にいた青年建築家たち、しかも同僚の武を含む者たちが、立原没後まもなく建築専門誌に著した文章だけに信憑性は高い。

生田勉は「道造回想――建築と散文のまわりで」（『日月』第九号、一九七九年一二月）のなかで、「下関市庁舎」（未実現）を立原の設計として論じており、そのファサードの窓の配列に、愛好していた森五ビル（村野藤吾設計、一九三一年竣工）の影響を指摘した。そこで生田はこう語ってもいた――「またそのほか事務所では、「横須賀海軍病院」「大森白木屋百貨店」などを手がけた。前者の建築については雑誌「新建築」（一九三九）に立原の色つきのパースがのっている」（「一九三九」は明らかに「一九三八」の誤り）。白木屋大森分店は、一九三七年一月に改築工事がはじまり、一一月に竣工した。翌年七月、隣接地に白木屋系の「大森映画劇場」も開館している。[11] 前者の設計に関与した可能性は少ないが、後者の設計に関与した可能性は充分ある。映画通の立原は映画館建築に通じていたはずであり、しかも大森新井宿臼田坂下の猪野謙二のアパートへ遊びに行ったり、馬込の室生邸の留守番をしたりして大森駅前を熟知していたのだから、大森劇場設計の話には積極的関心を示したに違いない。なお、犀星によれば、立原は「大森の白木屋の尖塔を見上げて、或日散歩しながら彼処《あそこ》に時計を嵌め込むべきだ」と語ったという（『我が愛する詩人の伝記』）。ひょっとすると、石本建築事務所で時計塔を提案して却下されていたのかもしれない。

生田はまた、『ユリイカ』一九七一年六月号の立原道造特集に書いた「立原道造の建築」のなかで、「石本事務所ではその間、横須賀海軍家族病院、下関市庁舎、白木屋の入口グリル、石本山荘の設計をした」とも述べていた。ここでいう「白木屋」は本店の方だろうが、生田の回想は非常に具体性に富んでいる――「白木屋のグリルは、真鍮色にぬられていたが鋳鉄製で、凝ったわりには成功していなかったように憶えている。そのうち戦時中、金物供出のうちに、いつのまにか見えなくなった」。白木屋本店入口に追加された鋳鉄の格子の設計を立原が担ったことは、ほぼ間違いあるまい。

「横須賀海軍病院」は二代目が一九三六年に竣工しているので、立原が設計に参加することはありえない。また、「横須賀海軍家族病院」という名の病院は実在しない。ただし、『新建築』一九三八年七月号には巻頭口絵として、「某病院計画案」**【別図3】**というキャプションを付した立原筆の彩色外観透視図(一九三七年五月)が確かに掲載されており、立原は一九三七年六月一四日の丸山薫宛書簡で、この透視図を描く作業に言及し、透視図の建物を「軍港の丘の上に立つ白い壁とガラスの病院」と説明していた。生田はこの病院の名称を取り違えたものと思われる。ではこの病院の正体はいったい何なのか。ここで考証しておきたい。

石本建築事務所名義の設計に関しては早急な判断を控え、今後の徹底的検証の必要性を訴えるにとどめたいが、軍港の丘上の「某病院」だけは別である。長年「某病院」は特定されず、そもそも実際に建設されたのかも、建設を念頭とした透視図だったのかも不明だった。しかし、近年、横須賀に現存する病院であることが判明している。二〇〇二年頃、「立原道造の会」の伊藤秀夫が横須賀市緑が丘(旧・諏訪町)に立つ「聖ヨゼフ病院」を訪ね、「某病院」との著しい対応を見出し、立原道造記念館へ連絡した。二〇〇九年、「詩人の夢の継承事業」の主要メンバーでもある建築家の津村泰範が聖ヨゼフ病院の追加調査を行い、その前身の「横須賀海仁会病院」(計画当初は「横須賀海軍下士官兵家族病院」と呼ばれていた)が「某病院」に間違いないことを考証し、「「某病院計画案」顛末記」(『立原道造記念館』第五一号、同年一二月)において報告した。

津村は、立原の遺品中に、現在の聖ヨゼフ病院と造りが基本的に一致する石本建築事務所「海軍下士官兵家族病院新築工事設計図　第三案」（青焼図面六枚）と、聖ヨゼフ病院玄関に残る古いタイルとデザインが一致する「海軍下士官兵家族病院正面玄関腰モザイクタイル」（鉛筆による図面）という新資料二点（全集未収録）を発見したことや、『横須賀海仁会病院案内』（横須賀市立中央図書館所蔵）という絵葉書集を確認したことも記している。封の表には、モノクロ写真調の建物のデッサンが印刷され、封の裏には「横須賀海仁会病院平面図　縮尺1／100」という簡略な平面図が縮小して印刷されている。中身の絵葉書は「横須賀海仁会病院全景」と「横須賀海仁会病院　玄関内部」の二枚。前者は、日章旗の欠如と、フレーミングの微妙な差異をのぞけば「某病院計画案」と完全に一致する彩色外観透視図であり、「某病院」が横須賀海仁会病院だったことを立証する決定的証拠にほかならない。津村はこれらすべてを報告文中に写真掲載した。

私は二〇一三年一二月に横須賀市立中央図書館を訪ね、『横須賀海仁会病院案内』を閲覧・コピーしたほか、同図書館が近年とある古書店から購入した『海仁会病院新築工事　附帯設備工事図』（石本建築事務所、青焼図面二一枚）を閲覧し、許可を得て撮影した【図3-1】。配管や電線などを書き込んだ精緻な平面図で、年号は入っていないが、内容からも、病院名が「海仁会病院」へ変化していることからも、「第三案」以降、着工直前に作成された図面と判断できる。竣工時の海仁会病院の姿を教えてくれる一級資料である。また二〇一四年末、「横須賀海仁会病院開庁式記念絵葉書」（昭和一四年三月、財団法人海仁会横須賀支部）という資料を購入した【図3-2】。封の表にも裏にも図が印刷されておらず、なかの絵葉書二枚は『横須賀海仁会病院案内』と同一だが、封の上書きから一九三九年三月頃、開院を記念して発行された初版であることがわかる。

なお「某病院計画案」の原画は確認されていないが、水彩画なことは明らかだ。絵葉書化の際に前庭

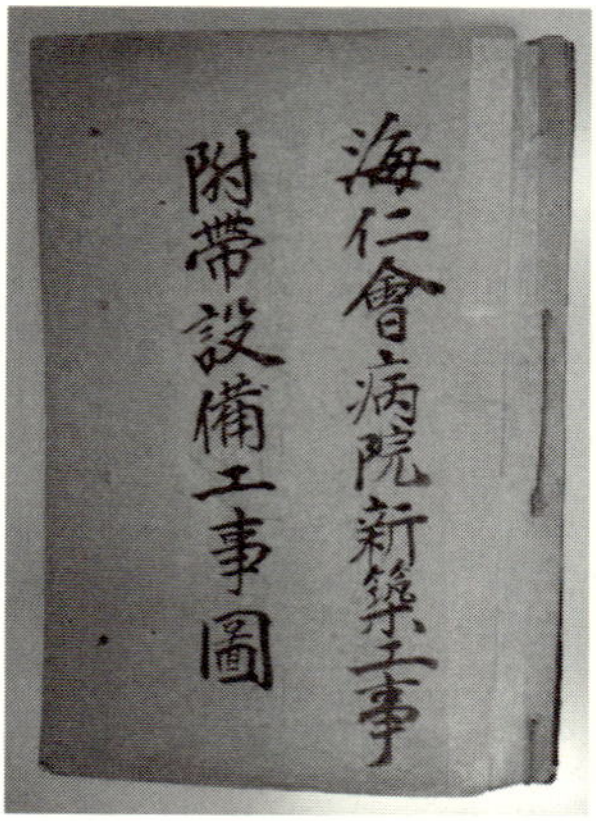

図３－１　『海仁会病院新築工事附帯設備工事図』（横須賀市立中央図書館所蔵）

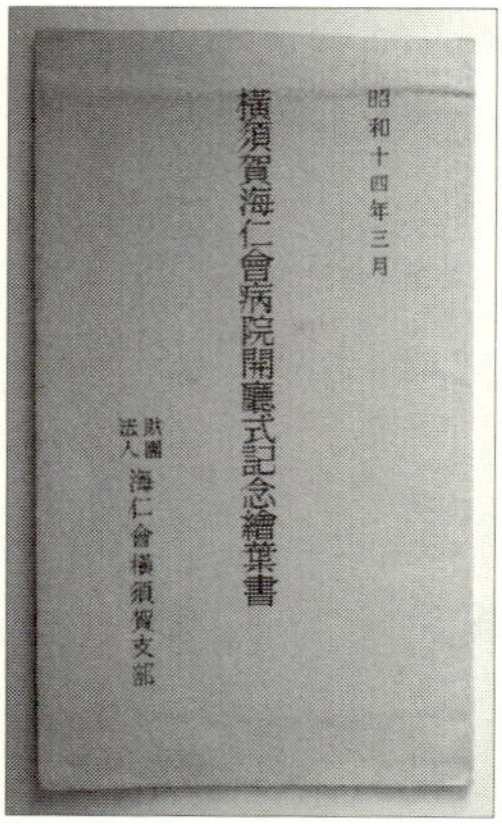

図３－２　「横須賀海仁会病院開庁式記念絵葉書」（筆者所蔵）

の日章旗だけ消去するといった操作は不可能だから、「横須賀海仁会病院全景」【別図４】の原画は立原自身が描いた別ヴァージョンだったはずであり、この絵葉書は新資料と呼ぶにあたいしよう。彼は奥好《おくよし》宣《のぶ》宛の未投函封書（一九三七年四月から五月頃）にも、手がけている最中の透視図の略画を描き込んでおり、そちらでは前庭に日章旗ではなく碇印の旗が立っている【図３－３】。数ヴァージョンの外観透視図を描いていたのではないだろうか。

　私は津村泰範の綿密な検証に大いに敬意を払う者である。けれども、『新横須賀市史　別編　文化遺産』（二〇〇九年）が海仁会病院について「そのモダニズム調の斬新なデザインを踏まえると、実際の設計業務は立原道造によるものと考えて不思議はない」としていることに触れ、「実際の設計作業を立原と記述するのは、勇み足ではなかろうかと思います。設計の担当というよりはプレゼンテーション担当、製図担当というほうが妥当であると思います」（「「某病院計画案」顚末記」）としたことには同意しない。製図担当者説に対し、武と生田の証言のほかにも、以下のような反証を挙げることができる。

　立原は丸山薫宛書簡のなかで、仕事を放棄して追分へ旅立つという「夢」を語ったあと、病院の仕事という「もう一つの夢」を熱く語っている――「しかしもう一つの夢は僕を把へてはなしません。軍港の丘の上に立つ白い壁とガラスの病院の夢が……僕はまたそのなかにかへつて行きます。だがそこでの秩序と良心はしばしば商業主義のためにふみにじられます。そのたびに憤りが僕の身を灼きます。／すべての日々が何か哀しい敗れに似た戦日です」。立原は書簡でたびたび建築事務所の仕事に言及しているが、これほど激しい口調の例はほかにない。自分が深く設計に関与しているのでなければ、温厚な彼がここまで感情的になるとは考えがたい。

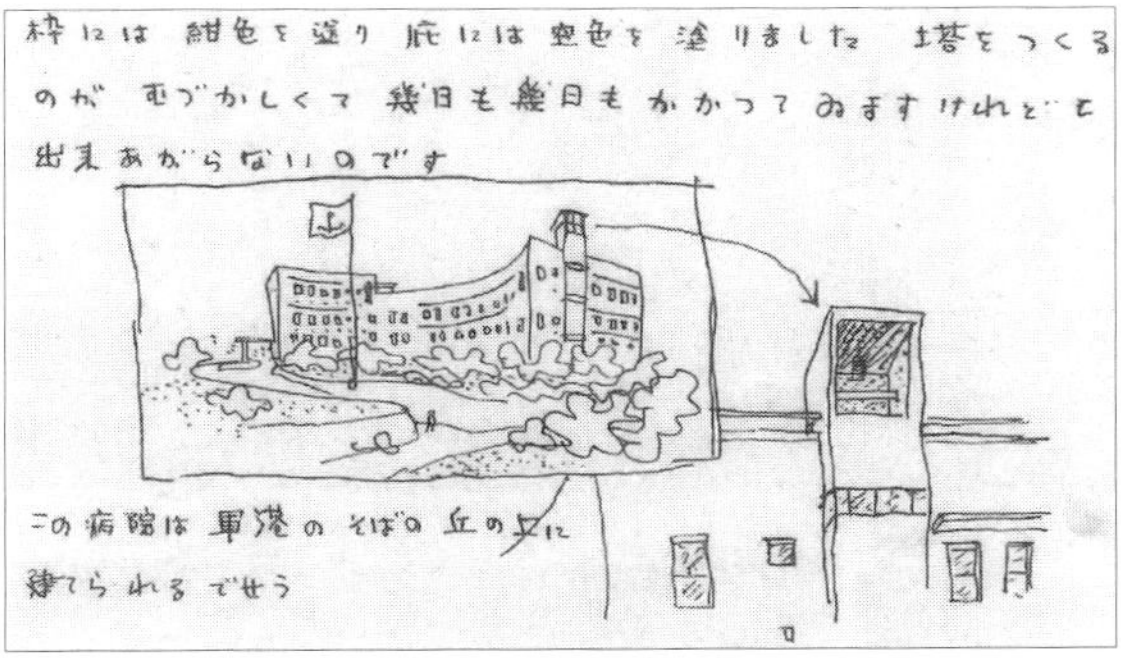
枠には 紺色を塗り 庇には空色を 塗りました 塔をつくるのが むづかしくて 幾日も幾日もかかつてゐますけれども 出来あがらないのです
この病院は 軍港の そばの 丘の上に 建てられるでせう

図3－3　「[塔のついた白い病院]」（奥好宣宛書簡，1937年）

一高同期の友人・奥好宣宛の未投函書簡では、「塔をつくるのが　むづかしくて　幾日も幾日もかかつてゐますけれども　出来あがらないのです」と書いてもいる。「塔をつくる」という表現は、他人がデザインした塔を製図するという意味ではなく、塔をデザインするという意味にとるのが自然だ。しかも書簡中の外観透視図をよく見ると、付属塔の最上部が、『新建築』誌上の透視図では水平連続窓が穿たれた立面（現状もほぼ同じ）となるのに対し、鐘楼のように空洞が設けられた構造物となっている。つまり手紙を書いたあとで（商業主義の圧力のせいだろうか）塔のデザイン変更があったということであり、彼によるデザインの試行錯誤の結果と解釈できる。一般的にいって、付属塔は建築物のなかでも特に象徴的価値をもつ重要部分である。

しかも、立原が大学時代から一貫して「塔」に強いこだわりをもっていたことは、幾つもの詩と物語や、建築学科三年次前期の課題設計「図書館設計」から明らかだ【別図1】。「図書館設計」の付属塔の部分は、スウェーデンの建築家ラグナル・エストベリの代表作、ストックホルム市庁舎（一九二三年）をもとにしているが、エストベリが塔の頂部を、細い支柱による鐘楼としたのに対し、立原はゴシック調の四弁葉飾り（丸みを帯びた十字）の透かし模様《トレーサリー》からなる塔屋とし、本体からの付属塔の突出を大幅に減らした。奥宛書簡の塔の頂部のデザインは装飾性が抑えられ、よりモダンではあるが、図書館付属塔と一脈通じる趣味が認められる。

また堀に師事していた小説家・丸岡明は、こういう逸話を伝えている——「去年の春であったか、立原は或る用件で私を訪ねて来た。その時は、ひどく元気がよく、自分の設計した半円型の病院のプランの話や、一昨年信州追分の油屋が焼けた時、たまたまその油屋の一室で昼寝をしてゐて、逃げそこね、近くで働いてゐた大工に、二階の窓格子を鋸で切ってもらって、やっと救ひ出された一部始終を、つとめて快活に、面白さうに物語った」（「昨日今日」一九三九年八月、中村真一郎編『立原道造研究』一九七一年）。油屋全焼は、立原が肋膜炎で建築事務所を一時休職していた一九三七年一一月の出来事だから、丸岡と会ったのは一九三八年春ということになる。それから一年弱しかたっていない記述であり、証言の信憑性は高い。なお堀辰雄は、『菜穂子』（一九四一年）のなかで、立原をモデルとした都築明《つづきあきら》について「彼は毎日荻窪の下宿から銀座の或ビルディングの五階にある其建築事務所へ通つて来ては、几帳面に病院や公会堂なぞの設計に向つて居た」と書いていた。

言葉や記憶による反証資料が存在するばかりではない。これまで誰も述べていないと思われる、冗談のような話だが、「某病院計画案」や「横須賀海仁会病院全景」の外観透視図のなかに、立原はヒッチコック映画のなかのヒッチコックのようにカメオ出演しているのだ。右手の坂道を、黒いスーツを着て、ベレー帽をかぶり、後ろ手にステッキを携えて下る長身痩軀の人物。小さくて顔つきは判別しがたいが、自画像であるといい切ることができる。同年一〇月一四日の猪野謙二宛葉書に、立原は同じいでたちの自分の全身像を描いているからである【図3-4】。坂を下る男は、横須賀の病院設計が精魂を傾けた自分の作品であることをひそかに示したサインと考えられる。つまり聖ヨゼフ病院は、立原が中心となって設計し、竣工し、現存する、唯一の建築である可能性が極めて高い、ということである。

その造りについては後述することにして、とりあえず建設計画のはじまりから「聖ヨゼフ病院」となるまでの経緯を略記しておく。

上海事変以降の傷病兵の増加により、横須賀海軍病院が海軍関係者の医療に充分対応できなくなり、一九三五年頃から、実業家有志がこの問題を解消するために横須賀に「海軍下士官兵家族病院」を建設する運動をはじめた。一九三八年一〇月に海軍軍人軍属の相互扶助団体「財団法人海仁会」が発足すると、ほどなくその横須賀支部が新病院計画を引き取り、一九三九年三月一五日、横須賀市諏訪町の丘の中腹に「横須賀海仁会病院」が開院した。立原が亡くなるわずか二週間前のことだ。病床で彼はこのことを知ることができただろうか。

海仁会病院は一般病院として営業をつづけたが、一九四六（昭和二一）年六月にGHQにより接収され、病院の建物を求めていたカトリック系の財団法人聖母訪問会（現・聖テレジア会）にすぐに委譲された。かくして同年七月に「聖ヨゼフ病院」が開院したというわけである（以

図3-4　1937年10月14日の猪野謙二宛葉書より，立原自身の全身像

上、『横須賀市史　別編　軍事』［二〇一二年］を参照）。ちなみに二〇一三年一〇月、聖ヨゼフ病院はDOCOMOMO Japanにより「日本におけるモダン・ムーブメントの建築」の二〇一二年度追加物件の一つ（第一五六号）に選定された[12]。

横須賀海仁会病院が横須賀海軍病院を補完する施設だったことを思えば、生田勉の勘違いにも納得がいく。いつ石本建築事務所が病院設計を受注したのかは未詳だが、立原の透視図が『新建築』に発表された頃、まだ病院は「横須賀海軍下士官兵家族病院」と呼ばれていたことになる。その透視図に「某病院計画案」というキャプションしか付されず、碇印の旗ではなく普通の日章旗が描かれたこと、また竣工後に建築雑誌に取りあげられた様子がないことは、時局上秘すべき海軍関係施設だったからと考えられる。立原が情熱を込めた病院は、歴史のエアポケットに沈んでしまった数奇な建築だったといえよう。

音楽的平面

では、いよいよ立原建築そのものの考察へ入りたい。手順として、友人だった建築家による立原建築論の再読、すなわち生田勉が『新建築』立原道造追悼号（一九四〇年四月）に書いた「立原道造の建築」（生田『栗の木のある家』所収）、小場晴夫が、生田の論を踏まえ戦後に書いた「建築家としての立原道造」（『南北』復刊号、一九五〇年一二月初出、『国文学　解釈と鑑賞／別冊　立原道造』所収）の再読を導入とし、数件の図面を検討する。そして最後に、フィールドワークに基づき、ヒアシンスハウスと横須賀海仁会病院を重点的に論じる。建築学をアカデミックに学んでいない私にとって、図面だけから判断を下すことは容易ではないからである。

別図 1　「図書館設計図 1」(1936 年)

別図 2　「サナトリウム・6　止」(1935 年)

別図３　「某病院計画案」（1937 年,『新建築』1938 年 7 月号）

別図４　絵葉書「横須賀海仁会病院全景」（筆者所蔵）

別図５　絵葉書「横須賀海仁会病院 玄関内部」（筆者所蔵）

別図６　南東から見たヒアシンスハウス（筆者撮影）

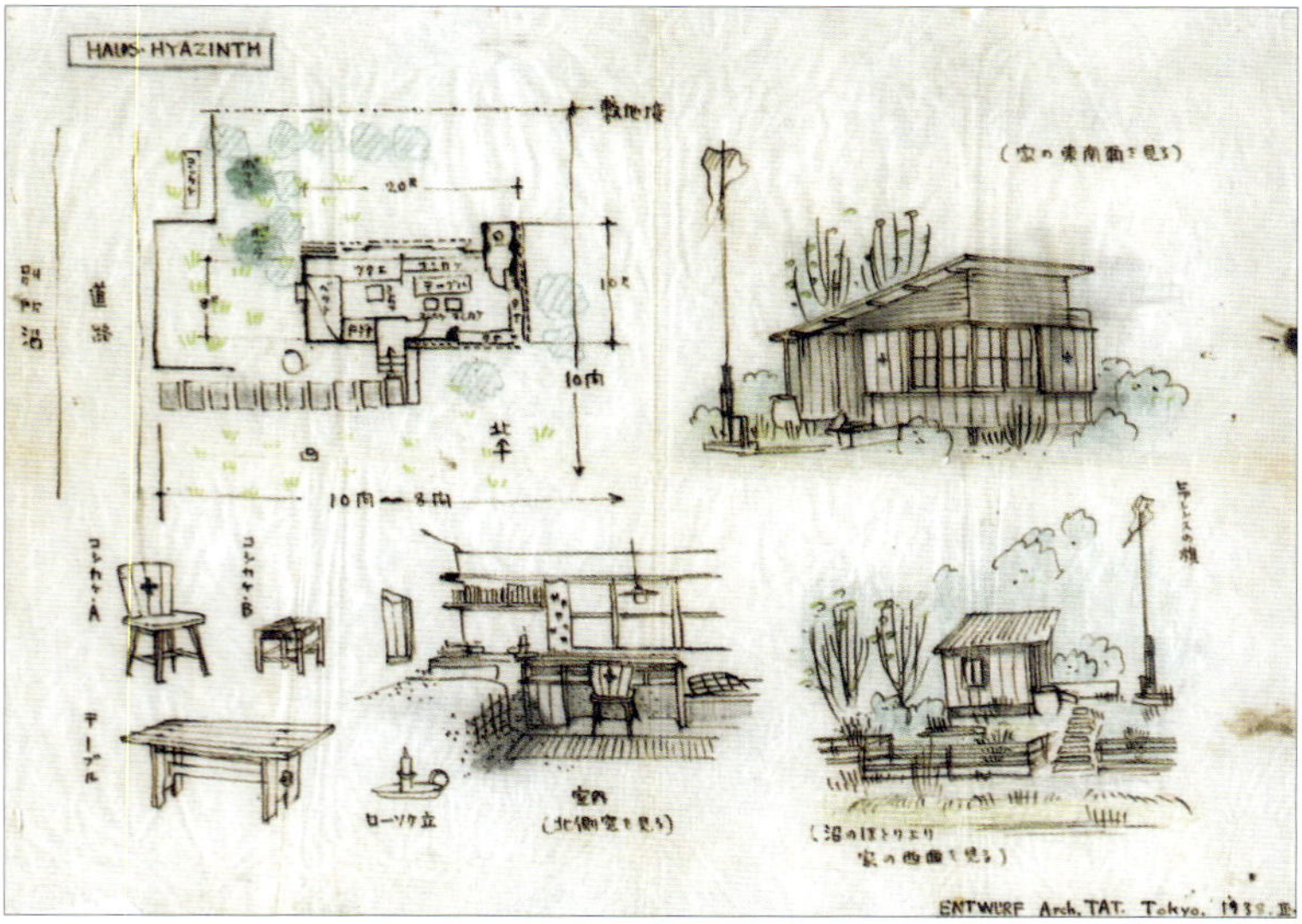

別図７　「HAUS・HYAZINTH」２（1938 年）

生田勉も小場晴夫も、立原の設計した建築が外観の造形的インパクトに乏しいということをあっさり認めている。「彼は建築に於て、そこに造型の代わりにリリシズムを、物理的なものに代へるに心理的なものを以てしようとした」（生田）。「彼の卒業設計は逞しさに溢れた堂々たる造型ではなかつた」（小場）というように。

「芸術家コロニイの建築群」以外の典型例として、課題設計「図書館設計図」（一九三六年）を挙げることができる。エストベリが付属塔を造形的に際立たせるために建物本体の外壁から大きく突出させているのに対し、立原の付属塔は、ごくわずかしか本体外壁から浮き出していない。その平板さを、鈴木了二は敢えて立原特有の中間性として評価している。

パースでは一見ストックホルム市庁舎と同じように見えるのに、平面図で見ると建物本体と塔とのズレの凹凸はあまりに少ない。注意深く見ないと見落としかねないほどだ。しかし、かといって外壁面と同一化しているのでもなく、平面図には微妙な凹凸が残されているのである。分節化するのか、しないのか、いったいどっちなのか微妙すぎるズレである。

これも未熟の結果といってしまうのはたやすい。しかし、あえてこれも立原の意図としてみたらどうだろうか。二次元と三次元とのあいだ、すなわち絵画と彫刻のあいだには、そのどちらにも属さず、あるいはどちらにも属しているともいえるいわば「中間」的な領域、「レリーフ」的な領域があるともいえるのだ。

（鈴木「寝そべる建築──立原道造論」、『寝そべる建築』［みすず書房、二〇一四年］三三頁）

立原は手紙（一九三六年六月一三日小場晴夫宛、同年同月一四日神保光太郎宛）のなかで、図書館設計の構想を略画で示していた。その付属塔は、完成版とスタイルが大きく異なるにもかかわらず、すでに「レリーフ」的である。(13) また略画では日比谷公会堂風に大きく張り出した派手な入口ホールが見られるが、完成版では消去されてしまう。(14) 鈴木了二は、付属塔を右に見た立面（「図書館設計図　6」、『全集』第四巻、口絵二五頁上段）に関しても、左端の大きな長方形の立面が開口部のない緑の壁面となっていることに驚いている（同書、三三―三四頁）。小場が「壁一面に蔦をはわせたすぐれた設計であったことを鮮明に思い出します」（講演録「詩人・建築家・立原道造」一九八二年、『立原道造と小場晴夫――大学時代の友として』［立原道造記念館、二〇〇一年］所収）と語っているので、緑は蔦を表しているのだろう。なお、同様ののっぺりした壁面は、課題設計「新橋駅試案」（一九三六年一〇月）中央部、「芸術家コロニイの建築群」の美術館と図書館（本章【図3-8】の9と2）にも見られる。

彼らの指摘は、建築学科二年次に立原自身が詩友に告白した自己批評――「面と面の関係に心ひかれ、而もその関係は純粋な立体感に支へられず、意味ありげな文学のにほひのするものとな」る（一九三五年六月一一日、国友則房宛）――とも符合する。

ところで、生田と小場は、立原が設計した外観の造形性の乏しさを認めたうえで、彼の得意分野がモニュメンタルな公共建築ではなく住宅や別荘だったと述べ、それに絡めて、室内空間《インテリア》に重きを置いた明晰な構成をその真骨頂として顕揚する。

殊にそれらのもつ平面が見事であつた。天体の運行のようなフーガをもつ、彼の詩と全くの相似をもつてゐて、しかもその様な、すばらしい幾何学的明晰さは、造型が内部を限定するといふ方法とは反対に、内部の空間が外へ志向するといふ逆の存在の仕方に於て示されてゐた。それは極めて特異な魅力をもつていた。

（生田「立原道造の建築」）

通常とは反対に、立原が外観《エクステリア》よりも室内空間《インテリア》を優先し、インテリアのロジックがエクステリアへ展開するという方向で建築設計をしているという評は、学生時代に「住宅・エッセイ」で建築における「人生《ダス・レエベン》」の意義を説き、『方法論』で「住み心地よさ」を重視した人物にいかにもふさわしいだろう。生田が「平面」という建築用語をもって示しているのは、平面《プラン》図に表現される主に室内空間の動的構成である。そのあり方をフーガや立原の詩の構成に重ねている点は非常に暗示的だが、生田の文章自体があまりに詩的で、具体的に何を意味しているのかわかりづらい。

小場晴夫の論の以下のくだりは、同じ特徴をより具体的に語っていると思われる。

僕は彼の「空間構成」或は「立体的量の表現」が時間と常に結びついてゐる事を知つてゐる。僕等が建築の時間性を考へる時一応は、史的時間と季節的時間を考へるだらう。然し更にこの二つよりも建築によつて本質的であるのは構成的時間と呼ばれる可《べ》き時間なのである。建築の構成とか立体とか空間とかは建物を動かす時間の推移の代りに人が動くことで置換されて始《ママ》めて成立して来る。建築の立体的構成を感じさせる時間は音楽の構成を感じさせる時間に相当するものであらう。

（小場「建築家としての立原道造」）

建物の内外を歩むとき、周囲の位置関係、広がり、高さ、明暗等が身体の運動にしたがって漸次的あるいは飛躍的に変化していく。こうした空間の連続変化が音楽的かつ詩的な構成となるように設計することに立原は秀でていたというのだ。

私たちは二人の指摘を、立原が『方法論』において、シェリングの『芸術哲学』に準拠しながら「建築は空間に於ける音楽、いはば凝固せる音楽である」とか、「美的芸術としての建築は有機体を無機的なものの本質として、従つて有機的諸形式を無機的なものの中で、予め形づくられたものとして提出しなければならない」と説いたことや、彼の詩の音楽的構成と関連づけて受け止めることができる。そして、これは具体的には、建築の非対称性や屈曲した動線というかたちで再確認できる。

立原の設計した建物の外観は、モニュメンタルな課題設計の「IMPERIAL AUDITORIUM」と「即日設計　XII　オリンピック装飾塔」(一九三六年)以外、すべて非対称的で、明瞭な軸線を持たず、しばしばアンバランスなくらいだ。エントランスも中心に位置していない。こうした設計は、軸線とシンメトリーを重んじた当時のル・コルビュジエの建築や、その影響を受けた丹下健三の建築と対照をなし、空間の質的勾配や多様性、アプローチおよび室内の動線の意外に屈曲した流れにつながっている。

たとえば、「図書館設計図」の巨大な図書館には、数ヶ所のエントランスが穿たれているが、どれも各辺の中央からはずれた位置にあり、「日」の字型の建物の中心線を占める読書室にたどりつくには、入ったあと何度も九〇度に曲がらなければならない。

「[ティーハウス]」(『全集』第四巻、口絵四〇頁)は床面積四畳半程度だろうか、これこそ立原の最小建築に違いない。それだけに彼固有の建築の原型が純粋に顕われていると思われる。透視図だけを見れば、方形《ほうぎょう》屋根に半分だけ外壁をつけただけの東屋に見えるが、平面図をよく見ると、「凹」の字形ないし雷文形の空間構成であることがわかる。

方位は記されていないが、庭に開かれた側を南と見なして、西に張り出した敷石からアプローチしてみよう。左半分だけの西面に小さな両開きの縦長窓が設けられている。その右手に、軒の角を支える細い「捨て柱」が立つ。左手は四阿《あずまや》の芯まで厚い壁で仕切られる。南側の他方の軒先も細柱によって支えられているが、こちらは、東壁が半ばから柵状になって細柱まで張り出しているように見える。この張り出し壁を背に一脚の椅子がある。かくして進むにつれ内部性が少しずつ増す。椅子の手前で左に曲がると、北壁と西壁のコーナーに長椅子が「く」の字に設置されている。さらに左に曲がると、袋小路状のスペース内に、小さなテーブルと椅子三脚が、言及した厚い壁に寄り添って設置されている。右手の西面の上半分は、障子だろうかガラスだろうか、引違いの水平連続窓に占められ、奥の南壁には最初に見えた縦長の窓がある。この最奥にいたるまで、空間の連続性は、ドアがないことによってだけでなく、敷石によって保たれている。と同時に、漸次的に、いわば布を身体に巻きつけるような感じで空間が内部化し、開から閉へ、明から暗へ変様していくのだ。コーナーの長椅子は「詩句の跨り《アンジャンブマン》」のように連続性を強めると同時に空間を分節し、テーブルのある奥の空間の内部性を強める。立原が、空間構成がすぐわかってしまう東側からの透視図ではなく南西側からの透視図を描いたのは、建築学科の友人たちを驚かそうという茶目っ気からではなかっただろうか。

　類似した空間の構成と展開は、秋元邸や、海仁会病院、ヒアシンスハウスなどにも認められる。海仁会病院とヒアシンスハウスについてはあとで詳細に見るので、ここでは秋元邸を見ておこう。秋元邸は一〇坪あまりの木造平屋小住宅だ。屋根は切妻屋根でスレート葺き、外壁は下見板張りでクレオソート塗り。図面は複数ヴァージョンあるものの、完成形が欠けている。竣工時（一九三八年一〇月）の貴重な外観写真が一枚存在するが[15]**【図3-5】**、それでは室内構成がわからない。実現したものにもっとも近

図3－5　竣工した秋元邸（1938年10月）。『住宅金融月報』第494号より

い「［秋元邸］1」（『全集』第四巻、四一頁）に浅野光行が方位を書き加えた平面図【図3－6】と併せて見てみることにしよう。

庭の南側から、パーゴラと一体のヴェランダ（写真のそれは図面より二分の一ほど縮小されている）を見ながら敷石をたどると、玄関前にいたる。勝手口や物置などを隠す板塀が図面に描かれているが、実現されなかった。左手のドアから入ると、庭に面した大きな格子窓から日光が豊かに取り入れられた居間になる。この窓の立面と造り付け書棚とのコーナーには、食事のためのテーブルと椅子が置かれている。居間と台所とは配膳台によって緩く区切られている。奥のコーナーには、やはり「く」の字形の「コシカケ」（長椅子）が造り付けられている。居間の西隣の夫婦の寝室の出入口は、大胆にもドアで仕切られておらず、屈曲によってゆるく分節されているだけである。寝室に入れば、居間と異なって天井が張られていないことや、ベッドの長さとぴったり一致した横幅の造り付け書棚が、居間との壁を兼ねており、この小住宅がツールームに近いワンルームだったことが判明する。

鈴木博之は、こうした間取りの斬新さを指摘している。

　この図面をスッと見ると、典型的な郊外住宅に見えますが、間取りをみていくと、ちょっと違う。当時だと部屋が一つ一つきちっと分れているんですよ。ところが、この図面の間取りは非常に自由で、分れているようでつながっていて、広がりを持ちながらつながっていくっていう造り方をしている。これは当時としては非常に新しい。

（立花隆・鈴木博之対談「立原道造の建築と文学」一九九八年、『国文学 解釈と鑑賞／別冊 立原道造』所収）

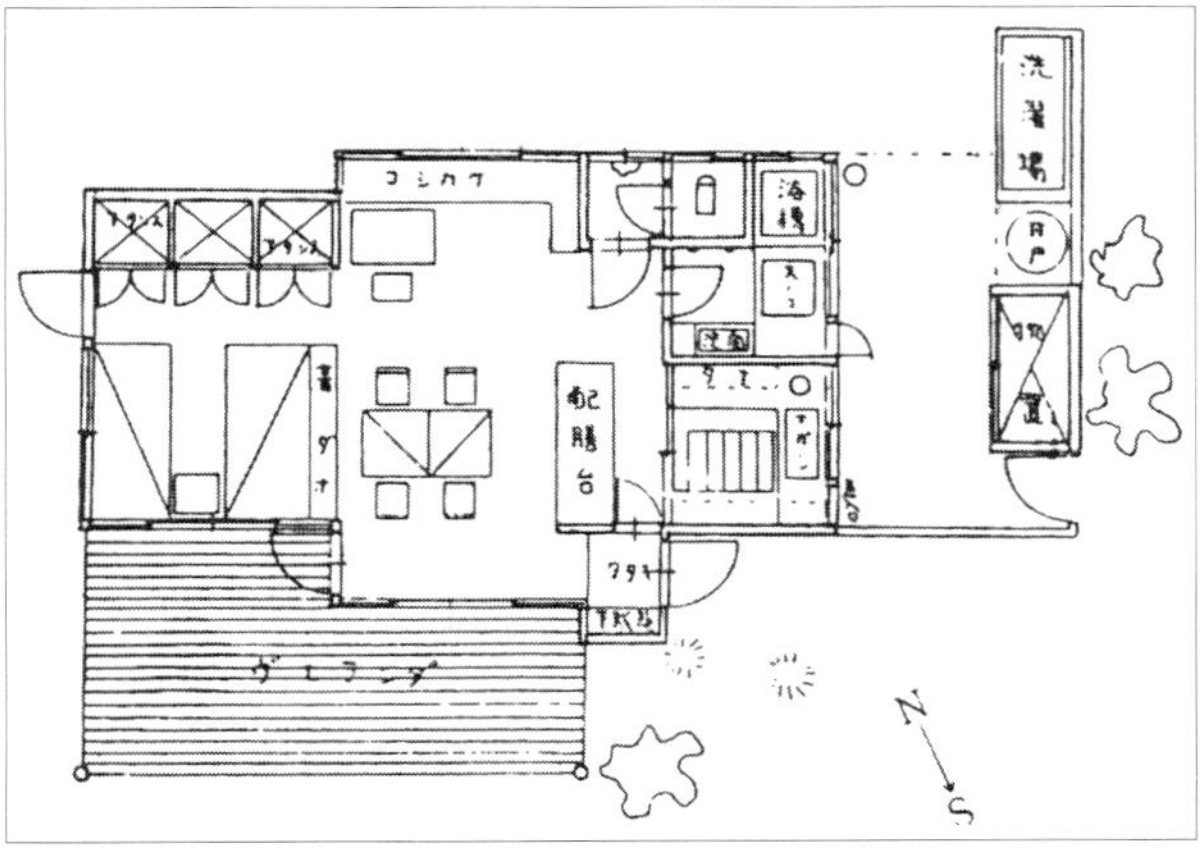

図3－6 秋元邸平面図,『住宅金融月報』494号より

ここに長年住んだ秋元寿恵夫自身、「非常に特色があるのは書棚で空間を区切っていることと、台所と食事をとるところを繋ぐ配膳台だろうと思います」と語っている（秋元前掲エッセイ）。家具にインテリアの緩やかな仕切りの機能を兼ねさせる手法は、ティーハウスにも、「独身者アパート」にも見られる。また、「「豊田氏山荘」」2は、一階の暖炉と造り付けの長椅子のあるゾーンが一階広間にアルコーブ状に描かれている。建築家立原が、家具の配置やデザインに関与しようとしたことは、詩人立原が家具を「追憶／夢想」を促す装置として表現したことと相通じる。インテリアの均質化を避け、異質なゾーンを造りながら、なおかつなるべくインテリアに連続性を与えようとしたことは、建物を空気的現象が流動する空間として表現したことや、句読点をなくし、

一字あけを導入したことと相通じる。立原においては、ときおりソネット一篇が疑似一文と化す。(16)
なお外観からいえば、秋元邸は、二棟がずれて嵌入したような一・五棟となっており、このずれから生じる外壁のコーナーがヴェランダとして活用されている。それに面した立面は、ヴェランダに出るドアの窓も含め、屈曲した水平連続窓が並ぶ。(17)

風景との「対話」における設計

小場晴夫は、立原が室内空間の音楽的展開を優先したとする生田の主張を首肯したうえで、「風景との関係で設計した」という重要な指摘を加えている。この特徴が「芸術家コロニイの建築群」によく見て取ることができるという。

> 彼は此の設計の構想を追分で練つてゐる。若き日の彼自身の生活であるとさへ言へる追分への計画は彼の東京のアチックで纏められても充分であつたらう。然るに彼は追分に滞在して数多いエスキスを描きノートを埋めた。彼のとつた此の態度こそ厳粛な芸術家の正統の道であらう。「建築家は建築を風景との関係で設計した。彼は山脈の輪郭と調和させ其を囲む郊外地の拡がりと調和させた。彼は其の比例を周囲の境域に応じて求めた」のだつた。音楽堂に用ひた浅間の山肌の色を都市の中に於いて誰がえらび出せるだらうか。
> （小場前掲論文）

「芸術家コロニイの建築群」のロケーションは、「浅間山麓」というだけでなく、具体的に追分に設定されている。立原が油屋に泊まり追分を再検分したのは、極寒の一九三七年一月三一日から二月四日だった。二月三日、小場に「いま日なたで、コッテージを考へてゐる。小美術館ひとつ、こしらへた。エスキースを　をへたら、かへるつもり。あしたあたり？」と、煉瓦色鉛筆を使って書き送った。なお、小場が引用している「建築家は建築を風景との関係で設計した。彼は山脈の輪郭と調和させ其を囲む郊外地の拡がりと調和させた。彼は其の比例を周囲の境域に応じて求めた」という文章は、高村光太郎訳『続ロダンの言葉』（叢文閣、一九二〇年／初出『白樺』一九一九年二月）の「ローマ及ローマ芸術」から、オーギュスト・ロダンが古代ローマの建築家を讃えている一節。立原は『方法論』第四章で『ロダンの言葉』を引用していたので、これも読んでいたかもしれない。

「芸術家コロニイの建築群」が風景との関係の下に設計されていることは、敷地鳥瞰図（本章【図3-8】の1）、浅間山を背景に並木道と美術館を収めた鳥瞰図（同9）や、「浅間山や落葉松や叢や白い大きな雲や乾いた空気があのあたりの土地に　赤煉瓦の真四角な音楽堂や　白い美術館や　ココア色の図書館や　並木のついた道なんかを夢みさせた……」（一九三七年三月一六日、田中香積宛）といった立原自身の言葉によって裏づけられる。「白」は白雲に、「赤煉瓦」と「ココア色」は、山頂付近が赤く焼けただれた浅間山に合わせたのだろう。[18]

　卒業制作以外にも、彼が立地条件や周辺環境を重んじて建築設計をしていたことを示唆する資料はいろいろ存在する。例えば、立原は在学中、浅間山を背景とした小学校の鳥瞰図「［浅間山麓の小学校］」を描き、そのエスキースの一枚に、敷地の位置を示した五万分の一地形図を加えていた（「［浅間山麓の小学校］」1）。

「豊田氏山荘」に関しても、やはり軽井沢に赴いて敷地検分をして構想を練り、浅間山やその周囲の山並を背景に、彩色された鳥瞰図や全景図を描いた。鳥瞰図「［豊田氏山荘　ロケーション］」【図3−7】の左手に描かれている台形の山は、軽井沢の離山《はなれやま》（標高一二五六メートル、比高約二〇〇メートル）であり、矢印で位置を示した山荘の後背に位置する穏やかな山容は、旧軽井沢の愛宕山（標高一一七四メートル）だろう。画面左下には信濃鉄道を行く汽車まで描き込まれている。立原は「豊田氏山荘」の設計を「芸術家コロニイ」の延長と受け止めている――「Künstlerkolonie〔芸術家コロニイ〕の夢のあとを辿つて、枯草山に陽のてるのや　雲のかげの落ちるのを　ぼんやり見てゐる。今度建てる家の土地は割に平凡だが　背景には小山があつたりしておもしろい」（一九三七年三月二九日、小場晴夫宛）。「軽井沢に山荘つくる人あつて、土地を見に一晩泊りで行つて来た。卒業設計の一部をなすやうな仕事なので愉しい。すこしあれよりは大きいが、住む人は訳詩家だから、先づあのコロニイのなかの一軒といふわけだ」（一九三七年三月三〇日、柴岡亥佐雄宛）。「割に平凡だが」ということは、裏を返せば、建築のために平凡でない土地を望んでいたということである。

秋元邸に関しても、立原が「設計に際し何度か現地に足を運んだ」という証言がある。[19]ヒアシンスハウスの構想は、神保光太郎の記憶によれば、立原が別所沼を訪れたおり、そのほとりに「かっこうの空地を見つけた」ことがきっかけである（「五月の風をゼリーに――立原道造の人と作品」、『立原道造詩集』白鳳社、一九六五年）。

建築家の種田元晴が、博士論文を基にした近著『立原道造の夢見た建築』（鹿島出版会、二〇一六年）で展開した、立原の外観透視図の丁寧な分析は、小場の論を裏づける。同時代の日本の建築家の外観透視図に比べ、建物の背後に現実の山並みが大きく描かれていること（時には建築の存在感を凌駕するまでに）、周囲の樹木、森林、街などが描かれていること、しばしば樹木が建物に蔽い被さって描かれていることなどに、立原のそれの特色があり、そこに建築美を自然美と調和させようとする「田園的建築観」（一二五頁）を読み取ることができるというのだ。「［浅間山麓の小学校］」鳥瞰図と丹下健三の「大東亜建設忠霊神域計画」（一九四二年）の俯瞰透視図を比較し、後者が建築の長軸方向を富士山に合わせ、軸線を強く意識したモニュメント性を押し出した構図であるのと対照的に、前者は浅間山に建築の軸線を平行させ、「浅間山という大地に建築が包みこまれて、大きな自然風景の一部として組み込まれたような構図となっている」（一六九頁）という示唆に富んだ分析もなされている。[20]

立原は課題設計のなかで、他の学生よりも建物に随伴する庭園の設計に力を注いだ、と小場は証言している。すでに最初の課題設計「小住宅」において「庭園設計でも名称入りの適切な庭木の配置をして」おり、その後の課題設計においても専門的知識に基づいて植栽を考えていたという――「立原は課題が出ると、色々の図面を見て研究する。庭木についても友人から専門的なことを教わる。この友人というのは、中学時代の先輩でもあり親友でもあった伊達嶺雄さんであった」（小場前掲講演録）。当時、伊達嶺雄は関西で造園業を営んでいた。立原は造園学者・田村剛の講義「庭園学」を受講していた。「あしたは「庭作り」の試験があるのです。京都の名園の写真見ながら勉強してます」（一九三六年三月八日、杉浦明平宛）。また浅間山麓の植生に関しては、それを研究調査していた植物学者・近藤武夫から専門的知識を得ていた。ヒアシンスハウスに関しては、神保光太郎への書簡中で、狭すぎると土地借用が難しいからといって一〇〇坪での交渉を依頼し、

図３－７　「［豊田氏山荘　ロケーション］」

「出来たら　五十坪ぐらゐでいいとおもふのですが　五十坪のなかへ　四坪半の小家――を建てても広すぎる位です」（一九三八年二月一二日）と書き添えている。広めの借地を考えた事情には、庭地や背後の雑木林を確保したいという理由もあったのではなかろうか。

以上に関連し、卒業論文のあの一節が想いあわされる――「私たちは建築に於ける私たちの美的体験を省察するときに、建築が果して人工的に存在するものであつたかと疑ふことすら忘れて、建築をあたかも、花、雲、樹木に囀《さえ》づる小鳥の声などと同列に私たちに与へられたるものであるかのやうに、自然に、全く自然に存在するものとして眺めいる瞬間を見出すであらう」（『方法論』第二章）。

立原は晩年、みずからの詩学を表す語として「対話」という語を好んだ。「詩人は帰郷した。そしていまやひとつの世界がここにあらはれ、ひとつの対話となる」（評論「風立ちぬ」一九三八年）とか、「蝶やとんぼや蟬などに、僕の心はびつくりしてゐて、まだ対話が出来ません。いつから対話が出来るやうになるか。さうしたら僕の世界の色がすこしはかはるかも知れません。色は暗い緑だつた僕の世界が変様する」（一九三八年七月二七日、馬込の室生邸へ移ったことを津村信夫に知らせた書簡）といったように。この語を前倒しして適用すれば、彼の建築は風景との「対話」だったのだ。これは、彼の詩や物語のなかで「高原に開かれた窓」が繰り返し出てくることなどとも符合する。

立原が都市風景や既存の人工的環境との「対話」関係にも相当配慮し、建築設計をしていたという側面を補足しておこう。学生時代にしばしば立原と東京都心の遊歩を共にした小場は、立原が様々な遠近の度合や角度や時間を通して意中の建築を研究していたことに驚いたという――「一つの建物の壁の破片を側に居いてその建物の色彩を探究したり或は好きな建物だと遠くから近くからあらゆる角度から眺め、あらゆる時間から眺め、その建物に這入りその壁に手を触れる「見出す」作用を誰が教へたのであつたらうか」。「東京に於て彼が特に好んだ建物を挙げよう。大阪ビル、森五商店ビル、住友ビル、八重洲ビル等であつた[21]。彼は東京の街を朝ぼらけに、真昼に、夕暮れに、真夜中にも歩きまはつてゐる。建物の朝の美しさ、建物の壁面に長く投ずる昼の影の美しさ、人気のない夜の街に月に照らされて立つ建物の美しさも知つてゐた」（小場前掲論文）。実際、立原は、春休みに建築学科の関西見学旅行に参加した級友に対して、自分の街歩きの趣味を語っていた。

毎日のやうに　ひるすぎると　方々歩きまはつてゐる　たとへば　築地の中央卸売市場とか　芝浦とか　ちよつとへんな所だよ。郊外の緑のなかを歩くのも面白いんだらうけれど　白いこんくりーとのがらんとした所もなかなかいいよ。僕はお寺と市場じや市場の方が見たいかも知れない、僕はどうも日本の古い建築のよさなんて　知らないせゐか縁どほい気がする。君に　すこし教育してもらはなくつちやならないかな？

（一九三五年四月五日、柴岡亥佐雄宛）

彼にとって東京の遊歩は、建築設計の実践的学習でもあった。日本橋に住んでいたことは、明治・大正の様式建築から昭和のモダニズム建築を見るのには非常に恵まれた条件である[22]。

小場は、生田と共に立原の外観設計の造形的自己主張の弱さを認めたうえで、生田が外観設計を室内設計に従属すると見なしたのに対し、風景ないし立地条件という外部との「対話」が外観設計にもたらすものを強調したわけだ。もっとも小場も「彼の建築は住むということから出発し人間生活が建築構成の衝動の中心となつてゐた」と銘記していることからわかるように、内部からの構造化のウェイトをしっかり認識してもいる。結局、小場は、内から外へ展開するベクトルと、外から内を規定するベクトルとの精妙なバランスというところに立原的設計の要諦を見ていたことになる。「住宅・エッセイ」において、『犀星随筆』の、省線の窓から見過ぎる帝国ホテル本棟の悲しいほどの美しさを犀星が指摘し、「建築といふものは建ち上つてからもう一度手をかけて見る丁寧さが必要であり、狙はない思ひがけないところに、本層以上に美が留まることがあるものである」と語るくだりを引用したのも、建物を様々なアングルから都市風景として愛《め》でる見方に立原が共感したからに違いない。

人は建築を見るとき、ともすれば外観の見栄えや奇抜さのみに目が行きがちだ。居住者ないし利用者のふるまいとの相関性や、周辺環境との相関性に注目した生田と小場の立原建築論は、そうした意味でもたいへん示唆に富む。では、彼らの見解を踏まえながら、建築学科時代の総決算「浅間山麓に位する芸術家コロニイの建築群」、石本建築事務所時代の「横須賀海仁会病院」（聖ヨゼフ病院）、最晩年別所沼に夢見られた「ヒアシンスハウス」を訪ねてみることにしよう。現在と過去、現実と構想のあいだを彷徨する「中間者」となって。

浅間山麓に位する芸術家コロニイの建築群――火山の徴の下に群れる

卒業設計「浅間山麓に位する芸術家コロニイの建築群」は一七葉の図面から構成されていた。小場晴夫は、提出図面一七葉の内容を「故　立原道造　卒業設計ニ関スル控」（一九四七年四月一日付、生前未発表）と題してメモし、また未公開の提出図面三点、すなわち「小住宅A」、「小住宅B」、「小住宅C」の平面図をトレーシングペーパーにトレースした図面を残した。それらは小場の没後、『立原道造と小場晴夫――大学時代の友として』に発表されたが、小場の「建築家としての立原道造」に、「故

立原道造　卒業設計ニ関スル控」に基づいた記述がある。それに若干の便宜的加筆をほどこし、一七葉の概略を紹介しておく。

No. 1　五十万分の一全体図及び大配置図。
No. 2　駅前広場を囲む建物（停車場、バス車庫商店）及びその鳥瞰図、駅前商店街よりのコロニイの遠望透視図。説明文「全体計画・説明」。
No. 3　小住宅A型の基準平面図と立面図。説明文「［芸術家コロニイ計画の説明］」。
No. 4　小住宅B型の平面図及び立面図。説明文「小住宅・Cottage・説明」。
No. 5　小住宅C平面図及び立面図。ペン書きの透視図及び室内透視図。
No. 6　ロッヂの平面図及び立面図。
No. 7　ロッヂの立面図及び透視図。
No. 8　ロッヂを中心とする集落のアイソノメトリック〔等角投影図法〕透視図（インキング仕上）。
No. 9　図書館の淡彩仕上並びに浅間の山肌の色を持つ音楽堂との透視図。
No. 10～*No.* 15　公共建物（図書館、音楽堂、美術館）それぞれの平面、立面、断面並びに詳細図。
No. 16　美術館透視図（淡彩鉛筆仕上）。
No. 17　コロニイを含む浅間山麓の大鳥瞰図。

一葉内に複数の図が描かれているケースがあったということ、立原没後、個々の図が切り離されて紹介され、歴代の全集にもそうしたかたちで掲載されてきたということがわかる。なお、「*No.* 1」の「五十万分の一全体図」というのは、これでは縮尺があまりに小さすぎ、『全集』第四巻解題が指摘しているように小場の記録間違いに違いない。おそらく「五万分の一全体図」だったのだろう。立原は「[浅間山麓の小学校]」1(『全集』第四巻、一六頁)の全体配置図を五万分の一の地形図として描いており、五万分の一の浅間山麓地形図を所持していたと思われる。

これらの原本はすべて、極めて残念なことに角川書店版第一次全集編集過程で行方不明になってしまったと見られている。一七葉中、『新建築』一九四〇年四月号の特集「若くして逝った立原道造君を偲ぶ」にモノクロで掲載された図九点と、角川書店版第一次全集第三巻(一九五一年)掲載の透視図三点(一点は『新建築』誌上の透視図と同一)、計一〇点のみが印刷された。『全集』第四巻は、『新建築』の九点を「浅間山麓に位する芸術家コロニイの建築群」1―9と題し【図3-8】、残り一点を「浅間山麓に位する芸術家コロニイの建築群」(美術館)と題して収録している【図3-9】。「浅間山麓に位する芸術家コロニイの建築群」1―9の画面内にタイトルはないが、『新建築』の特集のキャプションは、「2.図書館」、「3.音楽堂」、「4.ロッヂ」、「5.ロッヂ内部」、「6.ロッヂ内部」、「7.一団地の集落」、「8.集落内の一小住宅」となっている。

図面「No.2」、「No.3」、「No.4」に記入されていた三つの説明文は、『新建築』誌上では三節からなる一テクストとして活字に起こされた。『全集』第四巻は、これを「[浅間山麓に位する芸術家コロニイの建築群」付言]」(以下「[付言]」と略記)と題し収録している。

また、貴重な関連図面として、「7」に近似した「Lodge and Cottages」と、「[卒業設計ノート]」(方眼紙のリング式ノートブックに描かれたエスキース全二七枚)が存在する。

ところで、いったい「芸術家コロニイの建築群」は浅間山麓のどこに位するのだろうか。結論からい

図3－8　『全集』第4巻32-33頁に掲載の「浅間山麓に位する芸術家コロニイの建築群」の図9点。『全集』にならい番号を付した

えば、「No.1」の「全体図及大配置図」が欠落しているせいではっきりしたことはわからないが、その他の資料からおよその見当はつく。

「[付言]」には、「仲仙道及び北国街道」、「信濃追分駅」、「借宿」という地名が登場する。

図３－９　「浅間山麓に位する芸術家コロニイの建築群」（美術館）

一、道路は　主要交通路として　仲仙道及び北国街道並びに信濃追分駅を仲仙道に結ぶ新道（いづれも幅員十三米、自動車用道路）があり、外部との連絡を保つ。コロニイ内の内部交通の主要道路として幅員八米の大路を持つ。

一、路線式に商店街を駅前広場と中心部とに設ける。中心部には商店のほか旅館、郵便局、消防署、コロニイ管理事務所がある。　信濃追分駅は旅客駅専門となり、貨物は借宿駅（新設）にて取扱ひ日常の物資は借宿の供給組合から、すべて供給される。

（「[付言]」の「全体計画・説明」／傍点は引用者による）

「借宿」とは東長倉村借宿《かりやど》（現・軽井沢町長倉借宿）。旧中仙道沿いの小字で、追分東端に隣接する。ここに貨物専用の支線を引き新たな駅を設けようというわけだ。しかし、借宿駅、追分駅、中（仲）

仙道、北国街道は、「芸術家コロニイ」への窓口ないしアプローチにすぎず、駅前広場や供給組合が設けられるにもかかわらず「中心部」にも「コロニイ内」にも勘定されていない。「中心部」がどこかも不明だ。だが、立原が敷地検分から帰京した直後に書いた手紙には、「追分と御代田のあひだに建てる「芸術家コロニイ Künstler Kolonie の建築群」の勉強に行つた」（一九三八年二月八日、田中香積宛）とある。「御代田」は、追分の西方に隣接していた旧・御代田《みよた》村、現在の御代田町大字御代田および佐久市小田井にあたる。信濃追分駅の小諸方面隣駅は当時もいまも御代田駅だが、御代田駅は「[付言]」で言及されてはいない。

これらのことを総合的に考慮すると、狭義の芸術家コロニーは、信濃追分駅および御代田駅からかなり離れた高原地帯、追分原《おいわけはら》の旧中仙道・北国街道以上／以北（浅間山寄り）に設定されていたと推論できる。この推論は、「故　立原道造　卒業設計ニ関スル控」内の以下の原文横書きのメモ（私たちが見られない「*No.*1」の「全体図及大配置図」に基づくものだろう）と符合する。

追分駅ヨリ浅間神社マデハ唐松林ノママ
駅前商店街
Colony centre　〒、管理場、旅館、
商店街・
追分原
集落の外郭に　小住宅A型

南北　４K
東西　４K．

芸術家コロニーは、南北四キロメートル×東西四キロメートルという範囲が駅前を含むものか否かははっきりわからないが、小場は小住宅やロッジの場所を追分原と記し、信濃追分駅から追分宿入口の浅《あさ》間《ま》神社までの地帯は、既存のカラマツ林が維持されていたと記している。小場は立原に誘われて以降しばしば追分で避暑をしていたので、一帯をよく知っていたはずである。ちなみに現在の追分原は、大部分が森林となっていて、浅間山が眺望できる場所も限られ、土地が湿っぽく、立原が愛した「萱草」も希少化しているが、当時は毎年火入れが行われ、明るい草原やカラマツの疎林が拡がっていた。建設作業上も比較的適地だったといえる。

図6の「1」と「9」も、追分原説の傍証となりえる。「1」は上空からの鳥瞰図である。解像度の低い小さな写真版のため細部の確認が困難だが、美術館や図書館が描かれているようには見えないので、建築群の配置ではなく予定敷地を表現した図と思われる。おそらく「*No.*17　コロニイを含む浅間山麓の大鳥瞰図」に該当しよう。図面下部を蛇行する線は、形状から信越本線（現・しなの鉄道線）と見られる。御代田はフレームインしているが、御代田駅はフレーム外になる。画面右下、線路沿いの一点からV字に上方へ延びている特徴的な道路がある。二本の道が各々交わる水平方向に蛇行した太い道路（ほぼ線路の蛇行に平行している）が旧中仙道だろう。この道路から分岐して図面左上に見える山根の方へ行く道こそ、旧追分宿を起点とする石尊山および浅間山への登山道であり、蛇行した太い道路が

画面のほぼ中央で二叉に分岐している箇所こそ、追分宿の「分去れ」だろう。この登山道は「[浅間山麓の小学校]」1の全体配置図にもしっかり描かれており、立原のメンタルマップにおいて重要だったと見られる。

「9」は、小場のいう「No.2」中の「駅前商店街よりのコロニイの遠望透視図」に該当すると思われる。遠景の白い美術館の立地に注意しよう。すでにかなりの勾配になっており、その背後には、浅間山(標高二五六八メートル)に抱かれた子供のような寄生火・石尊山(標高一六六七メートル、追分の登山口からの比高約六六〇メートル)が描かれている。つまり追分原のかなり奥まったところであることがわかる。ちなみに「2」の図書館透視図の背後には左端に石尊山とおぼしき山影が描かれているので、図書館は美術館より東方の斜面にあると推量できる。「3」の音楽堂透視図の背後には大きな山がなく、右端に小さく離山とおぼしき山影が見える。敷地は美術館や図書館のそれと比べて平坦そうで、道路も直線的だ。美術館の周囲の樹木がカラマツ(「浅間山麓に位する芸術家コロニイの建築群」「美術館」からそう判断できる)なのに対して、音楽堂周囲に描かれているのは、「9」のメインストリートの並木と同じく、ポプラと思われる樹形の並木だ。音楽堂はたぶん中軽井沢寄りの比較的低い場所に位置しているのだろう。

さて、以下では「芸術家コロニイの建築群」の諸特徴を簡潔に指摘しておきたい。風景との相関関係、芸術活動との力動的相関関係、群性ないし分散的集団性、可変性、現実性といったところである。これらの特徴は互いに部分的に重なりあっているが、そのことも含め、これまでの立原道造論のなかでは充分評価されてこなかったように思われる。

一、風景との相関関係

美術館・図書館・音楽堂の色彩が浅間の風景に特徴的な色彩をモチーフとす

るということはすでに述べたので、ここでは地形との相関性を述べておく。狭い緩斜面から急に複雑な起伏の山裾に変わる旧軽井沢の地勢と異なり、追分原は広大な南向きの緩斜面からなる。この地勢をしっかり計算に入れ、立原は「芸術家コロニイの建築群」の主要建築を構想している。美術館、図書館、「4」のロッジの建物に関して、大地との接触部に注意してみよう。斜面を活かし、展望が享受できるテラスを設けたり、途中から地下となる地上階を設けたりしている。後者は課題設計の「サナトリウム」との共通点でもある。平地に設定した方が設計しやすいのに、立原はサナトリウムをわざわざ砂丘に設定し、主棟の海側の立面が三階なのにその背面が二階となるようにしていた。美術館のファサードの中二階に半円形に張り出したバルコニーがある。地面からはさして高くないはずだが、立地自体の比高によってバルコニーから広大なパノラマを一望できるようになっていることが、「9」の鳥瞰図を見ればわかる。

「8」は、ヒアシンスハウスの原型と見られる片流れ屋根の小住宅透視図だ。その屋根の傾斜も、大地の傾斜を意識したデザインではなかったか。立面が高くなる側から透視図は描かれているが、これだけでは方位がわからない。しかし「[卒業設計ノート]」二二二頁のエスキースを参照すると、立面の低くなる反対側に、ヴェランダと、その上に大きく張り出した軒が存在するので、そちらが南側と思われる。とすれば、片流れ屋根の傾斜は、追分原の傾斜と調和する。

大地の傾きないし起伏を積極的に活かした設計は、後述する「海仁会病院」や「ヒアシンスハウス」にも認められる特徴であり、立原的と呼ぶにあたいしよう。

二、芸術との力動的相関関係

浅間山麓は有名な避暑地・別荘地であっただけでなく、夏のあいだ多くの芸術家が交流し、お互いに芸術的刺戟を受ける田園のサロンであり、またそこでの人間関係や風物が作品となる書斎やアトリエでもあった。そして立原自身にとっては、第二の故郷、ポエジーの「故郷」だった。卒業設計に取り組む直前の夏、彼は一高文芸部からの親友・杉浦明平への手紙に、『四季』同人の追分夏合宿の計画を伝えたあと、誇らしげに記している――「信濃追分は日本の若い詩の揺籃の観がある」（一九三六年六月三〇日）。追分という自然発生的な芸術家村に改めて芸術家コロニーを設計するということは、親しんだ場所に対する「郷愁と憧憬」から出発して芸術的建築を構想することを意味するだけでなく、構想された芸術的建築がさらに芸術活動を支える場所となることを意味する。

　立原研究史を通じて繰り返し指摘されてきたとおり、こうした芸術家コロニーの構想がドイツの先例から大きな触発を受けていたことは、これを構想中の立原が「芸術家コロニイ Künstler Kolonie の建築群」といういい方をしていたことから明らかだ。モデルのひとつは、ドイツ北西部、ブレーメン近郊の小村ヴォルプスヴェーデに、一八八〇年代末から一九〇〇年代にかけて形成された芸術家村に違いない。ここに一八九五年に移住した画家ハインリヒ・フォーゲラーは、自邸をはじめ、数件の建築を設計した。立原が敬愛するライナー・マリア・リルケは、フォーゲラーに招かれ、一九〇〇年に一ヶ月余り滞在し、女性彫刻家クララ・ヴェストホフと結婚し、美術評論『ヴォルプスヴェーデ』（一九〇二年）を残した。[23] なお、一九二六年には、ブルーノ・タウト設計のドーム型住宅もヴォルプスヴェーデに竣工していた。もうひとつは、ヘッセン＝ダルムシュタット公国大公エルンスト・ルートヴィヒが、一八九八年から一九〇八年にかけて、ドイツ南部のダルムシュタット郊外「マチルダの丘《マチルデンホーヘ》」に造らせた芸術家コロニーだろう。ウィーン分離派の建築家ヨゼフ・マリア・オルブリッヒが建築設計の総監督を務めた。[24]

　ただし、大きな違いもある。ヴォルプスヴェーデの芸術家コロニーが非計画的に徐々に形成されたのに対し、立原のそれは計画的・全体的構想である。ダルムシュタットの芸術家コロニーが大都市に付属する一画であるのに対し、山麓の緑のなかに構想された自律的コミュニティーである。また、ドイツの二つの芸術家コロニーの主要な建築様式がユーゲントシュティールであるのに対し、立原のそれはずっとモダンであり、様式のうえでの影響はなさそうだ。

三、群性ないし分散的集団性

人はこれまで、立原道造を消極的・内向的・非社会的人物と過度に見なしてきたのではなかったか。確かに、彼の詩を読む限りではそう思うのも当然である。しかし、「芸術家コロニイの建築群」は、彼の積極的・社交的・社会的側面を証している。過不足なく社会に順応する方向においてではなく、社会から一歩退いた芸術家たちを組織し、社会を改革するという方向において。ここには、「攻め」の立原の姿が、立原建築に潜む意外な「激しさ」が露呈している。

> 本計画は　浅間山麓に　夢みた　ひとつの建築的幻想である。
> 優れた芸術家が集まつて　そこにひとつのコロニイを作り、この世の凡てのわずらひから高く遠く生活する、しかし　それは隠者の消極的な遁世の思ひではなく　寧ろ却て　低い地上の生活にかがやかしい文化の光を投げかけようとする積極的な意欲から――。　芸術家の一人としての建築家の立場から私にその計画は幻想され、乾燥した火山地方の高原にその夢は結晶した。……この計画は　従つて　すべての現実の絆を蔑視し去るであらう。そして　それはただ気候の美しい土地に、建築家としての夢が織り成した　美しい幾つかの建築の群とならねばならない。
>
> （「［付言］」の「［芸術家コロニイ計画の説明］」）

立原にとって、芸術は「群」の活動たるべきものだったのだ。このことは彼の文学作品の内容を見るだけでは気づきがたいが、文学をめぐる彼の活動を見れば納得がいく。彼は『偽画』、第二次『四季』、『未成年』といった同人誌の創刊と編集作業に積極的に参加した。一九三八年の東北旅行と長崎旅行にも、準備中の『午前』の同人勧誘という側面が認められる。実現こそしなかったが、すでに述べたように熱心に『四季』同人の追分合宿の準備をしたり、「詩人クラブ」の建物を設計したりもした。彼は、追分で詩人と建築学徒との媒介者ともなった。

分散的集団志向は、建築物の群性と不可分である。コロニーは、「美術」、「音楽」、「文学」という芸術の三ジャンルに基づき、三地域からなる――「住宅群を三つの地域に分ち、美術館の近くには美術家を、図書館の近くには文学家を、音楽堂の近くには音楽家を、大体割りあてる」。「小住宅の、ロッヂを中心とする集落は　周囲に大きな植樹帯を持ち、他の集落と独立になつてゐる」（「［付言］」）。通常、卒業設計は単体の建築のそれであり、立原の同級生たちもみなそうだった。立原が「建築の群」を広大な地帯に設計したことは、瞠目すべき例外であり、野心的な力わざだったといわねばならない。構想を練っていた時期、立原は第一詩集『萱草に寄す』と手作り詩集『ゆふすげびとの歌』をまとめ、物語集『鮎の歌』（未実現）の構想もしていた。これらはいずれも作品を制作順に収録するものではなく、共通のテーマや物語的結構にしたがって周到に選択・配列するものである。同様の努力は、第二詩集『暁と夕の歌』や、諸々の組詩にも見られる。その意味で「芸術家コロニイの建築群」は建築による詩集といえる。

ただし、やはりこの場合、多くの芸術家が集って理想的コミュニティーを形成するという社会的側面こそが、もっとも重要である。逆にいうなら、「建築の群」の在り方から帰納的に、立原が望んでいた集団像を浮かび上がらせることができる。

モダニストによる都市計画ないしコミューン構想は、理想を高くかかげればかかげるほど、イデオロギーの如何にかかわりなく一元的で画一的な息苦しい空間、工場や監獄めいた管理主義的ディストピアに陥りがちだったということを私たちは知っている。ところが、「芸術家コロニイの建築群」にはそうした傾向が希薄なのだ。むしろ立原は一元化に抗う仕掛けを工夫し、意識的に遠心化を図ったように見える。

確かに「芸術家コロニイの建築群」にも、「商店のほか旅館、郵便局、消防署、コロニイ管理所」からなる「中心部」はある。ただ、商店のエスキースが「[卒業設計ノート]」にあるというのに、「コロニイ管理所」と特定できる建物の設計図はどこにも見当たらない。おそらく「コロニイ管理所」は、「借宿の供給組合」と同様、必要最小限の事務的施設で、立原の観点からは必要ではあっても重要ではなかったのだろう。また「中心部」の諸施設を「路面式に」設けるというのは、「中心部」が求心的区画として自己主張することなく、道沿いに連なるということだろう。中心部は宿場町に類似している。

熱意を込めて設計した美術館、図書館、音楽堂も、コロニー全体を統合する文化地区をなすのではなく、三地域に分散した建築である。しかも小場によれば――やはり「全体図及び大配置図」に基づいた記述だろう――それは意外にも各地域の中心ではなかった。「キユンストレル・コロニイでは吾々の考へとは全く異なり、美術館、図書館、音楽堂等はコロニイ・センターを構成するものとしてではなく、集落の周囲にちりばめられた遊星として取扱はれてゐる」（「建築家としての立原道造」）。ゾーニングを「造形芸術」と「言語芸術」という『方法論』式の二分法によってではなく、「美術」、「音楽」、「文学」という三分法によって行ったことにも、脱中心化への配慮が潜んでいたのではないだろうか。この三分法は、他の二項を統一する第三項がなく、互いに互いが他の二項の媒介となる関係と見られる。二分法を採用すれば、かえってどちらかが第三項になろうとする力学、ヘゲモニーを争う力学が作動しかねないだろう。そもそも「大体割りあてる」といっているのだから、三区分自体、厳格な分割ではない。「[付言]」の「全体計画・説明」には、「小住宅の、ロッヂを中心とする集落は、周囲に大きな植樹帯を持ち、他の集落と独立になつてゐる」ともある。ではロッジがコロニーの中心の役割を担っているのだろうか。

一、小住宅は住む者が独身であるときには厨房を欠いてゐる。これはロッヂにて食事が常に用意されてゐるからである。
一、小住宅A型は独立に集落から離れて分散的に建てられる。B及びC型は集落としてロッヂを中心に三十戸宛集まる。
一、小住宅総戸数約千を以て算ふ。

（「[付言]」の「小住宅・Cottage・説明」）

「小住宅総戸数約千を以て算ふ」というのだから、ロッジの戸数は少なくとも三〇戸以上になるだろう。つまり、一地域内には多数の集落が存在し、そうした集落の中心に位置するロッジは、コロニー全体の中心でも各地域の中心でもなく、むしろこれらのまとまりをさらに多極化・脱中心化することになろう。また、ロッジが、台所のない小住宅に住む独身者たちの食堂として記述されていることから推量すると、その主要機能は行政ではなく社交促進である。これは、追分で他の民家に民宿した学生たちが、油屋宿泊客とともに、食事を油屋の広間で済ませていたことを想わせる[25]。ロッジは油屋に類似している。また、ロッジ＝集落に帰属せず、「遊星として」分散する「小住宅A型」の存在も軽視できまい。文学者であり建築家であり独身者である立原自身は、厨房を欠いたA型に住むのがふさわしいだろう。

広い地帯に分散的に住む様々な芸術家たち全員のコミュニケーションを図る施設はないのだろうか。その役目は、生活の必要から繰り返し行かざるをえない商店街がある「中心部」や「駅前広場」（追分駅前か借宿駅前か文面からは不明だが）に期待されていたに違いない。

また、立原は、住人のあいだの志の共有を強めるべく、純粋に象徴的な「記念場」を用意していたと見られる。小場の「故　立原道造　卒業設計ニ関スル控」に、

石尊山→記念場
血池→水道貯水池
伍賀村→発電所

というメモがあるのだ。石尊山の「記念場」の詳細は不明である。けれども「9」や、そのエスキース（「［卒業設計ノート］」一頁）をよく見ると、石尊山山頂に相当大きな塔状の建物のシルエットが確認できる。[26]

それにしても象徴的モニュメントをコロニーの中心ではなく外に、しかも浅間山の懐に抱かれた寄生火山の頂に位置づけたことは、いかにも浅間の徴《しるし》の下にある芸術家コロニーにふさわしく、かつ立原的であるというべきだろう。コロニーからモニュメントを見上げる視線は、自然にさらにその上方の浅間山の頂へ、そして噴煙の上がる空、白雲を浮かべた青空へと誘導される。この視線の動きは、高い彼方への「憧憬」そのものではないか。[27]

四、可変性　作図されたロッジはあくまでもサンプルにとどまるはずだ。そもそも「4」のような

テラス状のロッジの場合、土地の起伏に密接しているので、別箇所での単純な反復は不可能だし、「7」のような格子状の集落をその周囲にもつことも難しい。欠けている図面が多い以上、確言は控えるが、「芸術家コロニイの建築群」の図面に描かれた建築の大半は、開かれた全体のための原型的で可変的な断片、変奏のための主題、一種のサンプルと見なすべきだろう。

おそらくこのコロニーは、空間的にも時間的にも明確な境界を持ってはいまい。「芸術家コロニイの建築群」の可変性は、小住宅（Cottage）においてもっともはっきり顕われている。

一、小住宅は基本部分と可変部分の二つより成り、基本部分は居間・寝室・便所・洗面所・小厨房を含み、可変部分は仕事部屋・出入口を含む。仕事部屋は住む者が画家・彫刻家・詩人・音楽家・建築家・工芸美術家であるに従つて　その平面と断面とをそれぞれ異にすべきものである。従つてこの部分は住む者の選択に任せて各戸が変り得るやうにする、それにつれ出入口もまた多少変る。

一、小住宅はまた住む者の気分的個性に従つて、各戸が自由な立体図を持たねばならない。ここに描いた二、三の立体図は単に一人の建築家が自己の気分個性に従つて　基本平面・基本断面に与へたものにすぎない。　この極端な放任は最悪の場合　混乱と無秩序の醜態にまで至ることが予想せられる。しかし今このコロニイにあつては住む者が何より先に選ばれたる芸術家であらねばならない。従つて彼はまた優れた趣味と気分感情とよき個性とを持つであらう。そしてまた互に共感と友情はこのコロニイに住む者同士のあひだに、常に保たれねばならない。かくて……この極端な放任は　却て最善の場合、調和と階調・・・のみが予想され得る。

（「［付言］」の「小住宅・Cottage・説明」）

小住宅が、住む者が専門とする芸術ジャンル（「建築」と「詩」がちゃんと記載されている）と、住む者の「気分的個性」という二つのレヴェルにおいて可変的に設定されている。立原は芸術家コロニーを一挙に超越的に決定づけることを嫌い、そこに住みたいと思う各人の利便性と個性を尊重し、「混乱と無秩序の醜態にまで至る」リスクを承知のうえで、芸術家コロニーが「優れた趣味と気分感情とよき個性」や互いの「共感と友情」にしたがって「調和と階調」を備えたものへ自己生成することに賭けているのだ。こうした可変性と将来への期待は、その分散的集団性と重なる。また、建築を「時間」において捉える思想の一様態でもある。

五、現実性

「芸術家コロニイの建築群」が理想主義的計画であり、「浅間山麓に　夢みた　ひとつの建築的幻想」（「［付言］」の「［芸術家コロニイ計画の説明］」）だったことには疑問の余地がない。実際、立原はこの規定につづけて、「このコロニイこそ、Là, tout n'est qu'ordre et beauté. Luxe, calme et volupté. と　うたはれた、かの美しい村であらねばならない」と、ボードレールの詩「旅への誘い」の一節を引いて高らかに宣言している。[28] しかしまた、「私の仕事は　その美しい村で　私の夢の可能性を形と量によつて　追ふことである」といい添えているという点を、看過してはなるまい。

「芸術家コロニイの建築群」が、実現しがたい計画であるのは、戦時経済下、資金・土地・行政の協力などの獲得が極めて困難であるからに過ぎない。むしろ注目すべきは、立原が物理的・地理的・都市計画的な諸配慮を意外なほどにしていることだ。コロニーの漸次的で柔軟な実現を将来の住人に託したこと、ロッジや小住宅に置く暖炉やストーブの設計、インフラストラクチャーの整備……。信濃追分駅利用者の激増による混乱を避けるための対応として、貨物に特化した借宿駅の新設が計画されている。[29] コロニーと追分駅との自動車での行き来のためにしかるべき新道も計画されている（借宿駅に関しては旧中仙道に隣接するので新道の必要はない）。小場のメモによれば、立原は「血の池」に「水道貯水池」を計画していた。「血の池」とは、石尊山中腹の追分原側、登山道脇にある赤褐色の池で、濁川の水源である。高濃度の硫化鉄を含む泉水なのでそれをしっかり沈澱させなければならないのが難点だが、コロニーへ水を配給するうえでは非常に適した場所にある。[30] 他方、「発電所」を伍賀村《ごか》（現・御代田町南東部および軽井沢町茂沢）に設定したのは、そこを流れる湯川の水量の方が濁川上流よりも豊かでダム工事に向いた立地だからだろう（後年、湯川ダムが竣工している）。標高が追分原よりも低いけれども、送電にはまったくさしつかえない。

要するに、建築や都市計画という次元では、「芸術家コロニイの建築群」は充分実現可能なのだ。建築家・立原道造の風景との「対話」は審美的次元にとどまるものではない、ということでもある。

聖ヨゼフ病院／横須賀海仁会病院――風景の建築的追憶

横須賀本町から「どぶ板通り」と直交し、諏訪大神社《すわおおかみしや》前を通る古い上り坂（外観透視図でベレー帽の男が下っている道）がある。聖ヨゼフ病院は、その突き当たりに横広がりに存在する。二〇一三年一一月初旬、いまにも雨が降り出しそうな曇天の午後だったが、私は眼前に聖ヨゼフ病院の古い鉄筋コンクリートの凹曲面の広がりが徐々に現れるにつれ、興奮の高まりを感じた【図3-10】。戦前の建築で凹曲面をしたファサードなど、はたしてこれまでに見たことがあっただろうか。あまりにも自己主張をしていないことで自己主張している建築。丘の中腹に建築が寝そべっている。両腕を拡げて来院者を抱こうとしているようにも見える。

三回目の訪問のおり、左右や後背の丘などからも聖ヨゼフ病院を眺めているうちに気づいたのは、ファサードの凹曲面（厳密にいえば多角面だが、曲面に見えるように緩い鈍角に設計されている）が、西側（ファサードに向かって左側）に展開する崖、諏訪大神社の境内を画している崖の曲面と連続していることだった【図3－11】。この連続性は、「二万分の一地形図 横須賀」によっても確かめられる【図3－12】。

図3－10　聖ヨゼフ病院正面（筆者撮影）

図3－11　東側から見た聖ヨゼフ病院（筆者撮影）

建物が谷戸の湾曲部にピースを嵌め込んだように存在するのだ。『新横須賀市史 別編 文化遺産』（二〇〇九年）も、聖ヨゼフ病院について「地形を生かした湾曲した平面を持ち、曲線のユニークな外観を見せている」と述べている。

建物の裏庭にまわって背後の崖の様子を見れば、病院の段状の敷地が自然な斜面を大きく削り取って造成されたということがわかる。大規模な整地工事が行われたのは、明治後期ではないだろうか。『よこすか中央地域 昔と今 写真集』（一九九七年）によれば、一九〇三（明治三六）年、この敷地に尋常第一横須賀小学校が建てられた。小学校は、一九〇八年に横須賀市尋常諏訪小学校と改称されたが、一九二四（大正一三）年の増改築をへながら、一九三四年に移転するまでここに存在した。増改築後の写真を見ると、三棟の木造二階建校舎が、弧を描くように並んでいたことがわかる**【図3-13】**。

つまり、横須賀海仁会病院の建物自体の特異な形状は、奇を衒《てら》ったものなのではなく、谷の曲線にし

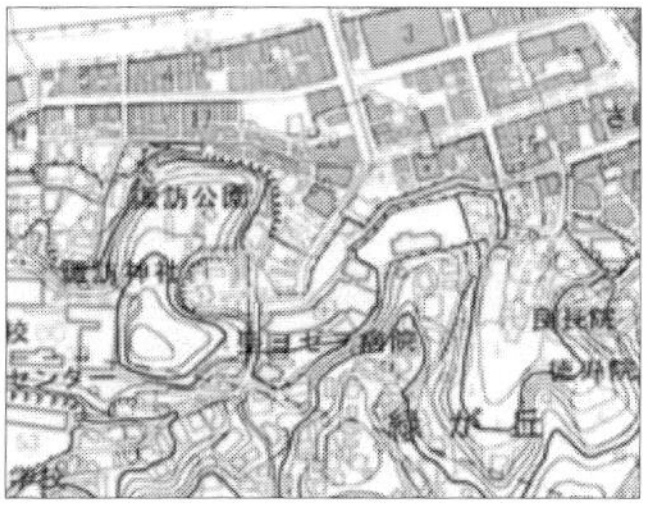

図3-12 1万分の1地形図上の聖ヨゼフ病院

図3-13 諏訪小学校（1924年），『よこすか中央地域 昔と今 写真集』より

図３－14　聖ヨゼフ病院避難斜路（筆者撮影）

たがった造形である、ということだ。削り取られた有機的斜面の「譬喩《アレゴリー》」＝建築的追憶として設計されたといってもいい。そうとすれば、この凹曲面設計は、円形広場を囲む建築群のファサードを凹曲面とする西洋の古典的手法とは似て非なるものである。石本喜久治ないし石本建築事務所の初期作品にも、交差点のコーナーに動機づけられた凸曲面こそあれ、この病院の凹曲面のような質の凹曲面は見あたらない。管見するかぎり、もっとも類似しているのは、村野藤吾設計の「叡山ホテル」（一九三七年六月竣工）の客室棟である。比叡山山腹に等高線に沿って円弧状のプランをもつ。ただし、下方に対して凸曲面となっている。

しかるに、すでに立原の学生時代の課題設計に、海仁会病院にかなり類似した例が見出される。まず、二年次に設計した「アパアトメントハウス」（一九三五年五月／本章扉絵参照）。地階付きの鉄筋コンクリート造三階建、大きさが不揃いの翼棟、一方の翼棟末端に付属するモダンな外階段（海仁会病院西側翼棟に付属する避難斜路【図３－14】と対応）、横長の庇付きの窓、翼棟に挟まれたスペースが庭園となっていることなどが類似する。しかも、決定案に先立つ「［アパアトメントハス」透視図」では、主棟の一面が、わずかだが凹曲面になっている（『全集』第四巻、一二頁）。

背後に緑の丘陵を控え、海に臨む[31]緩やかな斜面に立つ横長の白い病院――という点では、課題設計

「サナトリウム」（一九三五年一〇月）とも類似する。両者の類似点はさらに、向かって左端のブロックが正方形に近い立面を呈してシンメトリーを破っていることや、海に面した立面における縦長窓と水平感を演出する庇（「サナトリウム・6　止」）【別図2】、縦長窓と正方形窓の配し方、主棟の背面から翼棟でこそないものの鍵状の付属棟が伸び、主棟とのあいだに庭園のスペースを生んでいること（「サナトリウム・2」【図3－15】、「サナトリウム・4」【図3－16】）、直線道路から分岐する有機的に曲がったアプ

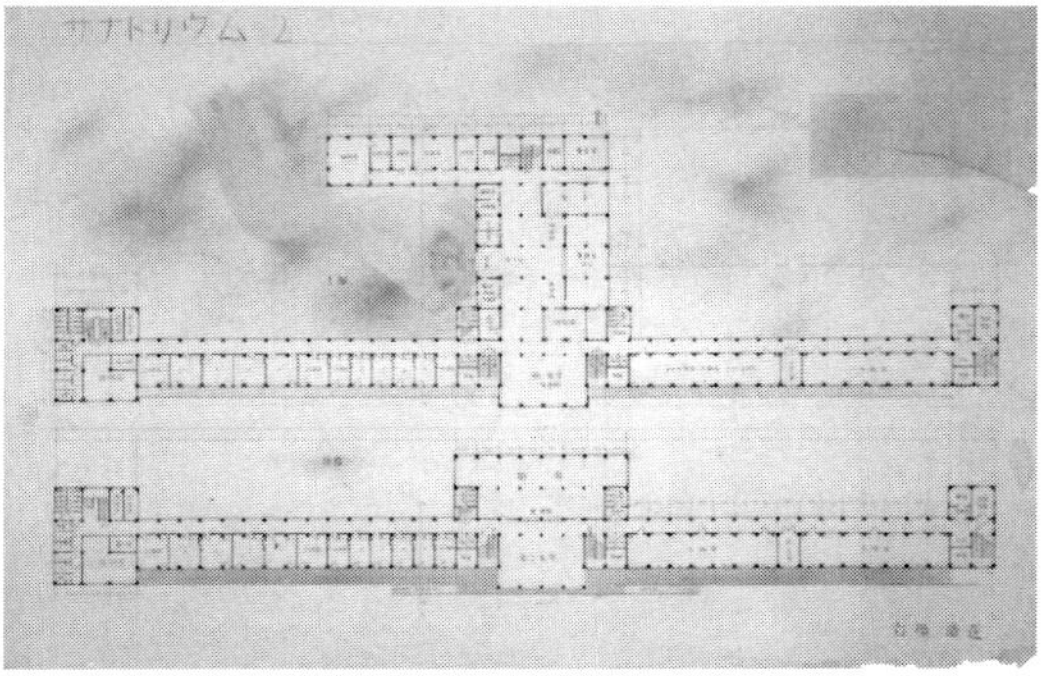

図3－15　「サナトリウム・2」

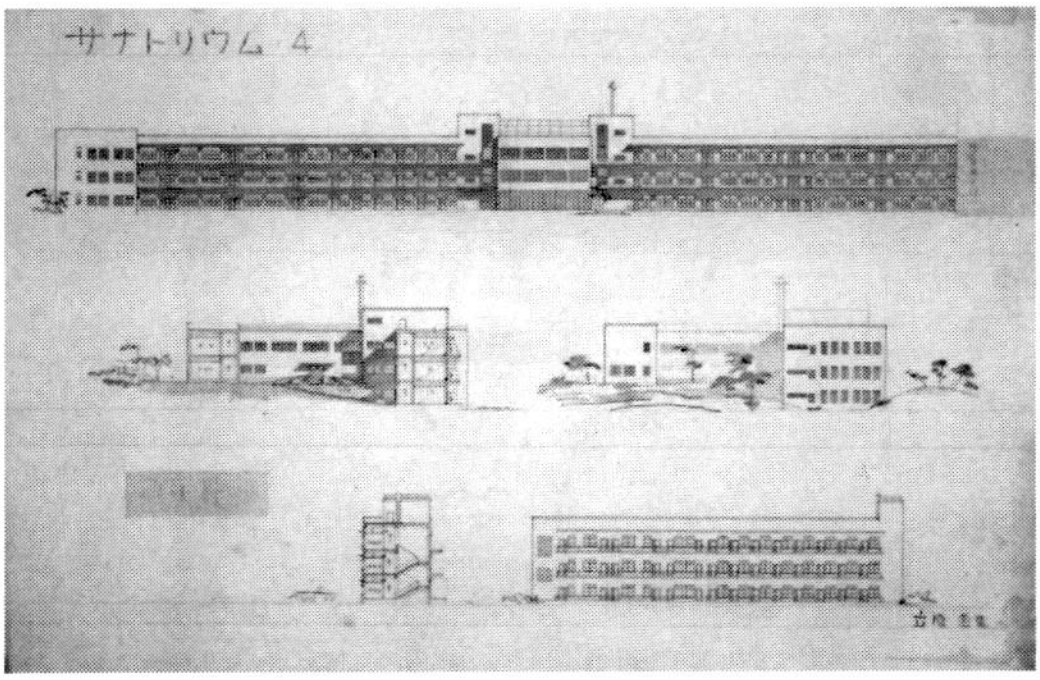

図3－16　「サナトリウム・4」

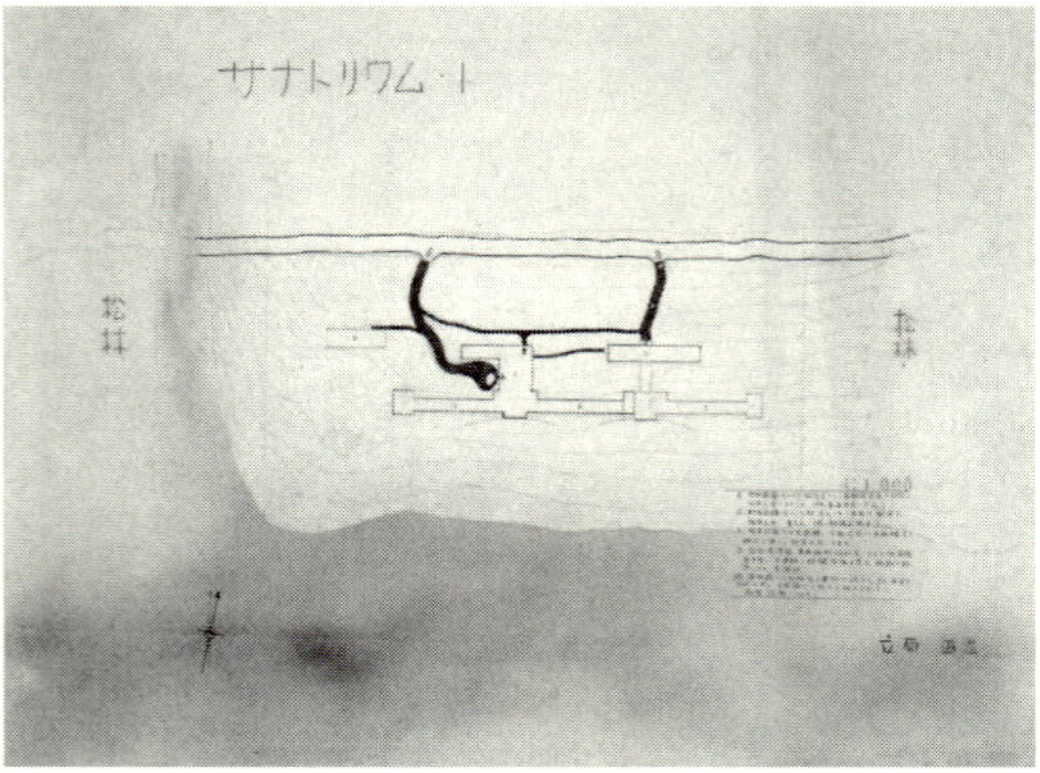

図3－17　「サナトリウム・1」

ローチによって付属棟連結部にあるエントランスへ導かれること、平面を不揃いなπ字形にする構想（「サナトリウム・1」**【図3－17】**）があったことが挙げられ、偶然の一致とは思えない。[32]「サナトリウム」設計の少し前、一九三五年七月と八月、立原が富士見高原療養所に入所した堀辰雄と矢部彩子を見舞ったことや、トーマス・マン『魔の山』の翻訳連載が『コギト』一九三四年七月号からはじまっていたことも想起すべきだろう。立原自身の結核発症は「某病院」の設計にかかわりはじめたあとだが、すでに彼には病院を設計する個人的動機が充分あったのである。

ところで横須賀の丘の病院は、色彩においても「風景との関係で」設計されたと思われる。立原は奥宛書簡で「窓の枠には紺色を塗り、庇には空色を塗りました」と書いている。紺色や空色は、病院が見下ろす海の色や病院の上に見える空の色の反映に違いない。『新建築』に掲載された透視図では、すべての窓が水色に塗られていることは確認できるが、粗い印刷のせいで窓枠と庇の色は識別しがたい。絵葉書版では、庇は黄土色をしており、窓枠は濃緑に見える。書簡では言及されていないが、一階の立面はどちらもオリーブ色（立原好みの色彩のひとつ）に塗られており、そのことで一階が下の草地や背景の叢林になじみ、白い二階・三階は浮遊する白雲か船舶のような表情を帯びる。ただ、竣工当時の病院の色彩がこの通りだったかどうかは、残念ながらいまのところ確かめる資料が見つからず不明である。[33] 現在の病院の外壁立面は、窓枠も庇も含めて一様に白い。

病院の現状と立原が描いた外観透視図とのもうひとつの大きな違いは、階数である。凹曲面をなす主棟は、向かって右側になる横長の西ブロックと、左側の正方形に近い東ブロックからなり、東西それぞれの端の背後に翼棟が付いている。東ブロックは、透視図と同じく四階建だが、三階建のように描かれた西ブロックは、実際には五階建に見える。透視図では、東ブロックの方が西ブロックより一階ぶん高くなっているが、現状では両者のあいだにほとんど高低差がない。透視図の西ブロックのスカイラインに対応する縁のラインが、現状では西ブロック四層目の窓下に認められる。「海仁会病院新築工事　附帯設備工事図」でも西ブロックの最上階は東ブロックの二階と連続している。こうした点から、現在の西ブロックの最上階（第五層）は、竣工後に増築されたと判断できる。しかし、この増築階を差し引いても一階多いように見えるのはなぜか。

じつは西ブロック一階のように見える層は、『海仁会病院新築工事　附帯設備工事図』においても、現在の聖ヨゼフ病院においても「地階」として扱われており、実際、裏庭側から見ると地下になる。要するに、立原が描いた東ブロックの前庭と土手が現状では存在せず、西側から伸びた地下一階が、途中で窓やドアを伴ってアプローチの道路側に露呈した案配となっているのだ。『横須賀海仁会病院案内』封裏の「横須賀海仁会病院平面図　縮尺1／100」**【図3-18】**で確かめると、現状と同じく西ブロックは庭面を伴わずに道路に接しており、そこに通用門が記されているので、これは一九三八年七月以降の設計変更の結果と推定できる。

外観透視図では西側面の付属塔（階段塔）が際立っているにもかかわらず、現状ではかたわらを通る

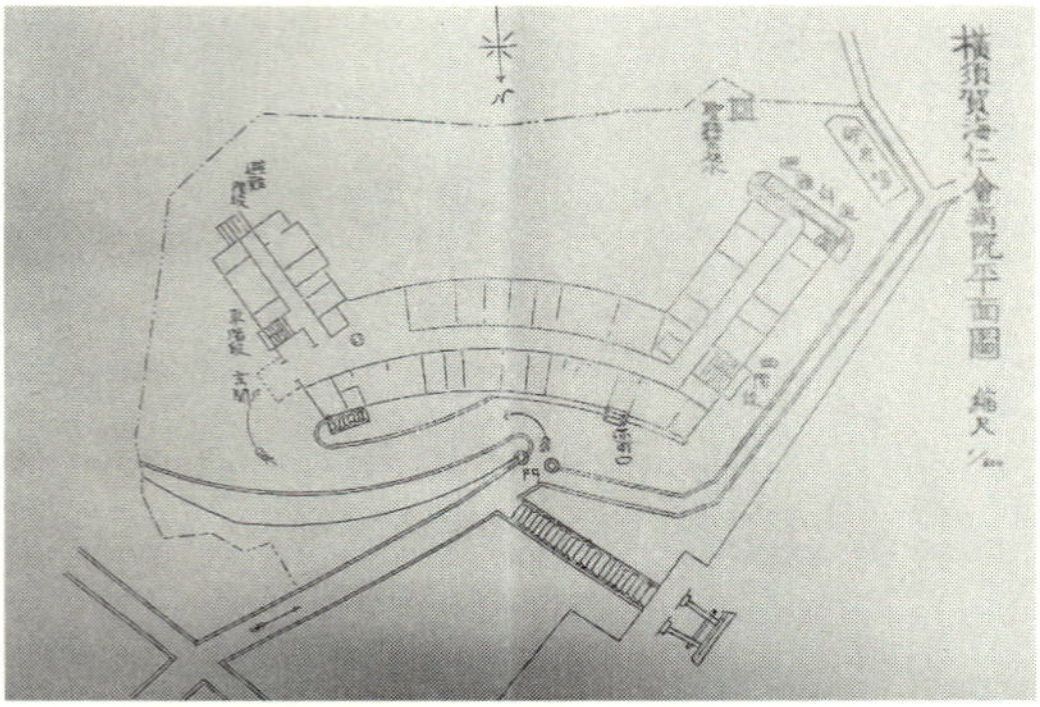

図3－18　『横須賀海仁会病院案内』封裏の「横須賀海仁会病院平面図　縮尺１/100」（横須賀市立中央図書館所蔵）

坂道からか神社境内からでなければ見えない。図の視点が空中に仮構されているせいもあろうが、最上階の増築が主因だろう。もっとも、当初から付属塔はそれほど際立たなかったはずだ。本体外壁や屋上からの張り出しが弱いのだ。建築学科で立原が描いた課題設計「図書館設計図」の付属塔が「レリーフ的」だったこと（鈴木了二、前掲論文）と関連づけられようか。

磯崎新は「立原道造と建築」（『国文学　解釈と鑑賞／別冊　立原道造』）のなかで、「某病院」を立原による設計と見なしたうえで酷評している――「白い湾曲した壁面に縦長の窓があき、これに水平線を強調する庇がつく、水平連続窓にいたらず、村野藤吾の森五商店の安定した比例も獲得できず、いくつかのはやりのボキャブラリイを混淆させたみせかけのモダンとしかいえない。石本事務所の商業主義的成功の生んだ拙速の仕事といわざるをえない」。さらに磯崎は、病院の外観透視図のファサードの窓が水平連続窓でなく縦長窓になっている点を一九三八年における立原の日本浪曼派への接近と関連づけ、そこにナチズムの新古典主義建築へのシンパシーを見る。確かに、立原の日本浪曼派との関係は検討にあたいする問題ではある。けれども、異質なスタイルを立面ごとや一立面内に配することも、縦長窓と水平連続窓の併用も、立原建築の一貫した特徴であって[34]、それを外観の造形という観点だけからナチズムへのシンパシーと解釈することは、見込み捜査めいた行き過ぎではないだろうか。

立原的なのは、縦長窓を別タイプの窓と、周囲の景観や室内空間との関係において巧妙に配分することの方なのだ。海仁会病院においても、付属塔の各階の窓はすべて水平連続窓になっており、これは塔の垂直性とのバランスを図った選択と考えられる。ファサードの窓も、よく見ると東ブロックの窓より西ブロックの窓の方が縦長になっている。こうした縦長窓の配置は、諏訪大神社前の坂道から病院を見上げるとき真正面に位置する立面を、少々高く立派に見せる効果がある。

図３－19　聖ヨゼフ病院背面（筆者撮影）

背面の窓がどんな形状かは透視図からはわからないが、聖ヨゼフ病院の背面の現状【図３－19】から、ファサードの縦長窓よりも大きな面積の正方形窓だったと推定できる。ファサードは北西を向いており、直射日光がほとんど当たらない。西日も諏訪大神社の背後の丘陵によって大幅にカットされる。立原の透視図でファサードに陽が射しているのは、凹曲面を際立たせるためのフィクションだろう。日照という観点からは、凸曲面の背面こそが真の表であるともいえる。背面の部屋では、朝から午後までの日光を広い正方形窓を通じて享受できる。ファサード側の上階の部屋の患者が、眼下に諏訪公園、下の街並、港湾、大空を存分に眺められるのに対し、背面の部屋の患者は、迫った丘のせいで眺望を愉しむことはできないが、崖と翼棟に守られた心地で、丘の木々（外観透視図にうっすら描き込まれている）や広い裏庭（現在は駐車場や付属施設によって占められている）をくつろいで眺めることができる。逆にいえば、ファサードの狭い縦長窓には、アプローチからの他人の視線や、西日の侵入を制約する意味合いもあると思われる。

生田によれば、立原は大学三年次九月の「倉庫」課題設計の際、「彼のいちばん嫌いな形の窓、室内に一様に明るい光をもたらす「水平連続窓」を、真白い豆腐状の直方体に面白おかしくもない風情でつけ、「国際建築風にやっつければ、それでいいんだョ」となげやりに語った」という（「道造回想——建築と散文のまわりで」）。立原が水平連続窓崇拝になびかなかったのは、室内空間の均質化を嫌ったことの一帰結と受け止めるべきなのだ。

では、聖ヨゼフ病院／海仁会病院にアプローチしてみよう。神社門前の坂道が主棟に突き当たり、左右に分岐するところで左折し、ファサードに沿って登り切り、主棟の東端まで行くと、ようやく東側面に、車寄せとシンプルな水平庇の玄関が見つかる。[35] ガラス扉を抜けると、広く天井の高いエントランスホールが拡がる。竣工当時のエントランスホールの状態は、写真を使用した絵葉書「玄関内部」**【別図5】**を通して知ることができるが、基本的な造りは現在も同じだ。左手には翼棟の直線廊下が伸びるが、印象的なのは前方の奥に途中まで見える、天井の低い、狭くカーブした廊下にほかならない。廊下は、主棟の湾曲に則してフロア中央を貫き、その両脇に、わずかに扇型をした診療室や病室が連なる。そのため、この廊下は洞窟めいた空間となっているのだ。先が見通せず、歩むにしたがって空間の前方が開け、背後が閉じる。この空間体験は、玄関が側面に位置することによって強調されている。エントランスから奥へ進むことによって、アプローチした際に前をよぎった隅の内側にいたるという意味では、雷文形の動線ともいえる。

普通、大型病院の廊下といえば、一挙に端から端まで見通すことができるように一直線なはずだろう。また建築内の見通しや景色の眺めを提供することや、最短距離を結ぶことは、モダニズム建築の機能主義的原則でもある。海仁会病院の長い廊下は、地階から三階まで、強い意志により、こうした近代病院の原則に反するフォルムに設計されていると考えられる。しかし、この洞窟めいた廊下を歩いてみると、おのずから歩調が緩やかになり、空間全体が身体にフィットしてくるような感触があって心地よいのだ。著しく視界が制約されているにもかかわらず、方向感覚はむしろ強まる。反対方向から歩いても方向感覚の混乱はいささかも生じない。カーブの内弧が海側であり、外弧が丘側になるからだ。

中央廊下から風景が見えないことは、風景との関係の軽視を意味するわけではまったくない。ここでは、風景を遮断する操作こそが風景を内的イメージとして室内に回帰させる。谷地を等高線に沿ってたどる夜道にも似た廊下。風景を忘却／想起させる廊下。先ほど、病院の基本的外観の設計を、失われた斜面や建物の建築的追憶と見る解釈を述べたが、その内部空間にも、追憶めいた逆説が認められるということである。つまり、横須賀海仁会病院には、立原文学における忘却と追憶のイロニーと同質のイロニーが建築的に具現されていたと考えられるのだ。

ヒアシンスハウス——ソネットのような極小住宅

二〇一三年秋、別所沼を初訪問し、遠くからその姿が目に入ったとき、片流れ屋根の木造の小屋（一五平方メートル＝五坪弱）が、家というより、公園によくある飲み物やパンの売店のように見え、拍子抜けしたことを憶えている。しかし、室内に入って予想外の豊かな空間の展開に驚き、またボランティアガイドの方から「道造さんは向こう岸（東岸）に建てようと考えていたのだけれど、民有地なので、こちら（西岸）に建てるしかなかった」といった説明を聞き、なるほどと納得したのだった。平坦な西岸と違い、東岸は台地（鹿島台）に接しており、沼岸の散歩道の片側はすぐに数メーターの高さの緩やかな斜面となる。遺された諸図面に基づき、ヒアシンスハウスを想像力によってこの斜面裾に造成されたテラスに移築してみよう。立原の指示どおり四つの立面を正確に東西南北と一致させて。すると東から西へ流れ下る片流れ屋根の勾配が、土手の勾配に則することになり、北風や南風の風当たりも和らぐ。浅緑色の屋根と、茶系の杉板の外壁は、昭和初期にはまだ土手を覆っていた林（「HAUS・HYAZINTH」２［一九三八年］内の外観透視図【別図7】自体がその証し）や庭木としっくり調和したはずだ。つまり「風景との関係で設計」するという小場の指摘を確かめることができるのである。実現していたならば、ヒアシンスハウスは、まさに「花、雲、樹木に囀づる小鳥の声などと同列に私たちに与へられたるものであるかのやうに、自然に、全く自然に存在するものとして眺めいる」こともある建物となっていただろう。

浦和駅側から志木街道の坂道を下り、右折、岸辺のプロムナード（メタセコイアとラクウショウの並木は当時まだなかった）を通って、想像裡にアプローチする。右側の奥に想像上のヒアシンスハウスが現れる。縦長の小窓一つが左寄りに付いただけのそっけない西立面と傍らの二本のポプラを一瞥して【図3-20】、プロムナードを右折し、敷石に導かれて雨だれ受けの甕《かめ》(36)と旗掲揚ポールのあいだを抜ける小径を登る（「HAUS・HYAZINTH」２の外観透視図の遠近法では坂になっているように見える）。左折し、木のステップを踏み、南立面に慎ましく穿たれた小さなアルコーヴ・ポーチに立つと、右手に緑灰色のドアが見つかる。

これを押しあけ（洋式の内開き）、そのまま入室するや、非常に明るく開放的な空間が私たちを出迎えてくれる。東／南面の角に設けられた、不釣り合いなくらい大きなコーナー窓が、裏庭と土手の緑に開かれている。窓を左右に引けば、細い独立柱が庭に突き出して一本立つ眺めとなり、庭が室内に嵌入してきたかのように感じられよう。ドア上半部を占めるガラス窓からの間接光も、この開放感と明るさに貢献している。また幅広い窓台は、このコーナー窓の一体感や、屋外との連続感を強めている。窓辺に凭れるのにもたいへん都合がよい。ただし、こうした開放性にもかかわらず、土手と木々のおかげで外部からの不躾な視線にさらされる心配はない。

図3－20　西から見たヒアシンスハウス（筆者撮影）

　午前の日射しが豊かに入る一画には、長方形の木製テーブルが、二脚のスツールと、北壁を背凭れとした造り付けの長椅子の前に設置されている。ここは、主人がくつろぐ空間であるとともに、客間となっているわけだ。まわりくどいエントランス設計が、プライバシーを守る工夫であるばかりでなく[37]、来訪者を歓待するための心憎い仕掛けだったとわかる。たぶん立原には、ヒアシンスハウスを自分の建築術の見本にする意図もあっただろう。

　左まわりに視線をめぐらすか、歩を進めてみよう。内壁も床も杉板甲板貼り。北面の西寄りに、造り付けの長いデスクや、背凭れのある木の椅子が見つかる。板壁の上半分は机の左端まで大きな水平連続窓が占めており、外の緑が愉しめるが、北側なので一日中直射日光は入らない。この水平連続窓は、詩作、製図、読書などを優しく助ける「アトリエの窓」として設けられたに違いない。

　アプローチからベッドにいたるまで、歩み、視線の動き、姿勢の変化などにしたがって、建築の幾何学が見事に音楽的な展開を奏でる。殊に室内において、種々の水平や垂直の矩形、線分、凹凸などが寄木細工のように、リズミカルに一致し、ずれ、反復しながら、合理的な機能性にも適《かな》いつつ、開／明から閉／暗へのドラマチックな連続変化をもたらしているということに感嘆させられる。こうした設計は立原建築の常数だが、ヒアシンスハウスではそれがとりわけ繊細・緻密になされているのだ。幾何学化された襞による音楽。極めて小さなワンルームのなかで、空気と光が、連続し、かつ質的に分節されるさまは、立原の建築文学に表現されている室内のアトモスフェアと同質である。そして、限られた空間内での緻密な構成が不分明な流れや淀みをもたらすというイロニーは、立原詩において言葉の緻密な設計（句読点の消去と一字あけ、ダッシュやリーダーの多用、倒置構文、詩句の跨り《アンジャンブマン》……）が言葉の限定作用や非連続性を脱臼させ、一篇のソネットがいくつの文からなるか勘定できなくなり、ときには全体が擬似的一文となるということと呼応する。ヒアシンスハウスは、まさに「人生《ダス・レエベン》」をリズムづける「凝固した音楽」であり、立原道造のソネットのような極小住宅なのだ。

　いちばん奥、室内の西端には、椅子や戸棚越しに造り付けのベッドが見える。そのあたりは東端と対照的な閉じた空間であり、天井から吊り下がった裸電球が灯っていなければ、穴倉のように暗い。東西に非常に長い長方形の平面、低い天井、ベッド周辺の開口部が小さな縦長窓一つだけであること、アルコーヴ・ポーチ裏の凸状の内壁とそれに連続する造り付け戸棚がベッドを抱え込むように室内に大きく張り出し、東南からの外光を大幅にカットすることなどから、総合的に醸し出された効果である。

　私は二〇一四年初秋に再訪したおり、許可を得てこのベッドに我が身を横たえてみて、巣穴に籠ったかのような深い安らぎを感じた。家に抱かれている……。立原の『方法論』で哲学的・抽象的に説かれていた「住み心地よさ」や、建築の「優しさ」が如実な感覚として受容される。

ベッドの枕元寄りの壁に設けられた外開きの小窓からは、ヒアシンスハウスが東岸に建っていたならば、別所沼が額に収まった風景画のように見えたはずだ。アプローチの際にまず向かいあうファサードともいえる西立面が妙に地味で不格好だったのは、西日や散策者のまなざしからプライバシーを保護し、寝床の暗さや安心感をえるとともに、ベッドや椅子から別所沼の風景を愉しむためでもあったのだ。「内部の空間が外へ志向するといふ逆の仕方」（生田「立原道造の建築」）を、ここにはっきり見て取ることができよう。

図3－21　ヒアシンスハウス西窓止め金具（筆者撮影）

小さな親密な空間だけあって、建具や家具のディテールもさりげなく凝っており、抒情性がある。コーナー窓の二枚の木製雨戸の真ん中と、机の前の木製椅子の背凭れに、十字スリットが入っている。同様のスリットは、「豊田氏山荘」の二階屋根裏部屋の一角を示した内観透視図「[豊田氏山荘]」7の引き戸にも見られる。「図書館設計」の付属塔の先端や、十字スリットのある椅子が描かれた「[部屋のスケッチ]」《トレーサー》（一九三七―一九三八年頃）【**カバー図版**】に、四弁葉飾りの透かし彫りを備えた木製ベッドが描かれていることを考えれば、ゴシック趣味に由来することは間違いない。キッチュになるのを避けて形を単純化・抽象化したのではなかろうか。[38]

もっとも、ヒアシンスハウスの十字スリットの場合、歴史的様式性や象徴性よりも、注目すべきはその建築的効果だろう。複数の十字スリットは、まるで韻を踏むような仕方で、建物の対極的なゾーンどうしを関連づける。他にも小さな装飾による建築的押韻は、玄関のドアノブ、観音開きの西窓のノブとこの窓を開閉する止め金具の先端【図3-21】、トイレの金属製ドアノブに見られる。どれも緑に塗装され、渦巻き形をしているのだ。

ここに泊まって雨戸を閉めた場合を想像してみよう。詩や物語のなかで窓明かりをしばしば外の視点から描いた立原は、ヒアシンスハウス内に自分がいて、水辺の夕闇に小さな光の十字が輝くさまを、外の視点からありありと想い浮かべたに違いない。他方、室内では、十字スリットを通り抜けた月光や朝日が光の十字を投ずることにもなる（安藤忠雄の「光の教会」［一九七二年］の遥かな先駆け……）。

立原が窓から床や寝床に差し込む月光を好んで書き記していたことを思い出そう——「月が太陽のまねをして青味の蔽い窓を床に彫る」（物語「間奏曲」一九三四年六月）。「或る夜、月が寝床の近くにまでさしてゐた」（アンデルセンの『絵のない絵本』を下敷にした物語「夜に就いて」［『椎の木』一九三六年二月号］）[39]。物語「ちひさき花の歌」（『未成年』一九三六年五月号）では、詩人が「月のめえるへん」を書こうと机に向かっているうちにこと切れる——「そのときちようど月の光がその最初のすぢを窓からまつすぐに彼の肩になげかけた。その細い光は次第にひろがつた。詩人は母のふところにかへつて行くやうに、うつぶせになつたまま、眠りの最も親しい兄弟の手に身をまかせた」。馬込の犀星邸の留守番中に出した手紙にも——「眠るとき　高い無双窓から月が淡いかげを寝床のなかにながすとき僕はしづかに眼をとぢます」（一九三七年七月二二日、神保光太郎宛）。『方法論』第四章における『失われた時を求めて』の引用文内にも、神経質なマルセル少年の就寝経験をめぐるこんな文章があった

――「夏の部屋、そこでは人は暖かい夜とひとつになるのを好む。そこでは、半ば開いた鎧戸によりそつてゐる月の光が寝台の脚もとにまでその魔法の梯子を投げかける」(淀野隆三訳)。

私はマルセルをここに招待したい……。

なお、ヒアシンスハウスの基本動線も雷文形である。玄関から南へ進み、戻って玄関裏を通り、西端へいたれば、アプローチの際に面した西面の裏になるのだから。特にティーハウスとは、憩いを主な目的とした小建築である点、開放的なゾーンが漸次的に閉鎖的になる点、外気に晒《さら》された細い独立柱がある点、椅子が室内空間のゆるい分節となっている点、突き当たりの立面に両開きの小さな縦長窓が切られている点など、類似が著しい。

また、私的な木造建築と公的な鉄筋コンクリート建築という違いや、極端な規模の違いがあるにもかかわらず、ヒアシンスハウスと横須賀海仁会病院のあいだに、意外な類似を複数見つけることができる。水辺に面した傾斜地を生かした設計、回り込むようなアプローチと控えめなエントランス、建物の裏に設けられた静かな庭園、光を絞る縦長窓をアプローチ側に配し、裏庭側を広い窓とする窓設計、洞窟のように変化しつつ連続する内部の屈曲した奥行き……。そもそも病院が入院者にとって一種の家であることを思えば、これはむしろ自然な符合というべきかもしれない。あらためて「某病院」のメイン設計者を、立原道造と推量するしだいだ。

郊外の新しい故郷

軽井沢を「故郷」と見なしてきた立原が、定宿だった油屋全焼を機に、浦和が「あたらしいふるさと」となることを願ったということは、すでに第二章で触れたが、あらためて彼がその思いを吐露した手紙を引用しておきたい。

> 僕にはほんたうのふるさとはどこにもないのです。ふるさとをさがしてゐるのです。ゆふすげの村は美しいふるさとのやうに見えました。そして事実さうだつたのです。秋の午後、すべてが恐怖のために結晶してしまふやうな瞬間に、孤独な火が不吉な祭典をしたあと、僕はあの村をふるさとだつたとはいへないのです。それがにせのふるさとを持つたものの悲しみです。もしあれがほんたうの僕のふるさとであつたなら、僕はあの村に、あたらしくまた一切を築く努力をするでせう。しかし、けふの僕は、ただなくなつた！　とばかり嘆いてゐる。それきりなのです。浦和が僕にあたらしいふるさとを与へてくれればいいとねがひます。「さがしつづける者は見出す」といふ希望にみちた諺を信じるならば、いつか僕は帰郷することができるでせう。どの村？　いまは知らない。しかしいつかはそれを知るでせう。
>
> 　浦和に建てるためのヒアシンス・ハウスの図面を同封しました。
>
> 　旗のデザインをして下さいましたら、たいへんにうれしく存じます。
>
> （一九三八年二月中旬［推定］、深沢紅子宛）

　浦和生活の拠点として設計されたヒアシンスハウスには、立原が願った「あたらしいふるさと」の性格が、形態《かたち》として刻まれているように思われる。

　第一に、ヒアシンスハウスの形態は、立原の浅間高原の経験やそこに彼が夢見たものを継承している。

すでに触れたように、片流れ屋根の極小木造住宅という特徴は、「芸術家コロニイの建築群」8の小住宅のそれと一致する。立面が低くなる方へ流れているという点は、逆になるが、その結果として敷地の傾きに従うことになるという点で、本質的に一致するのだ。

建築家・建築史家の藤森照信は、片流れ屋根で高くなった立面にコーナー窓という組み合わせが戦前の段階では非常に珍しいことを指摘したうえで、立原がアントニン・レーモンドの別荘兼アトリエ「夏の家」（一九三三年竣工）の二階部分を参照にしたとする説を唱えている（『藤森照信の原・現代住宅再見3』TOTO出版、二〇〇六年、一八三—一八五頁）。「夏の家」はル・コルビュジエの「エラズリス邸計画案」（一九三〇年、未実現）を拝借した建築だが、石造で考えられていた原案を木造に変換している点はレーモンドのオリジナルな新しさだった。建った場所は、立原が慣れ親しんだ軽井沢駅北側ではなく、南側の桜ヶ丘の池端であり[40]、屋根は浅くV字状にくぼんだバタフライ型だが、二階部分は一部を削除すればなるほど片流れのヒアシンスハウスとよく似ている。

「夏の家」は建築界で話題となり、立原の指導教授・岸田日出刀も好評を書いているし（「山荘随感」、『建築知識』一九三五年七月号）、レーモンドは旧軽井沢の「聖パウロ・カトリック教会」（一九三五年竣工）——『風立ちぬ』（一九三八年）に登場する「K・・村」の教会のモデル——の設計者だ[41]。しかも立原は、「［数学演習ノート］2」（一九三四—一九三五年）や、秋元邸の初期案「［秋元邸のスケッチ］1」で、バタフライ型屋根を描いていた。「夏の家」を意識したことは間違いあるまい。

ただ、立原の実見が確認できる片流れ屋根の木造別荘は、「夏の家」ではなく、市浦健が軽井沢に建てた「坪二円の別荘」（一九三三年竣工）である[42]。「坪二円の別荘」の開かれた側はヴェランダとなっているが、全体の形態は「坪二円の別荘」の方がよりヒアシンスハウスに類似しており、発想源のひとつだったと推定する。

ヒアシンスハウスの構想が浅間高原における建物の構想へ反作用する、というフェーズもあったようだ。立原は一九三八年夏、最後の追分滞在のおり、小場晴夫、武基雄らと高原でくつろぎながら、そこに共同のヒュッテを建てることを夢想した――「その土地に僕らのヒユツテを建てるくわだてをみんなしてかんがへました。壁に地図や僕らの絵を貼り、椅子もテーブルも自分らでつくる。ヒアシンス・ハウスを大きくしたやうなものです。みんなが建築家で、しかも優れたひとたちばかりなので、コンクールをして、みんなが互に審査して記名投票でよいのをゑらび、いちばんよいのを実施することにする、といふたのしいくわだてです。四時ごろ部屋にかへつて来るまでそれに熱中して僕らは元気でした」（一九三八年九月三日、深沢紅子宛）。なお、これはヒアシンスハウスへの最後の言及でもある。

浦和は、関東大震災後に郊外分譲住宅地として開発され、昭和初期には、須田剋太、里見明正、寺内萬治郎等、四〇余名も画家が住んで芸術家村の様相を呈しており、「鎌倉文士に浦和画家」といった文句があった[43]。ちなみに神保光太郎は一九三五年に浦和市鹿島台へ移住し、一九三七年、隣接する高砂町へ引っ越した。大森西郊が「馬込文士村」として知られるようになったのも関東大震災後であり、背景には同じ郊外住宅開発の潮流がある。立原は馬込文士村の室生犀星や猪野謙二宅を幾度も訪ねていた。しかも、犀星や川端康成は軽井沢で避暑をし、猪野は追分で避暑をしていた。馬込からだと、建築事務所への通勤時間が長くなるが、立原はその行程を小さな「旅」として愉しんでいた。

旅に行かれなかつた僕には、 ここから　仕事場に　かよふのが、 ほんとうにちひさかつたが　旅の
やうにおもはれた、 朝、 バスを待つてゐるときは　足もとに　あさがほや茄子や　つゆくさが、 ち

ひさい花を　しめつた風にそよがせてゐた、そして　夜に　バスをおりるときは　何より先に蟲の声と　それから　草のつめたいにほひが僕をとりまいた。それが僕には　はるかな国の土のやうにおもはれたのだ、

（一九三七年九月三日、田中一三宛）

立原は追分に構想した「芸術家コロニイ」の夢を保ち、馬込文士村経験も踏まえながら、浦和郊外の芸術家村に参加しようとする現実的な志をもってヒアシンスハウスを構想したのだろう。

第二に、そこには、「芸術家コロニイ」の夢の継承とともに、その変質が見られる。規模の違いだけではない。東京から遠く離れた高原から、近場の都市近郊へという変化は、軽視できない。結核を病んで疲労しやすくなっていた立原は、都心から楽に週末に行って帰って来られる「郊外」に「故郷」を欲するようになったと思われる。

この点、別所沼は絶妙な場所だった。鹿島台の分譲住宅地や学校地区に隣接しているにもかかわらず、そうした都市的風景は、雑木林だった崖線のおかげで別所沼東岸からは見えなかったはずだ。昭和初期、沼の西域はまだ武蔵野の面影残る農村地帯だった。浦和駅方向から坂を降りれば、あたりは浅間高原の湖や沼が急に現出したかのような風情となったはずだ（そこに立原は『みずうみ』のインメン湖や、ヴォルプスヴェーデの沼沢地も投影したのかも知れない）。立原の詩作に欠かせない田園散策も、別所沼からなら容易にできた。行政上も、当時は鹿島台までは「浦和市」だが、別所沼以西は「六辻村」だったのだから、ヒアシンスハウスでの休暇は文字通りの「村ぐらし」となる。都市生活や通勤の利便性を維持しながら田園生活を享受することもできる「郊外の故郷」を、立原は別所沼に発見したといえる。

第三に、ヒアシンスハウスには、日本橋区橘町の屋根裏部屋の面影も濃厚に漂っている。

生田勉は、「書斎について」というエッセイ（『日月』第六号、一九七八年一二月／『栗の木のある家』所収）に、「別所沼のほとりに建つ　風信子ハウス設計図」「［ヒアシンスハウス室内図］」（ともに一九三七年一二月頃）を掲げ、「これは彼の橘町の「納屋」〔屋根裏部屋〕にオリジンをもち、それと一脈あい通ずる雰囲気をもつ「一室住居」である」と述べていた。津村も「ちいさい部屋と立原道造と神保光太郎」（『企画展　ヒアシンスハウスに夢を託して』さいたま文学館、二〇〇五年）で、立原がヒアシンスハウスに夢見たものを「日本橋の実家の屋根裏部屋――彼の文学と建築の創造の場――をそのまま浦和に移動させた、彼だけのための夢の小部屋生活」と述べる。

ヒアシンスハウスの造りは、下町の大工が造った閉鎖的な屋根裏のそれとはなはだ異なり、窓が多く、電気が引かれ、天井も張られ、ずっとモダンで明るい。ベッドも古い鉄製ベッドではなく、新造される木の造り付けベッドである。けれども、木造のワンルームという基本的共通性が認められる。

そしてその薄暗い西端は、特に屋根裏部屋の雰囲気が濃厚である。立原は、ベッド以外にも、ロウソク立て、本棚、机、椅子など、彼の屋根裏部屋の建築的要素と重なり、憩いや追憶や悔恨や眠りと結びついて彼の文学の特権的アイテムとなってきた家具調度品を、西側に集中させている。ちなみに、屋根裏部屋にも「北欧風に背は十字に切りぬかれた」オリジナル椅子があった（生田同エッセイ）[44]。

西面の小さな縦長窓は、立原にとって浅間高原の湖沼（たとえば松原湖や雲《くも》場池《ばいけ》）の思い出に開かれているのと同時に、屋根裏部屋の唯一の窓の思い出にも開かれていたに違いない。屋根裏の窓もこの窓と同じく西を向いていたのだ。「満月の夜――僕の窓は西南にしか　ひらいてゐないので　それは見えない。窓の向うに、街の屋根　水の面のやうに光つてゐる。僕は　それを見てゐた……頬が涙で汚れてゐた」（一九三五年一一月一一日、柴岡亥佐雄宛）。「夕日あかあかとさす窓に机をおいて慌しい思ひのままにペンにてしるす。二十三日、立原道造」（一九三六年二月二三日、柴岡亥佐雄宛）。

すでにヒアシンスハウス建設をあきらめたと思われる頃に書かれた草稿だが、「鉛筆・ネクタイ・窓」（推定一九三八年秋）を再度引用する。

僕は、窓がひとつ欲しい。

あまり大きくてはいけない。〔……〕窓台は大きい方がいいだらう。窓台の上には花などを飾る、花は何でもいい、リンダウやナデシコやアザミなど紫の花ならなほいい。

そしてその窓は大きな湖水に向いてひらいてゐる。湖水のほとりにはポプラがある。お腹の赤い白いボオトには少年少女がのつてゐる。〔……〕

僕は室内にゐて、栗の木でつくつた凭れの高い椅子に坐つてうつらうつらと睡つてゐる。夕ぐれが来るまで、夜が来るまで、一日、なにもしないで。

窓台に飾られる花の種類は、この湖が、別所沼に高原の湖をオーヴァーラップさせたイメージであることを示唆する。別所沼はとても湖といえる大きさではないが、ヒアシンスハウス予定地の近くにボート乗り場があったという。ヒアシンスハウスの小窓のそばにも、背凭れは高くないが椅子がある。窓台の方ならば、水景に野の花を添えるに充分な広さがある。この小窓から外を見ると、建築図面にしたがって植栽されたポプラの木が右側に二本立っている（建築が非対称なので非対称な植栽がふさわしい）。

一九三七年秋に建築事務所を一ヶ月ほど休んで実家で病臥したおり、ベッドから日がな一日こんな風景を眺めて暮らしたと、立原は二人の女性に告白している――「僕の窓さへ、ひらくととほい緑の木が見えます。去年の秋に病気してゐたとき一日眺めてゐたあのポプラの木も、まだ光らない、やはらかな緑いろにけむつてゐます」（推定一九三八年四月上旬、深沢紅子宛）。「東京の　僕の部屋の　今ごろも　なつかしいのだ　去年　はじめて　僕にやつて来た病気の日々のなかで　僕は　どんなに　しづかに　自分をかんがへてゐただらうか　ひとつしかない窓に見えてゐた　一本のポプラの木が　今も　また　色をかへはじめてゐるのではないかしら……」（一九三八年一〇月一一日、水戸部アサイ宛）。

立原は屋根裏部屋での日々を思い出しながらポプラを図面に描き込んだに違いない。その西窓から見える水辺には、浅間高原と日本橋という対極的な懐かしい心象風景が入れ子状に共存・結晶しているのだ。

かくして立原は、学生時代に「住宅・エッセイ」に書いた逆説的主張、住宅に包まれ「静かに慎ましく営まれる」生活から「美への郷愁と憧憬」が湧き出し、それが「醇化されては、〔……〕純粋造型芸術の一形式・建築を要求する」という主張を、ヒアシンスハウスによって証明したということになる。ヒアシンスハウスの姿自体に、浦和に彼が願った「あたらしいふるさと」が、退嬰的な過去回帰ではなく、螺旋状の前進を意味していたことが見て取れる。立原の「憧憬」とは、前方への郷愁といえる。

浅間高原と東京下町の屋根裏部屋をワンルームに収めることによって、ヒアシンスハウスは「郊外の新しい故郷」の拠点たりえる。立原は、この難しい総合＝再創造を、結晶学でいう透入双晶のような形式で見事になしとげたのだ。主に東に、高原的な明／開、すなわち「八月の歌――追分村――」（一九三四年八月）や「はじめてのものに」（『四季』一九三五年一一月号）でうたわれている、自然に開かれた社交的室内を配分し、主に西に、屋根裏部屋的な暗／閉、すなわち「朝やけ」（『四季』一九三六年春季号）や「［私のかへつて来るのは］」（推定一九三八年八月）でうたわれている、追憶や夢想や眠りに開かれたモナド的室内を配分すること。ただし、西の窓を開ければ、二極が溶け合った映像が垣間見える。東と西の結晶のジョイントとなっているのは、立原が詩を書いたり、建築図面を描いたり、読書したりするデスク……。まさに明と暗の「中間者」の位置に創る人としての彼のポジションがある。

ところで、浦和は、軽井沢と東京の行き来の際、彼が列車で通過した郊外都市であり、元は中仙道の宿場町にほかならない(45)。幾重もの意味で、ここは中間に位置するのだ。

木造モダニズムと家具の哲学

大学三年のとき、立原は「建築精神に於けるこの国とあの国の血の交流、中庸」を説くということを今後の課題として呈示していた（「住宅・エッセイ」）。それを論文では果たせないまま彼は夭折したが、ヒアシンスハウスはその実践的解といえる。内開きドアから靴を履いたまま入る洋風建築であるにもかかわらず、和の要素が溶け込んでいるからである。

たとえば、ル・コルビュジエやグロピウスがモダニズムのトレードマークのひとつとして用いたコーナー窓は、西洋建築史において鉄筋コンクリート建築化によって可能になったものだが、立原はそれを木材によって実現すると同時に、和風の外柱の美学をそこに導入している。ヒアシンスハウス実現に関わった建築家のひとり・三浦清史《きよふみ》による丁寧な分析――

北側の腰窓と同様にこの窓〔東南のコーナー窓〕のガラス戸も柱間ではなく、雨戸と共に柱の外に納まり、両側の戸袋に引き込まれるようにも見える筆致で描かれている。だとすれば、窓を開け放つと、出隅に柱が一本立った能舞台か残月床のような設えとなり、庭屋一如の空間を作りだす。〔……〕一方、窓を閉めると、両側からガラス戸が柱の外で出会い、外からは柱が隠れ、コーナーが欠けた、いかにもモダニズムの建築らしい立面が現われる。

組石造を伝統に持つ西欧の建築では、開口は壁に窓を刳り貫くことを意味し、従ってコーナーの壁を無くしたデザインは無謀だった。鉄筋コンクリートが発明され、建築が床、壁、柱、屋根などの各エレメントに分かれ、それぞれを独立して考えることができるようになって初めて誕生した建築言語がコーナー窓や横長窓である。そのふたつの言葉を駆使してヒアシンスハウスは語りかけている。慈光院の書院の雄大な眺望を例に挙げるまでもなく、日本建築の構法はこれらのボキャブラリーを内包していた。和洋の融合がこの時代の建築家たちの課題の一つだったが、立原は建具を軸組の外に追い出し、あえて隅の柱をも消すことによって、和よりも洋に重心を置いたデザインを試みようと考えていたのではないだろうか。

建具を軸組の構造の芯から外す納まりは、アントニン・レーモンドが好んだ技法である。

（三浦「詩人の夢の継承——立原道造とヒアシンスハウス」、『JIA Bulletin』二〇〇三年一二月号）

引き窓や戸袋を構造の外に外すということは、コーナーの柱が、窓が合わせ閉じる芯から内側へ外れるということでもある。そのことによって窓が合わせ閉じられる際、外から見るとこの柱がないように見え、窓を開けた状態では、柱が通常より内に立つことで、かえって外の空気が室内に入り込んでいるかのような「庭屋一如」の印象が生じるわけである。立原のテクストにも友人たちの回想にもレーモンドの名は登場しないにもかかわらず、その影響を受けた可能性は極めて高い。しかもヒアシンスハウスにおける西洋的要素にはモダニズム由来のものだけでなく、北欧建築やゴシック由来の要素も含まれているのだから、和洋および新旧の組み合わせは非常に複雑となる。一言でいえば、雑種的なのだ。

津村泰範は「続・昭和伏流建築史――立原道造から生田勉を軸として」（『国文学 解釈と鑑賞／別冊 立原道造』）のなかで、日本の建築界には、鉄筋・ガラス・コンクリートを基本素材とするモダニズム建築の本流に対して批評的距離をとり、別荘建築を「系譜の原型」とした日本特有の「木造モダニズム」の伏流があったとし、立原道造をその先駆者の一人として位置づけ、一九五六年から小振りな木造住宅を発表した生田勉をその後継者と見ている。

課題設計の「図書館」や「サナトリウム」、「芸術家コロニイの建築群」の図書館・美術館・音楽堂、「某病院」等、特色ある鉄筋コンクリート建築設計の意義を私は重んじるが、豊田氏山荘、秋元邸、ヒアシンスハウスなどが魅力的な木造として設計されているのは確かであり、非常に説得力ある展望であると思う。

興味深いことに、津村は立原に若干先行する「木造モダニズム」の嚆矢として、アントニン・レーモンド、市浦健、土浦亀城《かめき》、吉田鉄郎を挙げている。一九三五年五月、市浦、土浦、吉田ら新進気鋭の建築家の座談会（建築学科同窓会の木葉会《もくよう》による主催）が立原の指導教授・岸田日出刀の司会で催され、建築学科三年生だった立原は土浦と吉田の話に感銘を受けたことを「住宅・エッセイ」に記していた[46]。

立原のモダンな木造建築が、こうした建築史的文脈のなかにあったことを承けたうえで、私が注視したいのは固有のマイナーな要素である。

和式住居的要素は、彼の最初の課題設計にすでに見られ、早くから着目されていた――「彼は大学一年生の最初の課題「小住宅」ですばらしい住宅案を見せ、高崎あたりの民家の屋根の上の煙出しの二重屋根のついた瓦屋根のパース（透視図）はそのころの学生なら誰一人知らないものはないくらいうまかった」（生田前掲論文）。「学生時代の二つの住宅設計に於て一つは京の町屋へ一つは奈良の民家への憧れを美しく凝縮させ彼の才能を示してゐる」（小場前掲論文）とか、「卒業設計の住宅集落中心ロッヂに於る桂離宮の、夫れ［モチーフ］が如何に軽快に一つの「秩序立つてゐる対象」から選び出され他の秩序に置換され美しい形象をかもし出してゐるだらうか」（小場同論文）。確かに桂離宮は、岸田日出刀やブルーノ・タウトの教えを通じて、立原にとって指標的古典となっていたはずだ。ただし、彼が旅先でスケッチした建物のほとんどが、有名な神社仏閣や書院などではなく、アノニマスな住居ないし民家だったことは、注目されてしかるべき特色である。[47]

　そうしたリージョナルでヴァナキュラーな民家群の最深部に存在していたのが、ほかならぬ「立原道造商店」であり、その界隈の下町だったと思われる。私は第一章で「住宅・エッセイ」をめぐり、日本橋の木箱製造の商家に生まれ育った経験や、関東大震災とその復興の経験を強調したが、「HAUS・HYAZINTH」１（『全集』第四巻口絵）の外壁が「杉板荒削リノママ[48]　竪羽目貼・ステイン仕上」と指示され、屋根が「亜鉛引鉄板（生子板）葺[49]・淡緑色ペンキ塗」と指示されているところには、ノコギリで挽いたままの木材の肌理に対する愛着や、屋根裏部屋でトタンを通して部屋に充満する熱に耐えたり、トタン屋根に雨が当たる音を聞いたりしながら暮らしてきた記憶が潜んでいるだろう。看板建築「立原道造商店」のファサードの銅板は彼が大学に入る頃にはすっかり緑青《ろくしょう》に覆われていたはずである。屋根、小口、桟などの緑灰色の塗装にはその反映もあるのだろう。緑は日本橋の生家と高原を媒介する色彩といえる。さらに遡って、震災の焼け跡に一斉に出現し一斉に消えていった荒削り板のバラック群、しばしばトタン葺きの片流れ屋根だったバラック群の面影が建物全体に漂っているのではないだろうか。

木造との関連でもうひとつ注目しておきたいのが、木製家具である。ヒアシンスハウスの平面図にも室内透視図にも、机、椅子、ベッドなどの家具の姿と位置がしっかり描かれている。そのどれもがオリジナルデザインであり、白木造りであり、多くが造り付けであるところに、[50] 箱屋の息子の木材への愛着と、「住」を根本理念とする建築哲学、また建築文学との関連が如実に顕われているように思うのだ。立原が非常に好んでいたといわれるアルヴァ・アールト[51]が、フィンランドの風土・利用者の身体・インテリア・住宅建築を重視し、木材やリージョナルな要素をモダニズム建築に取り入れた建築家であり、そうした建築のために木製家具をデザインした建築家であったことも想起しておきたい。

立原は、木肌の感触や暖かさ、親密さを好んでもいたはずだろう。親密な触覚への嗜好は、ノブやロウソク立ての把手などに共通する曲線的な金属のデザインにも感じられる。木材の経年変化や朽ち方まで愛していたに違いない。ヒアシンスハウス構想中に執筆されたと推定されるソネット中に、朽ちていく「小家」のイメージが「美しい／色あひ」をしたものの一例として登場する――「たとえば沼のほとりに住む小家であつた／ざわざわと　ざわめき鳴つて　すぎて行く／時のなかを朽ちてゆく　あの窓のない小家であつた……」（ソネット「午後に」、『セルバン』一九三八年二月号）。

立原の建築文学は、彼にとって書棚・机・椅子・ベッドなどが、主体と家＝存在の媒介者であり、日常を重ねるなかで増大していく「過去」を記念ないし予示しながら、人を読書・詩作・夢想・休息・眠り等の無為へ導くものだったことを証している。家具とは、反機能主義的・反行動主義的な半面を備えた倒錯的道具、存在論的道具なのだ。この点で、彼が設計した木造建築の家具の多くが造り付けであることはじつに意義深い。日本橋の屋根裏部屋の家具は造り付けでなかったが、造り付け家具は、「独身者アパート」（一九三五年）、「豊田氏山荘」（一九三七年）、「「部屋のスケッチ」」（一九三七―一九三八年頃)、「秋元邸新築工事設計案」(一九三八年)、などにも見られる。造り付けにすることによって家具の可動性や交換可能性は失われるが、家具が内壁や床の凹凸同然となり、安定感が増す。しかも家具が建物本体と木材で出来ていることは、家具と建築の一体感を強める。

ヒアシンスハウスでは、ベッドとデスクの異例な近さがいかにも立原らしい。デスクの平面が延長され、そのまま枕上の棚(室内図どおり燭台と本が置かれている)となっているところに、私たちは創作と夢想と睡眠が隣りあい浸透しあった彼のポエジーを如実に見ることができる。夢みられた、夢みるための家……。

ベッドは、人を眠りや夢想に誘うというばかりでなく、視覚的対象や手の操作対象にほとんどならないかわりに、もっとも多くの面で、もっとも長時間私たちの身体に触れ、身体を支えるという意味で、もっとも存在論的家具である。そしてヒアシンスハウスでは、造り付けの効果がベッドをめぐって最大値となる。

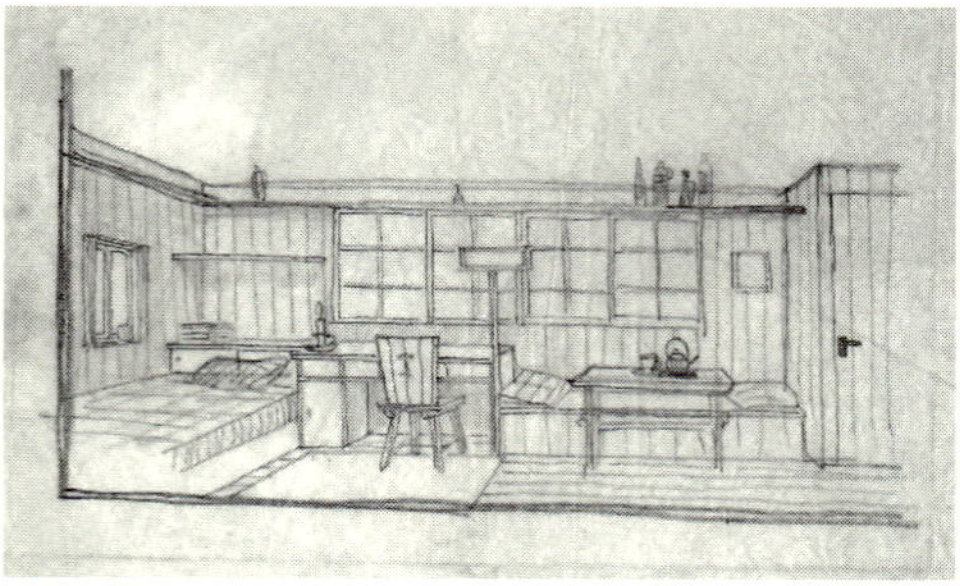

図3-22 「[ヒアシンスハウス室内図]」

鈴木了二は、ヒアシンスハウスのいたるところに、寝そべる人の風情を感じたという。

「ヒアシンスハウス」の間延びしたようなプロポーション。ちゃんと起きあがらずに寝たまま生活できてしまいそうなプラン。どの部分も寝床を想起させる大小さまざまなベンチや窓台や寝台のつながり。立て肘に頭を載せて半身を起こした姿勢に見える片流れの屋根。矩形の平面プランでありながらトイレ部分の一箇所だけが折れ曲がり二尺ほど飛び出し、それが伸ばした足の指先か踵を思わせる外壁。両開きのがらり戸を開けたり閉めたりするたびに、瞼が閉じたり開いたりするように見えそうなベッド脇の唯一の小窓。細長いプランの屋根を短辺方向にではなく、わざわざ長辺方向に架けたゆったりとした片流れの屋根。

立っている建築と思うと、はっきり言ってかなりダサくも見える「ヒアシンスハウス」が、建築が寝ころんでいると思ったとたんに急に生き生きと、しかも、どこか色っぽくさえ見えてはこないだろうか。

(「寝そべる建築——立原道造論」、鈴木前掲書)

つまるところヒアシンスハウス自体がベッドであり、椅子であると極論できなくもない。この背景には、結核で衰弱していた立原が横たわることを欲していたという伝記的事情もあっただろう……。少なくとも、立原は北壁の長椅子を、そよ風や日射しを味わいながら昼寝するベッドを兼ねた家具として設計したと推定できる。「[ヒアシンスハウス室内図]」**【図3-22】**のベンチをよく見てみよう。向かって左端に置かれたクッションが、座布団として描かれた右端のクッションと異なり、この室内図中のベッドの枕とまったく同じように緩く傾斜して描かれているではないか。長椅子の長さは、平面図「別所沼のほとりに建つ　風信子ハウス設計図」によれば七・五尺弱(二メートル二十数センチ)。身長一七五センチの立原が寝そべるのに充分な長さが確保されている。

第四章　小伝風の結論

1935年夏，追分にて

二つの表現様式間の距離

立原文学には、反表象的傾向が顕著である。原則として、外界や建物の説明的・写実的描写はほとんど見られず、茫漠とした雰囲気や感情の推移を示唆する構成に何より重きが置かれている。殊に詩においてはこの傾向が強く、固有名詞、ニュアンスに富んだ語、専門用語などが避けられ、「夜」、「風」、「花」、「村」、「夏」、「優しい」、「青い」、「遠く」、「歩く」、「うたう」、「立つ」、「住む」といった一般的で平易で単純な語彙が厳選され、結晶のように組み立てられる。もちろん物語作品（立原自身はもっぱら「小説」とか「韻文小説」と称している）においては、より説明的・表象的な言葉の展開が見られるが、その場合でも通常の小説と比べれば、遥かに具体的描写性が希薄で散文詩めいている。またしばしば、詩の生成がその主題となり、詩が挿入される歌物語形式をとる。

反対に立原建築は、物質、身体、空間、場所の具体的なあり方が最大限重んじられる。そもそも建築とは、現実の三次元空間において、堅く、重く、大きく、複雑な質量を相手に格闘する特異な芸術ジャンルである。物質の性質、空間の広がりや奥行き、敷地の地勢、光線の方向、空気の流れ、乾湿や冷暖、それらの総体が心身に及ぼす影響、使用者のふるまいやライフスタイル、さらには土地や素材の購入費等々、多様で複雑な現実的条件について、もし立原が鈍感な人間だったとしたら、東京帝国大学建築学科を抜群の成績で卒業できたはずがあろうか。建築家となることは、いやおうなしに時代の動向に左右されることである。しかも立原は、実在の場所を念頭に置くことの求められていない課題設計や卒業設計においても、実在の場所を想定し、その複雑な地勢との「対話」を通して設計することを好んでいる。空間や物体の観察力や表現力に乏しいとか、言葉としての観念的風景を書いているだけで現実の風景を見ていない等と立原を批評するのは、建築家という彼の「半身」(一九三六年四月二二日、田中一三宛)をまったく見ていない者だろう。

立原における「文学」と「建築」の方向性の違いを踏まえて双方を内在的に分析することによって、私たちは対極的な双方のあいだに、さまざまな場面で潜在的かつ具体的な相似ないし対応を数多く見出した。

立原文学には建物が、暗示的・部分的な仕方でとはいえ頻出する。建築において、立原は「住居」で営まれる「生活」、「人生」や「住み心地」を最重要視し、室内空間や家具調度に神経を配った。そのことは彼の建築文学において、室内の視点や外から室内を覗く視点の多さや、室内の家具調度品や光と影、空気、音声、匂いの印象的な描写というかたちで端的に認められる。また、描写の視点が室外から室内へ急に転じたり、上空や空中に位置したりすることは、建物に対する建築家のまなざしに通じる。追憶、忘却、夢想、睡眠、夢、無為、読書、執筆などが重要な文学的テーマとなっていることは、建築設計においてベッド、椅子、机、窓、ランプ、本棚などが周到に配置されていることと照応する。

文学テクストの側では、暗い閉鎖的な建物（屋根裏部屋）と明るい開放的な建物（別荘）という両極性が見られ、建築設計の側では、室内を均質に明るくするモダニズムを避け、一つの建物内に明／暗や、開／閉を共存させるという工夫が見られる。詩人が夜の窓あかりや、窓から室内に差し込む月光や日光を愛おしげに記しているのに対し、建築家は、それらを制限しつつ強調する雨戸をデザインしている。外観透視図や鳥瞰図に描かれ、建築の色調や形態と親和する高原、水景、庭園等は、文学テクストにおいて、建物が位置する環境や、散策、彷徨、恋愛などの特権的舞台として登場する。それらは、淡く、はかない、揺らめくイメージの状態に抑えられながら、「郷愁」や「憧憬」をかきたてる。

立原詩に顕著な「過去」と「未来推量」という時制や、未来における回想、天使的ないし亡霊的な影は、生活の時間が堆積する場所としての建築の様態や、将来反復的に生起する行為や出来事を条件づける建築の様態と釣りあっている。また、限られた素材を限られた範囲内で構成して詩や詩集をつくるという流儀は、建築設計と相通じている。立原は詩をうたうというよりも設計するのである。特に、一般的で平易な少数の語群からなるソネットにおいて、計算された構成が言葉の限定作用・指示機能を宙吊りにし、非人称的な気配の揺動が表現されているさまは、彼の建築が、平凡で単純な素材の構成において非凡であること、その造形性よりも、生み出される体感的空間の質的展開に比重が置かれていることに通じる。建築設計ではアプローチや室内の動線が綿密に考えられているのに対し、詩では、室内における身体の動きと空間の変様の相関が表現されこそすれ、動線は明示されない。が、そのかわり、計算されたシンタックスが動線に相当するはたらきをする。句読点がなく、分節の仕方や修飾句の係り方が複数両立する詩行は、内壁の屈曲や造りつけ家具が複数の機能を果たし、緩やかに室内空間を分節することに相当する。

ただし、文学に見られる建物は、建築設計の場合と異なり、アノニマスで質素なものや旧式なものがほとんどであり、しばしば西洋中世的だったり、老朽化していたり、廃墟だったりするのだが……。彼の問題となっているのは、差異と類似の混合ではなく、一貫性を備えた二筋の力強い生成である。彼の詩や物語は、建築家としての彼が外界や物質と格闘するがゆえに、茫漠とした霧や香りのようなものとなる。彼の建築は、詩人としての彼が言葉と格闘するがゆえに、明確な面の構成となる。そしてそれゆえ建築は詩的で、文学は建築的といえる。シェリングは、同一者から分岐した言語芸術と造形芸術について、造形的なものが言語芸術において潜在的に内包され、言語的なものが造形芸術において潜在的に内包されると説いた。同じように潜在的水準で、立原文学は建築を内包し、立原建築は文学を内包している。

ただし、立原が、芸術ジャンルの分化を純原理的に考えた哲学者ではなく、実作者だったことも積極的な意義をもつ。彼は文学と建築の創作を一身に担った芸術家として、両ジャンルにおける創作活動をつづけることから生まれる諸問題に、素手で取り組まなければならなかった。その結果、両ジャンルどうしの影響関係を見出し、それにどう対応すべきかに悩んだ。「序」で触れた彼の自己批評をもう一度引用しよう。

すこしへんな屁理屈だが、二つの表現様式を持つ不幸を感じることがたびたびあります。といふのは、造型の表現と文学の表現が互に殺しあふことでした。僕の眼はどう動くかといふこと。こんな日々、面と面の関係に心ひかれ、而もその関係は純粋な立体感に支へられず、意味ありげな文学のにほひのするものとなり、また一方僕の歌は自分の嘆きに忠実に従はず、それら幾何学に縛られてしまひ、徒らな形象ないものとなるのでした。また、歌は音楽には行きませんでした。

（一九三五年六月一一日、国友則房宛）

詩人であることが建築を常道から逸らし、建築家であることが文学を常道から逸らすというわけである。けれども、第二章・第三章で確認したように、立原建築が立体的造形性に弱く平面的であることや、立原文学が素直な直情性や音律を欠き幾何学的・構成的であることは、ユニークな魅力ともなっているのだ。

さらに建築と文学のあいだには、相互的な問題提起というダイナミックな関係が結ばれていた。建築の学習は、詩人に行為や抒情を空間において捉えなおすことを要請し、場所の雰囲気や幽霊めいた気配の精妙な表現を促した。他方、喪失や追憶を文学の主題としたことは、建築家に、機能主義的モダニズムの趨勢に抵抗して建築を時間において捉えなおし、新しい建築によって「郷愁」を表現するという難題を課し、彼は、窓やベッドや本棚の配置、光と影の配分、室内空間の屈曲などの工夫をもってこれに応えた。少なくともヒアシンスハウスは、建築の形状自体が立原個人の記憶を越えた懐かしさを喚起するという域に達している。

もし浅間山麓に位する芸術家コロニーのための建築群が実現していたなら、とはいうまい。しかし、もしヒアシンスハウスが実現して立原がそこで執筆や読書をしながら暮らしていたならば、分岐した建築と文学が、住居から成長した第二の住居のなかで高次な再会を果たすことになっただろう。

立原において言語芸術と造形芸術の分岐は、いつ、どのようにはじまり、どのように展開したのだろうか。

立原は小学校四年頃から絵に熱中し、中学を卒業する一六歳頃まで、数多く水彩画、クレヨン画、パステル画を描いた。中学では絵画部に藉を置き、画家を志して水準の高いパステル画を描いた。文芸創作の熱は絵画熱に遅れ、中学二年、一三歳頃、歌人・橘宗利に師事してはじめた短歌創作として現れた。まだ趣味の域とはいえ、短歌と絵画の併存が、後年の文学と建築の併存に発展したことは間違いない。ただし、中学から一高一年の段階では、両者は鋭い分岐としては顕われていない。この時期の短歌は、

大川のくろくよどみし水の面に
　ユニオンビールと
　またゝくひかり。
（「自選　葛飾集」）

草ふめば飛び立つ虫は
いそ〳〵と木の下の草に
　また飛びつきぬ。

リンゲルの液の冷たさ
解剖の蛙の心臓は
まだ動いて居る。

（「自選　両国閑吟集」）

というように「思春期の自意識というフィルターをとおしてとらえた、日常的な生のスナップ・ショット」（宇佐美斉）という性格が強く、同じことが、下町の街並や庶民の生態、御岳山や東葛飾郡新川村の田園風景などを写実的に描いた同時期のパステル画についてもいえるのだ。[1]

ちなみにこうした絵画は、同時期の生物観察記録の図や文章などとともに、立原が建築を志すずっと以前から、事物、身体、景観などに対する科学的観察力と描写力に人一倍優れ、物事の仕組みに強い関心を抱いていた人物であることを証してもいる。物と物との位置関係、面の起伏や奥行き、色調などの表現力は、優秀な建築外観透視図へ展開したといえる。また、都市や村を描いたパステル画や作文には、風景を庶民の生活や労働や時代との相関において捉える早熟なまなざしさえ認められよう。[2]

ところが、一九三二年以降、短歌における外的な指示性・特定性が急激に希薄化し、言語作品においてのみ成立するイメージの戯れが主となった。同年夏に短歌と絵画制作の双方が終息し、[3]替わって口語四行詩やメルヘン的物語が登場した。そしてこの頃から、作中に言葉の力能自体への言及が見出されるようになるのである。

忘れてゐたいろ〱な言葉、ホウレン草だのポンポンだの——思ひ出すと楽しくなる

（『詩歌』一九三二年三月号）

日記

………雨の日
埃だらけの本から
僕は言葉をさがし出す――
黒つぐみ　紫陽花　墜落
ダイヤの女王《クヰーン》………

（僕は僕の言葉を見つけない！）

（手製『詩集「日曜日」』一九三二年）

跋………

チユウリツプは咲いたが
彼女は笑つてゐない
風俗のおかしみ
《花笑ふ》と
僕は紙に書きつける

（「跋」部分、『詩集「日曜日」』）

つまり立原における言語表現と造形表現の乖離は、「うたのわかれ」とほぼ重なるかたちではじまったのである。

一高時代の詩や物語は、明らかに、同時代の先端的なモダニズム文学、コクトー、アポリネール、ジャコブ、モラン、初期の堀辰雄、新感覚派、『詩と詩論』を拠点とした短詩運動などの影響を受けている。[4] ただ、モダニズム文学の影響は、不可逆的とはいえ、過渡的なものにとどまった。一九三三年早春、すでにモダニズム超克の道を歩みはじめていた堀辰雄自身から、「童話的なものに裏打ちをせよ！（裏側に生活がなければいけない〔……〕）」、「自然に！ Witty なものだけにたよれば、そこに行き詰まりが来る。自然なものの書き方を先づ学ばねばならない」、「新しい文学にさよならすること」、「Rilke の詩のよさがわかるやうになること」（「一九三三年ノート」）等の厳しい鞭撻を受け、立原はそれを重く受け止めた。が、その後の展開を考えると何より重要なのは、立原が、機知の効いたイメージの戯れに凭れかかった通常のモダニスト詩人よりも、イメージの表現における言語の介在、言語とイメージの差異、言語と生や感情との齟齬を強く意識していたという点だ。

「序」で述べたように、一高時代半ば以降、手記や手紙に言語と非言語の断裂をめぐる感覚的記述や短い考察がしばしば現れる。

文字にしろ言葉にしろそれが使はれてゐない時の平静さ。人間的なものをこえてそれらは憩ふ。薄明のなかに。

（「一九三三年ノート」）

極限に於て言葉の持つすべてのものは何だらう。

記号として抽象された瞬間を思ふ。
そして、音として抽象された瞬間を思ふ。
〔……〕
言葉が美とか現実とか捕へるための道具だといふ気がしつくりしない。
言葉は言葉それ自身の目的しかないやうな気がするのである。
（同／傍線は立原による）

僕のまはりでは言葉と物は離れ離れに立つてゐた。僕と死はいつまでも結びつけられることはないやうに思はれた。そのやうに人生は遠かつた

僕は頭のなかにだけ薔薇を咲かせた。

その花をよく見たこともないくせに、或る日、それを軽蔑することを習ひはじめた。

それはいちばん親しい友人に気に入るためだつた。

〔……〕

一遍口をついて出た言葉が僕を規則に追ひつめた。僕は絆を断ち切れなかつた。僕は僕自身の蜘蛛の巣にかかつた蜂に似て見えた。愚かしいだけそれはほんとうだつた。

（「「僕のまはりでは」」一九三五年）


私の言葉は私の魂よりずつと醜い。そこには、理想もなく希望もなく、どうかするといたづらな嘆きばかりがひろがる。私はもつとちがふのだ。私は生きてゐるのだ。

私はまるでうたへなくなつた。
これはかなしみだらうか。

（「「火山灰まで」」一九三五年）

立原は表現行為における言語の介在を重視するが、言語至上主義者ではない。そうでないからこそ、言語のステイタスを執拗に問うているのだ。自分は嘘つきであるという自己批判が、一九三四年から三五年にかけてしつこいほど繰り返される。[5]その背景に、愛想よく他人に合わせてしまう彼の如才ない性格（下町性？）、青年特有の見栄や潔癖な狭量さ、文学経験と人生経験の不均衡、さらには人間関係や生育環境等の支障などを見出すことは可能だろう。けれども私が重視するのは、彼自信が自分の「嘘」を、個人的な性格の問題としてだけでなく、言語の本質的な非現実性や他者性にまつわる悪徳として受け止めていたという側面である。その一例――

僕は現実から僕の言葉によつて形づけられるものを見つけて、それに表現を与へたのではなかつた。現実は、空想であつても、夢であつても、この場合ひとしく現実と呼んでよい。たゞ僕のしてきたことは他人の言葉で綴られた作品を通して、不確実に現実を窺つたに過ぎない。そして、他人の言葉を或るときは現実と見誤つたのだ。僕は表現を与へるどころか、その言葉に引きづられてゐたのだ。僕には、僕の言葉が一体見つかるのだらうか。

（「「一九三三年ノート」」）

言葉をかすめとれば、自分がいおうとすることを言葉がかすめとってしまう。「使用」の秩序から遊離した寄生的な言語存在。対象でも道具でもなく、自己にも相手にも世界にも還元できない悩ましい過剰である言語を、改めて「人生」とどう関係づけるかという問いが、「嘘」に対する先鋭な自意識のうちに潜んでいる。これ以降、立原は言語の先行性・他者性を無視してうたうことができなくなる。彼は言語中心主義者でもない。「言葉と物」が離ればなれになるということは、「物」が「言葉」に表しがたい美しさや不気味なものとして際立つということでもある。過剰な言語の立ち顕われが、その半面として、「使用」の秩序から逸脱した異様な身体や事物や空間の知覚を伴っていることは、これまで立原研究でほとんど取り上げられてこなかったが、やはり彼の決定的特徴なのである。[6]

歯車は僕の身体のなかでその死灰色にかがやく鋼鉄の肌をしづかにまはしてゐる。或るとき、それが左の瞼の裏にはつきりと映つた。その上に翅を休めてゐる蛾と一しよに。僕は僕の身体が、僕の良心する意志と無関係に、常に何物かを盗んでゐるのを感じた。（「詩人の原理」一九三四年）

僕の身体は空間にどんな風にしてあるのだらうか。椅子に凭れてゐる。黒い上着を着てゐる。壁を見てゐる。夜だ。だが、僕は、考へる。するとそんなことは無意味なのだ。僕は、ほんたうにどんな形だらうか。一しよう懸命に感じようとする。肘や腰からその形が作られかかる。するとすぐこはれる。

僕は僕が、空間を占めてゐない針金細工の仮想した面で囲まれてゐるのだとも言へる。僕の身体をこの部屋の空気がしづかにみたしてゐる。これはもつと単純な感覚なのだ。（「「火山灰まで」」）

一方に不透明な言語があり、他方に不分明な身体や外界があり、そのあいだに所在なく立原道造が立っている。人はたいてい言語中心主義者か、身体中心主義者かのどちらかだが、立原はどちらでもないのだ。彼は言語と身体のどちらをも、ぬきさしならない厄介な存在として受けとめている。彼にとって言語的なものと身体的なものの断裂は、自明な輪郭を備えた日常や自己が崩壊し、世界の間隙に、険しい問いと思索の領域が開かれたことを意味した。文学と建築に携わることは、かくして自分の生と言語と物質的なものとの関係を問い、三者を編成しなおす試行錯誤、いわば原現象学と化したのだ。「ぼくのいのちのまはりに、どんな小さなものもかがやいてゐる。――僕には、かういふときに、議論が決して僕のいのちとはふかい関係を持つ筈がないことを感じる。僕の言葉は、詩を目がけるほかない！」（一九三四年二月一二日、国友則房宛）。

建築学科二年時、立原は「僕は　二つの面に成長していくだらう　その面の交線にすなほにすべてのものにほほ笑みながら　僕は細いしなやかなかがやきとなるやうにつとめるだらう」（一九三五年六月一〇日、伊達嶺雄宛）と語るにいたった。立原の創造の特質を理解するには、彼の生来の資質を考慮するだけでなく、彼が獲得した反省的思考を考慮しなければならない。詩を特徴づける形式的配慮や、推量や疑問形の多さは、世界の間隙における思考に由来する。立原道造には抒情や形式があるだけで思想や哲学がない、といった流布された評価ほど通俗的でひどいものはない。思想をイデオロギーや処世訓と取り違えず、問いの強度として理解するならば、立原文学は抒情文学であると同時に、近代日本文学のなかで稀な水準と位置にある思想的文学、哲学的文学だと断言できる。

進路志望を天文学から建築に変更した具体的経緯がどうであれ、文学の道と並行して建築の道を歩んだことの根本動機もまた、いかに言葉と身体の断裂を積極的・創造的に生きるかという問題意識にあったはずだ。

休止していた絵画制作は、一九歳のとき、建築図面として転生した。建築は、非表象的で反自然的なフォルムの設計（言語的なものは、発話としてではなく、タイトルや数字や記号的線分として再導入される）を通じ、物質や場所に介入し、光や空気、場所、人生を表現するという逆説の上に成り立つジャンルである。しかも、表現されるものは輪郭をもった個体として明示されず、質をもった余白として暗示され、自然と人間によるその充填を慎ましく待つ。こうした逆説《イロニー》を徹底的に学んだことは、文学において「時空」を重んじる方向に展開した。他方、文学において追憶や郷愁を特権的主題としたことは、建築においてモダニズムを疑い、「時間」や「住」を重んじた設計に展開した。

文学の素材は、非物質的だが表象的な言葉、語る言葉である。立原は、言葉どうしの論理を脱臼させ、また言葉が表象するイメージを、不分明なもの、流れるもの、はかないもの、軽やかなものへ、断片、薄膜、微粒子、気体、光と影へ解体することによって、言葉の表象性・説明性を抑制する一方、言葉が織りなす流れ、屈曲、律動などの動きをとおして、言葉を、場所や身体や感情と改めて関連づけることに傾注した。立原文学が自然主義的・私小説的でなく、立原詩が素朴な叙景詩にも抒情詩にも着地しなかったことは、彼の言語に対する意識の強度や、イローニッシュな態度を勘定に入れなければ理解できない。

写生といふことはやはり僕はいちばん大切だと思つてゐます。写生以前に「視」といふことも。同時にその写生がどういふ形になるかといふことが　考へぬかれなくてはならないとも思ひます。嘗て、写生とは、僕には「模写」のごとく思はれて居りましたが、それは写生ではなかつたのでせう。〔……〕今は写生する心を心のなかに持つて居ります。これはよろこびであります。

（一九三五年九月一日、高尾亮一宛／強調は原文による）

何をいひたいのだらう。ここに何を書くのだらう。それは大切なことではない。ただ書いてゐることばが、この行ひがそれでよいのだ。これはひとつの生活であつてこれはことばである、といふ、言語の極致ともいひたいのだ。いま、僕の心は高く高くのぼりあらゆる出来事、あらゆる人を愛してゐる。

（一九三五年九月二一日、柴岡亥佐雄宛／強調は原文による）

要するに、立原は書くこと自体を、言語と人生のあいだに生成する無垢な「出来事」たらしめようと努めたのだ。

この場所で私たちの言葉は何物にも正当化されずまた何物にも権威づけられず、ただ裸かな、蔽ひのない、消え去るべき、しかしここに於て唯一度、（而もそれは取り消すことの出来ないと同時に永久に二度とあり得ない唯一度の仕方により）まさに語られるべき、言葉としてであらう。〔……〕私たちは私たちの言葉にいかに注意してもしすぎることはないと考へながら、その言葉から言葉の背後に生きるのである。

（『方法論』一九三六年）

本人が自分の文学を「人工的」と形容して自己批判したり[7]、逆に「人工」の美学を宣言したりしたせいで[8]、立原道造研究では人工性の如何がしばしば云々されてきた。しかし、「人工」と「自然」や、「人工」と直接的なものを排他的二項対立と見る先入観に足をとられ、形式論理に陥りがちだったように思う。肝心なのは、実際にどのような人工であるかだ。建築家は、建築という人工がプリズムのように自然を分析し、繊細かつ強度に表現する事実をよく知っている。人工の装置による屈折をへなければ顕われない、自然の本性というものがあるのだ。立原文学においても、一見貧しく抽象的に見える人工的諸限定によって、かえって言葉と感情や思考の直接的運動が紙上に顕われる。そうした意味では、立原文学は、人生論を語る文学や、風景や事件を自然主義的に描く文学よりも、剝き出しである。

以上は、危うい言語と身体の断裂が、「文学」と「建築」へ展開することをとおし、生の輝きの直接的表現になるということでもある。

鉄道草の白い花のために

大学時代の手記や書簡に記されている美学的・哲学的記述は、一高時代からはじまった問いの展開であり、「文学」と「建築」との間隔を点検し調整する蝶番として、また世の支配的な勢力によって潰されかねない小さなもの、微かなもの、はかないものを守るための武器庫として、立原における第三の活動領域を形成している。哲学や美学の助けを借りた抽象的思索は、アマチュア的ではあるが、「文学」と「建築」を距てながら媒介する大役を担っているという点で、まさに方法論的である――「僕は　もつと粗々しく　激しく　生きて行くやうな気がする。／僕は　方法論が　欲しい！」（一九三六年一〇月二日、田中一三宛）。「眼が覚めたら、出発だ、新しい体系《システム》と方法《メトオデ》へ！　生きよう、出来るだけ長く、出来るだけ美しく。――」（一九三六年一〇月四日［推定］、柴岡亥佐雄宛）。一九三六年に書かれた建築論「建築・エッセイ」と『方法論』は、その大きな成果であり、踏み台である。

『方法論』第二章・第三章におけるシェリングの援用は、「建築」と「文学」の本質的な差異を再確認しながら、文学の建築性や、文学と建築が分有する音楽性を潜在的水準に見定めるためになされている。

シェリングにおいて言語芸術と造形芸術の二分法が整然とした体系に収まっているのは、万物の創造主としての「神」を根源に据えた一元論のおかげである。立原の側にこうした絶対神は存在しない。立原が信じているのは、自分の情感を通して内在的に感受される仄暗い「人生《ダス・レエベン》」なのだ。それは、文学と建築がそこから発生・分岐する母胎として位置づけられている。彼の建築哲学にあって、「人生」は「住」の最重要視を含意する。「人生」はつねにすでに「住」に先取られており、建築家も詩人もこの記憶をへずして本当の仕事をすることはできない。彼が建築設計においても文学においても、古建築、民家、別荘、屋根裏部屋、家具調度などを尊重しているゆえんである。

私たちは、彼のいう「人生」や「生活」や「住」が、その一般的概念とは相当異なったものを含んでいることに細心の注意を払わなくてはならない。慎ましく平凡な「家常茶飯」(「住宅・エッセイ」)の堆積の底か表面には、身体を包む空気や光や匂いなどを繊細に感受する潜在的な生、中性的で非人称的で無為な生、分身的な生が息づいているのだ。こうした「生活」の二重性は、『方法論』では、「動物的生」と「人間的生」と「生以上の「生」」という建築体験の三層構造や、「住みよい」と「住み心地よい」という二層構造というかたちで問題となっている。「住みよい」は、住居を使用する際の合目的機能性や、住居を観照する際の美感を意味する。これに対し「住み心地よい」は、住居に包まれることで覚える生命的情感であり、「生以上の「生」」と重なる。それは身近すぎて隠れた生である。「私たちと建築とを統一して、創造的に全体が自己自身を発展して行く」といった文言から読み取られるように、そこでは主体／対象、能動／受動という通常の構図が成り立たなくなる。「住みよい」は対他的であり、

「住み心地よい」は即自的である。両者は両立可能であり、それが望ましい事態でもあるのだが、「建築体験の最奥に」ある「創造的な核」として立原が優先するのは、後者にほかならない。前者に立脚した機能主義的モダニズムに対し、彼が批判的姿勢をとるのは必然的帰結なのである。

『方法論』第四章・第五章で、立原は「建築体験の最奥」を「時間」の相の下に捉えなおし、建築体験の「壊れやすさ」や自然との親和、建築体験における「郷愁と憧憬」などを見出している。しかし、この方面の認識にかけては専門家による建築論よりも「言語芸術」の方が進んでいると言明し、文学的テクストを引用するとそれ以上の論述は控えた。ただし、引用されたテクストを他の論述部や短いコメント、彼自身の建築文学と照らしあわせて読むならば、建築の経年変化に関して、立原が生活した時間の沈澱によって「住み心地よさ」が醸されるという側面を重視していたことは明らかだ。

建築体験の内在的記述のために『方法論』が主に援用したのは、実存哲学的現象学だった。それは、建築に住む生や建築をする生の側から内在的に「建築」を認識したいという欲求に基づいた選択である。かくして『方法論』は、核心において、ハイデガーやバシュラールによる現象学的建築論に先駆けた果敢な試みとなった。建築の本質を「住」に求め、機能主義的モダニズムに批判的な立場を打ち出している点や、「住む」を「建てる」に権利上先行するモメントと見ている点では、ハイデガーの建築論と著しい共通性をもつ。(9) ただし、住居を追憶や夢想を保つ容器として見ていた点は、ハイデガーにも、ジンメルにも、ヴァレリーにも見られない特徴であり、シュトルム、プルースト、リルケなどの建築表象に通じ、後年のバシュラールの論と共通する。(10) 文学テクストを現象学的論述のなかで最重要資料として扱った点はハイデガーに若干遅れるが、建築論においてそれを敢行したという点ではハイデガーやバシュラールに大きく先行する。(11)

立原が口語自由律短歌創作以降、平易な口語による表現を好んだことは、「生活」の重視と関係する。けれども、四行詩をつくりはじめる一九三二年頃から一字あけによる句読法と倒叙を試みだし、建築学科入学以降、それが書簡にまで拡がったことは、彼が「生活」を意識的に再構築しつづけたことを意味する。そしてこの営為は、「建築」を通じて彼が生活空間の設計に精通したことと正確に連動している。「時間」のなかでの建築体験は、彼自身の建築文学においてもさまざまな様態で表現されているが、なかでも生の非人称的・潜在的な次元は、意志や主体意識が減衰する「休息」や「睡眠」を扱った作品や、無人の室内や廃墟に残る「気配」や過去の「痕跡」を扱った作品において、文学の発生の場として表現されている。それは極限で事物と溶けあい、「死」と接しており、「住み心地よさ」をもたらすとは限らない。幽霊、分身、精霊、建物や家具調度品の記憶やまなざしといった、不安をしばしばもたらす諸形象は、この冥《くら》い境から立ち昇ってくる。

つめたい！光にかがやかされて
さまよひ歩くかよわい生き者たちよ
己は　どこに住むのだらう――答へておくれ
夜に　それとも昼に　またうすらあかりに？

己は　嘗てだれであつたのだらう？
（誰でもなく　誰でもいい　誰か――）
己は　恋する人の影を失つたきりだ

ふみくだかれてもあれ　己のやさしかつた望み
己はただ眠るであらう　眠りのなかに
遺された一つの憧憬に溶けいるために

（ソネット「溢れひたす闇に」第二―四連、『暁と夕の詩』一九三七年一二月）

立原詩には「住む」という動詞がたびたび出てくるが、それはみな通常の意味から逸脱し、潜在的生のあり方を意味している。「風信子［二］」（『暁と夕の詩』への自註として書かれたエッセイ）で立原は、詩人を、光と闇、生者と死者、有機物と無機物の「中間」に「住む」者と位置づけた。

失はれたものへの哀傷といひ、何かしら疲れた悲哀といひ、僕の住んでゐたのは、光と闇との中間であり、暁と夕との中間であつた。形ないものの、淡々しい、否定も肯定も中止された、ただ一面に影も光もない場所だつたのである。人間がそこでは金属となり結晶質となり天使となり、生きたる者と死したる者の中間者として漂ふ。死が生をひたし、僕の生は各瞬間は死に絶えながら永遠に生きる。［……］ソネット十篇「或る風に寄せて」にはじまり、「朝やけ」にをはる、すべての暁と夕とのあひだに光なく眠る夜の歌だつた、光の線が闇をてらす、しかし闇ばかりそれを知らなかつたといふなつかしい夜、だが眠りは潤沢な忘却に縁取られて夜一面にひたしてゐた。

（「風信子［二］」一九三八年一月）

彼が詩人としての自分を「中間者」として規定したのは一九三八年頃だが、詩を書きはじめた当初から彼は人間と非人間の「中間」で書いていた。

繊細な感性と技巧によって日本近代詩史において口語抒情詩の新しいステージを確立したと評価したうえで、人工性、技巧の偏重、内容の希薄さや狭さ、社会や人生や性愛に対する消極性・受動性、未成熟さ、心身の虚弱さ等々を批評するというのが、かれこれ六〇年以上も立原道造論の作法のように踏襲されてきた。二四歳で独身のまま夭折した東京の中産階級の青年の作に、複雑な陰影をたたえた厚みや、波瀾に富んだドラマが希薄だということなら、私もまったくそのとおりだと思う。けれども、この種の批評が、たいてい「人間」、「主体」、「意志」、「行動」、「労働」、「社会」、「現実」等の支配的価値を自明の基準としていることが不思議でならない。文学や芸術という非常識の実験室においてまで、この種の支配的価値を執拗に振りかざす必要がどこにあるのだろうか。立原道造に潜む不穏さに対する一種の防衛本能からなのだろうか。

表現者としての立原道造のいちばんの歴史的意義は、急速に閉塞を強めていった厳しい時代のさなかで、支配的価値を疑い、息のつける隙間＝「中間」を懸命に探し、大多数が無視する小さなもの、はかないもの、「さまよひ歩くかよわい生き者たち」の存在価値を証したことにある。「大きな湖水に向いてひらいてゐる」一つ窓の夢想《ファンシー》につづけて、彼はいう――「論理や思考の石だたみのあひだに雑草が芽生えるやうにこのやうなファンシイは勢よく伸びる。僕の心は、かへつてほかの場所とおなじやうにこのやうな雑草の方に強く惹かれる。僕があの鉄道草の白い花を愛するやうに」（「鉛筆・ネクタイ・窓」(12)一九三八年一一―一二月頃）。

もっと生きて苦労を重ねたなら彼の文学や建築はどうなっただろうかと、人が問わずにいられないことは理解できる。それほど早く死んだのだから。ただ、彼の生活の慎ましさ、語るべき劇的体験の乏しさが、近代日本文学上の比類ない功績、生と言語や場所との無媒介的交わりの表現化、生の非人称的で中性的な境域の高度な表現化にプラスにはたらいたことは、端的事実ではないか。

故郷を捏造する力

潜在的生とそれに伴う空間の知覚は、「郷愁と憧憬」によって磁化され、「故郷」を極点として指し示している。「故郷」は、単純に別の場所や過去の場所に実在する／実在した生まれ故郷ではない。立原は、生まれ育った東京の下町を、関東大震災という激烈な仕方で失っている。わずか数年後に街並は復興したが、江戸から続いてきた伝統的なものが消え、道路網すら同じではなくなっていた。本建築に建て替えられた生家も、外見が一変しただけでなく、道路拡張のせいで敷地自体が移動していた。彼が学んだ鉄筋コンクリート建築は、震災後に需要が高まり、繁殖しつつあった建築だった。こうした故郷喪失の経験から、立原は永井荷風のように江戸情緒の懐旧に耽るのではなく、故郷でない場所に「にせのふるさと」「あたらしいふるさと」（一九三八年二月中旬［推定］、深沢紅子宛）を築く方向へ歩んだのだ。

「故郷」は創造される場所であるとともに、そうした創造を促す生きた理念であり、情感するポエジーである。単純に帰還や再現＝表象ができないぶん、「故郷」は執拗に「故郷」の捏造を立原に迫る。「故郷」こそ、立原がついた最大の「嘘」である。だから、血縁や地縁のしがらみに満ちた故郷を抱えた論者が、立原の「故郷」を甘っちょろい都会人の空想と見なして批判するのは、心情としては理解できるが、立原道造論としては何も語っていないに等しいといわざるをえない。

誰より立原道造本人が自分の「故郷」の限界や理念性をよくわきまえていた。「青く、窓からはいつて来る朝の霞が僕をやがて眼覚めさせた。外はもう爽やかな風が陽にあたためられて、こころよい速さで吹き過ぎてゐた。僕の内部は、まだ眠りにもつと近い、つまり休息に、疲労に、病に、死に、行ひの界にふるさとを持たぬこと」。「その世界は物体的なものを一切拒んでゐる。ただ「凧《いかのぼり》きのふの空のありどころ」といふ句が表はしてゐるやうに、位置だけを、しかもその位置も、「きのふ」に近く、持つてゐる。郷愁とは、永遠への追憶だつた。このとき、詩人はとうに投げ出されてゐる」(「遥かな問ひ」、『四季』一九三八年五月号)。引用されている句は与謝蕪村のものだ。「凧《いかのぼり》」を「一つの遠い追憶」と解釈し、この一句を「蕪村の最も蕪村らしい郷愁とロマネスクが現われている」句と絶賛した萩原朔太郎『郷愁の詩人与謝蕪村』(一九三六年三月)を踏まえているのだろう。

「故郷」は理念であるから、「物体的なもの」を越えており、現在の場所にも、体験された過去の場所にも還元できない。ただし、この理念は、意志によって操作することも無視することもできない魂の姿勢なのである。そして「物体的なもの」でないにもかかわらず、確かに立原の場所の記憶や異性への思慕を巻き込みながら、現在の軽井沢や日本橋の屋根裏の知覚を磁化している。だから彼は「郷愁」をめぐる問いを、こうつづけるのだ——「投げ出されたときに、物体が、日常が、とほくに美しい絵や音楽になつて見える」(同)。

「朔太郎の影響」とか「ドイツ・ロマン主義の影響」等の文学史的レッテルを貼って立原の「故郷」を納得するのは、誤りではないにしろ、安易で大雑把すぎよう。注目すべきは、立原の「故郷」への思慕が退嬰的な停滞や回帰に落ち込まず、非常に活動的・創造的で、身軽な動きを示したことだ。「故郷」

は「行ひの界」にないとはいえ、小さな出来事の群れや潜在的生を共振させ、方向づけることによって、所与の「現在」に対する批判力となっていた。立原の「故郷」は脱領土化されている。だから身軽に、追分や、馬込や、浦和へ、さらに盛岡へ転生し、立原に出発と変様を促しつづけた。

「故郷」への思慕は、建築の側では住居建築への志向として顕われている。設計の過程で、過去のいろいろな建築や生家の記憶が彼の脳裏に回帰してくるが、それらは、彼の詩における「本歌取り」がそうであるように、生硬な引用・再現とならず、みずみずしいフォルムへ統合される。立原は「故郷」を理知的にマテリアルな次元で捉えなおし、前向きな建築設計へと転換したのだ。しかも、それによって仮の故郷の複数化をはかった点が新しい。立原の「故郷」のこうしたしなやかさは、自明な故郷の所有者より故郷喪失者の方がはるかに多くなった今日、新たにアクチュアルな価値を帯びうるのではないだろうか。

「故郷」という文脈の範囲内で、いわゆる立原の「日本浪曼派」接近問題を捉えなおしておこう。同人誌『日本浪曼派』は一九三五年三月に創刊、一九三八年秋に終刊した。同人や寄稿者は、『コギト』(一九三二年創刊)のそれや、後続の『新日本』(新日本文化の会、一九三八年創刊)の編集委員と大幅に重なっている。「風に寄せて」を『コギト』に寄稿した一九三五年八月以降、立原は『日本浪曼派』同人・神保光太郎(一九三六年以降『四季』同人を兼ねる)を媒介に、保田與重郎、芳賀檀《まゆみ》、亀井勝一郎、杉山美都枝ら同人と交流するようになった。立原が『方法論』で援用した『芸術哲学』は、『コギト』連載の松下武雄訳であり、同論には神保と保田への謝辞が記されている。だが、芳賀や保田の評論に影響された時局的発言が飛び出すのは、一九三八年にいたってだ。

芳賀から献呈された評論集『古典の親衛隊』(一九三七年一二月)を読んで、感銘を受けた立原は、一九三八年一月下旬（推定）、このドイツ帰りの第三高等学校少壮教授に、高揚した調子の礼状を出した。そのなかで、芳賀の表現を踏まえ、「私もまたひとりの武装せる戦士！　この変様に　無限に出発する生！……いまは　おそらく　あまりにも大きな　時代ではないでせうか、光栄と悲哀に飾られて私たちが戦列に着くのは――。〔……〕私は、御本が破つてをられる限界をこえて、私の生を新しい生に導きたいと思ひます」と決意を述べている。この私信は、立原の了解のもと、『日本浪曼派』一九三八年三月号に「芳賀檀氏へ」と題され発表された。また立原はソネット「何処へ？」を、「Herrn Haga Mayumi gewidmet」（芳賀檀氏に捧げる）というドイツ語の献辞を添え、『新日本』一九三八年一月号に発表した。

芳賀のいう「戦士」や「古典の親衛隊」は、狭義では、古典の再解釈を通して現代の文化の向上を意欲する者を意味する。だが、キナくさいメタファーの選択は、ヨーロッパの政治的緊張の高まりや満州事変以降の日本の中国侵出に関連しており、パセティックなナショナリズムに基づいている。表題評論の「古典の親衛隊」（『コギト』一九三四年一一号）から――

時代は再び偉大なる民族移動の時代である。其処には、あらゆる可能性が考へ得られる。強い民族の児等は革新し、新なる国家を築き得るであらう。併し私は自覚と文化とを持たぬ或る一民族の唯物の又地上の氾濫を意味してゐるのではない。ニイチエは一八七〇年の勝利をも、偉大な危機であると見なければならなかつた。私は羅馬を撃つたチユートブルグを、又巌としてフランス文化を退けてゐるニイダーヴアルデの騎士の姿等を思ふ。〔……〕今日恢復すものは恢復し、救ふべきものは救はねばならない。せめて嵐に堪へた僅かな高貴なものを守らうといふのが、監視しつゝある吾々の使命ではないだらうか。

芳賀は政治的経緯の如何を問うことなく、侵略戦争を「偉大なる民族移動」に読みかえ、生活を襲う「危険」を、古典の「ルネサンス」へ「男らしく立ち直る」好機として価値づけている。パスカル、ヘルダーリン、ニーチェ、ゲオルゲ、カロッサ、ハイデガー等の隻句を、文脈やニュアンスを無視して濫用しながら、「危機」に面した「決意」が、悲壮感漂う美文によって無条件に肯定される。[13]「お前は、寧ろ何時迄も清らかな夢のみを信ずる勇敢な戦士であればよい。お前は家郷の「以前」をより美しい「以上」に変革しなければならない戦場への義務を持つ」というレトリックは立原を惹きつけたことだろう。「古典の親衛隊」ではもっぱらドイツ人にとっての古典が問題となり、日本の古典に関しては、中古以来の古典文学を島国に安穏とした「遊惰」と評する批判が見られる。けれども『古典の親衛隊』中の他の評論を読めば、芳賀の古典論の前提に民族主義や日本主義があることは明らかだ――「今日神話時代そのものを生きつゝある国家は、吾が国を措いては、他には存在せず、これは、世界に於ける奇蹟であると言つても過言ではない。吾等は詩の国を、今日の、機械文明の只中に守つてゐるのである。〔……〕一国の文化の隆盛は、其の血と深い関係にあるものと思ふ。今日新興のドイツが国内に於けるユダヤ人の跋扈に恐れて、彼等を排斥して、北方の純粋な血と文化とを守らうとする意志は理解しうるのではないか。吾が国は、蒙古の侵入を撃退して以来、殆ど鎖国同様にして、国家を守つて来たではないか」(「断章」一九三三年)。ちなみに、驥尾《きび》を飾る「民族と自覚」は、「昭和十二年十月十八日　支那へゆく兵士を送る歓呼を聞きながら」と締めくくられている。

立原の「あまりにも大きな時代」は、芳賀の「偉大なる民族移動の時代」のいいかえだったはずだが、この時点では、立原は時局へのはっきりした言及を避けている。

ところが翌年秋、立原は時局をめぐる自分の政治的立場を友人たちに表明するようになった。彼は盛岡から土井治に書いた手紙のなかで、自分の盛岡旅行を芭蕉の『奥の細道』の旅になぞらえてから、こう語る。

> 僕たちの世代が、いま一層多くルネサンスに関心を持つとき、僕のちひさい内部でも、激しい変動がしづかに遂げられ、新生と呼んでいい時期が訪れました。革新といふことを、大陸規模でかんがへ得る僕たちの世紀をいまは肯定します。僕たちが、なぜ生きねばならないか、どこへ行かねばならないのか、これらの問ひが、ひとつのプラクシスとして答を持ちます。剣をとるのとちがふ方法で、今や僕たちもまた、進軍中と誇らしく告げます。この自覚なくして、一切の文学の地盤すら、すでにあり得ないのではないでせうか。——美しい花鳥《はなとり》のおもひもまた、ここにきづかれたひとつの世紀のうたとなる。……旅への誘ひを、いつもしづかな形でうけとつてゐる君をこそ、いま旅の宿でなつかしくおもひます。
>
> （一九三八年一〇月一二日、土井治宛）

立原の盛岡旅行には、芳賀的な「進軍」の実行という側面があったということになる。

この種の発言のなかで時局的政治性がいちばん露骨なのは、立原が盛岡旅行からの帰京直後、建築学科で一期下級だった丹下健三に書いた手紙だ。前日、「新日本を編輯する若い評論家たち」（編集委員で「評論家」にあたるのは保田、芳賀、林房雄である）と一緒にいた時、「武漢三鎮〔現・武漢市〕の陥落」の公報を聴き、彼らとともに宮城前へ行って提燈行列の群衆に混じって万歳を唱えたことを立原は語り、また岸田日出刀が委員長を務めた「大連公会堂」のコンペティションに、丹下と同期の浜口隆一が、締め切りにまにあわせるため大連まで行って設計図を呈出したことを、「この世紀への門出へのひとつの大きな花束であつたとおもひます」と褒める。そして、みずからがヒューマニズムに逆らってまで民族共同体の歩みに積極的に参加する必要を感じていることを、つぎのように告白するのである。

僕ら共同体といふものの力への、全身での身の任せきりがなくては、一歩の前進もならない……今日の歴史から自分をだけまもる孤高のヒューマニズムを信じるならば、それは必要もないことだけれど、歴史はこんなに弱く惨落したときの僕にさへ、今は一歩の前進を要求します。(孤高のヒューマニズムが文化を防衛するとかんがへる知識をいまは信じたくないのです。かつての大戦の日にすべての文化が下士官のごとくなつたことへその孤高のヒューマニズムがひとつの警告を発したこともいまは反撥したいのです。)

(一九三八年一〇月二八日)

こうした時局的行為や発言には、それまで立原がほとんど政治的見解を語らず、国際的・政治的危機を知らないかのようにふるまっていただけに驚かされるが、当時の彼の逼迫した状況を考慮して解釈しなくてはならないだろう。

一九三七(昭和一二)年七月、日中戦争が勃発し、同じ世代の若者たちがつぎつぎと召集され、戦場へ旅立っていくさなか、新社会人の立原は、徴兵検査で丙種不合格となった。一〇月、結核の最初の発症(肋膜炎)によって病臥。他方、一高同窓の詩人・松岡永雄は召集され、一ヶ月後上海に出征した。一二月一三日、『朝日新聞』に萩原朔太郎の戦争詩「南京陥落の日に」が載った。

翌一九三八年一月一五日、立原は松岡への手紙で、返信の遅れを「戦地にゐる人たちに何といふいけないことだつたか！」と謝した。その一月、非常に親しかった詩友・田中一三の召集。三月二二日、立原は杉浦明平の手紙に、「僕らすべてを襲つてゐるこの終末観のなかで、あたらしい仕事の夢想がどれだけ力を持つだらうか。かへつて、あたらしい力へのために、深い休息が欲しいのではなからうか」と絶望感を吐露した。四月、国家総動員法公布。三月以来、微熱と疲労に悩まされながら建築事務所に通勤していたが、七月中旬、医師から「肺先カタル」の診断を受け、[14]七月二一日に休職。八月五日、建築学会同期・度会《わたらい》正彦の出征に際し、「遥かに度会君の武運長久を祈ります」と書いた（同日、柴岡亥佐雄宛）。八月下旬か九月上旬、彼は中村真一郎に「君は人民戦線をどう思う？」とたずね、「巷には軍歌ばかりが……」と呟いた。[15]九月二八日、陸軍従軍画家として北支へ旅立つ深沢紅子を盛岡駅で見送り、一〇月一日、彼女への手紙に「たたかひはどこでもいまはある。北京の方にも、こちらにも。これだけが僕のけふのお見送りの言葉です」と書いた。一〇月六日、盛岡から小場晴夫にこう書いた――「君だけが世紀の大きな体験からとりのこされる　その運命に　つひにあきらめを言ふ　それは僕は讃成出来ない〔……〕畏友　保田與重郎は　最近「戴冠詩人の御一人者」といふ本をおくつた　これは僕らの若者の　戦場に於ての　あるひは国内に於ての　美しい決意の書である　君がこの本と対話されるやうにのぞむ　しかし君の場合　戦争自身が君を戦場に招待するかも知れない　そのときのすべての若者が感じる深淵が　一層関心であらうか　だが　その深い淵はどんな姿か　それすらこの本は語つてはゐないだらうか」。

保田の第三評論集『戴冠詩人の御一人者』（一九三八年九月）の本文に、満州事変や日中戦争への言及は淡くわずかしかない。立原の評価は、つぎのようなその「緒言」に拠るところが大きかったと思われる。

日本は今未曾有の偉大な時期に臨んでゐる。それは伝統と変革が共存し同一である稀有の瞬間である。日本は古の父祖の神話を新しい現前の実在とし有史の理念をその世界史的結構に於て表現しつゝ行為し始めたのである。蒙疆《もうきょう》や満州支那の大陸にゐる我らの若者は新しい精神を、現実を、倫理を、発想を、感覚を、未形の形式でつくりつゝ、その偉大な混沌の中に日常を生きてゐる。すでに我国は新しい決意の体系と、新しい神話を心情で感じる。この時、一切の近代日本の惰性的知識を旧とし、その理論を陋とした、彼らは剣と詩によつて、知識と秩序の変革を始めたのである。生と死が互のその肌をふれ合つてゐる瞬間が、彼らの精神の教育であり、倫理の生理である。この広大にして深遠な事件の意味は、選ばれた一国の青年大衆を変革しつゝあることである。恐らくこの遠征と行軍は、日本の精神と文化の歴史を変革すると共に、世界の規模に於て世紀の変革となるであらう。

中国大陸への日本軍の侵出による「混沌」を日本の神話や伝統文化の復興による歴史的変革の好機と見なし、「偉大」と形容して肯定している点で、保田は基本的に芳賀と共通しており、この評論集に収められた「饗宴の芸術と雑遊の芸術」には『古典の親衛隊』へのエールも読まれる。他方、『古典の親衛隊』には「保田與重郎に」というエールが収められている。

立原は、丹下健三に手紙を書く二日前の一〇月二六日、『文芸汎論』後援の戦争詩朗読会「傷兵に贈る戦争詩の夕」を聴きに出かけていた（一九三八年一一月上旬［推定］、および一一月六日、加藤健宛）。

時局に関わった行動や執筆をしていった知己の人々に対して、立原がどんどん孤独感と後ろめたさを募らせていったことは想像にかたくない。

創作の拠点だった油屋が焼失し、九死に一生を得たという事件によっても、立原は追い込まれていた。火の手に閉じ込められた部屋から地元の大工によって救出された彼は、「他人の手でこの命を救ひ出された男だと、かぎりない羞恥が僕を噛む」（一九三七年一二月一四日、土井治宛）と友人に告白している。また事件を契機に、堀辰雄の文学圏からの自立と、「あたらしいふるさと」の模索に乗り出した。先の芳賀への礼状のなかで、「「危険のある所、救ふ者又生育す。」とは何といふ美しい言葉なのでせう」と芳賀が「古典の親衛隊」で引いたヘルダーリンの詩句に触れたあと、油屋炎上の体験と、芳賀の路線にしたがって堀への師事の日々から離脱する意志を暗示している――「私は　御本が破つてをられる限界をこえて、私の生を新しい生に導きたいと思ひます。「指導と信従」が、私を生かしてくれた日のあと、私は突然暴力的に死なねばならなかつたのです、私は　ふたたび、限界なしに、新しい生にいそぎます」。

評論「風立ちぬ」（一九三八年五月―一一月）は、小説『風立ちぬ』の世界を「時間から抜けだした日々」と要約し、「牧歌的な不毛な美しさ」、「流れるままに身を任せよとをしへる諦念」と批判して、堀辰雄からの別離を宣言している。つまり、半ば立原の自己批判である。袂《たもと》を分かったあとの向かう先はまったく明示されていない[16]。しかし別離と出発のくだりには、「決意」、「賭け」、「血統」、「以上へ」、「変様」、「前進」、「危険」、「どこへ」、「騎士」、「遠征」等、芳賀的・保田的語彙が頻出する――「ここではつきり分れねばならない。そしてそれゆゑに、決意と呼ばれる。僕のひとつの賭け」（強調は原文による）。「僕らは、また「以上へ」、そして深く、高さの方向に掘りすすまねばならない」。「変様をいふ先に、僕からは「抜け出し」果敢に自ら築かねばならない。〔……〕そして出発した僕らの前進は、もつとも危険な方向に、向けられる。／どこへ？」。「前進が、〔……〕更に果敢な一歩が、今やいりようである。騎士たちの果敢な遠征が」。丹下に「今日の歴史から自分だけをまもる孤高のヒューマニズム」、「孤高のヒューマニズムが文化を防衛するとかんがへる知識」と書いたとき、立原の念頭には堀辰雄があったと思われる。

重圧に押し潰されかねない窮地に追いつめられた立原には、芳賀や保田の書が、剣をとらずとも日本語での詩作を極めることによって、堀辰雄的な自足したカプセルから脱け出し、危機に瀕している日本の過去と将来のために「戦う」道、歴史に詩人として参画する道を示唆する、標《しるべ》に見えたのに相違ない。詩は、文学のなかでももっとも使用言語の生理、および文化的伝統とのつながりが強いジャンルだ。つぎのような手紙の文面から、「日本語」や「古典」を媒介項とした日本回帰のロジックが詩人・立原道造に強く作用していたと考えられる――「僕たちの言葉は、もう、漢字よりも日本の字で表現されなくてはならない日だとおもひます。〔……〕僕らに、今日文学してゐる僕らに、この日本の字と言葉の問ひは、ゆるがせに出来ないひとつの大きな戦場だとおもひます。そのために先づひとつ、漢字のそばにちひさい仮名をつけなくてはよめない字を、亡ぼさなくてはならないとおもひます。これは僕の文学へのひとつの戦ひゆゑに、こんなことを申し上げたのですが、今日のひとりの日本の詩人として、この決意をだれに向つても僕は言ひたいのです……」（一九三八年七月一九日、矢山哲治宛）。モダニズム批判や、詩人としての日本語との格闘、「私」を越えた非人称的な生の探求などが、神話的日本、日本民族との一体化という自己陶酔的幻想へシフトされるということ。脱領土化された「故郷」が、「日本」へ拡大しつつ再領土化されるということ。非政治の立場を掲げた政治的言説からの抗しがたい誘惑……。

この時期の立原の書簡は、当時の社会的・思想的潮流のなかで「鉄道草の白い花」への愛を堅持しながら詩作することの非常な難しさを私たちに考えさせる。

だが、立原が「共同体といふものの力への、全身での身の任せきり」に踏み切ったかといえば、私は決してそうは思わない。「何処へ?」をしっかり読んでみるといい。「星すがら　すでに光らない深い深淵を／鳥は旅立つ――(耳をそばたてた私の魂は　答えのない／問ひだ)――どこへ?」というのが最終連だ。「どこへ?」という芳賀の語彙が使われているが、その答えはまったく示されず、ただ答えのない問いにとどまり、盲目的に飛び立つ鳥に対する疑問ないし不安が表現されるにとどまっている。

また立原は、提燈行列の群衆とともに万歳斉唱したことについて、「しかし、どこか僕にはそれが不自然だつたのです」、「大陸の規模の情熱にはふさわしくない不自然さが僕を消極面におしやるのを感じてゐました」と自省し、「僕らいま何をなすべきか。が、いまはまへよりぐらついてゐる」ると告白すると、「混乱のなかでこんな手紙を書きました」と結んでいた[17]。そしてこの手紙以降、この種の発言は、少なくとも『全集』を読むかぎり見られなくなる。つまり立原の日本浪曼派的な政治的発言は、一九三八年一〇月という、盛岡旅行中から長崎へ旅立つまでの短期間、それも私的範囲内に限られていたと思われるのだ。

しかも、同時期の手記「[盛岡紀行]」には、この問題への言及がない。おそらく立原文学の生理がそれを拒んだのだろう。そもそも立原文学は戦争協力にまったく不向きなつくりをしており、彼の建築設計（横須賀海仁会病院さえも）は国威発揚に資するモニュメント性を拒むところに成り立っている。

旅と住まい

さて、私は立原道造における建築やそのイメージをさまざまな局面で検討してきたが、彼の文学の全体が「建築文学」へ還元できると考えているわけではないと断っておく。私たちは、立原の文学においても実人生においても、彼や登場人物が、住居や逗留地に染みついた記憶を疎ましく思ったり、新鮮な出会いを求めたりして旅立つ場面や、ロマン主義的な遍歴・漂泊の欲望が噴き出す場面を容易に見出すことができる。ただし、そうした嫌悪や倦怠や欲望が、居住の否定であること自体によって居住に規定されているということや、旅の途上や終点で意義深い建築体験が見られるということも確かである。親しんだ土地からの別離が、別離したものの追憶をもたらすというイロニーも軽視できない。要するに、立原文学全体が「建築文学」ではないが、「建築」は立原文学全体に関わるのだ。

一九三八年八月まで、立原の旅のほとんどは、東京と追分という定点を行き来するものだった。名古屋旅行や近畿旅行が例外として挟まれているにしろ、本拠地の座が東京であることに変わりない。ヒアシンスハウスを構想していた頃の手紙にも、東京人としての立原を再確認することができる。

町のなかでは何もがちつとも季節を微妙にをしへてくれないといふけれども、僕たちなど町のことしか知らないので、道にうつる影のいろにも、建物のいろにも、花や鳥の教へてくれるのとかはらないこまかい季節のうつりかはりを感じます。それから、女の人たちの服装などは、きつと雲の色や空の色よりも、僕などにははつきりと時間を教へてくれます。それから、もののにほひが……

旅先で出会つた春は美しいけれど、やはり僕は日常のなかであはれに過ぎていつた日の追憶の方を深く愛します。だけれども旅に出たく、淡青い光のなかに心ゆくまで僕の夢をひろがらせたいとおもひます。草にねて、といふ言葉が僕を誘ひます。漂泊者たちの魂が僕のなかにゐるのでせう。どこかとほくとほく、知らない光と色とにほひの世界へ行きたいと灼きつくやうにねがひます。追憶の世界も美しい、だけれどももつと知らない世界、あたらしい夢が、もつと慕はしいのです。

（一九三八年四月上旬［推定］、深沢紅子宛）

大都市東京での長年の生活に対する郷愁と、自然や未知の風土への憧憬。立原のうちには、こうした相対立する二傾向が、時と場所に応じて重心や様相を変えながらも緊張関係をもってつねに共存しており、この矛盾は結果として彼の文学活動を大いに活気づけていた。旅立ち、放浪、帰郷等をめぐる心の揺れ動きは、立原文学の重要テーマにほかならない。そもそも立原はそれを、建築によって表現しがたい事柄と思って、文学の方へ割り当てたのではなかっただろうか。

最後に、最晩年の盛岡旅行と長崎旅行を簡略に省みておこう。すでに結核の症状が進行し体力が大きく落ちていたにもかかわらず、また水戸部アサイという女性を得たにもかかわらず、立原は一九三八年九月一五日に離京し、楯岡（現・山形県村山市）、上ノ山温泉、石巻宿泊をへて、九月一九日から一〇月一九日まで盛岡（深沢紅子の父四戸慈文《しのへじぶん》の別荘・生々洞《せいせいどう》）に長期滞在した。そして二〇日に帰京後、結核性痔瘻の治療を済ませるやいなや、一一月二四日、再び離京し、京都、舞鶴、松江、下関、博多、柳川宿泊をへて、一二月四日から長崎（武基雄生家）に滞在した。島根を過ぎた頃から咳や発熱に悩まされ、長崎到着の翌日、武基雄の父が営む武医院に入院し、程なく喀血。結局、一二月一四日、もはや自力で歩くこともできない状態で東京駅から自宅に搬送されることになった。ただし、彼が東北本線の車中から病軀を屋根裏部屋のベッドに横たえるまで書き継いだ二冊の手記、「「盛岡紀行」」と「「長崎紀行」」は、水戸部アサイへの非常に長い手紙になるとともに、新たな文学的達成となった。

無謀ともいえる大旅行を計画した動機は複数あったはずだが、根底にこの時期の立原の深刻な焦燥感・危機感があり、「新生」が賭けられていたのは疑いえない。

立原は東北へ旅立つ数日前にも、自分の日本縦断旅行を芭蕉の漂泊になぞらえていた。(18) ここには芳賀と保田の芭蕉論の影響があろう。表題作「古典の親衛隊」で、「偉大なる民族移動の時代」の古典復興者を幸福や安逸に自足した「日常性に於る存在」に対置している芳賀は、「どこへ?」がキーワードとなっている「芭蕉（ある聖徒伝）」（一九三五年九月）で、芭蕉を江戸期のデカダンスに対して戦った「騎士」と讃え、その旅を、「恋人を、最も深い血肉をも裏切つて、なほ行かねばならない郷愁」による「永遠の遍歴」と語っていた。保田は表題作「戴冠詩人の御一人者」（『コギト』一九三六年七月、八月号）で、「見事な詩人であり典型的な武人であつた」日本武尊《ヤマトタケルノミコト》を、芭蕉や蕪村の原型的存在として讃えていた。「彼ら〔日本の現代の文化史家たち〕は、日本人の旅心に、西南へゆくうれしさと、東北へゆくかなしさの二つあつたことを忘れてゐる。蕪村の心は西南へばかり行く。芭蕉は東北を思つて西南で逝いた。日本武尊は最も早く日本人の旅ごころの一つ東北への道にいたましく倒れてゐる」。そして都へ帰ろうとした途上うたった歌に触れて、「わが国ぶりの歌は、すべて相聞である。相聞以外に歌はない。〔……〕ひとりごとでなくつねに対話である」と説いた。立原は、まさに恋人とあえて離れ、東北と西へ旅しながら、彼女に「おまへ」と呼びかける「相聞」＝「対話」をうたおうと企てたのではなかったか。

しかし、結局、日本縦断の旅の実行は、事前の立原の期待や観念を越えてしまい、むしろその逸脱こそが大きな文学的達成をもたらしたと私は考える。盛岡郊外でたびたび風景との全一感を体験し、立原は盛岡に「ふるさと」を見出したが（「［盛岡紀行］」、一九三八年九月二八日猪野謙二宛書簡、一九三八年一二月三日深沢紅子宛書簡）、「［盛岡紀行］」に絶妙に表現されたリンゴ畑、ポプラ並木、奥羽山脈は、大和的風景とはまったく異質である。両紀行のなかで力を込めて記述される、盛岡、奈良、松江、佐賀等の風景は、それぞれ風土・気象・時刻・生の特異な出会いとして繊細に捉えられており、それに対する親和感や違和感が吐露されこそすれ、大文字の「日本」へ統合される気配は微塵もない。また、京都の記述は妙に素っ気なく、芳賀檀邸に二泊し、「何処へ？」自装本を彼に献じたにもかかわらず[19]、一言も言及がない。この欠落は、訪問地ごとに再会したり出会ったりした人物を取り上げている両紀行において黙説法的ですらあろう。

そして「［長崎紀行］」の最終部、高熱と吐血で入院した長崎の病院の病室で、立原は旅行を継続するか帰京するかのあいだで激しく揺れ動く思いを綴ったすえ、「つつましやかな愛情で、生活をきづく」というシンプルな覚悟を記すのだ[20]。「［長崎紀行］」の「十二月九日」から――

たうとう運命は星になる夢でもなかつた、花になる夢でもなかつた。青いランプをともしたいとねがふ僕には、放浪癖はやはりなかつたのだとおもふ。かへつてひとつの家をつくつて、そのまはりに庭をつくり、それの内に家具をおき、つつましやかな愛情で、生活をきづくことにあるのだとおもふ。宇宙的なさすらひや大なる遠征よりも、宇宙を自分のうちにきづくこと。せまい周囲に光を集注すること、それが僕の本道だとおもふ。きづつき破れ去る浪漫家の血統にはつひに自分は属さないとおもふ。ノヴリスの青い花より、むしろゲーテのマイスターに本道を見つける。僕が戦士としてあるのもさういふ場所に於てではないだらうか。

ねがつてのさまよひではなかつたとはいへ、さまよひはもうをはつた。家郷のない者は家郷をさへつくらねばならない。そのつくり出す愛情の世界を信じるがいい。一切は克服せられるべきものであると同時に亦肯定せられるべきものだ。ここ以外に僕の出発はない。愛情の世界の根源が不安ANGSTにあることをさへひとつの恩寵と見ることが出来よう。

ささへるものはこの物質たち、色どりある羞らひの衣服をまとつたものたち、それゆゑ人は草舎をたてそこに住む。

「生活」、「愛情」、「物質たち」を、「住む」を信じるがゆえに、自分は「浪漫家の血統」（日本浪曼派を意識した表現となっている）には属さない、という自覚の宣言である。「羞らひの衣服をまとつたものたち、それゆゑ人は草舎をたてそこに住む」という表現は、ハイデガーが『ヘルダーリンと詩の本質』（齋藤慎治訳、理想社出版部、一九三八年）で引用したヘルダーリンの詩の草稿「人間は草舎のうちに住み、羞ぢらひの衣服に身を覆うてゐる」に拠るものだろう。

立原の自覚は、「十二月十日」になると、より思想的なかたちで明言される。(21)

しづかな、平和な、光にみちた生活！　規律ある、限界を知つて、自らを棄て去つた諦めた生活、よれゆゑ豊かに、限りなく富みゆく生活――それを得ることの方が、美しい。そしてそのとき僕が文学者として通用しなくなるのなら、むしろその方をねがふ。コギトたちのあまりにつめたく、愛情のグルント〔土台〕のない文学者の観念を否定すること。コギト的なものからの超克――犀星の「愛あるところに」といふ詩[22]をふかくおもひいたれ。

「コギトたち」とか「コギト的なもの」と呼んでいるのは、むろん日本浪曼派的思想である。なかでも愛情や安らかな生活を否定する芳賀のヒロイズムが立原の念頭にはあったように思われる。「住宅・エツセイ」に立ち還るかのように、「生活」の語とともに室生犀星が呼びおこされている点に注意したい。立原のうちで抽象的な日本回帰の誘惑に危ういところで抗したのは、彼の見かけよりも強靭な雑草的「生活」、「生活」の思想だったのだ。「草舎をたてそこに住む」という選択を私は敗退だとはまったく思わない。

しかし、病は、この慎ましい望みの実現をもはや許さなかった。一二月二六日、秋元寿恵夫の意見により江古田の東京市療養所に入院すると、立原道造はベッドを離れることなく、一九三九（昭和一四）年三月二九日未明、二四歳八ヶ月で亡くなった。

その一週間前のこと、見舞いに訪れた杉山美都枝が「何か欲しいものがあれば、注文なされるといいわ」というと、「五月のそよ風をゼリーにして持つて来て下さい」といったという[23]。それが私にはまるで彼の建築のエッセンスを明かす最期の詩のように思われてならない。

付論I　立原道造の盛岡——北での「対話」

結核による微熱と疲労に悩まされていた立原道造は、一九三八（昭和一三）年七月二一日、石本建築事務所を再度休職し、八月一一日から九月六日まで追分で静養した。そしていったん帰京したのち、九月一五日に婚約者の水戸部アサイや中村真一郎に見送られて上野駅を発ち、上ノ山温泉、楯岡、仙台をへて、九月一九日、彼にとって最北の地となる目的地・盛岡に到着した。洋画家・深沢紅子《こうこ》（一九〇三―一九九三年）のはからいで、彼女の父・四戸慈文《しのへじぶん》（一八七七―一九五二年）に温かく迎えられ、標高一九六メートルの里山・愛宕山の南斜面の裾にあった彼の別荘「生々洞《せいせいどう》」（木造瓦葺き平屋・二八坪六室、一九二八年竣工）を借り、その和室八畳に一〇月一九日まで暮らした。[1] 林檎や葡萄が熟した「北の明るい祝祭の季節」（一九三八年一〇月一九日、堀辰雄宛）であった。一ヶ月におよぶ盛岡住まいには、空気の清浄な地方都市への転地療養の意味合いだけでなく、追分に代わる精神拠点を見出し、文学的・思想的新生を果たすという期待があった。そして盛岡は、彼の眼に期待以上の土地、新しい「ふるさと」と映ったのである。

来るときは山形仙台と石巻みつつの都会をとほつてここに来たけれど、この町にいちばん心がやすまつた。日本の北の国々さへ、僕には行くことの出来ないとほい夢とばかりおもつてゐたのに、今、僕はこんな町にゐる。そして、ここには僕の昨日はひとつもない。僕がかつてこの町を夢みてゐたとはもう考へないでもいいことだ。ただ僕が今この町を愛するだけですべてだ。僕の古い知りびとはみんなちひさい点になつて、あちらの方へ行つてしまつた！　あたらしい生活が生まれさうにもはれる。〔……〕

一月のあひだ僕はここで何をするのだらう。そして僕は何になるのだらう。ちつともかはらない僕がのこるだけかも知れない。どつちでもいい。出来るだけ、僕は、ここで、昨日のない人間の感じられるかぎりの生活をしようとおもふ。

（九月二二日、小山《おやま》正孝宛）

いま僕は　幼児がひとりぼつちであるやうに　ひとりぼつちだ　僕のよむ　スコットランドのメエルヘンのなかで　僕は　あたらしい僕になつて　生れる　あの夕やけのしてゐる　古風な瓦をおいたふるさとの町へ！

（「「盛岡紀行」」一九三八年）

当初の予定では、一〇月末近くまで盛岡に留まり、その後、この手紙の受け手である弘前高校生の小山正孝（一九一六―二〇〇二年）が待つ弘前まで北上し、日本海沿岸を経由して帰京することになっていた（同書簡）。それを急遽大きく変更し、一〇月中旬に寝台車でまっすぐ帰京したのは、結核性の痔瘻（水戸部アサイには一〇月一七日に「心配することはいならいちひさな病ひ」とのみ書いている）が悪化したためだった。四戸家の人々に林檎の花の咲く頃にまた来ると約束したにもかかわらず、一二月、立原は旅先の長崎で吐血し、離盛からわずか五ヶ月後の一九三九（昭和一四）年三月二九日、江古田の東京市療養所で急逝した（享年二四歳八ヶ月）。

彼は盛岡生活に関して、友人知人への書簡に綴ったり、詩（「メヌエット」は生前発表された最後の詩となった）を書いたり、「盛岡」（雑誌『スタイル』一九三九年二月号）というエッセイ（生前発表された最後の文章となった）を書いたりしたほか、「［盛岡紀行］」（角川版第三次全集までは「盛岡ノート」）と仮称されるノートを残した。

「［盛岡紀行］」は扱いの難しい特異なエクリチュールだ。刊行を念頭にしていないとはいえ、帰京後に水戸部アサイにそのノートを手渡し読んでもらうことを約して書き継がれた。実際に彼女に手渡されたという点では書簡に近く、日付はないにせよ日々の出来事が書き継がれた点では日記に近い。ただし、書く行為への自己言及や読み返した感想が文中に散見しており、文章の自立性や意欲性が、彼の書簡やその他の手記・日記より格段に高く、後続する「［長崎紀行］」と並んで作品性が強い。とくに新たな文学的試みとして風景描写に力を注いだことは、「［盛岡紀行］」の以下のような一節から明らかである

――「僕は　文字で景色を人につたへたいなどと　いままで一度もおもひはしなかつた　しかし　いまおまへのために　この僕の眼が　はじめて風景を見たおどろきを　そのまま　おまへにつたへたいとおもふ　そして　それをするには　何と　僕の言葉は　ひとり歩きして　おもひがけない世界をつくつてしまふことか！　僕の言葉の無力さ！　どうしたら　おまへに　この風景をつたへることが出来るだらうか　この風景のよろこびを」。

私は長年宮沢賢治研究をしてきた事情から、賢治が学生生活を送った盛岡にたびたび出かけ、資料を渉猟したり、文学散歩をしたりした。また、文学や思想を「場所」や空間表象から捉えなおすことを基本的な研究スタンスとしてきた。そうした過程で、二〇一三年頃から立原道造と盛岡の関わりに興味を抱くようになった。詩人であるとともに建築家であった人物の盛岡行の意味に迫るには、文学テクストからのアプローチと、盛岡という「場所」からのアプローチを複合するべきだろう。

立原の盛岡生活についての実証的・伝記的研究は、長年、盛岡の詩人・佐藤実（一九三二年盛岡生まれ）によって堅実に積み重ねられ、『立原道造――豊穣の美との際会』（教育出版センター、一九七三年）や『若き詩人の肖像――立原道造論』（ポワ社、二〇一三年）等に集約されている。私はもっぱら彼の著書をたよりに、二〇一四年三月、五月、一〇月、二〇一六年八月、二〇一七年一一月の計五回、ゆかりの場所を巡り、林檎の花も、青い果実も、赤い果実も、積雪も見た。ここでは盛岡の地誌や、立原の風景表象、「対話」概念、宮沢賢治との距離などに焦点をあてながら、研究の途中報告をしておきたい。

宮沢賢治との擦れ違い

立原による宮沢賢治（一八九六―一九三三年）への言及は、盛岡からの数通の書簡中にのみ認められる。九月二八日付の深沢紅子宛書簡では、いま宮沢賢治を読んでおり、彼の作品を「美しい」と思うが、「宮沢賢治もかなしいうそつき」であって、「何かほんとうのもの、僕たちのいつはりをさへほんとうにかへてしまふことの出来る不思議なもの」が欠けていると批評し、「もとは宮沢賢治にはあのイメージの氾濫だけで反発した。しかし今はもつとふかく反発します。大切な大切なもののために」とまとめている。賢治に心酔していた盛岡の詩人・木口《きくち》二郎（本名・菊地暁輝《あきてる》、のちに「宮沢賢治の会」会長となる）が、九月二五日から二八日まで帰省していた深沢紅子（一九三一年に吉祥寺のアトリエで一度だけ賢治に会っていた）を介して生々洞を訪ね、宮沢賢治をめぐって立原と議論となった。立原はこの出来事を念頭に「この町では宮沢賢治は……」と書いた、と佐藤は推量する。立原が読んだのは、彼が盛岡で親しく交流してその書斎（下小路、現・愛宕町）を仕事部屋に使わせてもらった詩人・加藤健（一九〇八―一九四五年、本名・加藤健一、「［盛岡紀行］」では「K」と表記されている）の蔵書中の文圃堂版『宮澤賢治全集』全三巻（一九三四―一九三五年）だろう、とも（『立原道造――豊穣の美との際会』一七頁、八四―八五頁(2)）。

立原が賢治に欠けていると感じた「大切な大切なもの」が何なのかは、文面があまりに短く漠然としているせいで判断しがたい。けれども、この反発は単なる否定ではありえない。すでに立原が賢治を読んでいたことや、反発を感じつつも改めて読みなおし、美しさを感じたことを明かしてもいる。それに、賢治に言及する直前の段落で、「僕はひとのまへにゐると、とめどなくうその僕をつくりだしてしま」う性格のせいで「美しいいつはりの花」をうたってきたが、「今の僕はもつとちがつた歌をうたひたい」と述懐している点に注意しなければならない。つまり「宮沢賢治もかなしいうそつき」という表現は、立原の自己批判の延長でもあるのだ。

他方、「あのイメージの氾濫だけで反発した」という回顧的発言には、賢治との文学上の方向性の違いがよく顕われていると思う。確かに賢治の詩は、詩的形式美から逸脱し、幻想的な「心象」の細かく具体的な描写や、特異な語彙（仏教用語、種々の学術用語、方言、地名、オノマトペ、造語……）に溢れている。それに対して、立原の詩では、概して描写も語彙も抑制され、一四行詩《ソネット》という少ない形式的枠組のなかでの言葉の計算された配列に重きが置かれている。

立原道造は宮沢賢治に無関心なのでも、拒絶していたのでも、共感していたのでもなかった。擦れ違っていたのだ。その読書体験とともに注目すべきなのは、立原が「イーハトーブ」に足を踏み入れたという事実である。盛岡入りして間もなく、彼は『四季』同人の先輩詩人へこう書いている――「まだ方々歩きまはりませんが、小岩井にはそのうちにゆきます。それから啄木の村から岩手山はよく見えるさうですから、好摩の原といふそこにもあそびに行きたいとおもつてゐます」（九月二一日、丸山薫宛）。さらに建築学科後輩へも――「毎日夢のなかでくらしてゐるやうにぼんやりとしてゐて　どこへも出てゆかない　厨川や平泉にもまだ　小岩井やリアス式海岸にもまだ……」（九月二七日、小場晴夫宛）。訪ねるべき場所として「平泉」を挙げているのは松尾芭蕉への敬愛からだろうが、「小岩井農場」を挙げているのは『春と修羅』所収の長詩「小岩井農場」を意識してではないだろうか。書き残したものからは小岩井農場に行ったかどうかわからないが、森荘已池は小岩井農場へ行く途中の立原に盛岡駅頭で出会ったと佐藤実に語っていた（佐藤同書、八四頁）。

盛岡市内の立原の親しんだエリアが、賢治の親しんだエリアと大幅に重なっていることは、とくに私の関心をそそる。盛岡高等農林学校とその周囲（上田地区）をのぞけば、互いにほぼ一致するのだ。文圃堂版『宮澤賢治全集』には短歌も文語詩も書簡も年譜も欠けているので、立原自身はそれを充分意識していなかった可能性があるが……。

愛宕山とその並びの北山の南側一帯は南部藩盛岡城の鬼門にあたり、盛岡有数の由緒ある寺院が連なる。賢治は盛岡中学校四年次から五年次にかけて（一九一二―一九一四年）、清養院（曹洞宗）、継いで

図Ⅰ-1　願教寺本堂（筆者撮影）

徳玄寺（浄土真宗）に下宿し、報恩寺（曹洞宗）で尾崎文英の指導のもと参禅した。「雨ニモマケズ手帳」には、報恩寺の読経を題材とした文語詩草稿が記されている。盛中卒業後、一九一五年一月に教浄寺（時宗）に下宿しながら盛岡高農の受験勉強に励んだ。盛中五年次の秋に島地大等《しまじだいとう》編『漢和対照妙法蓮華経』を読んで感激した賢治は、盛岡高農一年次の夏休みに願教寺（浄土真宗）【図Ⅰ-1】で大等による仏教講習会を受講した。「本堂の／高座に島地大等の／ひとみに映る／黄なる薄明」という歌を詠んでおり、境内に歌碑（二〇〇六年建立）がある。「雨ニモマケズ手帳」には「経埋ムベキ山」として、彼が法華経の埋経を望む岩手県下三二山が列挙されているが、それに「愛宕山」が含まれている事実は、盛岡北東郊外での仏教体験が晩年の賢治にとっても意義深いものだったことを証している。

四戸慈文も熱心な仏教徒で、島地大等（一八七五―一九二七年）に私淑し、「慈文」という下の名は大等から拝受した号である。[3] 別荘を愛宕山下に設けた理由の一端は、願教寺に近いことだったに違いない。その「生々洞」という命名も、大等の唱えた「生々主義」にちなんだものだ。慈文は、願教寺夏期仏教講習会の当初から世話人を務めていたので、互いにどの程度意識したかはわらないが、賢治とも会っていたはずである。

一九一七年、島地大等を顧問とする睦《むつみ》幼稚園が肴町に開園し、慈文は理事に就くと、園児たちに童話を毎週語り聞かせることをはじめ、やがて他の施設や機会でも童話や仏教説話の語り聞かせをするようになった。その関係で生々洞の書斎には『世界童話大系』全二三巻（世界童話大系刊行会、一九二四―一九二八年）が揃っていた。[4] 立原はそれを熱心に読んでおり、この読書と宮沢賢治再読のあいだには内的関連があったようだ――「夜など、このごろ、世界童話大系といふ尨大なものをよんでゐる。この町では宮沢賢治は一部では神さまのやうなのでおどろく」（九月二八日、猪野謙二宛）。「［盛岡紀行］」で「僕のよむスコットランドのメエルヘン」とか、「ひるねをしながらアンデルセンをよみました」といっているのも、『世界童話大系』の読書のことである。立原は盛岡に対して、意識的にスコットランドやコペンハーゲンの童話的イメージを重ねていた。そこにイーハトーブ童話のイメージが混じるのは自然な成り行きではないだろうか。

「［盛岡紀行］」にも願教寺が点景として登場する――「もう太陽は山のあちらに夕映えを染めているきりだ　山の輪郭は正しいジグザグをかいてゐる　いつも時間ををしへる下り列車が　いまトンネルを出て願教寺のところをすぎるのが見えた」。愛宕山に穿たれたトンネルを抜けて願教寺のそばを通過する列車は、山田線の「下り」ではなく上りだが。なお、立原は一〇月一日の生田勉宛の手紙で報恩寺の絵葉書を使用している。北山の寺院群をひととおり巡ったと思われるが、賢治と比較すると仏教への関心の薄さが際立つ。

立原が盛岡で親しんだもうひとつのエリアは、中津川沿いである。市の中心部のデパートやカフェや映画館へ行く場合、その右岸沿いの道（加藤健の家がある下小路）や、左岸沿いの道（加賀野文化小路、加賀野小路、内加賀野）、または川原を歩くのを常としただけでなく、南下し切って中津川と雫石川が北上川に合流する落合付近へまで足を延ばす散歩を好んだ。

僕は　木の橋をわたつた　そして　青いさいかちの　木の下を行つた　古風な擬宝珠のついた橋があつた　そのあちらにも　火の見櫓があつた　この町のメインストリートへ行き　デパートの屋上にのぼつた　かはいらしい町が全部見渡せた　山も見えた　川も見えた　稚拙な雰囲気のあるメイン《ママ》・ストリートのひとつのデパートの主人の一本足の少年にも会つた　（「「盛岡紀行」」）

市の中央を、水のきれいな中津川がながれてゐる。ひろい河原にはわすれな草と花茨がみちあふれて、牛の群が真昼には遊んでゐる、夕ぐれになると馬が何頭もさいかちの木の下へおとなしく洗はれに来る。中津川には七つの橋がかかつてゐてみなそれぞれに異なつた形をしてゐる。〔……〕中津川は町のはづれで北上川と雫石川と合流する、緑色の渦を巻いて。川ぞひに杉土手があつて丈高い杉の並木が続く。　（「盛岡」、『スタイル』一九三九年二月号）

「「盛岡紀行」」の方で立原が渡った「木の橋」とは富士見橋だ。そこから岩手山（南部富士）がよく見えるこの橋は、その後、洪水で流され、現在は新たな鉄の橋となっている。「古風な擬宝珠のついた橋」は、そのひとつ下流に現存する上《かみ》ノ橋。江戸時代の青銅製擬宝珠が使用されていたが、橋本体は一九三五年に架け替えられたばかりで、橋脚は鉄筋コンクリートだった。立原が見た「火の見櫓」は、さらに下流の与ノ字橋東岸（左岸）、紺屋町に盛岡市保存建造物として現存する。ひとつ先に、中心街を結ぶ、交通量が多い中ノ橋が架かる。[5] 最初の盛岡散策の際に屋上に登ったという「デパート」は、東岸の中ノ橋通り沿いにあった松屋デパート。当時、その並びの肴町との角に川徳デパート（「盛岡」では「河徳デパート」と誤記されている）も建っていた。後者の青年社長・川村徳助（筆名・唐木京助）

図Ⅰ－２　創業時の岩手牛乳ミルクプラント（『岩手牛乳30年のあゆみ』より）

は詩を愛し、『萱草に寄す』購入希望をめぐって立原と文通があった青年で、脊椎カリエスのせいで松葉杖を突いていた。「デパートの主人の一本足の少年」というのは彼を指す（佐藤同書、五八頁）。

　中津川が北上川に合流する少し手前に、もうひとつ江戸時代の青銅製擬宝珠の欄干を備えた橋、下《しも》ノ橋が架かる。賢治は、一九一七年、盛岡高等農林学校三年生のとき、この橋の西岸（右岸）大沢川原の民家に弟清六や従弟と一緒に下宿した。今日では橋詰に、賢治がここで蒼前祭の馬の行列を見物してうたった方言短歌連作「ちゃんがちゃがうまこ」の歌碑（一九九九年建立）が見られる。ただし、文圃堂版宮沢賢治全集には収録されていないので、立原はこれを意識しなかっただろう。

　ところで、立原が「さいかち」に繰り返し言及していることが注目にあたいする。盛岡行以前に書いたものには登場しない樹木である。盛岡で執筆したと思われる生前未発表詩「「夕映えが　殁落をなしとげてから」」には、風と結びついて「さいかち」が登場する――「私たちの耳に　私たちのあつた日の／あの曇天に鳴つてゐた　青いさいかちの／実の群が　はげしく　風に　告げたものを／ふたたびきくことは出来まいか！」。立原がいた季節には、ちょうど長くくねった莢《さや》が実っていたはずだ。事実として立原が群生していたさいかちを気に入ったのだといえばそれまでかもしれないが、『風の又三郎』

の「さいかち淵」のイメージが反映している可能性があるのだ。川で村童たちと高田三郎が鬼ごっこをしているうちに、独り三郎が川岸のさいかちの木の下に取り残されると、にわかに雷鳴が轟き、風が吹き出し、夕立となる。

建築家・立原道造のうちには、古風で庶民的な建物や街並への郷愁と、清楚なモダン建築への志向が共存していた。盛岡でも彼は明治期やそれ以前の趣きのある街並を讃える一方で、生々洞の最寄りの「石の橋」（文化橋）[6]を渡って左手川岸（春木場）にあった新しい「ミルクプラントの建物」を非常に褒めていた。

ここの川原はミルクプラントの建物があります。ごくうすい緑灰色の壁に緑色の瓦棒葺の屋根のあるその建物は、ポプラに包まれて美しい建物です。だれの設計か知らないし、なかにはいつてしらべたりするほど熱心な僕ではないから、外からいつもぼんやり見てゐます。つつましい好ましい感じの建物で、野心も何もないそれだけのよさです。窓は灰色がかつたクリーム色の木製サッシュで、大きな窓と、小さな窓とが、バランスして南面についてゐます。僕がいつも見るのはその面なのです。これがこの市でおそらくは唯一の、僕たちの意味で、新しい建築です。ここの郵便局は木造のクラシックなペンキ塗の建物です。電話局も大分古いものらしいし、公会堂は日比谷の亜流。その他の官衙《かんが》は皆地方の小都市らしい古風さで、しづかに町の一角をつくつてゐます。その近くに不来方《こずかた》城があるのです。古い民家や何かはすくないが、あるのはどれも美しいものがあります。

（一九三八年一〇月一九日、入江雄太郎宛）

立原の気にいったミルクプラントは、前年の一九三七年に創業したばかりの「岩手牛乳」本社工場である（一九七二年移転後、解体された）【図Ⅰ－2】。その前を中津川に並行して通る直線道路、加賀野文化小路の両側には、一九二二年に建設された盛岡最初の市営文化住宅が整然と並んでいた。(7) 岩手牛乳ミルクプラントは、モダンな「郊外」に造られた先端的な工場だったと考えられる。なお岩手県公会堂は、日比谷公会堂と同じく佐藤功一の設計で、日比谷公会堂より先に建っている。それに「公会堂は日比谷の亜流」という表現は、文脈と立原の建築上の嗜好から考えると、むしろ肯定的評価ではないだろうか。

浅間高原から岩手山を望む郊外へ

立原が中津川沿いの散歩以上に好み、彼に豊かな文学的な実りをもたらしたのは、生々洞の裏山・愛宕山における散歩だった。

生々洞は一九八三年に別様に建て替えられたが、(8) 栗山大膳《だいぜん》の墓へ行く坂道の登り口に、「生々洞」と刻まれた黒御影の小さな石柱が門前にある住宅が存在するので、正確にその場所がわかる（旧・愛宕下、現・愛宕町二三―五）。手前の分岐点には大膳の墓と愛宕山記念公園展望台への道を表示した道標が立っている。その矢印にしたがわずに左折し、盛岡バイパスに出たところで、山裾の階段（バイパス開通以前は別の坂道があった）を登ると、舗装されていない蛇行した林道となる【図Ⅰ－3】。佐藤によれば、この林道こそ立原が愛した愛宕山の散策路にほかならず、一帯にはまだ当時の面影が濃厚に残っているという。

新しい盛岡斎場や霊園を抜ければ、右側が雑木林になり、左側にまさに立原が書いているとおりの眺めが展ける。「［盛岡紀行］」から、立原が愛宕山にはじめて登ったときの記述を引用する。

　この裏山に　僕はまた叢をいくつも見つけた

いまそのひとつで　これを書いてゐる　このやうな叢で　いちばん多く　おまへのことをかんがへよう　何といふ虫か　たいへん美しい声で鳴く虫がまはりにゐる　そして眼の下に盛岡の町がすつかり見わたせる。〔……〕

　ここから　すこし行くと、それは葡萄や林檎の果樹園を通つてなのだが、小高い丘に出る。そこでは岩手山が　そのスロープを　かなり裾まで見せる。そしてヒメカミ山も　いつしよに見える。しかし　このふたつの大きな山のあひだに　ちひさい緑の丘が　ひろい高原をつくるのを妨げてゐる。〔……〕

図Ⅰ－３　愛宕山の散歩道（筆者撮影）

　裏の山へのぼつて　はじめて岩手山が見えるところは　ポプラの木が天に向つて　二本立つてゐる　そして　低い緑の丘が　右のすそにあり　左は盛岡の市街の方へいくつもの起伏をくりかへしながら　斜面がながれてゐる

　僕の見つけた叢は　そこから　すこし行つたところだ

　しかしあの叢は　小径に面してゐるので　人が通るたびに

みんな　見えてしまふ　そして　人がずゐぶんたくさん通る

追分の叢のやうなわけにいかないのだ

追分で　僕は　不毛の美しさといふことを知った　そして　それを何よりも信じた。今　ここで
僕は fruchtbarkeit の美しさといふものをはじめて学ぶ。葡萄園の甘いにほひにみちた緑　木の枝に
赤く熟れた林檎　そして　それらがつづいてゐる　ちひさい丘　それが夕陽をうけるとき　土が赤
くかがやく　僕には　はじめてひらけた美しさだ

（「「盛岡紀行」」）

私は、周囲に注意しながらゆっくり林道を歩いていたところ、佐藤実が『立原道造――豊穣の美との際会』で立原の「叢」のひとつと比定していた草原とおぼしき緩斜面を右側に見出し、驚いた。まさか景観のために保存しているはずはないから、牧草地だろうか。

追分の高原風景と比較しながら、立原は、はじめて見た林檎の実りに、人間の営みが自然に関与して実現する「fruchtbarkeit の美しさ」を強く感じ、自分の風景認識の変化を確認している。[9]「豊穣、肥沃、多産性」を意味する「fruchtbarkeit」というドイツ語は、「frucht」（果物）に由来する。豊穣な町という盛岡の印象には、生々洞の庭に柿やアケビがなっていたことや、加藤夫妻のもてなしなども与っていたはずだ。立原は予告より一日遅れで盛岡入りしたが、慈文を通じて来盛を知らされていた加藤健と英子夫人は、前日の九月一八日に洋梨や詩集を生々洞へ届け、そこで立原の到着を待ってくれていた。その後、立原は何度か加藤宅で、庭の葡萄を手ずからもいだり、「泡立てたオムレツ　無果花の砂糖煮　苺のジヤム　家で焼いたフランスパン　熱いココア」（「「盛岡紀行」」）などを摂った。また農の風景の発見という側面では、宮沢賢治再読の影響が考えられる。

こうした新たな風景評価は、この時期、立原が風景を無数の無名な人々のまなざしの集積として捉えるようになったこととも、どこかで相関しているはずだ。前九年の役の古戦場・厨川へ遠足したとき、立原はこんな感慨にふけっている——「前九年之役の遺趾に立つて　僕は　それらの風景を見る　かつて　だれかここに立つて見た秋の日もまたかうではなかつたらうか。僕の眼にながれてゐるとほい昔の顔も見知らない人の眼　僕の血——僕は　だまつて　時のなかに漂ひ出す　しかも　ここにしつかり立ちつくしたまま　胸がはげしく波立つ」（同）。

　愛宕山散策へ話を戻すと、それ以前からの連続と変化が絶妙に畳み込まれているということに気づかされる。偶然とはいえ、旧軽井沢の後背の小山の名も「愛宕山」である。「叢」は追分のそれに比べると人目にさらされやすく、立原が好きな高原の広がりが欠けていた。そのかわり、この豊穣な土地には農の風景が広がり、山や清流と都市とが、美しく近接・共存しており、街路樹、庭木、屋敷林などにも富んでいた。「町を囲んだ丘のどれかひとつにのぼつて見おろすと、森のなかに家々の屋根がいりまぢり、くろい緑の落着いた町になる。背景は美しい死火山岩手山が渋い赤茶色で、ゆるやかな線で描かれた輪廓をみたしてゐる。秋十月と、春五月は、北方の祭のやうに美しい町である」（「盛岡」）。

　ちなみに宮沢賢治の『ポラーノの広場』の冒頭で、かつてモリーオ市郊外に独居していた語り手キューストは、盛岡市をモデルとしたモリーオ市をこんなふうに回想している——「毎朝その乳をしぼつてつめたいパンにひたしてたべ、それから黒い革のかばんへすこしの書類や雑誌を入れ、靴もきれいにみがき、並木のポプラの影法師を大股にわたつて市の役所へ出て行くのでした。あのイーハトーヴォ[10]のすきとほつた風、夏でも底に冷たさをもつ青い空、うつくしい森で飾られたモリーオ市、初秋のぎらぎら光る草の波。〔……〕では、わたくしはいくつかの小さなみだしをつけながら、しづかにあの年のイーハドーヴォの五月から十月までを書きつけませう」(『ポラーノの広場』文圃堂全集版/以下賢治の引用は同全集から)。

追分との比較は、同時に相当な類似も含意していると見るべきだろう。南西から北西にかけてのスカイラインを形づくる奥羽山脈、すなわち褐色を帯びた二〇三八メートルの火山・岩手山や、それに連なる青々とした南昌山連山は、浅間山とその連山に相当する。北東側で岩手山と対面する一一二四メートルの姫神山は、追分から遠望した八ヶ岳に相当しようか。「叢」と火山は、とくに立原の郷愁を強く刺戟する組み合わせにほかならない。非常に興味深いのは、こうした山々に取り囲まれた牧歌的別天地が、

図Ⅰ-4　散歩道から望む盛岡市街と南昌山連山(筆者撮影)

図Ⅰ-5　林檎園ごしの岩手山夕景(筆者撮影)

市中心部から一キロ程度の郊外、住まいからわずか十数分ほどの「小高い丘」から、「全円周」として満喫できたという点である。[11] 起伏や樹林の関係で、生々洞前の日常的景色がすっかり隠される一方、林道のいくつかの箇所で、林檎園の彼方に、日の沈む南昌山を遠景として、あたかも小さな谷間の町のように盛岡駅方面の灯りが覗く【図Ⅰ-4・5】。その日没の美しさは、林檎の果実の赤や、果樹園の土が濃い赤土であることによって強められている。[12] ここは嘘のようにうまくできた空間なのだ。

小都市の郊外において完結感のある風景が享受できる穴場という意味では、愛宕山は、石本建築事務所時代に彼が別荘「ヒアシンスハウス」を建てようと夢みていた浦和市（現・さいたま市南区）の別所沼にも通じる。立原は生々洞に、ヒアシンスハウスの夢を重ねていたのかもしれない。窓からポプラ並木が見える屋根裏部屋に住み、ヒアシンスハウスの西窓の外にポプラを二本植えようと考えていた彼は、林道のちょうど西に二本ポプラが立っていたことや、生々洞の窓から文化橋のたもとのポプラの一群を望めたことを、不思議な暗合のように受け止めたのではないだろうか。[13]

生々洞での生活がうたい込まれた一四行詩を全文引用する。

メヌエット

やさしい鳥　やさしい花　やさしい歌
私らは　林のなかの　一軒家の
にほひのよい春を　夢みてゐた
鄙《ひな》びた　古い　小唄のやうに

青い魚
光る果実
ながれる雲　星のにほひ
ちひさい炎

風が　語つて　忘れさせてゆく
淡い色のついた春を　夢みてゐた
ひとつの　古い　物語のやうに……

夜窓の星と　置洋燈の　またたきが
祝つてくれた　ひとつの　ねがひ
優しい鳥　優しい花　優しい歌

（『文芸汎論』一九三九年一月号）

生々洞の眼下には田圃が広がり市街地まで視界が開けていたので、「林のなかの　一軒家」というのはまさに「夢」といえるが、当時、まわりにまだ他の建物は一切なく、三方が愛宕山の雑木林に取り囲まれていたという背景がある。「光る果実」が、裏山の林檎園を念頭に置いたものであることはいうまでもない。立原は日本橋の屋根裏部屋で洋燈を愛用しており、洋燈は多くの立原作品に登場する。生々洞にはうまい具合に「置洋燈」が実際にあったという。

一九三七年一一月の油屋旅館焼失後、もはや追分が「ふるさと」とは感じられなくなった立原は、「あたらしいふるさと」を浦和に築こうとし（一九三八年二月中旬、深沢紅子宛）、しだいに軽井沢での人間関係や堀辰雄的文学からの離脱も志向するようになった。それが過去からの単純な断絶としてではなく、継承・発展をはらんだ飛躍として希求されていたとすれば、盛岡北郊が彼の眼に絶好の揺籃と映ったのも非常に納得がいく。

「嘘」と「対話」

ところが、盛岡滞在の半ばで大きな波瀾が生じた。『四季』の年少の詩人・野村英夫（一九一七―一九四八年）が、立原を頼って一〇月一日頃に来盛すると、彼の承諾を充分得ないまま一五日まで生々洞に同宿しつづけたのだ。その間、小山正孝も、弘前行きを断念した立原から招待の手紙をもらって一〇月七日夜に生々洞を訪ね、二泊した。[14] 立原は「［盛岡紀行］」で野村のことを「N」と表記し、静かな生活や『風立ちぬ』論の執筆が妨げられたことに対する鬱屈した憤りを、激しい言葉で書きつけている――「ここできづき得ただらう　今とは別のくらしがある　それを踏みにじつたN　僕はNを憎みながら　なにもなし得ない〔……〕いま　Nは　無恥な顔で粗暴に梨を食べてゐる　しかも　自分が僕にとつて何であるかを知らずに　僕の持つてゐる　このにくしみ――これをすら　僕には　Nに　投げ与へ得ない／僕の愛する平和のためにのみ　また　僕自らにかへつて来る傷をおそれるためにのみ　しかし　僕もまた　あまりに　日常的　あまりに　臆病ではないか！」。

立原が非常にいらだったことは、盛岡滞在に賭けたものの大きさから充分理解できるが、驚かざるをえないのは、野村が山本書店版『立原道造全集』（一九四一、一九四三年）編集委員として「[盛岡紀行]」を読むまでその憤懣に気づかなかったこと[15]……というよりも、立原が憤懣を態度に表さず、外見上は野村を歓待しつづけたことの方だろう。ここには、まさに「ひとのまへにゐると、とめどなくうその自分をつくりだしてしま」うという、彼の社交性が露呈している。

ところで、小山が盛岡でのことを戦後になって回想した数篇のエッセイ（『詩人薄命』〔潮流社、二〇〇四年〕所収）は、これまで立原研究でほとんど取りあげられていないが、貴重な資料的価値を蔵している。

一〇月八日の午後、まず立原は彼と野村を栗山大膳の墓前へ連れて行き、森鷗外の史伝『栗山大膳』について語った。それから散歩道の先の岩手山と姫神山のビューポイントを紹介したあと、立原は彼らと「叢」に腰をおろし、「人間は対話といふことをくりかへす。一人でゐる時にでも、一人の中で対話してゐる。暗いのはいけない……」と一人で熱弁した。小山は「何故この人はこんなにしやべるのだらう。僕が孤独である事自体が、この人にとつて何故そんなに悪い事なんだらふか」と思ったという（小山「素描――立原さんのこと」、遺稿）。なお、立原はすでに小山に手紙で「対話」の重要性を説いていた――「孤独を僕はいまは信じられません。絶えず対話といふことを、そして「共にして」といふことをかんがへてゐます。「誰か」と。孤独を誰かにさらすとき、孤独はあり得るでせうか。僕のかんがへてゐる対話といふこと。……僕の一切の文学の主題といふより、もつと多く根拠に就て。僕らは生の「比較級」をいつも考へたいとおもひます、僕らの変様に就て」（一九三八年八月二九日）。

「叢」での休憩後、立原は「赤い小さな家」を見に行こうと彼らを促し、散歩道から二〇〇メートルほど離れた西洋館を示した。そこでも道の片側が林檎園だったことから話題は林檎へ転じた。小山は、林檎の花を見たことがないという立原にいった——

「林檎の花盛りをご存知ないのですね。いいものですよ」

僕は弘前高等学校の生徒だつたので、林檎の事だけは立原さんよりよく知つてゐた。二人は畑に入り込んだ。一人の百姓が林檎の袋を取る仕事をしてゐた。立原さんはその男に近づいて、話しかけた。洋服を着た東京弁の背の高いノオトを持つた男に話しかけられて、百姓は顔をすつかり赤らめて、仕事の手をやすめて、立原さんに応答した。はたから聞いていてもはらはらする位林檎学の初歩的質問をして、百姓はいちいちていねいに答へてゐた。ノオトにちよいと書いたりして、その対話ぶりは神妙なものであつた。(全集第三巻九一頁―九二頁の林檎の名前がその際の筆記である)

(小山同エッセイ)

参照が指示されている「全集」は、角川版第三次『立原道造全集』。現在の筑摩書房版全集では第三巻一〇〇―一〇一頁に掲載されている「[盛岡紀行]」の一節である——「(寝台車のなかで僕は思ひ出してゐる)//もつと北の町から　友人が訪れた　三人になつて　僕らはうまくくらせなかつた　そのころから　Nとのあひだにかすかな裂目がはいつたのだらうか」と書き出され、「べにさきがけ　八月上旬/いはい　八月中旬〔……〕」といった具合に林檎の品種名とその果実の収穫期が列挙されたあと、「(こんな日常の　目立たない果物の名を　ある午后　僕は果樹の下に立つて　書きつける　朴訥な顔をした男が　僕のまへで　その名を読む　それは　ひとつの　そのままの歌のやうだと　僕は　おもつて書くのではない　ただ　おまへにきかせたいから　それもちがふ——　その男があまり熱心に僕に　それらの名を告げるので　耳できいたばかりでは　僕のシンセリテイが　彼のシンセリテイに挨拶することが出来ないやうにおもはれたからだ)」と締めくくられる。

小山の回想から、立原がまるで心象スケッチをする宮沢賢治のように、ノートを携え、相手の前でも筆記していたということがわかる。それは大学ノートで、生々洞を出るとき立原は「ノートを片手に丸めて持つて、少しテレながら、「新聞記者みたいにノートをとるんだ」と言つてゐた」という(小山「立原道造の背後にあるもの」一九七二年)。農民とのやりとりを記している点も賢治めいている。「(寝台車のなかで僕は思ひ出してゐる)」から「かすかな裂目がはいつたのだらうか」までの文章は、草色の色鉛筆で記されており、帰京時の寝台車のなかでの追記と推量される。同様の草色の文章は、他にも数ヶ所見られる。かくして「[盛岡紀行]」は、「いま」という現在進行性・即時性と回想性が共存する重層的テクストとなっている。私たちは「[盛岡紀行]」の作品性・小説性を、従来思われてきた以上に見積もるべきだろう。

ここで「対話」という言葉に着目しておきたい。加藤夫妻の親切に触れて、立原は記す――「北の国で　僕はもつと孤独にと　かんがへた　しかし僕は　孤独になるまえへに　僕にそそいでゐるこんな好意にめぐりあつた　僕の心は　孤独のなかに住むことを　自ら　拒むだらう／いつも　対話――そこにだけ　やはり　僕は　自分の生を　おかなくては　ならないだらう」。離盛から一ヶ月後、加藤にこうも述べている――「「この道やゆく人なしに秋のくれ」の告白する〔芭蕉の〕寂寥は、孤高な完成者の涙ではなくして、一層大きな彷徨者の持つ悲哀だけを素朴にうたつたのではないでせうか。言葉とはこのとき何であつたか。それはひとつの中間者(mittler)として、ことだまとして、僕と全体のあひだを結ぶもの、従つて僕のものであり、しかし僕のみのものでなく、自分が生きて言葉をいふことが責任あり力強いものになるものとして生まれます。／北方の冬のなかで、あなたが孤独に生きられるときにさへ、あなたは孤独にとどまることはもう出来ません。僕らのあひだに、言葉が、何かを語らずにゐない言葉がきづく世界が、共通の財宝として結びつけるゆゑに」（一九三八年一一月一九日、加藤健宛）。

「対話」は、一九三八年初夏以降立原の書いたものに頻出するキーワードにほかならないが、通常の用法から大きくずれているうえに、かなり多様な表情を呈しており、立原研究の論点となってきた。それをいま過不足なく定義する用意は私にはないが、押さえておくべき三つのポイントを指摘しておこう。

（一）　小山宛書簡からもわかるように、「対話」は、詩的なものの生成や自己の変様に直結した営みであって、対面して相手と交す「会話」を必ずしも意味しない。それは「共にして」という自己の存在論的態勢であり、書くことの「根拠」の自覚とかかわる。この点で、ハイデガー『ヘルダーリンと詩の本質』（理想社出版部、一九三八年三月）の対話概念の影響が考えられる（影山恒男・名木橋忠大説）。ただし差異をともなって。賢治の詩が「会話」をしばしば組み込んでいるのと対蹠的に、概して立原の詩はモノローグ的だが、彼は、芥川龍之介や堀辰雄や中島敦がそうであるように、読んで書く作家だった。つまり、彼にとって、書くこと自体、他の作家ないし先行テクストとの「対話」にほかならなかった。一九三八年に「対話」ということを語る際に特徴的なのは、間テクスト的な書き方をめぐって、共同性と差異化という矛盾しかねない二側面が強調されていることだ。盛岡で「Ⅶ」と「Ⅷ」が書かれた堀辰雄論「風立ちぬ」――全体が師匠・堀辰雄との批判的「対話」として位置づけられている――に、この緊張はもっとも強く顕われている。一九三八年四月に単行本化されたばかりの堀の小説『風立ちぬ』から、「しかし人生といふものは、お前がいつもさうしてゐるやうに、何もかもそれに任せ切つて置いた方がいいのだ」という「私」の言葉を引用して、立原は自問する――「僕らの別離の瞬間に不思議に対話はこの言葉の上にためらつてゐる。この言葉に、否を架けるか、諾を架けるか、このあれかこれかの答を堀辰雄は僕に要求する。〔……〕第一の否がここに告白される。〔……〕僕が肯定の別離なくして、否と拒絶するならば、それは単なる破壊であり、一層あはれな惨落である。否定の地盤である別離は肯定でなくてはならなかつた。この《風立ちぬ》の停止するこの瞬間に僕は美しい晩秋の最高のアダジオを経験する。ひとつの陽ざしが凋落を明るく彩る。風景の完成する紐帯を隔てて、堀辰雄と僕と、ふたたび唇にのぼせる――風立ちぬ、いざ生きめやもと」(「風立ちぬ」Ⅷ)。

(二)「対話」は「孤独」よりも重要なモメントと見なされているが、「孤独」を排除するどころか、必然的にともなうものだ。「孤独を誰かにさらすとき、孤独はあり得るでせうか」というイローニッシュな口調に注意しよう。「対話」とは、「孤独を誰かにさらす」ことであり、その意味で「告白」なのだ。そしてそのことを通じて、立原は誰かとの同一化ではなく、中間での自己変様を欲している。彼が堀と対話するために堀から離れなければならなかった理由、亡くなった中原中也の『山羊の歌』(一九三四年)に対する批評「別離」(『四季』一九三八年六月号)で、「僕の考へてゐる言葉での孤独な詩」と「魂の告白」と「対話」を類義語とした理由、野村とのつきあいが「対話」の妨げとなった理由は、ここに見出される。だが、他者の言葉と自己の言葉との交流が内的な変様に向かうか、不毛な饒舌に陥るかの分岐が、あらかじめ識別しがたいほどの微妙な差によること、かくして「対話」が浅薄な追随やパロディーに陥る危険と踵を接しているということも、また確かである。

(三)立原の生を内的に変様させる「対話」は、単に人間とのものとは限らない。彼と他者との「対話」を可能にする「共通の財宝」は、言葉に限らない。風景もまた「共通の財宝」である。「蝶やとんぼや蟬などに、僕の心はびつくりしてゐて、まだ対話が出来ません。いつから対話ができるやうになるか。さうしたら僕の世界の色がすこしかはるかも知れません。色は暗い緑だつた僕の世界が変様する、ここにも、ひとつの営みを信じてゐます。けふからの営みに――それから明日」（一九三八年七月二七日、大森馬込の室生犀星邸から津村信夫宛）。「僕は　かへりにここ〔石巻〕によつて　一と月くらす約束をする　こんなところで僕が海と対話してくらしたら　どんなにいいことだらう」（「〔盛岡紀行〕」）。立原が風景を他者の営みの堆積や文学の痕跡として受容したことによって、風景との対話はテクストとの対話に匹敵する意義を獲得したに違いない。渋民を訪ねた立原は、「やはらかに柳あをめる／北上の岸辺目に見ゆ／泣けとごとくに」という石川啄木の歌が刻まれた石碑（一九二二［大正一一］年建立）が建つ河岸段丘突端からの眺めを、過去の他者たちの時間への思いと自己変様の予感とともに語っている――「この丘の下に　鉄道線路が　ある　今　列車が走りすぎたところだ　ここは啄木の生れた村だヒメカミ山もここではずゐぶんちがつて見える　藁家のちらばつてゐるのは　もうとりいれのはじまつてゐる田圃のなかだ　僕は　時間といふものを　歴史がとらへてゐる瞬間をかんがへてゐる　ひとつの歴史　ひとりの詩人　顔も見知らないむかしの人がここにゐて　ここで自分の成長をいとなんだ――それと　あはせて　僕にもまた　自分の内なる　しづかな変転が　かんがへられて来るのだ[16]」（同）。

愛宕山での「対話」

一九三八年夏の追分で立原は中村真一郎に「健康が回復したら、今度は純粋な散文によって、小説家の仕事をしたい」と語り、トーマス・マンの短編の研究をはじめていたという（中村「人と作品」、『日本詩人全集28 立原道造』［新潮社、一九六八年］／傍点は中村による）。野村英夫も、盛岡で立原が「町で見つけて来た小山内薫の北欧旅行記だの、トーマス・マンの短篇集なんかを読んで居られた」と回想している（野村「追悼」、『四季』一九三九年七月号）。

その種の小説の草稿や構想メモは発見されていない。しかし、私はそもそも「［盛岡紀行］」、「［長崎紀行］」自体が新たな小説の試作という意味合いをもっていたのだと考えている。

佐藤は「［盛岡紀行］」と堀の「物語の女」（『文芸春秋』一九三四年一〇月号／単行本『菜穂子』［一九四一年］に「楡の家　第一部」として収録）との類似を指摘している。[17] これは三村夫人が、娘・菜穂子に自分の死後にでも偶然発見して読んでもらうつもりで、独りO村（モデルは追分）の山荘で書いた日記、という体裁を取っており、菜穂子に対して「お前」という語りかけが繰りかえされている。私はそれに加えて、立原が盛岡で「対話」している真最中だった『風立ちぬ』を挙げたい。愛する女性へ宛てた手紙のように「お前」という二人称が地の文で使われているのは、「序曲」と最終章「死のかげの谷」だけだが、全体がクロノロジカルに配列された断章からなっており、「死のかげの谷」は日記のかたちを取っている。「物語の女」が数年にわたる過去を一日のうちに回想しているのに対し、日々の出来事が比較的短い文章で語られている点が、より「［盛岡紀行］」に似ている。しかし、もっと似ているのは、「［盛岡紀行］」の本質的部分、母が娘に対して語る物語ではなく、愛し合う婚約者たちの男が女に語ったり女を語ったりする一人称の物語となっていることや、そこでの繊細極まりない風景描写が「対話」的な価値を担っていること、不在の「お前／おまへ」が生々しい気配として風景に潜在することである。

ただし、「［盛岡紀行］」では女ではなく男の方が結核の静養をしていること、二人が終始遠く離れて生活していて直接的会話がないこと、現実に女がノートを読むにいたることなど、重要な違いも存在する。また「［盛岡紀行］」の方が、ずっと現在進行性が強い。立原がこれほど現在形で出来事を叙述した散文は、これ以前になかったはずだ。彼は『風立ちぬ』に対抗しながら、自己超克の試みとして「［盛岡紀行］」を書いたのだろう（競争、戯れ、エロスを欠いたハイデガーの「対話」との差異）。すなわち「［盛岡紀行］」（と「［長崎紀行］」）自体が、「おまへ」との「対話」であるとともに、『風立ちぬ』との、評論「風立ちぬ」とは別の形式での「対話」となっているということである。

立原は九月二七日に深沢紅子や唐木京助を「叢」へ連れて行った。そしてその翌日、つまり深沢を盛岡駅で見送った日の夕方、独りで「叢」を再訪した。そのときの記述は、「［盛岡紀行］」の風景描写のピークといっていいだろう。「おまへ」の出方に注意して読まれたい。

> 昨日よりも　すこしおそい時刻に　そして　この叢をはじめて見た日のこの時刻に　僕はまたここに来る　そして　おまへのことをかんがへはじめる
>
> 幾たりもの人の訪れのために　おまへは　ずつととほくに行つてゐた　しかしいまは　ここに着いたときのやうに　僕は　またひとりだ　そして　おまへは　またかへつて来る
>
> とんぼが空に何千となく　あつまつてゐる　空は美しく夕やけしてゐる　そして町は下の方に浮彫された影絵を描いてゐる　また風景は　僕のまへに　その全円周を色どりで飾つてゐる　限りなく微妙な　複雑な緑と　紅を帯びた乳色と　うすい水色との色どりで　そして　光はとうに弱められて　うすらあかるい地の上に　影がこの絵を　僕の眼に　描いてゐるのだ　夕映さへが　きらめかない　やはらかなひとつの溶けてしまつた　この色あひ、むしろ phansie[18]　ときをり近くの樹木が　はつきりとした輪廓で僕の眼に訪れる　しかしそれもまた　僕のまへを過ぎてゆく人がいつ

か　その足音を消してしまふやうに　とほくに弱められて行く　僕の淡々しい色あひの風景を　幻想曲をきくやうに　聴いてゐる
僕の内部の　最もふかい　おまへとだけ持つことの出来る　この耳で！　あるひは　僕の内部のふかい口で　僕はこの風景をのんでゐる　あたかも　この色をした　そして　この香のある　この酒をのみほさんとするかのやうに！
しかし　つひに　僕は　この風景にきかれ　そして　この風景にのみほされる　耳もなく　口もなく、

陽はすつかりしづんだ　うすやみは　町をふかい湖の底にしづめる　蒼鉛いろしたその底に　キラキラとともりはじめた　あの冴え冴えとしたともしびの点々は　何と美しい幻想だらう
どの宝石が　あのやうな歌をうたふのか　歌は　しづかに　弱まつて　見えない寺から　くろい鐘のひびきが　大きな輪をかいて　ひろがる　いまかへつてゆく家のある　私たちは　さひはいだ

（傍点は引用者による）

訪問客が絶えて孤独になることによって、「僕」は「おまへ」と対話できる。そしてこの対話は、「おまへ」とともに風景を感受すること、「おまへ」と「共にして」という関係がなければありえない質で感受することを意味する。「おまへとだけ持つことの出来る　この耳で！」という表現が意味深長だ。風景の刻々の変様とともに、「僕」も刻々変様してゆく。陽が沈むにつれて、距離を置いた視覚的形態がしだいに退き、聴覚的なもの、嗅覚的なのも、皮膚感覚的・内臓感覚的なもの、ないし共感覚的なものが優勢となり、距離が消え、感受者は風景をのみ込み、さらには風景にのみ込まれ、「耳もなく 口もなく」共振する身体となる。堀的、いやそれ以上にプルースト的な描写。鐘の響きとして表現される「見えない寺」は、願教寺だろうか。こうした風景の内在化とともに、「僕」と「おまへ」が「私たち」となるにいたっている。「いまかへつてゆく家のある 私たちは さひはいだ」という表現は不思議なものだ。この夕暮れに自分は生々洞へ帰り、「おまへ」は自分の家へ帰るということをいっているだけではあるまい。「おまへ」は「僕」とともに生々洞へ帰り、「僕」は「おまへ」とともにその家へ帰るという含意があるのではないだろうか。

この夕の描写は、一行空けて以下のように閉ざされる。

うすい新月 町にともつた あかりよりも よわい光の新月 やがて おまへは 僕の窓に また僕の日々のきづいた とほいかなしい物語を うたふだらう もつと明るく 夜の空にきらめいて 今夜 おまへが 早くしづんでしまふまで

僕の心は 戸口に立つて おまへの その歌をきく用意をした いまあの淡い水いろの空で僕をおどろかしたおまへ

(傍点は引用者による)

過剰に繰り返されている「おまへ」が、新月を意味することは文脈から明らかだけれども、新月に「おまへ」と呼びかける動機には、水戸部アサイを意味する「おまへ」が「僕」のもとに帰って来て、「僕」が「おまへ」とともに夕景を感受していることが流れ込んでいると読むべきだろう。

外から窓を通して知った「僕の日々きづいた とほいかなしい物語を うたふ」月というイメージは、

盛岡で立原が読み返したアンデルセンの『絵のない絵本』に基づいていると見て間違いない。この夜に立原が深沢に宛てて書いた手紙で、「ひるねをしながらアンデルセンをよみました。夕ぐれからまたきのふのところへ出かけました。〔……〕町は蒼鉛色の湖の底に沈んでゆくやうでした。そして、あのまたたいてゐるひとつひとつの灯にそのまはりに人がゐることを一しよう懸命に見ました」（九月二八日、深沢紅子宛）と述べているからだ。

ところで、飛高隆夫は、「町をふかい湖の底にしづめる　蒼鉛いろしたその底」の「蒼鉛」、深沢への手紙にも登場する「蒼鉛」という珍しい語彙に宮沢賢治の影響を読み取っている。賢治の「蒼鉛」が、「こはがつてゐるのは／やつぱりあの蒼鉛の労働なのか」（「小岩井農場」）、「蒼鉛いろの暗い雲から／みぞれはびちよびちよ沈んでくる」（「永訣の朝」）、というように重苦しく陰鬱な色彩であるのに対して、立原においては美しく幻想的な色彩となっているという差異も含めて（「立原道造と宮沢賢治」、『近代詩雑纂』〔有文社、二〇一二年〕五八九頁）。私はここには、それに重ねて『銀河鉄道の夜』の影響があると考える。ジョバンニが、町外れの牛乳屋のそばの丘の頂の草原から街を見下ろす場面に描写が似ているのだ。

ジョバンニは、頂の天気輪の柱の下に来て、どかどかするからだを、つめたい草に投げました。

町の灯は、暗の中をまるで海の底のお宮のけしきのやうにともり、子供らの歌ふ声や口笛、きれぎれの叫び声もかすかに聞えて来るのでした。風が遠くで鳴り、丘の草もしづかにそよぎ、ジョバンニの汗でぬれたシヤツもつめたく冷されました。

〔……〕

ジヨバンニは町のはづれから遠く黒く広がつた野原を見わたしました。そこから汽車の音が聞えてきました。その小さな列車の窓は一列小さく赤く見え、その中にはたくさんの旅人が、苹果を剝いたり、わらつたり、いろいろな風にしてゐると考へますと、ジヨバンニは、もう何とも云へずかなしくなつて、また眼をそらにあげました。

（『銀河鉄道の夜』）

汽車の響きは、「［盛岡紀行］」の通奏低音だ。問題の場面には汽車への言及はないが、他の箇所に、夜の生々洞の室内に関して「ここでは　汽車の音が芝居の舞台できこえる汽車の音のやうにきこえる何の具合だらうか　それがときどきこの僕の日をファンタスティックにする」という記述や、くだんの「叢」から遠望する東北本線や山田線への言及が読まれる。しかも、「宮沢賢治をよんでゐたら、宮沢賢治もかなしいうそつきです」という感想が記されていたのは、愛宕山から見た夕景のことを深沢に語ったのと同じ手紙のなかなのだ。同じ手紙には、同日の午前中に見た山田線の奇妙な描写（「汽車が別の汽車の噴き出す蒸気のため、ほんとうに見えなくなる時間よりもずつと早く見えなくなりました」）も登場しており、また「あつくした牛乳を今ごろしづかにのんでゐます」（たぶん岩手牛乳だろう）という自分の状況描写が記されている。この日、立原の脳裏にアンデルセンと宮沢賢治のイメージが絡まりあいながらたゆたいつづけていたことは明らかなのだ。ちなみにジョバンニが銀河鉄道に乗り込むと、林檎（賢治の表記は「苹果」）が天上の理想的な果実として印象的に登場する。

立原は、一〇月六日、小場晴夫に「近くの家に「皇帝」があつて　ある夕ぐれ　それの第一楽章をきいた　第二楽章をきく約束をしながらまだ行つてゐない　僕はあの音楽にたいへん感動した」と書いている。このベートーヴェン「皇帝」（ピアノ協奏曲五番の通称）第一楽章（アレグロ）の鑑賞は、「［盛岡紀行］」には、

僕のきいた音楽
そのなかで　僕の魂はふたたび解き放たれた
とほいとほい行けないところへの郷愁

僕の一歩はいつもそちらに向いてゐる
虹のやうな　もつと美しい夕映えの雲

僕は　あんなに〈皇帝〉を愛したことがあらうか

と、ほとんど詩のように記されている。

そして、Nが去った記述の少し前に、第二楽章（アダージョ）を聴いたことが以下のように追記され

ている。

けふ「皇帝」の　アダジオをきいた
あのやうな美しいアダジオを　僕の言葉は　うたふことは出来ないだらうか
あれを僕はいつか　充溢した秋の早い午后にきいたやうにおぼえてゐる　この思ひ出はおそらく
まちがひだらう　僕はあれとおなじ美しいアダジオを　秋の青い空と　僕の愛した火の山とその麓
の高原の叢とに　きいたのではないだらうか　僕の記憶にひとつの絵となつてゐる　あの全く晴れ
た青空と　煙のなびいてゐる火の山とが　そのまま　あの秋の一日の記憶とともに　このアダジオ
を奏でるのではなからうか

佐藤実は、晩年の深沢紅子自身から、立原を「ここに来ればレコードが聴けるからと、願教寺に案内したことがある」という話を聞いており、願教寺に問い合わせたところ、当時の住職で大等の息子・島地黙猊《もくげい》がベートーヴェンのピアノ協奏曲第五番「皇帝」が大好きで、レコードがまだ残っているという返事を未亡人から得たという（『立原道造――豊穣の美との際会』一〇五―一〇六頁）。立原が願教寺で「皇帝」全三楽章のレコードを、少なくとも二回にわけて第二楽章まで聴いたことは間違いない。そして彼にとって第二楽章（アダージョ）の鑑賞は、当日の気象や時刻とあいまって、浅間高原と盛岡の「叢」を結晶させるような特権的音楽体験となったのだ。

それをモチーフに盛岡で書かれたと推定される詩が「アダジオ」である。

図Ⅰ－6　立原道造詩碑（筆者撮影）

アダジオ

光あれと　ねがふとき
光はここにあつた！
鳥はすべてふたたび私の空にかへり
花はふたたび野にみちる
私はなほこの気層にとどまることを好む

空は澄み　雲は白く　風は聖らかだ

ところで、「気層」という立原には珍しい語は、「気圏」の類義語として賢治詩に頻出する語である。「四月の気層のひかりの底を／唾《つばき》し　はぎしりゆききする／おれはひとりの修羅なのだ」（「春と修羅」）、「暗い気層の海鼠」（「県技師の雲に対するステートメント」）、「噴かれた灰が、、、のメソッドとかいふやうなもので／気層のなかですっかり篩ひわけられたので」（「三原　第二部」）というように。「アダジオ」執筆から一ヶ月あまりのち、立原は「気圏」という賢治語彙も使用している——「ここは南方だ。もう僕の所有できない、しかし、つねに僕を誘ふあの気圏だ」（「長崎紀行」）。賢治との擦れ違いもまた「対話」であったのだ。

一九七五年、この六行詩を刻んだ詩碑が愛宕山に建てられた。(19) 立原の散歩道の途中から展望台の方へ分岐する道に入ってすぐの左手、落葉広葉樹にカラマツが混じった明るい林間に、黒御影の立方体が慎ましく佇立する【図Ⅰ-6】。景色が反映するほど磨かれた正面を、岩手山や林檎園の方へ向けて。

付論II　軽井沢という「故郷」——堀辰雄、立原道造、そして中村真一郎【講演】

フィクションとしての「故郷」

私は二〇〇〇年頃から、文学者や思想家と、高原・海岸・温泉などのリゾート化という近代の文化史的現象との関係を研究しはじめ、フィールドワークを研究方法のひとつとするようになりました。その成果として二〇〇四年に『旅するニーチェ——リゾートの哲学』という本を出したせいでしょう、二〇〇六年の春頃だったか、水声社の編集者から『水声通信』で「軽井沢という記号」という特集をすることになったので軽井沢文学について執筆しないか、というお誘いを受けました。残念なことに、当時の私は、軽井沢に関しては、小学生のとき家族旅行で一度行ったことがあるだけで、軽井沢文学もほとんど読んだことがなかったので、お断りせざるをえませんでした。本日は、そのリベンジというつもりでここに来ています。

くだんの『水声通信』は二〇〇六年七月に刊行され、すぐに目を通しました。鈴木貞美先生の論文「生の愉楽を書くこと——堀辰雄『美しい村』から『風立ちぬ』へ」のほかは、文学に表象された軽井沢について、その幻想性を批判したものがほとんどでした。東洋人でありながら西洋人のようにふるまうことの悲しい滑稽さを指摘したり、「お伽の国」として描かれている軽井沢が「都人士の植民地」であることを指摘したりというように。その背景として、長野新幹線が一九九七年に開通して以降、軽井沢のいわゆる原宿化に拍車がかかっていたことや、ポストコロニアル理論やカルチュラルスタディーズが隆盛していたことがあったはずでしょう。

しかし、堀辰雄、立原道造、中村真一郎などによる軽井沢文学には、その種の批評が見逃すか軽視していた極めて重要な価値があると、現在の私は受け止めていますし、それを論じることは非常に今日的な意義をもつに違いないと考えています。

私が注目するのは、彼らが軽井沢（追分や千ヶ滝なども含む広義の軽井沢）をあえてみずからの「故郷」と見なしたということ、しかもこの「故郷」のヴィジョンを意識的・集団的・継承的に形成したということです。もちろん堀も立原も中村も青年期以前には軽井沢に縁もゆかりもなかった人物であって、軽井沢を「故郷」とか「ふるさと」などと呼ぶのはあからさまなフィクションです。けれどもだからこそ、その幻想性に対する批判は、妥当であるにせよ彼らの作品の深部に届いておらず、あまり生産的でないように思うのです。

故郷喪失

三人の作家が高原リゾートに仮構した「故郷」の性格を考えるうえで、まず押さえておくべき大前提は、彼らが「故郷喪失者」であったという歴史的事実でしょう。

一九〇二（明治三五）年に神田猿楽町に生まれた小林秀雄は、評論「故郷を失つた文学」（一九三三年）のなかでこう告白しています。

言つてみれば東京に生まれながら東京に生まれたといふ事がどうしても合点出来ない。又言つてみれば自分には故郷といふものがない、といふやうな一種不安な感情である。この感情にはロマンティックな要素は微塵もない、といふ事は容易に解つて貰へさうにも思はれるが、それと同時に、この感情には、ほんたうにリアリスティックな要素も少しもない、といふことはさう容易には解つて貰へさうにも思はれない。

東京生まれ東京育ちにもかかわらず、東京を「故郷」として実感できない理由を、小林は「年少の頃から、物事の限りない雑多と早すぎる変化のうちにいぢめられて来たので」と語っています。この感慨の歴史的背景には、近代化の道を驀進した帝都の拡大や変化の激しさだけではなく、関東大震災（一九二三［大正一二］年）というカタストロフィーが横たわっていたはずです。小林は旧制第一高等学校二年生のとき、関東大震災を体験し、翌年、小林家は白金から杉並へ引っ越しました。

堀辰雄は一九〇四（明治三七）年に山の手の麹町に生まれていますが、二歳で下町の向島へ移り、小林と同期で一高へ入学しました。そして二年生の夏休み、一八歳のとき、室生犀星に随って軽井沢に初滞在すると、向島の家へ帰ってすぐに震災に遭いました。猛火に追いつめられ、親子三人で隅田川に飛び込み、母親は溺死しました。堀は悲惨な震災体験を「本所」（一九三一年／のちに「水のほとり」に改題）、「麦藁帽子」（一九三二年）、「幼年時代」（一九三八―一九三九年）等に淡く描き込みました。

一九一四（大正三）年に日本橋区橘町（現・東日本橋三丁目）に生まれた立原道造は、小学校三年生のとき震災に遭いました。家が焼失し、地所に仮建築が建つまで三ヶ月ほど千葉県の親戚のもとへ疎開しています。立原の作品には震災の話が登場しませんが、書簡や手記に言及があります[1]。また、震災の翌年頃、立原は震災前の日本橋風景を鉛筆で描いたり、街の火事をクレヨンで描いたりしました。堀が卒業した府立第三中学へ入ってからは、バラック、道路工事の様子、看板建築など、震災復興期の街景のパステル画を多く描きました。震災による生家界隈の変貌を注意深く見つめていたことがわかります。彼が東京帝国大学工学部建築学科で学んだ鉄筋コンクリートのモダン建築は、震災を契機に日本の大都市に普及していったものです。彼はそうしたモダンなものに惹かれる一方で、消滅した木造の街並に強いノスタルジーを抱いていました[2]。

彼らがいずれも東京の下町に育ち、そこで大震災を経験したという点は、非常に重要でしょう。地盤が緩い低地に木造が犇《ひし》めいていた下町では、震災の被害とその後の変化が、山の手よりはるかに大きかったわけですから。また片親を早くに失ったという共通点もあります[3]。

一九一八（大正七）年、中村真一郎も日本橋という下町に生まれ、三歳のとき母方の田舎、静岡県西部の森町（森の石松の出身地）へ引っ越し、ほどなく母を結核で失い、祖父母に育てられました。一〇歳のとき東京の父の家に引き取られたものの、その父も中学生のとき失っています。幼い頃の東京の記憶はあまりなかったでしょうし、関東大震災には遭っていないわけですが、やはり帝都復興による急激な都市の変貌を経験していたことになります。「死の影の下に・五部作」の第一部『死の影の下に』（一九四七［昭和二二］年）で、城栄《じょうさかえ》の父は、震災後の数年間、大阪へ移り住んでいます。そして夏休みに父に連れられ関西旅行をした栄は、静岡県の叔母の家へ戻ったとき、「故郷なき人間になった」のでした。

中村の故郷喪失感にも、堀と同じように早くに母親を失ったことが関係していたようです。「幼いときにお母さんを亡くしたことが、あとあとまで影響として残ったとお考えですか?」という鈴木貞美先生の問いに対し、家に帰ろうとするが、家がどこにあるのかわからないという悪夢や、家にいると、知らない人が入ってきて自分の家のような顔をしだし、隅っこにおしやられるといった悪夢に頻繁にうなされてきた、こんな夢を見るのは、母親が早くに死んだことと関係があるんじゃないかと思う、と答えています(『中村真一郎小説集成』第二巻月報「中村真一郎の世界(第二回)」一九九二年)。

堀、立原、中村が共有していた「故郷としての軽井沢」という幻影は、こうした「故郷喪失」の上に形成されたに違いありません。堀の『麦藁帽子』(一九三二年)で、主人公は一五歳の夏、寄宿舎の仲間がつぎつぎ自分の「田舎」へ帰っていくのを見て、「しかし、私はどうしよう! 私には私の田舎がない。私の生まれた家は都会のまん中にあつたから」と嘆きます。すると奇跡のように、憧れていたハイカラな少女の兄から、一緒に「T村」へ避暑に行かないかと誘われ、主人公は海水浴場がある村で至福の数週間をすごします。主人公は翌年の夏休みも「T村」へ行きますが、成長した少女と疎遠になってしまいます。そして三度目の夏休み、彼は「その少し前から知合になつた、一人の有名な詩人」(室生犀星がモデル)から、「外国人や、上流階級の人たちばかり」避暑している「ある高原」へ誘われ、そこで詩人が散歩の途中で出会った少女たちと親しげに話すさまを見て、自分も「有名な詩人」になり、彼女らの一人を恋人としたいと夢想するようになるのです。

ポエジーとしての「故郷」

中村真一郎は「堀辰雄全集・編集後記」（筑摩書房版『堀辰雄全集』第二巻、一九七七年）のなかで、堀が軽井沢へ通い、ついには定住したのは、「西洋的なロマン」を書くという文学的試みのために、「自分の出生環境の抹殺」を敢行したということであり、江戸期以来の下町的な地縁・血縁のしがらみを脱した「「文学的風土」を、想像の世界に作ること」だったと説いています。堀がその企てに最適な媒体として、「日本のなかの西洋」ともいわれた軽井沢を選んだというわけです。

中村は、堀が目指した「西洋的なロマン」を、「自由な人格どうしの対話や葛藤」を表現した長編小説としていますが、少し杓子定規で一般的すぎる説明のように感じます。むしろ、少女に形象化された「ポエジー」への憧憬を核とする音楽的文学とか、記憶と相関して顕われる「ポエジー」をドラマにおいて実現する建築的文学というように定義した方が適当ではないでしょうか。また、そう定義すれば、堀だけでなく立原や中村自身についても適用できるでしょう。三者には共通して、マルセル・プルーストの『失われた時を求めて』第二篇「花咲く乙女たちの影に」の影響を受けたとみられる、リゾートを歩む妖精的少女の主題が認められます。異郷の高原に故郷的な懐かしさを付与しているのは、少女たちの姿を通してかいま見られた「ポエジー」です。そして彼らにおいて「ポエジー」への憧憬は、自由奔放な想像力の展開よりも、音楽的ないし建築的な構成の追求につながっています。これが彼らの軽井沢を特徴づける第二のポイントです。

堀が軽井沢に「避暑」という域を越えて長期間逗留するようになったのは、八ヶ岳山麓のサナトリウム入院をへた一九三一年秋からです。加藤周一は『菜穂子』（一九四一年）を刊行年に読んだときの印象を、「軍歌鳴りひびく街のなかで、『菜穂子』は谷崎潤一郎の『細雪』と共に、ほとんど軍国主義に対する文学的抵抗のようにさえ見えた」（『日本文学史序説　下』一九八〇年）と語っています。堀は高原での結核療養を、下町からの脱出とするにとどまらず、しだいに日本の文壇や翼賛的潮流からの「亡命」へまで仕立てていったと考えられます。

堀に師事しながら本格的に作品を書きだした立原や中村の場合、軽井沢が現実に一致しない「文学的風土」であることは、当初から自明な事柄だったことでしょう。

立原は一九二二年七月二二日、堀をたずねて軽井沢へ初旅行しました。その経験を記した未発表エッセイ「［二十二日の朝］」（同年七月下旬［推定］）では、軽井沢の町の第一印象をこんなふうに語っています。

はじめて見た軽井沢の駅はつまらなかつた。バスで、つるやまで行った。町もごたくしてゐた。不快な感じだつたが、それよりも「美しい村」がこの町を抜けると隠されてゐるのかと思つた。堀さんにそこを案内して見せていたゞくなんて幸福なのだらうと思つた。ところが、つるやに行くと、堀さんはその朝東京に帰つてしまひ、手紙だけがのこつてゐた。［……］でも、堀さんのいろいろな心配のおかげで堀さんの御友達の阿比留信氏に軽井沢の町を案内していたゞいた。靄のなかで、それはやはり美しい村だつた。だが、堀さんの小説とはちつとも似てゐず、やつぱりほんものだけにつまらない景色が方々にまざつてゐた。

「つるや」は、芥川龍之介、室生犀星に倣い、堀がある時期まで定宿とした旧軽井沢の老舗旅館です。旧軽井沢散策後、立原は神津牧場や岩村田での宿泊をへて、追分に逗留し、堀と合流しました。そしてこの夏以降、追分での避暑が立原の慣わしとなりました。風信子叢書第一詩集『萱草《わすれぐさ》に寄す』（一九三七年）のなかで、「夢はいつもかへつて行つた　山の麓のさびしい村に」（「のちのおもひに」）とうたっており、追分村が数人の少女への恋心ないしその追憶と結びついた場所だったことがわかります。ところがその一方で、彼は「ひとよ　昼はとほく澄みわたるので／私のかへつて行く故里が　どこかにとほくあるやうだ」（「わかれる昼に」）ともうたっていました。彼の「故郷」は遠くにあるというだけでなく、そもそもひとつの場所に限定されえない憧憬の時空なのです。一九三七年一一月、追分の定宿・油屋旅館が、滞在中に全焼し、彼は九死に一生をえると、翌年、画家の深沢紅子にこんなことさえ書いています。

僕にはほんたうのふるさとはどこにもないのです。ふるさとをさがしてゐるのです。ゆふすげの村は美しいふるさとのやうに見えました。そして事実さうだつたのです。秋の午後、すべてが恐怖のために結晶してしまふやうな瞬間に、孤独な火が不吉な祭典をしたあと、僕はもうあの村をふるさとだつたとはいへないのです。それがにせのふるさとを持つたものの悲しみです。もしあれがほんたうの僕のふるさとであつたなら、僕はあの村に、あたらしくまた一切を築く努力をするでせう。しかし、けふの僕は、ただなくなつたふるさとを呼びかへすむだな呼びかけをする。そして、ただ、なくなつた！　とばかり嘆いてゐる。それきりなのです。浦和が僕にあたらしいふるさとを与へてくれればいいとねがひます。

（一九三八年二月中旬［推定］、深沢紅子宛）

立原にとって油屋焼失の体験は、もしかすると関東大震災のトラウマの回帰だったのかもしれません。「あたらしいふるさと」の候補地として浦和を挙げているのは、この頃、自分の別荘「ヒアシンスハウス」を浦和の別所沼のほとりに建てる予定で設計していたからです。ヒアシンスハウスは、片流れの屋根をもった小さく簡素な木造モダン建築で、卒業設計「浅間山麓に位する芸術家コロニイの建築群」(一九三七年)中の「小住宅」とほぼ同じスタイルをしています。

建築史家の藤森照信は、アントニン・レーモンドが一九三三年に軽井沢の南ヶ丘に建てた別荘「夏の家」を立原が参照にしたという仮説を立てています。レーモンドは、『風立ちぬ』(一九三八年)の最終章「死のかげの谷」に登場する「K・・村」の教会のモデルである旧軽井沢の「聖パウロ・カトリック教会」(一九三五年竣工)を設計した建築家でもあるので、たぶん立原は「夏の家」を知っており、影響もあるでしょう。ただし、私は、東京帝国大学建築学科助手をしていた新進建築家・市浦健が軽井沢に建てた別荘の方が、よりヒアシンスハウスに類似しており、立原は一九三五年夏にこの別荘を見ているので(一九三五年八月九日小場晴夫宛書簡に言及とイラスト【図Ⅱ-1】がある)、こちらの方がより直接的に影響したのではないかと考えています。

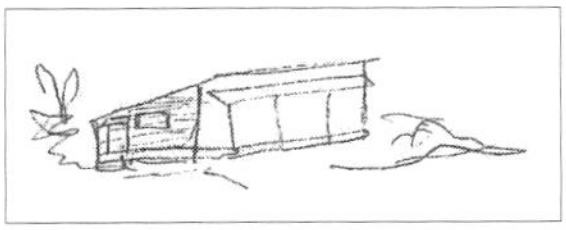

図Ⅱ-1　1935年8月9日小場晴夫宛書簡より，市浦健別荘を描いたイラスト

ヒアシンスハウスの計画は、立原が「ふるさと」を、高原リゾートから東京の郊外へ移し、非現実的な「芸術家コロニイ」から現実的な芸術家村へ向かおうとしていたことを意味しており、この時期の彼が堀辰雄から距離を取ろうとしていたことと符合します。けれども、軽井沢的な建築の夢は、場所を変えながらも持

続していたのです。

ヒアシンスハウスの建設をあきらめたあと、立原は、盛岡市郊外の愛宕山下にあった「生々洞」（深沢紅子の実父・四戸慈文の別荘）に一九三八年九月一九日から一ヶ月ほど居住し、そこでの暮らしにもつかのまの「ふるさと」を見出しました──「一と月のあひだの僕はこの町でやはりさまよひくらしました。Heimatlos〔故郷喪失〕であるけれど、ただあの一と月まへの美しい一日と、それをささへたそのまへの一と月のくらしが僕の唯一のふるさとにおもはれます」（一九三八年一一月一九日、加藤健宛）。

中村真一郎の軽井沢小説においては、主人公が少女ないし若い女性に対して幾度も恋をしては、繰り返し幻滅を味わいます。しかし、そのつど主人公は自分が抱いていた恋情の本質を反省し、彼の恋情は深さと強さを増して新たな対象へ転移していきます。鈴木先生は、「生の愉楽を書くこと」のなかで、堀辰雄の『美しい村』（一九三四年）の特徴を、「記憶想起に伴う錯覚」をあらわにし、その錯覚自体のうちに「生の愉楽」を見定めることに見出していました。私も同感ですが、錯覚の自覚と「生の愉楽」の探求が、中村の長編小説においては、はるかに大規模に、また多面的・重層的に押し進められているといえます。

サロンとしての「故郷」

さて、三人の「故郷」としての軽井沢に関して、私が三つ目に強調しておきたい特徴は、それが師や友人との交流を通して仮設的に結ばれるサロン、たいていは夏季限定の文芸サロンであった、ということです。その中心にいたのは、もちろん堀辰雄にほかなりません。(4) 堀辰雄が創刊した文芸同人誌『四季』自体が、軽井沢的なサロンだったといえるでしょう。中村真一郎は「堀辰雄と四季派――ある講演記録」（『芥川・堀・立原の文学と生――ひとつの系譜』一九八〇年）のなかで、「亡命地」としての軽井沢に重ねるかたちで、『四季』を論じ、堀がこの「亡命地」で不毛な孤独に陥らずに書きつづけるためにつくった人工的な「苗床」が『四季』だったと明言しています(5)。

立原も『四季』編集を手伝ったり、同人の追分合宿のために「追分案内」（一九三六年）という文章を書いたりしています。また、実現の見込みがなかったプランとはいえ、「浅間山麓に位する芸術家コロニイの建築群」は、追分における田園都市規模の芸術家村の構想にほかなりません。「ヒアシンスハウス」の計画にも、浦和における芸術家村の発展に参加しようという志が含まれていたはずです。

では中村自身の場合はどうでしょうか。軽井沢で彼が最初に滞在したのは、追分と旧軽井沢のほぼ中間、千ヶ滝の知人の別荘でしたが、やがて旧軽井沢の洋館「ベアハウス」(6)を友人たちとシェアするようになりました。戦後はもっぱら旧軽井沢のにぎやかな通りの近くに別荘を借りていました。鄙《ひな》びた追分に別荘を構えていた加藤周一は、そこに孤独を保持する中村の別の側面、社交性ないしサロン志向を見ています。

> 八月にはまるで原宿や表参道がそのまま引っ越して来たかのような旧中山《ママ》道近くに、中村は毎年借家をして夏を過ごすようになった。彼が千ヶ滝に家を借りたことはないし、旧軽井沢でも街はずれの林のなかに住んだことはない。李白はその七言絶句（「山中問答」）に、碧山に棲んで桃花流水を求めたという。中村は李白の山中人の如くではなかった。彼が軽井沢に求めたのは、人間《じんかん》に非《あらざ》る別天地ではなく（「別有天地非人間」）、まさに人間そのものであり、殊に友人知人とのつき合いであ

ったろう。

（加藤周一『高原好日――20世紀の思い出から』二〇〇四年）

「死の影の下に・五部作」で城栄は、人付き合いや現実的行動が苦手だということを繰り返し告白していますが、それにもかかわらず、彼は「避暑地」の坂の上のホテルや散歩道で、まるで銀座にいるかのように、ふだんは東京に暮らす主要登場人物十数人とつぎつぎに出会い、会話を交します（第二部『シオンの娘等』一九四八年）。この小説の場合、彼が主に交流するのは、憧れる女性たち以外は、彼よりステイタスがしっかりしている社会人たちであり、いわば立原的青年が欠けています。それに対し、「四季・四部作」で小説家の「私」が回想するのは、青春時代に「避暑地」で同輩の友人、KやHやSと行った共同生活や、彼らの憧れだった「秋野さんのお嬢さん」との交際になります。

こうした高原での交際を通して、先ほど触れたように、錯覚の自覚と「生の愉楽」の探求が進行するわけです。この基本原理は、「四季・四部作」の第一部『春』（一九七五年）の導入部で、興味深いかたちで要約されています。

老いを感じはじめた四〇代末の小説家である「私」は、都会の音楽会場で偶然、三〇年ぶりに旧友Kと再会し、Kの口から出た「秋野さんのお嬢さん」という言葉に、忘却していた三〇年前の一夏を漠然と思い出し、こう考えます。

避暑地で時を過していた私たちの仲間に入って来た「秋野さんのお嬢さん」も、私たちと毎日のように言葉を交したり、自転車を走らせたりしても、それは男女関係というより、私たちの無限の憧れをそそりたてるための、目に見える触媒のような存在だったに相違ない。〔……〕そしてその夢想は大概、現実のその少女とは、何の関係もないものであったろう。現に私などは先夜、Kの口から「秋野さんのお嬢さん」という言葉を聴いた時に、遥かな記憶のなかに微かに匂いのように浮び出て来たのは、日本人の娘でさえなく、西洋人の少女の姿だったのである。そうして、若かった私の仲間は、多分、大概は私同様、現実の西洋に住んだことはなく、「西洋」そのものがひとつの夢の世界であったのである。だから、秋野さんのお嬢さんという言葉が、西洋の少女の面影を私のなかに惹き起したというのは、微妙に象徴的であった。

(『春』「第一章　夢の発端」/傍点は原文による)

後日、「私」はKにつきあって「避暑地」を再訪します。以下は、すでに廃屋になっていたくだんの洋館のなかで、Kが「私」に語る言葉です。

「〔……〕あの夏、ぼくたちはTの指導で、西洋の勉強をここでやっていたみたいなものだったな。ぼくらの世代は近代日本の西洋に対する憧れを保存した、多分、最後の世代なんだ。フランスへ行きたしと思えども、フランスは余りに遠しさ。それが長い暗鬱な時期によって西洋への窓口が閉されたので、なおさら精神の内部でその憧れが燃え立っていたわけだ。昼寝をシエスタと呼んだのだって、田舎の百姓婆さんが鶏の番をしながら日向で居眠りをしているのとは、自分たちの昼寝は違うんだくらいの気持ちだったんだろう。今から思えば、それは地上のどこにも存在しない西洋に対する馬鹿馬鹿しい幻想の現れだったかもしれないが、しかし、そうしたひたむきな幻想が当時のぼくたちの青春の燃え上がりを与えてくれていたのだし、そこから何物かが実際に生れて、そうして現在のぼくらが現にここへこうして戻って来ているというわけだろう。いつの時代の青春も、そのなかの青年たちは、現実に対して性急な幻滅を抱いたりするものだけど、その幻滅だって時が去って振りかえってみれば、それは奇妙な幻想的な明るい美しさに満ちているように見えるものさ」(同)

Tは、父が外交官だった関係で、青年グループのなかで唯一西洋を実体験していた例外者です。そのTがヨーロッパでは昼寝を「シエスタ」と称するといったため、高原の家で青年たちは得意になって「シエスタ」という語を使ったのでした。なお「長い暗鬱な時期」というのは、第二次世界大戦を示唆しており、小説内で「カタストロフィー」とも呼ばれています。Kの感慨を聞き、「私」は、あの一夏の共同生活が「魂の故郷」だったと感じ、何をすべきかを悟ります。

私たちの世代が今、奇妙な感覚を経験しながら人生の第三の時期に入って行くために必要なのは、悪夢以降の第二の経験だけで生きて来た私達に、もう一度悪夢以前の第一期の経験を回復させ、この両方の時期の経験と統一することであるに相違ない。私たちが自身の人生に決着をつけるためには、全ての生きた経験をひとつに綜合することが必要だから。(同/傍点は原文による)

「四季・四部作」において、中村は、一世代の知的青年たちが憧憬し「避暑地」に強引に投影した「西洋」が、彼らの「お嬢さん」とほぼ同質の「夢」であり、「地上のどこにも存在しない西洋に対する馬鹿馬鹿しい幻想」だったことを確認し、「西洋への窓口」を閉ざした世界戦争と日本の体制が、彼らの憧憬を激化したとする歴史的見取り図を示しています。しかし同時に、こうした「ひたむきな幻想」のうちにかけがえのない生の力が潜んでおり、その意義を、文学的普遍性をもった小説として表現することがみずからの使命であると自覚しているのです。

実際、戦後の中村は、複数の複雑な想起を支える物語構造によって、人生における「ポエジー」の追求を長い時間的スケールで表現した長編小説をつぎつぎと発表し、日本近代文学に欠けていた領域を開拓しました。とくに、様々な階層・職業・世代の人物を数多召喚し、詩的なものの追求を社会や歴史の内在的表現と両立させた点は、そうした要素を作品世界からあらかた閉め出した堀や立原を大きく越えており、小説家としての大きな功績となっています。このことは「死の影の下に・五部作」と「四季・四部作」が、「故郷としての軽井沢」とはなんだったのかを考える小説、すなわち軽井沢文学を再考する軽井沢文学であり、貴重な文学史的記念碑であることを意味します。

「故郷」を捏造する必要性

理想化された「西洋」を担った軽井沢が幻影だったことに気づくというのは、人生を前へ進むための重要なモメントです。けれども、この気づきは、幻影に潜在していた「ポエジー」、生の愉楽、生の創造力の否定を意味しないし、そうであってはならないはずです。幻影を介してしか発動しない生の力というものが確かに存在しており、それを救出し、肯定することは、文学の本質的使命のひとつだったのです。

西洋の二〇世紀文学においても、散文化が全般的に進む産業社会のなかで「ポエジー」を救出する野心をもった作家は、しばしば恋愛・幻影・想起の主題を取り上げ、その特権的な舞台として国内外のエキゾチックな国際的リゾートを選びました。ノルマンディーの複数の海岸リゾートをモデルにした架空の町バルベックが登場する『失われた時を求めて』や、リド島のグランド・ホテルに主要人物が逗留するマンの『ヴェニスに死す』、ダヴォスの高原サナトリウムが主要舞台となる『魔の山』は、その代表例です。チェコ生まれのライナー・マリア・リルケが、スイスを転々としながら『ドゥイノの悲歌』を書き継いでいったことも思い合わせられます。西洋文学を原文で読み、プルーストやマンやリルケを受容していた堀辰雄、立原道造、中村真一郎が軽井沢へ向かったのは、当然といえば当然でしょう。

もっとも、ヨーロッパの場合、国際的リゾートが各国各地に散在しており、様々なリゾートが文学に描かれましたが、日本において、国際的・西洋的な諸文化を手軽に享受できるリゾートは、軽井沢以外ほとんどありませんでした。それに、極東の島国日本では外国への旅行や亡命は非常に困難でした。ただ、その結果、軽井沢で高密度な芸術的交流が生まれ、軽井沢を「故郷」として表象する営みが、「四季・四部作」第四部『冬』(一九八四年)まで含めるならば、半世紀にわたり意識的・集団的かつ継続的に積み重ねられたといえます。[7] これはじつに驚異的な出来事でしょう。

軽井沢に依拠した文学は、ともすれば、本物の村や故郷を知らない作家によるまがいもの、西洋文学の表面的模倣と見なされ、批判や軽視にさらされてきました。しかし、もはや本物の自明な故郷をもつ人は稀であり、本物の故郷の名において軽井沢文学を冷笑することは時代遅れというべきです。それに、フィクショナルな故郷が文学的生産力を支え、作品群に系列的秩序をもたらすことは、ジェイムズ・ジョイス、ウィリアム・フォークナー、マルグリット・デュラス、あるいは宮沢賢治、中上健次などを省みても明らかです。私たちは、現在、むしろ「にせのふるさと」を新たに捏造していく必要に迫られているのではないでしょうか。

註

序

（1）近藤武夫「立原と私（6）」、第三次角川版『立原道造全集』第二巻月報、一九七一年。

第一章

（1）佐々木宏「新たに発見された立原道造の建築論――講義ノオトとその背景」、『立原道造・建築家への志向』立原道造記念館、一九九九年。

（2）ただし立原はジョン・ラスキンについて「ラスキンぢいさんは僕はあまり好きではありません」といっている（一九三七年一月二一日、松永龍樹宛）。ヨゼフ・マリア・オルブリッヒ、オットー・ワーグナー、ヨゼフ・ホフマンに関しては「[タウト講義ノート]」（一九三四年）に言及がある。

（3）佐々木宏「新発見の立原道造の建築小論文」、『国文学 解釈と鑑賞／別冊 立原道造』、二〇〇一年三月。

（4）たとえば、イオニア式列柱の丸の内の三菱銀行本店（一九二二年）、ドーリア式列柱の第一銀行横浜支店（一九二九年）、コリント式列柱の日本橋の三井本館（一九二九年）などが挙げられる。銀行以外の例では、当時建設中だったドーリア式列柱の帝国議会会議堂（現・国会議事堂）が挙げられる。

（5） 一九一五（大正四）年四月発行。立原は『アルス』と綴っているが、正確には『ＡＲＳ』。

（6） 宇佐美斉『立原道造』（筑摩書房、一九八二年）三〇頁。

（7） 『全集』第四巻解題によれば、『国際建築』誌での板垣の当該記事は未詳。なお、板垣鷹穂「高原生活のスナップ」（『フォトタイムス』一九三四年一一月号、写真・木村伊兵衛）には、室生犀星の別荘や、板垣自身の別荘、堀辰雄のシルエットの写真が見られる。

（8） 速水清孝・林憲吾「市浦健の設計と諸活動に関する研究」、『住宅総合研究財団研究論文集』第三四号（二〇〇八年三月）一二六頁。

（9） 立原はエッセイ「［二十二日の朝］」に、軽井沢初訪問の初日七月二二日に犀星山荘を訪ね「雨上りの庭で御話した」と記している。翌日、再訪し、座敷に上がったものと推量される。

（10） 一九三六年九月二七日室生とみ子宛封書に、「けふ　雨降つてゐなかつたら　お邪魔するのに　ひるからは　風さへ吹いて来て　ほんとうに　うらめしい天気とおもひます」とある。すでに馬込に行っていたことを感じさせる口調だ。

（11） 一九三五年二月から四月（推定）執筆の「［室生犀星論を書きたいと］」で、立原は犀星の随筆集『庭を造る人』（一九二七年）を読みふけったと語っている。同稿には「今僕は犀星と睨みあふ。そしてまけない気の張りで、山にあつた煤を建築の情緒をのぼるのだ」といったフレーズも読まれる。一九三八年八月七日（推定）小場晴夫（推定）宛未投函葉書には、立原による馬込の庭のスケッチが見られる。中央の小さな石の祠は、犀星が追分から取り寄せたもので、立原はそのことを知っていた（阪本越郎「霧の思ひ出」、『四季』一九三九年七月号、立原道造追悼号）。

（12） 立原は屋根裏部屋から聴く日常の音をつぎのように描写している――「自動車が通る、下手な口笛が鳴る、鋸が木を挽く、わけのわからない呻きや唸がある」（一九三五年一〇月二日、生田勉宛）。手記「火山灰」中の一九三八年八月二日朝の執筆と思われるくだりでは、斧の音を記している――「夏の朝の空気は澄んだハガネのにほひがある。だれかがポンプをおしてゐる。虫や鳥らはうたつてゐる。犬が吠え、大工の斧の音がする」。

（13） 藤森照信・増田彰久『看板建築　新版』（三省堂、一九九九年）六〇―六一頁、八二頁。「看板建築」というネーミングは堀勇良が発案し、一九七五年の日本建築学会大会で藤森照信が発表した。

（14）『全集』第四巻は、日付のないこれらのパステル画の制作年を一九二七―一九三一年頃としているが、看板建築が含まれているので私は一九二八年以降と判断した。

（15）藤森・増田前掲書、九三―一〇三頁。

（16）一九三五年一一月一一日付柴岡亥佐雄宛書簡による。猪野謙二も「窓は西に向いてほんの明り採りが一つあいてゐるだけであつた」（猪野「〔立原道造〕抄」、『南北』復刊号、一九五〇年一二月）と回想している。

（17）第二節全体は以下の通り――「硝子の破れてゐる窓／僕の蝕歯よ／夜になるとお前のなかに／洋燈がともり／ぢつと聞いてゐると／皿やナイフの音がしてくる」。第二章で検討する立原の建築詩に通じるモチーフ（夜、洋燈、親密な室内、窓の外からの視点）をはらんでおり、興味深い。立原は一高二年次（一九三二年夏）に、この詩を含む三篇の堀の初期詩からなる手製の『堀辰雄詩集』を編んでいた。一九四〇年一〇月、立原追悼の意味を込めて、堀の序文と深沢紅子の挿画を添えた『堀辰雄詩集』が、第一次『立原道造全集』（一九四一―一九四三年）の版元となる山本書店より出版された。

（18）Gaston Bachelard, *La Poétique de l'espace*, PUF, 1957.

（19）「住宅・エッセイ」後、立原は執筆中の卒論について語りながら「しをり・さび」という蕉風美学を批判するが、日本的伝統の価値を斥けているわけではない。「僕は「あきらめ」や「わび・さび・しをり」の構造に日本を感じない、そして僕の感じる日本の血統に僕の構造は基礎をもつだらう、かかる日本とはただ日本人にとらへられる宇宙にほかならぬ、天平白鳳以来の精神である。をはりの方はすこしうそである。筆がすべつた――またこれは書きなほされよう」（一九三六年一一月一日、柴岡亥佐雄宛）。

（20）立原が一九三四年三月二三日以降、友人への書簡にときどき「tat」とか「タアト」と署名しているのは、Taut にちなんだものなのだろう。

（21）薬師寺東塔を讃えた「凍れる音楽」という評言（誤って長年アーネスト・フェノロサに帰せられてきた）が人口に膾炙しているが、この隠喩の淵源はシェリングの「凝固した音楽」に遡る。竹内昭「〈凍れる音楽考〉――異芸術間における感覚の互換性について」、『法政大学教養部紀要』（一九九六年二月）を参照。

(22)　シェリングの建築観は、人体を最高の美のモデルとする点で古典的でウィトルウィウス的であり、実際、ウィトルウィウス『建築について』(紀元前三〇〇年頃)への肯定的言及が繰り返し見られる。しかし、この美の実現を、建築に付加された具象的装飾よりも建築自体の構造に認めているという点で、抽象彫刻論を予示しており、驚くほどモダンである。

(23)　建築学科の一年後輩だった丹下健三が卒業翌年『現代建築』(一九三九年一二月号)誌上に発表した論文「MICHELANGELO頌——Le Corbusier論への序説として」(『現代日本建築家全集10　丹下健三』三一書房、一九七〇年)にも、類似した哲学的傾向が認められる。シェリング、ヘルダーリン、ニーチェ、ヴァレリー、ハイデガー、ベッカーが参照されているのだ。おそらく立原道造の影響があったのだろう。

(24)　Le Corbusier, *Vers une architecture*, G. Crès et Cie, 1924.

(25)　宮崎謙三が「形」と訳している原語は**modénature**(刳形《くりがた》)。

(26)　*Le Mystère laïc* は、「[一九三三年ノート]」のなかの「堀辰雄氏の持つてゐる本」のリスト中に登場している。ちなみに堀もこれを「俗な神秘　ジヨルジオ・デ・キリコ」という題で『コクトオ抄』(厚生閣書店、一九二九年)に訳出していた。

(27)　代表的なものとして以下の論文がある。大塚美保「立原道造　廃墟の詩学——方法論における建築と文学の統合」、『埼玉大紀要』第三四巻第二号、一九九八年三月。影山恒男「〈人工〉と〈自然〉の位相」、「時空の意識Ⅰ——ジンメルをめぐる一側面」、「時空の意識2——ジンメルをめぐる感性的秩序の揺れ」、『立原道造と山崎栄治——困難な時代の蜜房』双文社、二〇〇四年。名木橋忠大「建築と詩の交通——「方法論」の解読」、『立原道造の詩学』双文社、二〇一一年。

(28)　堀辰雄訳は独立した翻訳ではなく、「三つの手紙　神西清に(一)〜(三)」(『堀辰雄全集』第六巻、一九五八年)に「プルウスト雑記」の総題で収録)に挿入されたものである。そこで堀は、プルーストの建築表象について特に語っていない。なお、堀はその「(二)」でこう記している——「僕は数年前澄江堂〔芥川龍之介〕の蔵書を整理してゐるうちに、ふとベルグソンの「形而上学序説」の英訳本の余白に見出した数行の書入れを思ひ出す。なんでもベルグソンの哲学は「美しい透明な建築を見るやうな感じだ」と云ふやうな意味が記されてあつたやうに記憶してゐる。そして僕は長いことこの芥川さんの言葉を忘れてゐたのであるが、最近プルウストを読み出してゐるうちにひよつくり思ひ出した」。府立三中一年のとき、同校出身の芥川の自殺にショックを受けていた立原は、「美しい透明な建築」という言葉を私的な感慨を込めて引用したはずだ。

（29）『ロダンの言葉』からの引用のなかには、「風景の中で美しいものは、建築に於ても美しいものである。空気である。誰も思ひもせぬものである。深みである」という一節がある。

（30）『大言海』は「た・つ」の義として「顕《アラ》ハニナル」「成リ定マル」を挙げ、「つ・く」に関して「「突くノ義」土石ヲ突キ固メテ、積ミ建ツ。キヅク。名義抄「城、ツク」「築、ツク」」と述べており、立原はこれを参照した可能性が高い。

第二章

（1）詩「［かなしいまでに］」（一九三四年）、ソネット「傷ついて、小さい獣のやうに」（『四季』一九三五年一〇月号）、ソネット「晩秋」（『文芸』一九三八年一月号）のように、「ひと」や「友」を求めて街路をさまようという例や、ソネット「［私の　貧しさは］」（一九三七年三、四月頃）のように、都市を彷徨中、ふと「どこからか　老いた／母の　うたふ声」が聴こえ、佇むという例もある。

（2）物語「夜に就て」（『椎の木』一九三六年二月号）内に、「アンデルセンの夜のはなしを読んで、涙を流した。それはグリインランドやウプサラの夜であつた」というように『絵のない絵本』への言及がある。

（3）立原は自分の屋根裏部屋を、『マルテの手記』（一九一〇年）のマルテが住むパリの安アパルトマンに重ねていた（一九三八年五月二九日、笹沢美明宛）。

（4）結核で石本建築事務所を休職していた立原は、一九三八年七月二七日から八月九日まで、馬込の室生犀星邸で留守番を兼ねて静養をした。そしていったん日本橋の自宅へ戻ったのち、八月一一日から九月六日まで追分の新生油屋旅館に転地した。

（5）ただし、一九三四年夏のおりは、堀が泊まっていた油屋が満室になっていたため、立原は向かいの若菜屋に泊まり、油屋一階広間で食事をとった（近藤武夫「立原道造とのめぐりあい」、『解釈』一九七一年六月号、小川和祐『立原

道造研究』〔審美社、一九五九年〕一〇三頁)。

(6) ただし、画家・深沢紅子は、一九三五年八月松原湖畔の旅館に逗留していたとき、火山灰が降る満月の夜に立原が柴岡と訪ねてきて、部屋に舞い込んだ蛾を団扇で払いながら、彼らと話をしたと回想しており(「堀さんと立原さんのこと」、『立原道造全集』第三巻月報、角川書店、一九七一年)、彼女のイメージも利用されているのかもしれない。とすれば、立原は松原湖からシュトルム『みずうみ』のインメン湖を連想したということになろう。

(7) 「八月の歌――追分村――」より後のことになるが、油屋の自室の机の上にかかっていた木漏れ日を眺めていたら白い蝶が入って来たと、立原は柴岡亥佐雄に書いている(一九三五年八月五日)。

(8) ポール・ヴァレリーの詩「蜜蜂」(『魅惑』一九二六年)を踏まえていることが明示されたエピソードだが、堀辰雄の影響もあろう。「K村」での避暑をメルヘンチックに描いた堀の短編小説「絵はがき」(一九三〇年)では、主人公が散歩に出る際、ホテルの自室の窓辺に咲く向日葵をステッキの先でこづき、蜜蜂に襲われ、花粉まみれになる。

(9) 「喪失」の主題は、早くから立原文学の基本特徴として語られていた。「彼は忘却の上に築く事を知つてゐた。恐らく建築家の本能からであらう。忘却と言ふ深い基礎の上に、再び夢は築かれねばならぬ事を知つてゐた。恐らく又忘却と言ふ基礎其のものも築かねばならず、又上層の夢が崩れても、忘却と言ふ基底は廃墟の美しさを保つであらう事を知つてゐたのである」(芳賀檀《まゆみ》「立原道造の芸術――火山灰・蜜蜂・忘却」、『四季』一九三九年七月号、立原道造追悼号)。

(10) ラインハルトが故郷を離れ、遠い都市の大学で勉学しているうち、エリーザベトは彼の親友のエーリッヒと婚約してしまう。数年後、ラインハルトはエーリッヒの招待を受け、夫婦が移り住んだインメン湖畔の邸宅を訪ねる。彼は地所を見てまわっている途中で、案内のエリーザベトに問う――「あの青い山の彼方に僕たちの青春時代はあるのですね。あの時代はどこへ行ってしまったのでしょう?」(関泰佑訳『みずうみ』岩波文庫)。『みずうみ』は、帰還不可能な故郷への望郷の文学でもある。

(11) 『全集』第一巻解題は、この「故里」を「大都会東京」とのみ解釈している。

(12) 同じ詩想はソネット「[夢みたものは]」(一九三八年九、一〇月頃)に表されている――「夢みたものは　ひとつの幸福／ねがつたものは　ひとつの愛／山なみのあちらにも　しづかな村がある／明るい日曜日の　青い空がある」。

「告げて　うたつてゐるのは／青い翼の一羽の　小鳥／低い枝で　うたつてゐる／／夢みたものは　ひとつの愛／ねがつたものは　ひとつの幸福／それらはすべてここに　ある　と」。夢見た愛と幸福は「あちら」にあり、かつ「ここ」にある。

(13)　立原は帰京して一ヶ月後に盛岡をこう振り返っている――「一と月のあひだの僕はこの町〔東京〕でやはりさまよひくらしました。Heimatlos〔故郷喪失〕であるけれど、ただあの一月まへの美しい一日と、それをささへたそのまへの一と月のくらしが僕の唯一のふるさとにおもはれます」（一九三八年一一月一九日、加藤健宛）。

(14)　同じ頃、やはり故郷喪失者だった柳田國男が、関東大震災後に移住した世田谷区成城をめぐって類似した故郷観を美しく述べている――「我々の歴史がこれから出来ようとする心持、それが共に住む者の感覚以外には、跡を残さぬだらうといふ心持が、故郷といふものゝ本《もと》の味では無かつたか。もしさうだとすれば現在に限らるゝ人生は、幾ら珍しくてもやつぱり旅である」（「旅と故郷」一九三〇年）。

(15)　立原が四季同人の追分合宿のために書いた文章――「嘗ては本陣をはじめ数十軒の旅宿が軒を並べ、その軒の棟毎に青い竜を刻んでゐた。しかし今では村の大半の家は崩れ、さびしい廃駅の姿をつくつてゐる。隣村にあたる軽井沢・沓掛はその後新しい避暑地となつたが、おなじ自然と気候を持つてゐたのに、この追分だけは、信濃高原のうちで人びとに忘れられた……／私たちがその家で一しよに生活しようとしてゐる油屋はそのころ脇御本陣であつた、二百年昔の姿をけふもそのまま留めてゐる古びて黒い建築である。／追分の、千メートルの高原風景の美しさ、廃駅の侘しい絵、花、気候のことなど、ここにことさら説かうとはしない。この村に訪れて一しよにくらす日に皆で一しよにうたへばよい美しさであるから」（「追分案内」、『四季』一九三六年初秋号）。

(16)　『全集』第二巻解題は、これを原稿用紙から「一九三四（昭和九）年一月から五月にかけて書かれたものと推定される」としているが、建築設計が題材とされている点から、私は同年四月以降と見る。『全集』第四巻を見るかぎり、最初の住宅設計図模写「東京・某氏邸・設計図」（『全集』第四巻、口絵四頁）が提出されたのは同年七月七日なので、その頃まで執筆時期が下る可能性もあろう。

(17)　『全集』第二巻解題は、一九三四年四月九日および五月一三日の杉浦明平宛書簡から、執筆時期を「一九三四年三、四月頃」と推定しているが、設計を題材としている点から私は同年四月以降と推定する。

（18）「ルイ十四世式」は「ルイ十六世式」の誤訳、「五十瓩《キログラム》」は「五十グラム」の誤訳。

（19）『物質と記憶』、第三章「記憶力と精神」（一八九六年）。

（20）『失われた時を求めて』、第一篇「スワンの家の方へ」第一部「コンブレー」（一九一三年）、第七篇「見出された時」（一九二七年）。

（21）フロイトは『不気味なもの』（一九一九年）で、「不気味なもの Unheimlich」とは抑圧されてきた「親密なもの Heimlich」（原初的なもの）の回帰であると説き、その例として、幽霊、ドッペルゲンガー、意図せざる反復等を挙げた。ハイデガーは『存在と時間』（一九二七年）第一部第一篇第六章、第二篇第二章・第四章で、「不気味さ Unheimlichkeit」、「居心地の悪さ Un-zuhause」を世界内存在の根本様式として語った。興味深いことに「Unheimlich」のなかには「Heim わが家」が、「Un-zuhause」のなかには「Haus 住居、建物」が含まれている。

（22）ソネット「午後に」は、不気味なものを問題にしているわけではないが、「［果物を盛る鉢のやうに］」に類似した反転劇が見られる。第一連・第二連で、詩人は「悲哀」ないし「否定」に涙して、美しい世界を見ている。第三連で、詩人が見るものの一つとして「時のなかを朽ちてゆく　あの窓のない小家」が示される。ところが第四連では、急に、詩人は世界から抱擁されていると感じ、「別の涙」を流す。

（23）立原の「かろやかな翼ある風の歌」の「Ⅳ　コリントの歌――風のうたつたソネット」では「コリント風の列柱」の柱頭から禿鷲が飛び立つが、これは「群柱頌」の列柱の「帽子」（柱頭）の縁が「生きたる鳥に飾られて」いたことをもとにしたのではないだろうか。ただし、ここでも、「群柱頌」の「鳥 oiseaux」が複数なのに対し、立原詩の禿鷲は一羽である。

（24）立原は、購入年不詳だが、リルケによる独訳『エウパリノスあるいは建築家』（インゼル書店、一九二七年）を所蔵しており、それは死後、堀辰雄の蔵書になった（中村真一郎「優しき歌」、『午前』第五号、一九四六年一一月）。

（25）ル・コルビュジエのヴァレリーへの私淑ぶりについては、東秀紀『荷風とル・コルビュジエのパリ』（新潮社、一九九八年）七三―七四頁、九八―一〇一頁、一七二―一七三頁を参照されたい。

（26）ゲオルク・ジンメル（川村二郎訳）『ジンメル・エッセイ集』（平凡社ライブラリー、一九九九年）一二頁。

（27）小津安二郎は、一九三三年、『東京の女』および『非常線の女』において、非人称的な水平のローアングルや、入室前や退室後に無人の部屋や静物のショットを挿入する編集を確立した。そして一九三七年の『淑女は何を忘れたか』において、水平のローアングルを多層フレームと結合することで、「部屋」がショットを画定し、人物を見ているかのような印象を与える特異な映画表現に到達した。立原が小津作品を観たかどうかは不明だが、二人は「部屋」に関して同時代性をもった表現者だったといえる。

(28)　詩人の小池昌代は、「小譚詩」の人物の幽霊的な存在様態や最後に残されるからっぽな空間に「能」との類似を見ている（小池「立原道造の詩と空間」、『詩についての小さなスケッチ』五柳書院、二〇一四年）。確認できる立原の能鑑賞は、石本建築事務所時代の一回だけだが、「色と姿の　つかの間に優雅に跡もなく消えてしまふ絵——絵の表現してゐる音楽　そんな　あえかな線の上に架つた夢のやうにおもひます」（一九三七年六月六日、神保光太郎宛）と感想を述べている。また一九三五年に彼は詩学的関心から、世阿弥の『花伝書』（『風姿花伝』）、『申楽談義』、『能作書』（『三道』）を読んでいた（一九三五年六月一〇日、生田勉宛）。

(29)　立原は萩原朔太郎をめぐって、彼は「詩人である天質に従つて、手に触れた言葉によつて」「現在の支点に支へられ、自分を建築するきり」であり、「昨日の悔恨もただ現在のみに関する」と語り、「意志なき寂寥のなかに言葉と共にゐる彼の姿」を描いている（一九三五年二月二八日、国友則房宛）。

(30)　自分の詩が載った『九州文学』を送ってきた年少詩人に、立原が述べた所感——「あなたの詩もおもしろく拝見しました。僕のこのみなど言つてはいけないけれど、字があまりむづかしかつたり、言葉つかひに大きな身ぶりがわるくつけられてゐることには反対でしたけれど、底にながれてゐるリリシズムには共感しました。僕たち日本の詩は、あのリリシズムを、もつとやさしい表現で深く掘り、とほく高めることを方向にしなくてはならないのでせうか」（一九三八年七月一九日、矢山哲治《ややまてつじ》宛）。立原が日本浪曼派の影響を受けた時期の発言なので割り引いて受け止めなければならないが、語彙の平板さが方法的選択だったことの一証拠である。

(31)　彼は『萱草に寄す』の序に相当する「風信子［一］」でも同様の詩集観を記している——「何度僕は自分の詩集の夢を描きながら、詩集をいれた書棚のまへにゐたことだらう！／そのやうなとき、僕の詩集の夢は風信子叢書の夢に重なつて行つた。——僕が詩集を出すならば、それは一冊の大きな詩集でなしに、おなじ主題をもつ詩のみをあつめ、それにいちばんふさわしい装ひをさせて叢書の形で出したいものだ、と。それが僕に似つかはしいやうに」（「風信子

［一］」、『四季』一九三七年七月号）。

(32)　名木橋忠大『立原道造の詩学』（双文社出版、二〇一二年）「序」。名木橋は、文節関係をめぐる小川和祐、宇佐美斉、近藤基博の先行研究を紹介したうえで、ソネット「またある夜に」（『萱草に寄す』）と「風に寄せて」（『コギト』一九三八年九月号）の文節構成を、オーヴァーラップという映画的手法との比較を通して精緻に分析している（同書、五一―六〇頁）。

(33)　吉本隆明は立原詩について「言語的には指示代名詞や人称代名詞を主語として、日本語より印欧語的に繁多に繰返し用いることで、景物や事象を代名詞的な世界の水準に抽象し、独得な背景の世界を造りだした」と述べている（『吉本隆明歳時記　新版』［思潮社、二〇〇五年］五一頁）。

(34)　立原詩の音楽性にとって、音韻的秩序ももちろん大事である。ただし、この水準では、北原白秋、萩原朔太郎、宮沢賢治、中原中也などの詩と比べると、立原詩はたいして音楽的でない。立原が彼らほどオノマトペやリフレインに訴えないことからすると、これは意識的・方法的結果だったと思われる。立原的音楽の骨子は、統辞法における複雑な修飾・被修飾関係なのである。

(35)　手記「火山灰」（『全集』第三巻四一―四二頁）や評論「風立ちぬ」VI章においても、オティーリエの日記への言及が見られる。立原がこれを重要な芸術哲学として受容していたことは明らかだ。

第三章

(1)　『全集』では一九三八年設計とされているが、疑問がある。『新建築』一九四〇年四月号（立原道造追悼特集）に掲載された際の解題は「テイー・ハウスは日本の茶席の如くこの席にて紅茶をだし話を交す席として彼が関西から帰つて書いたエスキス」である。確かに立原は、一九三八年冬の長崎紀行の途上、奈良・京都を訪ねているが、肺結核の重篤化により、帰京後、絶対安静を命じられ、ほどなく東京診療所へ入院しているので、ティーハウスを作図したとは考えがたい。一九三六年九月、一〇月に立て続けに敢行した関西旅行後のものではないだろうか。

(2)　三回とも銅賞。一年生と二年生の設計に対しては銅賞のみが設定されていたが、卒業設計に対しては一等賞の銀賞と二等賞の銅賞の区別があった。卒業設計が一等賞に選ばれなかったのは、立原自身によれば、建築構造学の武田清教授が「この計画は、個々の建物も情緒的に流れて見るべきものがなく、全体として地域計画といふには構成が弱い」と酷評したためである（生田勉「立原道造の建築」、『ユリイカ』一九七一年六月号）。

（3）　豊田泉太郎「あの頃の軽井沢（抄）」、『立原道造の"SOMMER HAUS"——浅間山麓で育まれた作品世界』立原道造記念館、一九九八年。

（4）　秋元寿恵夫「三つの出会い」、『風信子　立原道造を偲ぶ会会報』第六、七輯、麦書房、一九八七年三月。この冊子は稀覯本であり、引用は、木山祐子「医師からみた立原道造——秋元寿恵夫「三つの出会い」より」（『日本病跡学雑誌』第八一号、二〇一一年六月）からの孫引き。

（5）　「日吉本町」という情報は、東秀紀「お前よ、美しあれと声がする——立原道造と戦後の建築家をめぐって」、『建築文化』一九七六年二月号による（電話帳で正確な住所を確認し、外から見たという）。竣工年は、浅野光行（秋元寿恵夫の養子、執筆当時は建設省建築研究所都市施設研究室室長）「詩人・立原道造と家」、『住宅金融月報』一九九三年三月号による。

（6）　立原研究では、秋元寿恵夫は秋元邸依頼者として言及されるだけだが、彼は七三一部隊の幹部研究者として唯一公式に反省を述べた医師であり、戦後の医学教育や医学啓蒙的著作、ローザ・ルクセンブルク『獄中からの手紙』（岩波文庫）の翻訳などでも有名だ。

（7）　ヒアシンスハウスについては、一九三七年一二月一六日の小場晴夫宛書簡で「浦和に行つて沼のほとりに、ちひさい部屋をつくる夢」と初言及される（ちなみに小場は旧制浦和高校卒）。一九三八年二月七日小場宛葉書では、イタリア語で「LA VILLETTA DAL URAWA」と呼ばれている。同年二月一二日の神保光太郎宛書簡に「ヒアシンス・ハウス・（風信子荘）」の名称が現れる。建設を前提とした最後の言及は、一九三八年四月上旬（推定）深沢紅子宛書簡に見られる——「ヒアシンス・ハウスのこと、その家のとなりに住んでゐる絵描きさんが六日から写生旅行に行くので、そのアトリエを借りて家の出来上らない先に浦和に移らうとおもひます」。『全集』第四巻解題はこの「絵描きさん」を里見明正としているが、浦和画家に詳しい坂本哲男は、現・別所沼の旧・ボート乗り場そばにアトリエを構え、神保光太郎の詩「湖畔の人」（一九三九年）のモデルともなった須田剋太としている（坂本『別所沼を渡る風』［中央公論事業出版、二〇一三年］三八頁）。

（8）森田進は、萬店の姻戚の祖父から、立原の土地入手のために一肌脱ぐ予定だったという話を聴いた記憶があるという。また、結核を患っていた立原が湿気と寒さのせいでヒアシンスハウスをあきらめたとも聴いているという（森田進「神保光太郎と立原道造——交友の歴史を巡る」、『ヒアシンスハウスに夢を託して——立原道造と神保光太郎　企画展図録』さいたま文学館、二〇〇五年）。

（9）「石本建築事務所・ISHIMOTO WEB サイト」（http://www.ishimoto.co.jp）を参照。

（10）『白木屋三百年史』（白木屋、一九五七年）四三〇—四三四頁、四六〇—四九〇頁、六七八頁を参照。

（11）大森白木屋分店・大森映画劇場に関しては、前掲書五一〇—五一一頁、六八〇頁と、つぎのウェブサイト「分離派建築博物館」（http://www.sainet.or.jp/~junkk/index.htm）を参照。

（12）DOCOMOMO Japan のホームページ中のウェブサイト（http://www.docomomojapan.com/structure/ 横須賀海仁会病院）を参照。設計の名義は「石本喜久治＋石本建築事務所」とされている。

（13）「レリーフ」的という形容は「看板建築」的といいかえてもいいのではないだろうか。

（14）生田勉は、「下関市庁舎透視図」のガラスの出窓と、小場宛書簡に描かれた付属塔——彼は「劇場」の「出窓」と誤解しているが——との共通性を指摘している（「道造回想——建築と散文のまわりで」）。

（15）浅野前掲エッセイ、三一頁。

（16）「言葉はなぜかうも少なく小さく、僕に思はれるのか。そして、そのすくない言及さへ、全く余分に思はれた。その一行によつて、一行一行があつまり、一篇の詩となるのであつた。しかし、僕は、一行のことをひきのばし、一篇とするのであつた」（「［火山灰まで］」の一九三五年五月一七日の記述）。

（17）浅野前掲エッセイに掲載された写真からは、寝室の窓が拡大し、玄関側面の窓が削除されたことや、敷石によるアプローチをエントランスに対して斜め方向に設けたこと等の変更もあったことがわかる。

（18）物語「［緑蔭倶楽部］」（一九三四年八月）の高原の林間の家の外観は、「コ、ア色の柱を見せた白い壁」。その庭の白木のテーブルには、「のみさしのココアの茶碗」が並び、「白いかげからはコ、ア色のにほひがのぼり、あたりの空気と下手にまざりあ」う。

（19）浅野前掲エッセイ、三〇頁。

（20）　種田元晴・安藤直見「建築家・立原道造の描く外観透視図に表現された田園的建築観」、『日本建築学会計画系論文集』第六七〇号（二〇一一年一二月）も参照されたい。

（21）　記述順に略述する。大阪ビルヂング東京支店第一号館、渡辺節、一九二七年。森五商店東京支店（現・近三ビル）、村野藤吾、一九三一年。住友銀行東京支店、日高胖、一九一七年。八重洲ビルヂング、藤村朗、一九二八年。ちなみに立原は京都の村野藤吾設計「独乙文化研究所」（一九三五年）を見学して「大へん心打たれた」と述べている（一九三六年一〇月二七日、柴岡亥佐雄宛）。

（22）　組詩「［昨夜は　おそく］」（一九三四年九月頃）や、「おそい秋の午后には　行くがいい／建築と建築とが　さびしい影を曳いてゐる／人どほりのすくない　裏道を」という第一連をもつソネット「晩秋」（『文芸』一九三八年一月号）は、こうした遊歩の詩的表現である。行く先を定めない都市遊歩の習慣は、エッセイ「風信子［三］」（『四季』一九三八年四月号）でも語られている。

（23）　卒業設計のために追分に発つ一二日前、立原は手紙に「僕は　今　ヴヲルス《ママ》ヴエデの画家　フオゲラアのことをおもつてゐます」と書いている（一九三七年一月一九日、神保光太郎宛）。

（24）　オルブリッヒの名は「［タウト講義ノート］」（一九三四年）に見られる（『全集』第四巻、一八四頁）。小場は、オルブリッヒに関して「そのコロニイの全貌については、当時の立原は知らなかったと思いますが、しかし立原がオルブリッヒの他の作品に魅力を感じておりましたし、オルブリッヒがコロニイの建築を設計し、その建設に参加していることは知っていて、それが立原をしてキュンストレルコロニイを構想させた動機であったと、私は考えております」（講演録「詩人・建築家・立原道造」一九八二年三月、『立原道造と小場晴夫――大学時代の友として』［立原道造記念館、二〇〇一年］所収）。

（25）　近藤武夫「立原道造と私（5）」、第四次『立原道造全集』第五巻月報、角川書店、一九七三年。

（26）　石尊山（標高一六六七メートル）はそもそも浅間山を遥拝する霊山であり、浅間修験・石尊信仰の行場の痕跡（座禅窟、血の滝、石尊社）が残っている。立原は、元気だった頃、幾度か石尊山登山をした。弟・達夫に宛てた浅間山水彩の手製絵葉書で、「ココマデノボッタ」と書き込み、矢印で石尊山山頂を示している（一九三五年八月三日）。三井為友宛絵葉書には「今朝浅間の血の池へ行つて帰つたら君の葉書が来てました」（一九三六年八月一九日）と書いている。近藤武夫は自分が最初に立原を石尊山の下まで連れて行き、血の池を教えたと回想している（「立原道造と私(6)」、第四次『立原道造全集』第六巻月報、角川書店、一九七三年）。「鮎の歌Ｉ」に登場する「ふかい木立にかくされた山峡の水源地」のモデルは、血の池だろう。

(27) 立原の浅間山憧憬には、東京脱出という顕在的動機や、西洋近代的な高原志向以外に、江戸東京人的な風景感覚が伏在していたのではないだろうか。江戸は、富士山と筑波山という遠景をランドマークとする「遠心的構造」を備えた都市だった（陣内秀信『東京の空間人類学』ちくま学芸文庫、二〇二頁）。立原の中学時代の短歌には富士が登場する――「北斉《ママ》の富士山の絵を／おつとりと炬燵で見とれる」、「自動車の窓より見れば／すぐろなる富士の姿は／高く聳えつ」（「自選 両国閑吟集」）。詩「はじめてのものに」では浅間山に富士山の中古文学的イメージが重ねられている。

(28) フランス語原詩では、最初の「.」は「,」。

(29) 「「卒業設計ノート」」6の「STATION」は借宿駅だろう。斜面を登った敷地であること、線路がカーブして駅に入り込むとされていることからそう判断できる。

(30) 浅間山麓の植生研究をしていた近藤武夫は、血の池や濁川の水質・水温検査を定期的に行っていた（近藤「立原道造について（その思出など）」、中村真一郎編『立原道造研究』思潮社、一九七一年）。

(31) 砂丘らしい敷地や、周辺に松林がある点から、湖ではなく海と解釈する。

(32) 『全集』第四巻解題は、立原が尊敬していたフィンランドの建築家アルヴァ・アールトの「バイミオのサナトリウム」（一九三二年）との類似を指摘する。建物どうしの扇状の配置というアールト的配置にはなっていないが、横長の主棟の背後に付属棟がある点や、カーブしたアプローチは類似している。なお、「浅間山麓の小学校」（一九三五年六月頃）の「t」字形や「w」字形の棟配置にも「バイミオのサナトリウム」（および立原の「サナトリウム」）のそれとの類似が見られる。

(33) ただ、聖ヨゼフ病院開業を知らせる『神奈川新聞』の記事「聖ヨゼフ病院と榊原病院」（一九四六年八月二四日、『新横須賀市史 資料編 近現代Ⅲ』［二〇一一年］所収）では「豪壮な緑の病院」と描写されているので、立原による外観透視図通りに外壁の彩色がなされたのかもしれない。

(34) 早い時期に小場晴夫が、きわどい様式混淆という特徴を指摘している。「「「オメガぶみ」に見られるような」斯る、ロマン的なものとフランス的なといふのか或は近代的と云へるやうなものが相もつれ平衡と調和を保つ風景は建築の設計の中にも又示される。日本的なものとオランダ的なもの、コルビジエ的なものとゴシック的なものとか。「見出された」多くの元は選択された絵具の色でありその色はカンバスの上で彼にのみ許されたきはどい美しさを示す風景を作り、画面を呈示する」(「建築家としての立原道造」)。

(35) 横須賀中央通りから分かれて、聖ヨゼフ病院の玄関前へ登る切り通しがあるが、これは立原の透視図にも「横須賀海仁会病院平面図　縮尺1/100」にも描かれていないので、竣工後のある時点で開削された新道だろう。

(36) 神保光太郎から彼の家の庭にあった甕をゆずってもらう予定だった(神保「五月の風をゼリーに――立原道造の人と作品」、神保編『立原道造詩集』[白凰社、一九六五年]所収)。

(37) 武藤秀明『天才・立原道造の建築世界』(文芸社、二〇〇六年)に、ヒアシンスハウスの出入口が「巧みにひねられており、住宅に何よりも必要なプライバシーの保持に十分意を用いている。このひねりは併せて、小さな住宅であっても来訪者に、奥に続く空間に様々の期待を抱かせる巧みな仕掛けでもある」(一五頁)という指摘がある。武藤は秋元邸の出入口についても同じ解説をしているが(二二頁)、こちらはその初期段階の「[秋元邸のスケッチ]」および「秋元邸新築工事設計案　1」のみに妥当する。

(38) 立原から結婚祝いに椅子を受け取った猪野謙二は、背凭れの十字スリットをヒアシンスの模様と語っているが(猪野謙二『僕にとっての同時代文学』[筑摩書房、一九九一年]八頁)、ヒアシンスの花は六弁なので十字からほど遠い。なお、立原の十字スリットには、アントニン・レーモンド「軽井沢聖パウロ・カトリック教会」(一九三五年)の影響もあったかもしれない。その木製両開き扉には十字スリットがほどこされ、パイプオルガンが設置されたロフトへ上がる螺旋階段を包むシリンダー状の木製壁には、十字、星、ハートなどのスリットがほどこされている。

(39) 立原は「アンデルセンの「絵のない絵本」に出て来る屋根裏部屋の詩人をもって自任していた」(杉浦明平「立原道造」、『放水路』第二巻第八―九号、一九六四年八―九月)という。

(40) 「夏の家」は、中軽井沢の文化・レジャー施設「軽井沢タリアセン」に移築され、現在「ペイネ美術館」として再利用されている。

(41) 堀は立原にこの教会の絵葉書を出してもいる(一九三七年一〇月二日付)。

(42)　速水清孝・林憲吾「市浦健の設計と諸活動に関する研究」、『住宅総合研究財団研究論文集』第三四号、二〇〇八年三月。「坪二円の別荘」の写真が掲載されている。

(43)　『新編埼玉県史　通史編6　近代2』埼玉県、一九八九年。『浦和画家とその時代』うらわ美術館、二〇〇〇年。

(44)　立原は、一九三八年一〇月、猪野謙二へ結婚祝いとして十字スリット入りの木製椅子二脚とテーブルのセットを贈った。このセットは、その後、立原道造記念館の所蔵となったが、二〇一一年の閉館に伴い猪野謙二旧宅（現・島本邸）へ返却された。現在ヒアシンスハウスにある背凭れ椅子は、そのレプリカという。ヒアシンスハウス用に誂えたものを、建設をあきらめて贈ったのかもしれない（若杉美智子「ヒアシンスハウスの「椅子」」、『風の詩　ヒアシンスハウス夢まつり資料』第五号、二〇一二年一〇月。種田前掲書、一三二―一三三頁）。

(45)　山中知彦『詩人の夢の継承事業』（建築学会都市景観協議会、二〇〇四年三月）参照。

(46)　生田勉もこの座談会を聴いており、その様子と立原の言及について記している（生田／聞き手・磯崎新「建築家立原道造」、『都市住宅』一九七二年五月号／生田前掲書所収）。

(47)　この点で、立原の姿勢は、実存哲学に親しみながら一九三七年頃から和洋の古民家のボキャブラリーを自由に取り入れた住居や別荘を設計していた白井晟一の姿勢と、たおやめぶりとますらおぶりの違いにもかかわらず、意外に通底していよう。当時、ほとんど無名だった白井の仕事を知ることはなかったはずだが。立原は、白井が「縄文的なるもの――江川氏旧韮山館について」（『新建築』一九五六年八月号）で絶賛した伊豆韮山の江川邸を見学していた。一高同窓の文学仲間に対して一高時代の楽しい思い出を綴ったなかに「ピイポン銃のある韮山、江川太郎左衛門さん宅の青空の時間」（推定一九三五年一一月上旬、松永茂雄宛）とあるのだ。

(48)　ステインオイルは褐色だが、ペンキと異なり透明性・浸透性があり、木目を際立たせる。

(49)　「生子板」とは波形をしたトタンのこと。秋元邸もトタン葺きである（秋元、前掲講演録）。

(50)　立原はオリジナル家具をいくつか制作したと推定される。彼はこうした家具の木工作業を、実家で働く木箱作り職人に依頼していたのではないだろうか。

(51)　「彼のいちばん好きな建築家は西洋人ならアルヴァ・アアルト、日本人では村野藤吾であった。アアルトはまだそのころ若年であったが、自邸や「マイレア」などのすぐれた住宅設計、バイミオのサナトリウム、ビープリオの図書館のデザインなどで、すでに北欧的な風土主義をもって有名であった」（生田勉「立原の〈建築論〉について」、第三次角川版全集、第四巻［一九七二年］四四三―四四四頁）。

第四章

（1）　宇佐美斉『立原道造』、三〇―三一頁。

（2）　「うちの前の通りにアスファルトを敷いた。きれいな路になつた。今日の日曜に働くこの人たちには或はね床の満足なのがないかも知れない、この夥しいＰｒｏＬＥＴａｒｉａｔの群よ！　それがきれいな路を作った」（「［一九三〇年　その日その日日記］」の「二月一六日（日）」）。中学時代、立原は歩行者の雨具の種類と使用比率の調査をし、「［中学幾何ノート］」に記載していた（『全集』第四巻、六一〇頁）。何らかのルートで今和次郎の「考現学」に触れていたのかもしれない。

（3）　「この頃は　絵をひとつも描きません。（描けませんといふ方ががほんたうでせうか。）それでも〝描けたらなあ〟と思ふ風景によくぶつかります。だが、なんとなしに、描けません。色も、形も、線も、自分をだましますいぢわるします。何となしに描く気がしないのです。〔……〕新しい爽やかな心よ、」（一九三二年五月二七日、金田正吉宛）。

（4）　立原は一九三一年夏にはモダニズム文学に触れていた――「この手紙は、もつとフレッシユ（**FRESH** で、**FLESH** ぢやありません）な、型式で、書かうとしたが、のんびりとづうづうしい山の自然に、麻酔にかけられて、すつかり近代性《モデルニテ》に満ちた僕（！）が、ひそんぢまつたので、書けませんでした。　それは、――モンタアジユでもなく、文字の構成による感覚、感情の表出なのですが」（推定七月末、名宛人不明）。一九三二年八月二四日の高尾亮一宛書簡ではこんなことを告白している――「〈南窓集《ナンソウシユウ》〉。すつかり、三好達治のフアンになつちやつた！　僕のすきな、この国の詩人……竹中郁、阪本越郎、三好達治。もつと大人では、……佐藤春夫、室生犀星、萩原朔太郎」。

（5）　引用したもの以外の例は、一九三四年一月四日杉浦明平宛、同年二月一日国友則房宛、同年九月一日杉浦明平宛、一九三五年一月八日杉浦明平宛、同年三月二一日丸山薫宛、同年一一月一一日柴岡亥佐雄宛、一九三八年九月五日矢山哲治宛、同年九月二八日深沢紅子宛書簡等。

（6）　立原を非身体的な夢想家と見なすのはまったく誤っている。手紙や日記を読めば、歌舞伎、相撲、スポーツ、野球、活動写真、演劇を観るのが好きで、健脚でもあったことがわかる。「［皺のことや神様のことや麺麹のことや］」（一九三四年）のように、奇妙な身体感覚と言語行為の齟齬を主題にした怪作もある。ちなみにいつの頃からかはわからないが、彼には軽度の吃音があった。虚弱体質や病気が身体の重視や身体感覚の鋭さにつながるという逆説は、作家や思想家にはよく見られる事態だ。

（7）「抒情詩がオモチヤのやうにきれいに塗られ、精妙と見える仕掛あることに、耐えられない思ひがしきりにします。なぜ僕はみすぼらしい人工にしがみついてゐなくてはならぬのか、なぜはつきりとした姿、形でうたへぬのか、なぜ第三流の人物で甘えて居られるのか、なぜ燃え立たないのか、居ても立つてもゐられない、いらだたしさです」（一九三六年五月一四日、丸山薫宛）。

（8）「僕のちひさい白い花は自然にもう存在しない、人工して　それが存在し得たとき　ちひさい白い花は　僕のあたらしい生である。嘗て　自然にあたへられたものへの　無垢の讃歌の場所で、人工し作為したものに対《むか》ひて無限の哀歌を生きねばならぬ。　これは　若い新しい人一般のことではない、ただ僕だけの事情であり、光栄である。美しいものの喪失を嘆かない、人工の必至な発生への哀歌に他ならぬ。　かかるとき　人間の問題と生きる問題に聯関して　僕は　宇宙的なひとつの建築論の可能を信じる」（一九三六年一〇月三一日、小場晴夫宛）。「僕は裸身の生き方にのみすなほさを信じきれない。すなほさといひ　それは詳細部のひとつひとつのmoldingや浮彫のひそかに湛へてゐる影とためらひを除いては考へられない」（一九三七年一月七日、田中一三宛）。「机の抽出しのなかに眠つてゐるあひだに　その下書きがひとりで熟して　甘くなるのを待つばかりです。僕は、自分の仕事に　そんな人工を信じてゐます」（一九三七年一月一二日、神保光太郎宛）。

（9）「我々は、建てたから住むのではなく、我々は、住むのである限り、すなわち**住む者として**ある限り、建てるのであり、建ててきたのである」（マルティン・ハイデガー［大宮勘一郎訳］「建てる　住む　思考する」［太字は原文による］、『ハイデガー――生誕120年、危機の時代の思索者』［河出書房新社、二〇〇九年］一三二頁）。

（10）「家は、その日その日に生きるものではなく、歴史の糸につむがれ、あるいはわれわれの歴史のなかで語られるものである。夢によって、われわれの生涯のさまざまな棲家が交錯しあい、過去の日々の富を保存する。新しい家にすんでいるときに、過去の棲家の思い出がうかんでくると、われわれは、太古のもののように不動の、静止した幼年時代の国へ旅することになる。われわれは固着、幸福の固着を体験する。保護された思い出を再体験することによって、われわれは力づけられる。なんらかの閉じたものはわれわれの思い出にイメージとしての価値をあたえながら、その思い出を保持するはずである」（ガストン・バシュラール［岩村行雄訳］『空間の詩学』［ちくま学芸文庫、二〇〇二年］四七―四八頁、一部改訳）。

（11） ハイデガーが詩を論じるようになったのは、一九三四―三五年の大学講義「ヘルダーリンの讃歌『ゲルマーニエン』と『ライン』」からだ。「建てる 住む 思考する」には詩の引用や言及が見られない。けれども、ハイデガーは、同じ一九五一年、二ヶ月後に行った講演「詩人のように人間は住まう」において、ヘルダーリンの詩「うるわしき青空に……」を注釈するかたちで、詩と住むことの本質的絆を説いている。夭折した立原はハイデガーの建築論を知らなかったわけだが、評論「風立ちぬ」（一九三八年）において、邦訳されたばかりのハイデガー（齋藤慎治訳）『ヘルダーリンと詩の本質』（理想社出版部、一九三八年三月）に繰り返し言及しているのは意味深長である。

（12） 「鉄道草《てつどうぐさ》」は、キク科の帰化植物ヒメムカシヨモギの和名。線路際によく見られたためこう名づけられた。開花時期は初秋。未発表散文「［草に蔽はれた道］」には「鉄道のそばでは竹煮草が白い花をつけてゐた、鉄道草がぼんやり咲いてゐた」とある。立原にとって追分の風景と強く結びついていたようだ。

（13） 芳賀には、ニーチェの「貴族道徳」、「権力への意志」や、ハイデガーが『存在と時間』で説いた「世界内存在」、「被投性」、「決意性」などの概念の典型的な通俗化や悪影響が見られる。

（14） 一九三八年八月一日深沢紅子宛書簡より推量。

（15） 中村真一郎『芥川・堀・立原の文学と生』（新潮社、一九八〇年）一八六―一八七頁。時期は、一九三八年九月三日杉浦明平宛書簡から推量。

（16） 彼自身、結末の中途半端を自覚していた。「《風立ちぬ》を先月も書いたのですが、四季原稿あつまりすぎてのせるのをやめて手もとにおいておいたら自信急に失せ、十二月号で《風立ちぬ》をつづけない文章を書いてもうおしまひにしようとおもつてゐます。はじめはうさぎのやうにいきほひがよかつたけれども　いまはすつかり　だめになつてしまひました」（一九三八年一一月一一日、堀辰雄宛）。

（17） 磯崎新は「あの手紙は丹下健三を日本浪曼派へと引き入れるためのオルグの文章だった」（「立原道造と建築」）

と書いているが、そうは思えない。

(18) 一九三八年九月五日矢山哲治宛書簡。さらに盛岡滞在中の同年一〇月一一日橘宗利宛書簡、長崎旅行直前の一一月一九日書簡。後者の「だれより彼は人に出会ふことをねがつた」という文言は明らかに、芳賀の「芭蕉（ある聖徒伝）」に基づいている。

(19) 芳賀檀「立原道造の芸術——火山灰・蜜蜂・忘却」、『四季』一九三九年七月号。

(20) これ以降書かれた彼の詩、つまり限界的状態で書かれた最後の詩が、ソネット「［南国の空青けれど］」である。「南国の空青けれど／涙あふれて　やまず／道なかばにして　道を失ひしとき／ふるさと　とほく　あらはれぬ」（第一連）。

(21) 長崎から帰宅直後、猪野謙二は屋根裏のベッドに横たわった立原から同様の述懐を聞いており、「これにはからだの状態ももちろんあったわけだけれど、それだけには帰せられないことだろうと僕は想っています」と後に語っている（猪野『僕にとっての同時代文学』［筑摩書房、一九九一年］一一頁）。

(22) 室生犀星の詩集『愛の詩集』（一九一八年）中の組詩の総題。

(23) 若林つや（本名・杉山美都枝）「野花を捧ぐ」、『四季』一九三九年七月号。

付論Ⅰ

(1) 生々洞の造りについては、佐藤実『若き詩人の肖像——立原道造論』（ポワ社、二〇一三年）の一九頁から二〇頁に詳しい記述がある。

(2) なお、加藤健の書斎には賢治の署名入りの『春と修羅』もあったようである。盛岡で『岩手歌人』を出版していた立花貴史に贈った初版本で、加藤が立花から借りたまま亡くなり、古書店に流れ、菊地暁輝が買ったという（森荘已《もりそうい》池《ち》『森荘已池ノート——新装再刊　ふれあいの人々　宮沢賢治』［盛岡出版コミュニティー、二〇一六年］六二—六四頁）。

(3) 「「盛岡ノート」いまむかし②　紅子一家が迎えた詩人　四戸孝丸さんの記憶　立原滞在の証し「ちゃぶ台」　愛宕山にあった生々洞」、『盛岡タイムス』(http://www.morioka-times.com/index.html) Web News, 二〇一四年七月二二日。

(4) 佐藤『若き詩人の肖像——立原道造論』二二頁。

（5）　盛岡駅は北上川の側に位置するが、北上川は氾濫しやすかったので、城下町・盛岡は、中津川を挟んで造られた。

（6）　現在、文化橋と並行してすぐその傍らを走っている大きな東大橋は、一九六九年に盛岡バイパスとともに完成した新橋である。

（7）　岩手牛乳については『岩手牛乳30年のあゆみ』（岩手牛乳、一九六六年）を参照。中津川と北上川の合流地点の左岸には、一九二四年に竣工した市営文化住宅・南文化小路があった（吉田義昭『盛岡明治・大正・昭和「事始め百話」』［盛岡文化研究会、一九九五年］の「盛岡市営住宅」）。

（8）　『盛岡タイムス』Web News, 前掲記事。

（9）　この変化は一九三八年九月二七日小場晴夫宛書簡でもほぼ同様の表現で語られている。

（10）　正しくは「イーハトーヴォ」（「イーハトーブ」と同義）だが、あえて立原が読んだだろうかたちで示しておく。

（11）　ただし、愛宕山北東斜面の果樹園が雑木林に変わったせいで、姫神山の姿は梢のあいだからかろうじて垣間見えるだけになってしまった。

（12）　立原が離盛前日に加藤健への贈り物として描いた油彩「三角帽子のヒメカミ山をとほく見る果樹園」には、果樹園の赤土がしっかり表現されている。

（13）　盛岡で立原は、東京の自室の「ひとつしかない窓に見えてゐた　一本のポプラの木」をなつかしんでもいる（一九三八年一〇月一一日、水戸部アサイ宛）。

（14）　小山正孝は、啄木の郷里・渋民村へ行く立原や野村英夫と好摩駅で別れ、弘前に帰ったが、小山の書いた回想からはその日付が特定できない。盛岡滞在を「二日間」（「ひとつの悔」）としたり、「三日間ばかり」（「素描——立原さんのこと」）としたりしているからだ。しかし、佐藤は「［盛岡紀行］」の記述内容から渋民村遠足を一〇月九日と割り出している（佐藤前掲書、六四—六五頁）。すると、立原の案内で小山が愛宕山に登ったのは一〇月八日ということになる。

（15）　小山「永遠に生きる立原道造」（一九五九年）による。

（16）　盛岡で立原は啄木を強く意識していた。当時、啄木が一時期間借りし、『小天地』を編集した農家が、富士見橋を渡った中津川左岸の一角にまだ建っており、歌人だった杉浦明平に差し出した啄木短歌入り絵葉書から、そこを訪ねたことがわかる——「啄木の住んでゐた家などが僕のゐる近くにあり、いろいろなところに啄木の記憶がのこつてゐる。僕は中学三年生の秋の日のことなど　よくおもひ出す、僕がそのころ「一握の砂」や、「悲しき玩具」の愛読者で、模倣歌の作者だつた。そしてなにかいまは奇妙な気持で、この町にくらしてゐる」（九月三〇日、杉浦明平宛）。なお九月二八日に立原は深沢紅子に連れられ、東郊の啄木ゆかりの盛岡天満宮が鎮座する天神山（標高約一五〇メートル）に登った。「［盛岡紀行］」では「深沢さんのかへる朝　曙に　僕は東のはずれのちひさい山にのぼつた　つめたい空気が爽やかだつた　町がここからはすこしちがつて見えた」としか記載されていないが、盛岡市街を一望できる境内や広場には、一九三三年建立の啄木歌碑が存在する。「いろいろなところに啄木の記憶がのこつてゐる」と杉浦に書いたのはこれらの歌碑も踏まえてだろう。

(17)　『僕の一歩はいつもそちらに向いてゐる——立原道造論』（ポワ社、二〇〇四年）四—五頁。

(18)　おそらくドイツ語の「phantasie」（幻想的作品、幻想曲）の誤記だろう。

(19)　佐藤実『深沢紅子と立原道造』（杜陵高速印刷出版部、二〇〇五年）によれば、詩碑の設計は、立原の久松小学校同級生で、深沢夫妻に美術を学んでいたグラフィックデザイナー・伊藤憲治。伊藤は深沢紅子の帰省に随行し、盛岡で立原に会っていた（立原は九月二六日付深沢紅子宛書簡で「憲ちゃん」といって言及している）。一九七五（昭和五〇）年一〇月一九日、佐藤自身や、深沢紅子、小山正孝、生田勉、水戸部アサイらの臨席のもと、除幕式が催された。

付論Ⅱ

＊　本稿は、渡邊一民『故郷論』（筑摩書房、一九九二年）、とくにその第四章「名づけられぬ土地——中村眞一郎『四季』」から大きな触発を得ている。

(1)　「［一九三〇年　その日その日日記］」の「［九月］」、「［一九三三年ノート］」の「7・28」。一九三三年九月一日母立原光子宛書簡、同年九月中旬（推定）米田統太郎宛書簡、一九三四年九月一四日杉浦明平宛書簡など。

(2)　「この頃は、古いもの、昔からあるもの、前にあつたもの、そんなものがなつかしくて、たまりません。どんなに背のびしたつて、見られやしないとわかつてゐるくせに、瓦屋根の並んだせまい通りの東京が、朽ちかかつたやうな木橋のある両国が、なつかしいのです」（一九三二年五月二七日、金田正吉宛）。

（3）　堀辰雄は実父・堀浜之助を満五歳で亡くしているが、一九三八年に養父・上條松吉が亡くなったあと親戚から真実を知らされるまで、浜之助を名義上の父と思っていたので「片親を」と記述しておく。

（4）　堀辰雄一派にとっての室生犀星の存在を、軽井沢の疑似故郷性とサロン性という角度から捉えなおすことができる。一九二〇年に芥川龍之介に誘われ犀星が軽井沢を発見したことについて、中村真一郎は「当時の国際都市軽井沢の背景に、芥川こそピッタリであるが、およそ犀星は不似合いである」と述べた（『火の山の物語――わが回想の軽井沢』第一話一六章）。これは犀星の渋い東洋趣味や和風の別荘と庭を思えば当然の評だが、故郷金沢にまだいた青年期に「ふるさとは遠きにありて思ふもの／そして悲しくうたふもの／よしや／うらぶれて異土の乞食となるとても／帰るところにあるまじや〔……〕ひとり都のゆふぐれに／ふるさとおもひ涙ぐむ／そのこころもて／遠きみやこにかへらばや」（「小景異情」）と屈折した郷愁をうたった犀星は、故郷を虚構化し、文学創作の駆動力とすることを自覚的に遂行した先駆者でもある。東京馬込の自宅や旧軽井沢の別荘に自分で造った苔庭は、金沢をしのばせる「にせのふるさと」の核である。そして犀星は軽井沢の別荘を、堀・立原・野村・中村・福永などが集うサロンとし、堀の死後は堀に代わるかのように、中村や福永の面倒をみた。したがって、犀星に誘われて軽井沢を発見した堀がそこに「故郷」と「サロン」を創造したのは、犀星に倣ったふるまいだったといえようし、犀星は、堀一派を、対極から近づいてきた後輩と感じて歓待したといえよう。

（5）　戦争中、堀は結核療養を兼ねて軽井沢へ籠り、時局に対して国内亡命同然の姿勢を保った。ただし、堀が編集から退くにしたがって『コギト』や『日本浪曼派』系の同人が増え、『四季』も戦時色を帯びていった。とはいえ、吉本隆明の「「四季」派の本質――三好達治を中心に」（一九五八年）によって四季派戦争協力詩人の典型として批判された三好達治が戦争詩を発表したのは、『四季』ではなく『文学界』である。竹内清己編『堀辰雄事典』（勉誠出版、二〇〇一年）の「第二次「四季」」の項（成田孝昭）を参照されたい。

（6）　堀辰雄に私淑していた森達郎の旧軽井沢愛宕山麓の別荘の愛称。中村真一郎、野村英夫、福永武彦などの夏の溜まり場となった。

（7）　論じる余裕がなかったが、福永武彦や加藤周一などをここに加える必要があるのはもちろんである。

あとがき

立原道造に対する無知がなかったら、本書は決して書かれなかっただろう。青春の感傷を託して立原道造の詩を愛唱したという、よく恥じらいをこめて語られる甘い記憶が、幸か不幸か私にはまったくないのだ。

はじめて触れた立原の詩は「［私のかへつて来るのは］」で、立教大学文学部の学生だった一九八三年夏、前田愛『都市空間のなかの文学』を通じてだった。建築家詩人のいたことと、限られた言葉によって住居の意味構造がしっかり表現されていることが記憶に残ったが、それ以上、立原道造を読むことはなかった。

立原道造との第二のコンタクトは、九〇年代末に生じた。一九九七年、法政大学市ヶ谷キャンパスに勤務することになり、横浜から文京区に引っ越すと、私はまち歩きを兼ねて都心に点在する展示施設を順々に訪ね、東大工学部裏手にできたばかりの立原道造記念館（一九九七年開館、二〇一一年閉館）へ、少なくとも二度行った。新発見資料「建築衛生学と建築装飾意匠に就ての小さい感想」原稿が披露された企画展「立原道造・建築家への志向」(一九九九年七月一日―九月二六日)を観たことは、確かに覚えている。特に印象に残ったのは、建築界の先端的問題を論じていたことと、彼の数枚のパステル画だった。すでに江戸東京たてもの園を見学していた私は、中学生の立原が出来上がったばかりの「看板建築」を描いていたことに気づき驚いた。また御岳山周囲の山並みを描いたパステル画の緑のヴァリエーションと、起伏の力強く的確な表現が快かった。

第三のコンタクトは、二〇一三年八月、四季派学会の影山恒男氏から冬季大会での講演の依頼メールを受けたことによって生じた。「四季派」というものを意識したことすらなかったので、すぐに辞退しようかとも思ったが、大会が四ヶ月近く先だったこともあり、とりあえず堀辰雄の小説と立原道造の詩を文庫本で読んでから決めることにした。

引っかかりがあったのは、立原の詩の方だった。極私的なたわいもない傷心や憧憬を平易な口語で綴った短い詩であるにもかかわらず、この詩人は哲学の勉強を生きる糧にしているのではないかと感じたのだ。出来事や感情や記憶の個別的内容を越えて、時空におけるそれらの根源的形式を執拗に問うていると思ったからである。筑摩書房の『立原道造全集』に手を伸ばし、『方法論』を一読して、その感触は正しかったと確信した。また、彼の建築透視図を端的に美しいと思った。私は「建築」や「哲学」という側面から立原道造について語るなら独自性を出すことができると思い、講演を承諾した。

同年九月に浦和のヒアシンスハウスを訪ね、巧みに設計された室内空間の「心地よさ」を実感し、立原に対する信頼感のようなものが芽生えた。一一月には横須賀の聖ヨゼフ病院へ足を伸ばし、その異貌に圧倒された。過去の立原道造論や立原道造特集にも手を伸ばし、多くを学んだが、絵画と建築から入門した私には、立原を、身体、物質、景観などの機微に疎い夢想家とする一般的前提が、信じがたかった。

なお、立原がジョセフ・フォン・スタンバーグの『上海特急』(一九三二年)、ロバート・フラハティの『アラン』(一九三四年)、成瀬巳喜男の『乙女ごころ三人姉妹』(一九三五年)や『妻よ薔薇のやうに〔二人妻〕』(一九三五年)などを高く評価し、マレーネ・ディートリヒや大河内傳次郎、高峰秀子を好んだ映画ファンだったことを書簡や日記から知ったことは、映画研究をしている私にとって、たいへんうれしい驚きだった。彼は舞台装置や照明に注目して新劇を鑑賞していたが、映画に関しても空間とドラマの相関に注目していたに違いない。

かくして二〇一三年一二月一四日、私は「立原道造、追憶を建てる人」と題した講演を大妻女子大学で行った。素人の妄言と一蹴されることを覚悟していたが、意外な好評を数人の方からいただき、結局、『四季派学会論集』第一九号(二〇一四年)から第二一号(二〇一六年)に、この講演をもとにした論文「立原道造——追憶を建てる人」を連載するにいたった。その間、立原道造生誕一〇〇年を迎え、『現代詩手帖』二〇一四年一〇月号の立原道造特集に、「立原道造の、夢見る建築」という論考を寄稿した。

本書の表題論文「立原道造——故郷を建てる詩人」は、「立原道造——追憶を建てる人」を全面的に増補・改稿したものである。

「付論Ⅰ　立原道造の盛岡——北での「対話」」は、「盛岡の立原道造」(『感泣亭秋報』第一一号、二〇一六年一一月)の全面的改稿版である。「付論Ⅱ　軽井沢という「故郷」——堀辰雄、立原道造、そして中村真一郎」は、中村真一郎の会・四季派学会合同シンポジウム「堀辰雄、立原道造、そして中村真一郎」（明治大学、二〇一五年四月二五日）で行った講演「軽井沢という「故郷」」の講演録（『中村真一郎手帖』一一号、水声社、二〇一六年）の再録。本書の編集を手がけていただいた小泉直哉氏との縁は、後者を契機に生まれた。

「建築」は私の高校以来の関心のひとつであり、国内外で建築探訪や建築展見学をしてきたとはいえ、著書の主題としたのは今回がはじめてだ。浅学ゆえの瑕瑾がないか懸念が残るが、芸術と学問の制度的な垣根を越えて、立原道造の「建築」が非建築としての「文学」を促し、促された彼の「文学」が非文学としての「建築」を促すというイローニッシュな相補性を立体的に浮かび上がらせることができれば、この研究を単行本として世に問う意義はあると思う。

二〇一八年六月八日

著者識

著者について——

岡村民夫（おかむらたみお）　一九六一年、神奈川県生まれ。法政大学教授（表象文化論）。四季派学会理事、宮沢賢治学会イーハトーブセンター会員、表象文化論学会会員。主な著書に、『旅するニーチェ——リゾートの哲学』（白水社、二〇〇四年）、『イーハトーブ温泉学』（みすず書房、二〇〇八年）、『柳田国男のスイス——渡欧体験と一国民俗学』（森話社、二〇一三年）など、訳書に、マルグリット・デュラス『デュラス、映画を語る』（みすず書房、二〇〇三年）、ジル・ドゥルーズ『シネマ2＊時間イメージ』（共訳、法政大学出版局、二〇〇六年）などがある。

装幀――西山孝司

立原道造――故郷を建てる詩人

二〇一八年六月二〇日第一版第一刷印刷　二〇一八年六月三〇日第一版第一刷発行

著者――岡村民夫

発行者――鈴木宏

発行所――株式会社水声社

東京都文京区小石川二―七―五　郵便番号一一二―〇〇〇二

電話〇三―三八一八―六〇四〇　FAX〇三―三八一八―二四三七

［**編集部**］横浜市港北区新吉田東一―七七―一七　郵便番号二二三―〇〇五八

電話〇四五―七一七―五三五六　FAX〇四五―七一七―五三五七

郵便振替〇〇一八〇―四―六五四一〇〇

URL : http://www.suiseisha.net

印刷・製本――ディグ

ISBN978-4-8010-0348-4